一部揭开玛雅文明神秘面纱的侦探悬疑

MAYA'S
TEMPTATION

玛雅的诱惑

余祥◎著

当代世界出版社

图书在版编目（CIP）数据

玛雅的诱惑 / 余祥著 . -- 北京：当代世界出版社 , 2013.1
ISBN 978-7-5090-0869-0

Ⅰ . ①玛… Ⅱ . ①余… Ⅲ . ①长篇小说－中国－当代
Ⅳ.①I247.5

中国版本图书馆 CIP 数据核字（2012）第 281293 号

书　　名：	玛雅的诱惑
出版发行：	当代世界出版社
地　　址：	北京市复兴路 4 号（100860）
网　　址：	http://www.worldpress.com.cn
编务电话：	（010）83908456
发行电话：	（010）83908409
	（010）83908377
	（010）83908423（邮购）
	（010）83908410（传真）
经　　销：	全国新华书店
印　　刷：	北京天正元印务有限公司
开　　本：	160 毫米 ×230 毫米
印　　张：	25
字　　数：	380 千字
版　　次：	2013 年 1 月第 1 版
印　　次：	2013 年 1 月第 1 次
书　　号：	ISBN 978-7-5090-0869-0
定　　价：	36.00 元

目　录

　　寂静的南大西洋上有一座孤岛，就像是从海洋深处冒出水面的一个毒瘤。

　　海水轻柔地环绕着圣赫勒拿岛，一个男人孤独地站在岩礁上看着浩瀚的海平面，深蓝色的海水注入他那日复一日荒芜的心灵。

　　脚步声在空旷的走廊地板上响起，一个男人在教堂的走廊里急促地奔跑。就在刚才，他看到一个面目狰狞的魔鬼从教堂的壁画上走了下来，在走廊通道里追赶他。这个男人异常恐惧，在迷宫般的大教堂里慌不择路。

　　8月4号那天早上，一个消息震惊了汉普，普利茅斯一家宾馆里发生一起凶杀案，有三个人被杀，现场同样留下了那个奇怪的图形和字符，案件蔓延到了普利茅斯，汉普感到有些恐慌，当地警方封锁了现场，对现场进行仔细勘验，三个人的死亡原因与海德公园案一样，唯一不同之处即为这次是在室内，而且尸体没有被焚烧。

第三章　海上阴谋 /28

轮船起航了，福尔森想起了那首殖民时代雄壮的歌曲，这首歌曲激励着无数的冒险者，士兵去往遥远的美洲、亚洲、非洲，去获得他们梦寐以求的财富。

第四章　奇琴伊察神庙 /44

奇琴伊察神庙遗址比起玛雅人早先建造的那些古城，建造得虽然稍晚，但别具特色。这里举世闻名的武士神庙是当时世界上最为壮观的杰作之一。武士神庙刻有极其丰富的浮雕装饰，神庙中通往圣殿的阶梯顶上，有座称为查克莫尔的人像。考古发现，托尔特克人在尤卡坦州留下许多这种石刻人像。在玛雅人举行的祭祀大典中，当时奇琴伊察的祭师，可能把活人祭品的心脏摆在这个斜倚的人像上。奇琴伊察是玛雅文明遗址的精华。

第五章　博尔斯顿庄园凶杀案 /54

福尔森感到很诡异，这时楼下响起了沉重的脚步声，像是拖着步子走，缓慢的脚步声沿着过道传了过来，接着就听到了轻轻的开门声。

一个满脸皱纹的老佣人蹒跚地走了进来，痉挛的手里端着一碗汤，在灯光的照射下，银灰色的头发显得异常生动，一副金边眼镜搭在鼻梁上，可以看出她是这家的高级佣人。

第六章　勋爵日记 /72

"夏普警长，我想案件可以侦破了，现在案件的每一个线索我都已了解得很清楚，就在昨晚，整个案件链条上最后一环被我接上了，案件真相已经浮出了水面。下面我把整个案件的过程和侦破过程讲给大家听，让这两个罪犯心服口服。"

第七章　玛雅的诅咒 /82

波尔西博士在书架面前站立，他看到桌子上的一张纸条，还是感到很迷惑，那些纸条就是伦敦警察局和福尔森通过电报发给他的，作为一个文字学领域的权威，他研究了那么多天，也没能将其破解，这让他寝食难安。这些奇怪的符号中究竟蕴含着什么信息呢？

第八章　谁才是间谍？ /95

一瞬间他就像变成了一头嗅到了猎物的猛兽般，眸子里突然射出冰冷慑人的寒光。沃伊并没有马上冲上去，在生与死面前经历过无数次抉择的他，早已养成了不管面对任何情况都保持冷静甚至是冷酷的习惯，他那刚刚有转机的心情被眼前的这次抢劫案搅乱了。

"根据弗洛伊德的理论，梦是愿望的虚拟达成，而这些跟逻辑学有着很大的联系，我以前跟汉普说过，我们可以根据一个结果推出这些结果的所有步骤，将整个事实还原，就像我们将这个看似荒唐的梦中的所有符号的隐意全部找出来，然后将梦境还原，得出死者生前的真实心理状态，当然这需要我们对他有一定的了解。现在我已经把日记全部看完了，我想可以试图破译这个梦境。"

办公楼门前，一阵风吹来，地上的落叶轻轻飘了起来，一条黑影闪电般地落在官邸的围墙上，转瞬间消失在夜色中。一名守卫仿佛听到了什么，抬头正要四处看看，一声枪响，划破了夜的寂静，守卫应声倒下，落叶被风卷起，飘落在死者的身上。

现场的每一个人都认为已经没有机会营救人质了，沃伊却不这么认为。他看到旁边好几个正在扛着照相机拍照的记者，脑子里顿时闪过一个念头。

他挤出人群，在人群外向记者借了一台摄像机，然后扛着机器朝车子走去。歹徒看到了沃伊朝他们走来，并没有太在意。

如果那些拿着《藏宝图》残片的人要想避开西班牙人的搜索，他们必须选择逃往海岸的最近路线，并从西班牙人控制最弱的地方登船，他呆呆地看着中美洲地图上的轮廓，要想逃生，最短的路线就是翻越山岭到达中美洲西海岸，然后从西班牙人刚刚入侵、控制比较薄弱的西北海岸乘船逃走。他的眼睛突然一亮。

沃伊站在二楼的阳台上，手中端着一杯白兰地，望着远处的海面，眼下他还有一项重要的任务，就是调查前任销售部经理肖那克的真正死因。

两人迅速把探测器放上飞机，夏普坐在驾驶座上做起飞前的准备。福尔森坐在副驾驶座上翻看保罗和幽灵号副舰长罗伯特汇集来的资料，他太兴奋了，大脑里出现几幅画面：高山顶上的诺亚方舟、沙漠中的大轮船、热带雨林中的大帆船。

诺克隐隐感到这个犯罪组织幕后势力之大，也许史都华公司还被一个更大的犯罪组织控制，但是目前还没有明显的证据证明奥莱金家族牵涉进来。虽然以他现在手中掌握的证据完全可以对史都华公司定罪，但是他仍然感到一丝痛心，这些罪犯在几十年的时间里逍遥法外，为了破获这个重大的犯罪组织，他失去了最优秀的特工肖那克，现在又使沃伊陷入险境，看来收网的时候到了。

面对这几个大块头的红毛猩猩，福尔森想象不出如何把它们驱赶走，他从大衣口袋里拔出手枪，当然是为了吓唬吓唬这些丛林里的家伙。福尔森扣动了扳机，子弹打在了大猩猩脚下的石块上，迸出一丝火星。大猩猩吓得直往后退，福尔森朝地上又开了一枪，大猩猩们尖叫几声后便离开他们，逃进了丛林里。

"这句话问得好，后世是有人试图找到宝藏的下落，中国一个叫刘湘的四川军阀派遣几千士兵沿着当年石达开陷入重围的地方寻找过，并根据那首诗的内容找到了埋藏宝藏的那座山，上千个士兵挖开山体，在山洞中只找到了一些残余的兵器和军装。之后，那个藏宝地再没有被动过，宝藏也成为一个谜团。"

尾 声 /384

他穿过一条林荫道后，走进这座教堂，沿着教堂的一侧向前走，走到一幅油画前。墙上挂的这幅油画名叫《末日审判》，神圣天使与狰狞恶魔的图腾互相交错，栩栩如生，充满魔力。这幅油画是由绘画大师米开朗基罗绘制的，其主题是伟大的神灵基督耶稣在世界末日时审判众生。届时，善者将升天堂，恶者则下地狱。在世俗的世界中，善与恶的交战主题将贯穿人的一生，唯有遵循上帝的教诲，才能升入天堂。

楔　子

在世界终结日前，上帝和耶稣将要对世人进行审判，这就是末日审判。善者可升入天堂，恶者将下地狱受到惩罚。

——《圣经》

寂静的南大西洋上有一座孤岛，就像是从海洋深处冒出水面的一个毒瘤。

海水轻柔地环绕着圣赫勒拿岛，一个男人孤独地站在岩礁上看着浩瀚的海平面，深蓝色的海水注入他那日复一日荒芜的心灵。

他静静地回想着那句曾使他幻想成为世界主宰的话："我最爱海浪，因为它蕴藏着无比的威力，可以吞掉无数细小的沙粒，可以用柔软的唇吻碎坚硬的岩石。我就要做那海浪，把世界踩在脚下！"然而这个征服了几乎整个欧洲大陆的皇帝现在却被囚禁在这个小岛上，历史已经无情地抛弃了他。

一个侍从从庄园而来，走到他身边轻轻地说："陛下，该吃晚饭了。"

"马尔商，你和其他人先回去吧，让我再看一会儿大海。"

"好的，陛下。"

马尔商在返回的路上，突然一个黑影从树后闪了出来，拦住了他的去路。

"事情办得怎么样了？他还能活多久？"

"我每天都会往他的饭里加入砷，他现在身体越来越差，形同枯槁，活不了几天了，请你们的头儿放心，他要的东西我会帮他拿到的，不过别忘了我们的交易，你们要付给我 5 万英镑。"

"干得漂亮，我会向领袖给你请功的。"

这位皇帝回来吃完马尔商做的饭后，继续写他的遗嘱，自从 5 年前来到这个荒凉的小岛，孤独感和恶劣的环境使他的身体越来越差。特别是最近几个月，他常常感到腹痛难忍，身体乏力，精力也大不如前了。

在他写完最后一个字后，他的腹痛病又发作了，他的脸痛苦地扭曲着，浑身因为疼痛而抽搐。

在他人生的最后时刻他又想起了加冕典礼，奥斯特里茨、滑铁卢……

几分钟后，这个与亚历山大、成吉思汗、凯撒齐名的伟大的征服者闭上了眼睛。

时间定格在 1821 年 5 月 5 日。

马尔商从这位皇帝的柜子里找到了一个精致的木盒子。他把这个木盒子交给了门外的那个人，那个人打开木盒子，满意地点了点头，"就是它了，领袖要的就是这个。"

在这位皇帝的遗嘱中出现这样一句话："我死得太早了。我是被英国的政治寡头和他的帮凶们谋杀的。"

第一章

滴血的《末日审判》

伦敦威斯敏斯特大教堂，午夜 1 点 23 分。

脚步声在空旷的走廊地板上响起，一个男人在教堂的走廊里急促地奔跑。就在刚才，他看到一个面目狰狞的魔鬼从教堂的壁画上走了下来，在走廊通道里追赶他。这个男人异常恐惧，在迷宫般的大教堂里慌不择路。

震耳欲聋的雷声过后，闪电又一次将漆黑的夜空照成惨白。在这偌大的教堂内，钟摆不紧不慢的"滴答"声使这个幸存者的神经越绷越紧。

这个男人跑到了漆黑的大厅里，他转身望去，眼睛里出现了无数个魔鬼的影子，他感觉自己正置身于一座地狱之中。他平时只在白天到过这座宏伟的教堂之中，夜幕中这里却令人不寒而栗。那脚步声越来越近了，男人的眼睛里露出凄厉的恐惧与绝望。

他倚墙而立，无意识地抬起头，眼睛正好停在《末日审判》上，嘴角浮出了一丝笑容。他正处于艺术家和上帝的怀抱中，他不再害怕那个魔鬼了。就在此时，他看到这些油画开始相互错位。平坦的油画表面凹凸不平，像沸腾的水泡此起彼伏。一切都在动，一切都在变换，恍惚之间，他听到了许多骇人的笑声。

"我怎么了？我现在在地狱吗？"男人暗暗想道，然而视线越来越模糊。男人用手紧紧捂住腹部，上衣已经被鲜血染红，血液正一滴滴地滴在地板上，他再也支撑不住了，无力地倒在地上。

他伸出颤抖的手试图去摸这幅油画。这时，"魔鬼"正站在他的眼前。一个低沉而又阴森的声音响起："你是逃不掉的，快告诉我，柯南道尔手稿在哪里？"

这声音仿佛来自地狱，男人坚定地说道："我是不会把手稿交给你的，哪怕手稿中的秘密永远埋葬下去，你们永远也找不到它。"

"那我只好把你的灵魂带到地狱中去。"魔鬼阴冷地说道。

那"魔鬼"发出一阵骇人的笑声，男人感到头痛欲裂，呼吸困难。他似乎处于一个没有氧气的地狱中，四肢由于缺乏空气而瘫软无力。他感到血液已经凝滞了。他努力睁开眼睛，仿佛看到自己的灵魂脱离了身体，灵魂跟随着那魔鬼向远处走去，越走越远，消失在自己的视线中……

然而，就在大厅二层，一双眼睛正紧紧地注视着这里发生的一切。

"老板，我要两个鸡肉三明治。"一个男人笑呵呵地说道。

"好的，先生，一共5英镑。"

食品店里男人递给那女人一张5英镑的钞票后，转身朝楼上走去，手里还拎着两个鸡肉三明治。今天诺克起得很早，他往常就有早睡早起的习惯。诺克从厨房里拿出一杯咖啡，坐在客厅的长沙发上欣赏着窗外的晨曦。

其实，他的心思并不在窗外柔美的晨光中，看着窗外的高楼大厦和葱郁的公园，他的脑海里出现几个问号，特工伊凡和他那几名手下到哪儿去了？为什么不与军情六处的总部联络？伦敦最近发生的一系列诡异事件的真相是什么？

伊凡是军情六处里的高级特工，他武功高强，精明强干。在过去的十多天里，伦敦发生了一系列的凶杀案，警方为此忙得焦头烂额。作为军情六处最高长官的诺克上将打算派几名特工去调查这些事。就在几天前他还在考虑着该把谁作为这支秘密调查小组的负责人，诺克初步决定在伊凡和沃伊两人中选择一个。可到底该选谁呢？伊凡经验丰富，成熟稳重，是个智勇双全的全才。沃伊年轻有为，武功高强，但难免年轻气盛，办事毛躁一些。他经过一番深思熟虑后决定让伊凡带领两人去调查此事，每天定时向他汇报情况。他没把这次调查之事告诉沃伊。

可令他感到疑惑的是，最近两天这个调查小组好像突然从地球上蒸发了一样，他屡次拨打电话，都没人接。他为此事感到迷惑不解。

伦敦警察局的格雷戈里警长正在办公室里踱来踱去，心里焦躁不安。又是一次凶杀案。凶案不断地骚扰着这个可怜的城市，但是他不相信这又是一次普通的凶杀案，伦敦在过去的 10 天之内发生了 5 起凶杀案，死者已经达到 12 人，爱丁堡也发生了类似的凶杀案，死者高达 9 人。尸检判断这些在海德公园发现的尸体都是大概 40 岁左右的人，死者的死因除了被火焚烧外还曾被手枪射杀。最后还发现了一个非常关键的信息：尸体的旁边有一张带有奇怪字符的纸条。

在那个字条上面写着一连串的古文字，这些古文字的形状与中国的象形文字相似，只是符号的组合远较汉字复杂，在这些字符后面还有一个奇怪的动物图像。

在过去的 7 天内，伦敦和爱丁堡相继发生了好几起恶性凶杀案，死者的身份还没有查明，这两个地区的案件究竟有没有联系？尸体的大半都已经烧毁，想辨认出身份已经很难，格雷戈里警长这几日为了这几起案件头疼不已，在现场几乎没发现任何线索和痕迹，凶手作案手法倒是很老练。

副警长艾华利走进了格雷戈里的办公室，他终于说出了那句他早已想说的话。

"警长，也许有一个人能帮助我们侦破这起案件，只是……"

"你是想说自大的福尔森先生吗？他与我们警察局已经结了仇，他不会再帮助我们了。"

"现在民众都说我们警察局无能，媒体也对我们大加指责，我们再不赶紧破案的话，我想我们都要干到头了，我们已经别无选择了。"

"够了，我绝不会去找那个自以为是的家伙，你先出去吧，让我自己在这屋里静一会儿。"

正当艾华利转身朝办公室大门走去，听到了警长慢吞吞地说道："等等，你下午给福尔森通个电话，就说我们需要他的帮助，说话要客气点。"

"是的，警长，我知道了。"

威尔士山区一座漂亮的林间别墅的房间内被浓烈的药味笼罩着，无数药剂以及存放着老鼠尸体的几个笼子摆放在屋子的各个角落，给人一种十分凌乱的感觉。

福尔森全神贯注地盯着实验笼中的小白鼠，生怕漏过任何一个微小的细节。

虽然小白鼠的身体已经非常虚弱，但令人惊愕的是，在经历了十几次危险的疾病试验后，这只老鼠依然活着，只不过行动略微变得迟缓了些。福尔森呼出一口气，兴奋地将目光移向站在对面的青年身上，嘴角露出了满意的微笑。

"看吧，安布雷。"福尔森的声音由于过度激动而变得有些颤抖，他拿起身边的试管，"我们发现了不得了的东西！通过近期的实验，我发现了一种血清，能大大增强老鼠的免疫力，也许将来它还可以用到人的身上，这个发现真是太令人鼓舞了。"

"镇定一下，福尔森先生。"被称为安布雷的青年轻轻按住福尔森的肩膀说道。看到福尔森诧异的表情，他接过试管并把《泰晤士报》递到福尔森的面前。

"也许有更有意义的事情等待你去做，看看这份报纸吧。"

这个叫福尔森的人是伦敦科平侦探事务所的大侦探，全名为歇洛克·福尔森，他常常自称为新时代的福尔摩斯，他的任务就是协助私人或者警方调查各种疑难案件，并从调查中得到丰厚的报酬。这个29岁的年轻人曾经协助警方侦破了许多起令人闻所未闻的重大刑事案件，苏格兰场的那些威风凛凛的警官在遇到一些难以解决的奇案时不得不放低他们的身段，请求这位大侦探去帮助他们破案。这个人自称为现实生活中的福尔摩斯的侦探，对一些稀奇古怪的事件特别感兴趣，除了调查奇情怪案之外，对很多事情都兴趣颇浓。

这名侦探很像福尔摩斯，他精力旺盛，非常喜欢工作，喜欢陶醉于千奇百怪的离奇案件中。他经常坐下来仔细构思，对案件孜孜不倦地细致研究，然后制定出一个缜密的计划，接着付诸实施。他深信自己的能力，并坚信无论多么棘手的任务，只要认真去做，总会有结果。相对于那些简单的案件，他喜欢具有挑战性的疑难案件，案件越是离奇复杂，他就越有兴趣。福尔森是个工作狂，侦查案件的工作对他来说不是一种压力，而是享受，就像一个喜欢登山的人不认为登山是艰险的跋涉，而是欣赏着登顶的喜悦和快感。工作对福尔森来说是一剂兴奋剂，无论何时何地，只要有工作，他就充满活力和信心。

福尔森已经很长时间没有接触刑事案件了，5个月前，他与苏格兰场的人联手破获了一起重大的贩毒案，然而案件侦破后，媒体上报道的却都是伦敦警察局的功劳，福尔森对此感到非常不满，愤怒充塞了他的头脑，他决定不会再帮助警察局的人，退居到山林别墅里专心从事法医学研究和接受私人案件的委托，闲赋在屋里已经几个月来，没有新案子可破，他拿着报纸看到近期在伦敦和爱丁堡发生的一系列杀人案，沉沉地坐在了椅子上陷入了深思。

福尔森身穿一件褪了色的蓝色衬衫，头上戴着一顶饱经风霜的软呢帽，脚上穿着一双破了洞的棉拖鞋。他拿起一把柯尔特手枪扣动扳机往对面的木板上连射几枪，他的助手安布雷看到此刻福尔森头发蓬乱，胡子拉茬，屋里的书籍和实验器材堆放得到处都是，看来连日来的无聊烦闷已经快把这位大侦探逼疯了。

福尔森那双犀利的眼睛看了看报纸上的大标题："英国连续发生诡异凶杀案。"他大致浏览了一遍后，将报纸轻轻放下，嘴角露出了令人难以琢磨的微笑。

"安布雷，如果没猜错的话，苏格兰场的人马上就要给我来电话了，他们无能的破案本事已经使他们受不了舆论的攻击了。他们要请我出山，你猜我会怎么做？"

"福尔森先生，我猜你不会帮助他们破案。"

"不，这次我会去的，但是他们不可能把我轻易地请过去。"

深夜，一辆出租车停在了普利茅斯一家宾馆门外，三个身穿名贵西服的人从出租车里走了下来，他们疲惫不堪地走到这家破旧的宾馆里，要了间三人套间。

他们没有注意到，一个身穿蓝色大衣，拿着公文包的人一直在跟踪他们，这个人也在宾馆订了间房。

"头儿，你为什么让我们到普利茅斯，有什么急事？"三个人中最矮小的一个人问道。

"今天下午我跟踪了一辆马车，这辆马车朝伦敦北市区行驶，我跟踪马车到了托马斯庄园。我看到了一伙人正往马车上装运军火，他们要把这批军火运往普利茅斯，你要知道普利茅斯是伦敦南部的重要海港，我想他们可能要把军火运往海外，这才给你们通电话，让你们几个到普利茅斯，我断定这起军火运输事件与几天前发生的连环杀人案有一定联系。我们跟踪这些军火贩卖者，看看他们究竟要到什么地方。"

"这倒是重大发现，调查了好几天，总算有些收获了。"

"我还发现了这些密码文件。我趁那些人搬运军火时潜入到了庄园里，拿到了这些文件，我想这是他们内部的通信密码。我们没有密码册的话很难破解这些文件，不过明早我把这些文件寄给诺克，让他处理这件事。"

"你有那些搬运军火的人的照片吗？"

"我给他们都拍了照片，他们跑不掉的。"

当沃伊回想起几小时前在公园里遇到的那件惨案时仍然感到血往头上涌，但是他没有接到上级的指示，不能贸然行动，暴露自己的身份。

28岁的沃伊是伦敦一家体育馆的跆拳道教练，而且还在威斯敏斯特大教堂担任修士，但是他还有一个非常隐秘的身份——军情六处特别调查科的高级特工。他这个特殊身份只有情报部门的最高长官诺克上将知晓，在情报部门的几年中他立下了许多功劳，铲除了许多隐藏在国家中的间谍，并多次实施了暗杀和反恐行动。

此刻已是凌晨4点多了，据刚才的暗杀事件已经过去三个多小时，但他内心久久不能平静，他打算回到军情六处把这里发生的情况汇报给诺克上将。

这里发生的一切都使他迷惑不解，凶手说的手稿是什么手稿？凶手究竟想得到什么？近期发生的一系列凶杀案与不久前发生的乔治将军遇刺案有什么联系？手稿现在在什么地方？

几个小时后，他把发生在公园里的情况告诉了诺克长官，然而诺克说的话却令他感到异常吃惊。诺克长官已经派出了几个特工暗中调查近期发生的连环凶杀案，可是这些特工好几天都没再与总部联系。这些特工是分头行事，即使哪个人出事的话，其他人也应该能与总部联系上。令诺克上将感到费解的是，这些特工怎么可能同时失去踪迹？

也许这几个身手不凡的特工已经遭遇了不测，其中包括沃伊的好朋友伊凡，当沃伊听到伊凡和另外两个特工在5天前参加了这次调查活动而现在却下落不明时，他感到一个噩梦已经开始，一个无比漫长的噩梦……

"我们需要一个特工再去调查这个案件，你愿意去吗？"诺克上将严肃地说道。

一个声音在召唤他，他一定要调查出这一系列凶杀案的真相，为了那些死去的受害者，为了真理和正义。

"我愿意去调查这件事。"他把军装上的徽章摘了下来。

诺克上将看着沃伊摆在面前的那颗代表他尊贵身份的金灿灿的勋章，面无表情地问道："你想清楚了吗？"

沃伊平静地答道："是。"功名利禄于他已经毫无意义，对于一个出色的特工，挺身而出并完成任务就是他的天职。

"可以让别人去做。"诺克试图劝回他。

"机会只有一次，我是最合适的。"没有慷慨陈词，没有豪言壮语，有的只是破釜沉舟的决心。

"这次的调查任务只有我们两个人知道，你知道该怎么做。"

"是的，将军，我知道。"

诺克上将沉默了片刻，终于道："我会派人协助你，这枚军衔暂时放在我这儿，希望有一天我还能为你亲手戴上。"

他穿着没有勋章的军服庄严地敬了一个礼，转身头也不回地走了出去。

这是一次绝密的调查活动，情报部门介入了这个案件。

沃伊把他在威斯敏斯特大教堂看到的情况告诉了福尔森，并请求他出山帮助警察局调查案件。

一场智慧与阴谋的较量拉开了序幕。

几个身穿黑色西服的人和一个身穿灰色大衣的女人来到了普利茅斯一间酒吧里，一个身穿蓝色西服的人站起身来迎接这几个刚来的人。

那个女人问道："怎么样，亨利，窃取密码文件的人找到没有？"

那个身穿蓝色西服的人说道："我在庄园时就已经发现那个窃取密码文件的人了，我派出手下跟踪他，我的手下说那个人叫来了他的同伙，他们现在住在安特克斯宾馆，今晚我的部下将杀了他们，销毁那些密码文件，文件上的密码信息决不能被破解，否则我们都将大祸临头。我的部下偷听了那几个人的谈话，他们是军情六处的特工。"

"亨利，你在实施这项暗杀计划前是不是该通知领袖？毕竟你刚刚升任组织在西欧区的总负责人，你行事不能这么鲁莽。"

"我会告诉他的，这次暗杀会非常周密，警方查不出来。"

"亨利，你本是海军部的间谍，为何愿意与玛雅神社的人合作？我真是想不明白，你参加这个组织究竟能给你带来多少好处？"

"我妻子得了重病，如果想治好她的病，必须花费几十万英镑，我没这么多钱，玛雅神社的人找到我，对我说如果我愿意为玛雅神社效力，办完几件事情，他们就会把 100 万英镑的支票给我，他们还给我 20 万英镑的预付款，所以我就与他们合作了，我妻子还不知道我参加了玛雅神社组织。最近我心情很糟糕，我不知道该不该替神社卖命，该不该杀害那些无辜的人。"

"你在组织内部升职倒很快啊，短短几个月就已经升到了西欧区总负责人的位子了，我相信不久以后就要升任欧洲区总负责人了。"

"格兰特勋爵，你不要再嘲笑我了，英国最近的一系列凶杀案有很多都是我做下的，虽然暗杀计划进行得很顺利，但我并不想杀害那些人，他们毕竟也是一个个鲜活的生命，我是受了玛雅神社之托才干下这一系列骇人听闻的案件的。"

不出福尔森的预料，苏格兰场的人与福尔森通了电话，希望他能不计前嫌，帮助警方侦破这件离奇的案件，渡过难关。福尔森最终决定插手这起案子。恶性凶杀案不断蔓延，他感到自己有责任查清案件的真相，沃伊的请求更使他坚定了决心。他准备第二天下午赶到伦敦。

这天的下午天气异常沉闷燥热，钟刚敲过 1 点 30 分，福尔森坐在窗前，手里握着他那把小提琴，并没有演奏，而是静静地看着窗外连绵起伏的小山，屋后的花园里放着十几个蜂箱。自从与警方脱离关系以来，他一直在乡下以养蜂为乐，不时去山里打猎，这样的生活持续了 5 个月，他消灭了欧洲那个最大的贩毒组织头目，并瓦解了这个组织，在很长的时间内，他本以为欧洲不会再有什么大案了，终于可以专心进行药物研究了。

最近英国连续发生恶性杀人案震惊了警察局，福尔森虽然闲居在家，但并没有一直闲着，他喜欢抽着烟看《泰晤士报》，然后在小屋里踱来踱去，以前在侦探事务所旺盛的精力和喜欢研究问题的爱好并没有丢，在小屋里还有许多实验仪器，他拿着书架上的一摞书中的一本，翻开几页专心致志地看着，然后用笔在纸上画了一连串的字符。

从报纸上福尔森了解到这起案件的一些基本的情况：

案件发生了好几天，伦敦警察局对现场进行了仔细勘验，仍然毫无进展，当时海德公园现场有 4 具尸体，面部已被烧得面目全非，其中有 3 具尸体躺在公园的草丛中，另外一具尸体躺在教堂中，报案人是公园的清洁工，报案时间为当天凌晨 5 点，死者死亡原因除了焚烧外，头部也都中了枪，经法医鉴定，子弹为普通 9.7 毫米口径的柯尔特左轮手枪的子弹，均是一枪毙命。现场留下一张纸条，上面画着奇怪的动物，还有几个字符。格雷戈里面对这起普通而又奇特的刑事案件感觉无从下手，以前他都能一眼找出案件的切入点，现在他感觉迷惑不解。麦克唐纳探长带领部下四处寻找证人，并把那串奇怪的字符拿到鉴定中心去鉴定，结果还没有出来。

福尔森决定启程了，在他离开这里回到伦敦前，他需要一个助手。

这是在 8 月的一天，乌云笼罩着整个伦敦上空，一场暴风雨就要来临了。

汉普是福尔森过去的亲密助手，自从福尔森闲居在家后，5 个月来他一直居住在普利茅斯，他是一个优秀的诊所医生，曾经到伊拉克山区当过英军的军医，他自称为真实世界中的华生。

海德公园的恶性案件仍然在调查之中，住在普利茅斯的汉普始终关注着这个案件的进展，自从福尔森转移了生活重心后，他便搬到了普利茅斯专心从事自己的事业，与福尔森的联系越来越少。

第二章

宾馆里的空镜子

8月4号那天早上，一个消息震惊了汉普，普利茅斯一家宾馆里发生一起凶杀案，有三个人被杀，现场同样留下了那个奇怪的图形和字符，案件蔓延到了普利茅斯，汉普感到有些恐慌，当地警方封锁了现场，对现场进行仔细勘验，三个人的死亡原因与海德公园案一样，唯一不同之处即为这次是在室内，而且尸体没有被焚烧。

面对恶性案件不断蔓延，警方感到了巨大压力和困难，这起案件的杀人手法非常普通，比起以前碰到的碎尸案、焚尸案等残酷的杀人手法，一枪致人毙命人道许多，令人费解的是那个奇怪的图形和符号，还有凶手的杀人动机和目的，这正是这起案件普通而又奇特之处，字符里隐含着什么玄机？

汉普凭借跟随福尔森多年的办案经验，感觉到这起案件非同小可，于是写了电报发给福尔森，电报如下：

亲爱的福尔森先生，最近欧洲发生了许多恶性凶杀案，贫民百姓在这些案件中不幸死去，我作为你的好朋友，真心地希望你能重新出山，侦破这起重大阴谋，现在普利茅斯也发生了一起重大案件，希望你速速到来，协助警方侦破案件，作为你的老朋友为打扰你安静的生活而愧疚。

汉普

普利茅斯克鲁得大街 23 号

歇洛克·福尔森从壁炉台的角上拿下一瓶能起到安眠作用而至人昏睡的药水，再从一只整洁的山羊皮皮匣里取出皮下注射器，装好针头，卷起了他左臂的衬衫袖口。他沉思地对自己的肌肉发达、留有很多针孔痕迹的胳膊注视了一会儿，终于把针尖刺入肉中，推动针芯，然后躺在绒面的安乐椅里，满足地喘了一大口气。

他打算好好地睡上一觉，等睡醒后就赶到伦敦警察局去帮助那些他曾经帮助过无数次的警察们。他躺在床上安然入睡了，枕头旁边还放着汉普发给他的电报和记载着最新案情的《泰晤士报》。阳光透过百叶窗照在了他的脸上，他的嘴角露出了安详的笑容。

过了很长时间，外面响起了汽车的声音，声音越来越近，最后停在了门前，不一会儿敲门声响起，福尔森打开了门，一个瘦高的年轻男人闪了进来，告诉福尔森他是普利茅斯的邮递员，有一封给福尔森的电报。福尔森接过电报，并问他是哪里人，他说是普利茅斯当地的人。福尔森送走了邮递员，然后快速整理了一些文件，便匆匆出了门，抄小路走到了最近的小镇上，买了通往普利茅斯的车票。

"今晚注定是一次有趣的冒险。"他自言自语地说道。

雾气已经消失，夜景清幽，和暖的西风吹开了乌云，半圆的月亮从云际透露出来。已经能够往远处看得很清楚了。远处的火车按时到站，福尔森上了火车，找到一个靠窗的座位坐下，火车上人很少，只有零星的几个人在看报。

福尔森在座位上坐了一会儿，便起身去厕所抽烟，那几个看报的人便跟着他走到厕所门前。福尔森不一会儿便出来了，回到了座位，那几个人也跟随着回到了座位，就这样，福尔森一次次地去厕所抽烟，他们也不特别在意了。

夜深了，许多旅客都已睡着，福尔森再次走到车厢连接处吸烟，只见他拉开车厢连接处的窗户，纵身一跃，从火车上跳了下去，翻滚到了路旁一片草丛里。

　　他拍了拍身上的灰尘后站了起来，心里默默地想："再见了，可爱的杀手们。"

　　一辆汽车疾驰着驶往乡下，在福尔森的住处停了下来，几个戴着鸭舌帽，穿着黑色条纹衣服的人踢开了屋子的门，拿着枪准备向里面射击，但他们找遍了屋子也没找到福尔森，他的助手安布雷也按照福尔森的要求提前离开了。这些狠毒的杀手扑了个空。

　　那些杀手驾着汽车疾驰离去，在寂静的乡间声音显得特别刺耳。火车上，那几个装作看报纸的人看到福尔森久久没有出来，疑心顿起，拿着枪走到车厢连接处，发现窗户被打开了，不禁大吃一惊。

　　福尔森发现自己处在一片农田中，月光照在广袤的农田上，乡村夜里的狗叫声依稀可以听见。

　　福尔森带了地图，地图上的文字在月光下模模糊糊，确认是在托斯克镇，下车后，他便沿着这条火车道前行，凌晨 5 点，他便走到了离普利茅斯不远的一个小镇上，然后在那里买了票，直接去往伦敦。

　　火车到站，福尔森跳上了火车，火车再次启动，驶过原野和一座座小镇、村庄，早上 7 点，火车到达伦敦。

　　时隔半年，再次回到伦敦，福尔森的心情无比激动，"久违了，大英帝国的伟大首都！"

　　下了火车后，福尔森直接乘车去了伦敦警察局。

　　警察局的人一眼认出了这个曾经无数次帮助他们的大侦探。

　　"哦，老朋友，你来得可真及时啊，我们正需要你的帮助，这件案子太离谱了。"格雷戈里兴奋地大声说道，激动得声音都变调了。福尔森的到来也许能帮他一个天大的忙，他恨不得自己的心声被全世界都听见。

　　福尔森可以看出这位优秀的侦探瘦了一圈，近期为了这个案子操劳不少。

"老朋友，自从贩毒者邪恶的阴谋失败后，我确实很少再关注社会案件，不过可以看出你们这次确实遇到了麻烦。"福尔森说道。

　　"这件案子的确很离奇，让人摸不到思路，真不知道该从哪儿下手，作案现场基本找不到任何有用的线索。"格雷戈里垂头丧气，耸了耸肩。

　　"在我看来，这件案子的真正关键点在于那个奇怪的字符，各地发生凶杀案的最大共同点就是这个留在现场的奇怪字符，这个案子的案情和作案手法很简单，但往往简单的案子却难以侦破，原因就在于案子越简单，凶手留在现场的线索越少，这样一来，案件便难以侦破。每个案件就像一个独立的事件，我们必须找到每个事件的结合点，才能将整个事实还原，现在面对这桩棘手的案件，我们必须快刀斩乱麻，直入正题，找到符号的秘密。"

　　"这个案件中有几个重大疑点，需要进行认真研究。第一，凶手为何将受害者的尸体毁掉，是为了掩盖真相吗？第二，这些死者都与凶手有什么纠葛，究竟是什么原因导致凶手对他们痛下杀手，而且是在海德公园这个人群密集的公共场所，这难道不奇怪吗？"格雷戈里直接切入案件细节，虽然案件错综复杂，但是仍然从案件中找到了一些疑点。

　　"我认为凶手肯定是故意想让我们知道什么。先说你的第二点，海德公园绝不是案发第一现场，凶手绝不会傻到选择一个人流密集的公共场所作为作案地点，即使是在深夜，他们能及时逃离，但尸体很快就会被发现，我想凶手应该是作案后把尸体转移到海德公园，故意让我们看到尸体。凶手是个职业杀手，枪法精准，一枪毙命，这些死者究竟为何得罪了凶手被其杀害，我们不得而知，但有一点可以确定，就是凶手在向我们挑战，他们在挑战我们的权威，向社会传达他们的心声，好了，下面我再说说第一点，毁容会使凶手欲盖弥彰，使我们把案件的侦破点直接引向受害者的身份，凶手之所以毁容，肯定是死者的身份必须要掩盖。"福尔森分析整个案件，他感觉以前的办案激情再次到来。

　　"下面我们要调查的就是死者的身份和符号的秘密。"福尔森脸色阴沉，可以看出他在为这个案子隐藏的巨大阴谋担忧。

　　"明天你和我们警察局的人去海德公园进一步勘查现场，应该能发现更多的线索。"格雷戈里希望福尔森亲自出马勘查现场。

但福尔森的回答令他大吃一惊。

"不，明天我去趟普利茅斯，去看看我的老朋友汉普。"福尔森说道。

"福尔森先生，我不得不说你的不负责任，难道几十条受害者的性命还比不上你和汉普医生的友谊吗？案件现场不用重新勘查了？"格雷戈里挥舞着拳头，气愤地说道。

"海德公园的现场是个伪现场，是个阴谋的序幕，真正看起来价值很大的事物其实价值很小，这个案子的真相隐藏在其他那些小案件中。"说完后，福尔森快速走出警察局。

格雷戈里呆呆地站在原地望着福尔森远去。

第二天，福尔森乘上了去普利茅斯的火车，当天中午，火车到达了普利茅斯。福尔森叫了一辆出租车，到达克鲁德大街 23 号。

汉普正在为病人诊病，看到福尔森的到来，快步走上前，紧紧抱住了福尔森，近半年的分离使这个伟大的搭档和朋友热泪盈眶。

福尔森坐在沙发上，端详着屋里的家具和装饰，不禁会心一笑。

汉普倒了白兰地，递给福尔森，看到福尔森端详着屋里，不禁笑道："你能用你的演绎推理看出我最近的情况吗，老朋友？"

福尔森说道："不好意思，我亲爱的朋友，我很难从这些装饰中看出端倪，不过我可以试试。"

"你看不出来也很正常，你已经有快半年的时间不接触案件了，再说我这屋里的装饰也没有什么特别之处。"汉普快乐地说道。

"老朋友，我不得不说你最近的身体不太好。"福尔森坐在沙发上，深深地吸了口烟。

"你怎么知道的？这太令人吃惊了。"

"其实我说出来原因后你会感到很正常，演绎法的奇妙之处就在于它能从一个事物推断出一种最符合逻辑的情况，根据这些情况做出判断，为了避免一堂无聊的讲解课，我长话短说。"福尔森站了起来，在屋里踱来踱去。

"第一，你最近要比以前瘦很多，一个人突然变瘦的原因无外乎三种，要么是精神压抑，身体有病，要么是过度操劳，穷困潦倒所致，还有一种就是你自己刻意减肥。你是一个医生，现在开的医院规模也不小，聘用的人很多，要说你过度操劳这不可能，另外，你是一个医生，深知减肥的害处，而且以前咱们在一起住的时候你从没有刻意减肥，所以只有一种情况，就是你最近身体不好。第二，屋里的装饰品格调阴暗简单，对于一个生病身体不好的人来说，心情肯定不好，所以他肯定反感装饰时尚前位。第三，书架上有许多灰尘，说明这些书很长时间没人看了，你是一个喜欢看书的人，以前无论多忙，你都坚持看书，而现在你不再看书，只有一种解释，就是你身体不好，无心看书。第四，原因更简单，在你的床头发现了药瓶，这说明你经常喝药。"

"你说得完全正确，我最近得了一场大病，直到现在身体被折腾得还没有完全恢复过来。"

"亲爱的汉普，虽然我对医学并不是很精通，但我真心地希望你早日康复，圣母玛利亚会保佑你的！"

"我可不想比你先去天堂，哈哈！"汉普笑道。"对了，我给你发了电报，你怎么今天才到？"

"我昨天去了伦敦警察局商讨海德公园的凶杀案，今天才到这里，亲爱的汉普，我不得不说我们这次面对的是一个老奸巨猾的对手，对方是一个庞大的犯罪组织，虽然我现在还不知道他们的目的是什么，但我隐隐地感觉到这次的任务将会异常凶险，也许我们都将付出生命的代价。"

"这次我来普利茅斯的路上遇到了很大的麻烦，我在家里和火车上都差点被暗杀。我接到的那份电报不是你发给我的那份，电报上说话的语气跟你不相符，另外当我问邮递员是哪里人的时候，他说是普利茅斯当地的，我就知道他在说谎，因为我清楚地听出他的苏格兰口音，知道了这一点，我就知道对手已经掌握了我们的动向，他们下一步肯定是要暗杀我，阻止我去办案。所以我在那个邮递员走后就立刻离开家里，而且也没从外面锁门，让他们在屋里折腾一段时间，我好有足够的时间离开，在火车上我故意去趟厕所，就是为了试探车厢里有没有对手的探子，结果车上确实有对方的杀手，我故意一次次去车厢连接处抽烟，然后一次次回到座位上，使他们麻痹大意，到了深夜，我预计他们即将动手，所以在半路下了车，然后在前方小镇上了去伦敦的车，因为我预计他们在普利茅斯的车站肯定也布有杀手，所以第二天才来这儿。"

"我有一点不太明白，你怎么知道我发了电报，而且他们在电报上做了手脚，而不是他们直接发给你一份电报？"汉普疑惑地问道。

"原因很简单，这么大的凶杀案连续在各地发生，你早晚会发电报让我出山，所以他们干脆利用你的电报进行伪造，这样一来更加真实，可以在半路上将我杀掉，如果你不发电报的话，他们不会主动发电报给我的，他们宁愿让我待在乡下安静地生活，而不是协助警方办案。这是一起蓄谋已久的巨大阴谋，对手精心策划，然而，再真实的伪造也是有破绽的，另外我们的对手是一个庞大的组织，他们有爪牙在邮政部门，他们也可能有爪牙在警察局，所以以后案件的进展情况绝对不能告诉麦克唐纳几个人之外的人。"

"你考虑得很周全，我知道了，我以后会小心行事的。"汉普说道。

"下午我们去勘查宾馆的案发现场吧。"福尔森说道。

福尔森和汉普首先到了普利茅斯警察局拿到了一份案件调查报告，然后乘车赶往案发地点——安特克斯宾馆，在出租车上他仔细查阅了调查报告书中对案件的相关描述，嘴角露出了一丝诡异的微笑。

案发地点位于波利安大街的安特克斯宾馆，这是一家低档宾馆，宾馆共三层楼，可以看出这家宾馆的生意并不好。老板是个五十多岁的矮胖女人，她带着福尔森和汉普上楼，到了案发的房间。

这是个并不大的房间，窗户紧闭，窗台上有许多灰尘，尸体已被抬走，现场血迹还未干，屋里秩序井然，床头有一个烟灰缸，里面有几个熄灭的烟头，墙上一个钟表，床的对面有一面镜子。福尔森仔细端详着屋里的家具。

"莫施坦夫人，这个窗户一直是锁着的吗？"

"是的，先生。"

"案发时有没有听到什么声音？"福尔森又问道。

"每天晚上都有楼道管理员值班，他说在当天晚上10点时听到了几声惨叫，然后他就冲向了屋里。"

"当天晚上来过其他人吗？"汉普说。

"没有，因为宾馆的生意不好，所以每来一个顾客，我都会记得很清楚的，哦，对了，9点左右有一个人来看房，我们陪他看房间，但是他说房间条件太差就走了，时间大概在9点20左右。"

"听说这三个死者很有钱，是吧？"

"确实是，他们穿着上层社会的衣服，我当时纳闷他们为什么还要住这种小宾馆，听说警察第二天来勘查时从死者身上搜出来几千英镑，现场还留下了一个奇怪的图像和字符。"

"这座建筑当时是谁建造的？"福尔森带着疑惑的眼神看着那面镜子。

"是两年前斯特朗建筑公司建造的，我租用了他们三层楼，但生意一直不太好。"

"9点20以后，你们楼层管理员进过受害者屋里吗？"

"9点40的时候进过一次，当时是去送茶，他敲房门时，里面没人回应，以为里面的旅客已经睡着了，就用备用钥匙打开了房门，发现里面漆黑一片，模糊地看见他们都在床上睡觉。"

"茶放在了什么位置？"

"放在了镜前的桌子上，当时管理员还说黑灯瞎火的什么也看不见，茶杯差点掉在地上。"

"这个楼层还有其他人住吗？"

"有一个商人，在隔壁住。"

福尔森说道："哦，我知道了，莫施坦夫人，你先在楼道口等着，等过一会儿我叫你，你再进来。"

"知道了，先生。"

老板走后，汉普仔细端详着房间的门和窗户。

"凶手是怎么进来的？又是怎么快速出去的？真是太奇怪了！"

"这是一个密室杀人案，问题的关键不在于凶手的进出，而在于发出的那一声惨叫。"

"被害人临死之前发出惨叫不是很正常吗？"汉普疑惑地问。

"汉普，这个世界上有时大家看来很正常的事情反而不正常，因为它出现的场合不对。"

"如果你是被害者，我进屋拿着枪去杀你，你会发出惨叫吗？"

"会啊。"

"汉普，你在说这句话之前要认真考虑考虑，人在极度惊恐的状态下并不会发出大叫的。人们理所当然以为的大叫发生在人受到巨大的伤害时，比如我拿枪打中了你的胳膊，你有着剧烈的疼痛，才会发出大叫。还有一种情况，就是在你受到突发性的刺激时发出的大叫，比如你刚一进门，发现里面有一具尸体，这时你会发出大叫，这是条件反射，在知情的情况下被杀是不会出现过度惊恐的反应。听到惨叫声后，楼道管理员便冲了进去，凶手已经不见了，凶手在不到 15 秒的时间就逃了出去，说明他早已准备好了逃跑路线。"

"可是这又能说明什么呢？我们依然不能理解凶手是怎么逃出去的。"

"汉普，你的思维被禁锢了，现在你陷入了一片沼泽里，无论你自己怎么挣扎，你都逃脱不了这个沼泽，这时你必须把思路打开借助外力，比如树枝才能拯救自己。我做个大胆的猜测，难道凶手一定是逃出去了吗？"

汉普目瞪口呆，"你的意思是当时凶手还在屋里？"

"凶手没有时间也不可能逃出去。那声惨叫是凶手自己故意发出的，也就是说，他杀完所有人，并整理好了现场后，才发出惨叫，然后迅速藏了起来。试想一下，凶手肯定是带有消音器的枪进入室内，在 9 点 40 之前就已经将他们全部杀死，当他还在整理现场时，管理员进来了，然而管理员怕影响客人休息，就没打开灯，直接把茶杯放在了桌子上。此时凶手肯定趴在地上，等待着管理员离开。"

"可是关键的一点，凶手是如何在发出惨叫声后藏起来的呢？"汉普感觉到他这位好朋友分析得不可思议。

"这正是整个案件最精彩的地方，你先让我坐下抽根烟，你知道我一天不吃饭可以，但是不抽烟的话会使我的思维神经大为受损的。"

现在汉普又以尊敬的眼光看着好朋友福尔森。

福尔森拿起烟斗，习惯性地在桌子上敲敲。顷刻间房间里鸦雀无声。他沉沉地坐在椅子上，接着椅子开始"吱吱嘎嘎"地响，鞋子也在地毯上"沙沙"地擦动起来。汉普把目光从这位侦探的脸上移开，朝屋里的家具看去。医生好像专心致志地在琢磨着案件的蹊跷，福尔森则目不转睛地注视着他的雪茄烟。

福尔森的嘴里喷出一团白雾，站起身来，"也许我是个会讲故事的人，你会是个出色的听众！"他说着把手搭到汉普医生的肩膀上。

"你不相信？"

"嗯——"

"好了，咱们又该进入正题了，但愿你会相信我的推断。"

福尔森的目光带着凝重的疑问落到桌子前那面银闪闪的镜子上。接着，他把拿着烟斗的那只手翻了过来，汉普看见他望着指关节上还没愈合的伤疤。

"有一点不知道你注意没有，当管理员进屋后，他发现屋里一片漆黑，几乎什么也看不见，放茶杯时茶杯还差点掉在地上，你不觉得这很蹊跷吗？"福尔森问道。

"没开灯，这个很正常啊。"

"不，这很不正常。"说完后，福尔森拉了窗帘，关了灯，屋里因为有一面镜子并不是漆黑一片，由于镜子反光，屋里虽然没开灯，但也不至于什么也看不见。

"难道是管理员说了谎？"汉普问道。

"管理员没说谎，他跟这件案子无利害关系，所以他没必要说谎。问题出现在这镜子上，也就是说，当管理员进屋时，屋里根本没有镜子。"福尔森的脸上闪现出一丝坚定，让人不寒而栗。

"没有镜子？这怎么可能？你是在开玩笑吧？"汉普感到有一股寒流从脊椎流过，瞬间涌入他的大脑，思维出现了片刻空白。

福尔森在镜子面前仔细查看着，鹰一样的眼睛突然盯住了镜子右面的上下两颗钉子，福尔森伸出手，用力地把钉子拔掉，突然镜子像一扇门一样开了，里面是个黑乎乎的密室。

眼前的景象令汉普大吃一惊，"凶手当时应该藏在这里。没想到一间小小的屋子有如此精巧的机关。"

一个答案一下子跳出在脑海里不断打转的黑暗之中，释放出光明，汉普医生已经粗略地知道了凶手的作案方法。

"我认为这个密室和隔壁的那间房是通的，墙体高达半米厚，确实是个连接两屋的通道。现在我们做一个实验，验证我们的结论。"

一声大叫响起，老板听到大叫，赶紧冲进房间里，发现汉普站在屋里，而福尔森却找不到了。

"汉普先生，发生什么事情了？"老板吃惊地问道。

"不用担心，夫人，我和我的同伴在做一个实验，我的同伴神奇地失踪了，他马上会重新出现。"

老板吃惊地听着他说，感到疑惑不解。

"夫人，我不得不说这个案件的凶手进行了精心策划，凶手非常狡猾。"说着，门开了，福尔森走了进来。

"你，你怎么出去的，我没看见你啊。哦，上帝，这太令人吃惊了。"老板目瞪口呆地说。

福尔森说："我是从这面镜子爬到隔壁房间的，这面镜子是个暗门。那天晚上9点20，一个陌生人来看房子，当时他去了这间房间，把镜子的挂钉拔掉，然后走了，他们在9点半左右回来了，他们要了3杯茶，便躺在床上休息。可能是过度劳累的原因睡着了，结果把茶的事忘了，此时，凶手从镜子处爬了进来，拿着带消音器的枪杀害了他们，当管理员进来时，由于镜子被打开，所以屋里没有反光，什么也看不见，凶手躲过一劫，管理员走后，凶手又待了大概20分钟，待现场清理完毕后在10点时故意发出一声惨叫，然后从镜子处迅速离开，从里面关上了镜子的门。"

"我经营这个宾馆有两年了，我怎么不知道这儿还有面暗门？"老板疑惑地问，她听福尔森解释的时候尽量睁大眼睛，但还是一阵迷糊一阵清醒。

"这座建筑在完工时就有暗门，是斯特朗建筑公司故意留的。"汉普插了一句。

"整个案件还有四个疑点。第一，建筑公司为什么要留暗门？第二，这3个富裕的旅客为什么要到小宾馆住，他们的身份是什么？第三，凶手在9点40到10点之间到底在找什么？如果是清理现场，根本用不了20分钟。第四，凶手一定是隔壁的那个住宿的商人，他的真实身份是什么？"福尔森的大脑像机器一样，精确地计算着每个程序。

"隔壁的客人在昨天上午就离开了，在这儿就住了一晚上。"老板说。

"汉普，你和我马上到伦敦警察局一趟，这里的事交给当地警方处理。夫人，我们先走了，谢谢你今天协助我们调查。"此时的福尔森显得有些焦躁。

"这是我应该做的，如果还有什么需要，我会尽量帮助你们的。"老板说。

福尔森回到汉普家里，写了一封信，然后在大街上叫了一个穿得破破烂烂的小孩，在他耳边说了几句，然后拿出 1 英镑给他。

福尔森和汉普乘上了通往伦敦的火车，一个新的冒险历程就要开始。

麦克唐纳自从海德公园案发生以后，一直在为破解这个奇怪的字符和图像而奔波。

"我做研究这么多年，从来没有见过像这样奇怪的字符和图像，我翻遍了文史典籍，目前总算有些眉目，可以确定的是这个字符是一种古文字，而且这种古文字早已经没人再用了。"波尔西博士说。波尔西博士是伦敦世界历史研究所的研究员，世界古文字领域的权威专家，英国皇家协会的荣誉会员。这位年过古稀的老人近日为了这串奇怪的字符付出了太多，桌子上堆满了厚厚的文献典籍。此刻他正拿着一块放大镜在古文字上照来照去。

"会不会是古希腊文字或者古罗马文字？"麦克唐纳问道。

"这不太可能，古希腊和古罗马文字属于拉丁文语系，也就是说，古希腊和古罗马文字属于字母语言，而这个字符属于象形文字，埃及的象形文字和苏美尔人的象形文字也不是这样。东方的文字体系中我也未见过这种文字，真是令人费解。这种文字应该是早已失传的文字。"波尔西博士坐在椅子上，一副厚厚的眼镜架在鼻梁上。

"那个奇怪的图像是什么？"麦克唐纳说道。

"这应该是一个动物的形象，但这个动物又不像是现实存在的动物，身体像一条蛇，长着翅膀，头部像一个穿山甲，尾部像一个狮子的尾巴，这应该是一种民族的图腾，就像是中国的龙，是不同种动物形象拼起来的。"波尔西博士说道。

"波尔西博士，今天就到此为止吧，谢谢你的鉴定，很有道理，我先回警察局一趟，关于这个字符的鉴定你还要多多帮忙。"麦克唐纳向博士致谢后便离开了研究所。

回到警察局后，见到了福尔森和汉普，他感觉有些吃惊。

"福尔森先生，警察局在调查这起案件中遇到困难，你也知道，英国各地已发生类似的暗杀多达14起，其中在伦敦发生了近7起，像这样如此错综复杂的案件我们还是第一次遇到，案件进展并不大，我们非常需要你的帮助。"麦克唐纳说。

"麦克唐纳警官，我的老朋友，这起案件确实棘手，凶手已经实施了许多起凶杀案，但我们还不知道凶手是谁，这个犯罪组织的规模有多大以及凶手的真正目的，还有那个奇怪字符的真正含义，你要知道凶手在暗处，我们在明处，我们处于一个很不利的位置。"

"我今天拜访了波尔西博士，那个怪老头认为这个字符是一种已经消失的古文字。而那个图形是一个民族的图腾,关于字符和图腾还在研究中。"

"我昨天在普利茅斯勘查了案发现场，大概知道了凶手作案的过程，但还不知道凶手和被害者的真实身份，也不知道凶手的行踪，这个案子不同于以往我侦破的任何案件，直觉告诉我这个案子的侦破思路将不同于往常，即使以前在与贩毒大王米切森的斗争中我也没有如此困惑过，我们必须先动起来，让对手手忙脚乱，只有这样，我们才有机会。"

"下面我们应该分三路行事，我和汉普负责普利茅斯案凶手的查找，你负责字符的破解，格雷戈里警长负责调查死者的身份。"福尔森说。

"那个字符真的很重要吗？我们的调查方向是不是发生了错误？"麦克唐纳问道。

"这个字符很关键，只有破译了它，我们才能接近案件的核心，进而占据主动权。"福尔森斩钉截铁地说道。

福尔森和汉普走出了警察局，叫了一辆出租车，来到了一座名叫盖登的宾馆。这是一个中档宾馆，宾馆设施很齐全，上上下下共五层，装饰很豪华，窗户后面是一个大花园，他们可以从这里清楚地看到花园。

福尔森在服务台订了一间客房，便和汉普出去吃晚饭了。

他们走到一个路旁的小饭馆坐下，要了炸鱼排、牛肉腰子派和一杯威士忌。

大街上汽车川流不息，对面的酒店里正在举行舞会，一群醉鬼在街上摇摇晃晃地走着。这些醉鬼穿得破破烂烂，手里拿着啤酒瓶东歪西倒。福尔森的脸上凸显出一种厌恶的表情，他看了街道拐角的几个穿着蓝色外套、戴着鸭舌帽的伙计。他们正在清洗一块灯箱招牌。这几个老兄一边清洗招牌，一边朝马路上观望着。福尔森的嘴角浮现出一丝诡异的微笑。

"汉普，你还记得许多年前我们一起侦破的那个关于血字的案子吗？这个世界危险无处不在，有些危险是无法预料的，这些危险是必定要发生的，我们生活在一个逻辑的世界里，每个事物之间都存在各种各样的联系，就像街上的这些醉鬼，他们每个人身上都有着自己的故事，今晚上必定有好戏发生。"

福尔森说的这些奇怪的话令汉普感到非常费解。他早就知道眼前的这位侦探常常说一些莫名其妙的话，他的思维方式与常人是大大不同的。对于福尔森来说，他最重视的是事情的结果，而不是那必要的推理过程。因此当他从一件微小的事情中得出重大的结论时，别人总是惊得目瞪口呆，说他是个十足的疯子。

就在这时，一辆汽车飞速驰过，随着一声惨叫，一个醉鬼被马车撞倒在地，看起来撞得不轻，醉汉在地上呻吟着。一个贵族穿着的青年走下了车，询问伤者的情况，周围聚集了许多人，只听"啪"的一声，男青年倒下，现场顿时大乱，围观的人一边大叫一边散去。那些醉汉们包括躺在地上的那位都迅速向四周散去，不到10秒钟的功夫就已经消失得无影无踪了。福尔森把酒放下，站起身来朝案发现场走去。十几个肩扛钢枪的警察排着队沿着大街朝案发地跑去，领头的是身穿蓝色制服的队长，他吹了吹哨子，现场骚动的人群顿时安静下来。

"怎么回事，闪开，警察局的人来了。"一个警察说道。

然后一队警察封锁了现场，领头的是莱克森队长。

福尔森走了过去，跟队长打了招呼，递给了莱克森一根香烟，队长一见是福尔森来了，便回应道："福尔森先生，真没想到会在这儿遇见你，我们接到报警，便赶来勘查现场。"

"中卫先生，能让我先到现场看看吗？"

"当然可以，你看看吧。"

这个男青年是被一枪击中头部而死，司机听到枪声吓得逃走了，地上留下一张纸条，福尔森打开看，还是那个奇怪的字符和图像。福尔森又去检查小轿车，发现车的轮胎被一枚钢钉扎破，他从口袋里掏出一个白色的手帕将钢钉包了起来。他看了看现场的方位，记下了死者与汽车的距离、醉汉与汽车的距离以及汽车的行驶方向。

"中卫先生，你们继续查看现场吧，我们先走了，有什么消息我会通知你的。"福尔森和汉普离开了现场。

"你怎么知道今天会有好戏看呢？"汉普奇怪地问着。

"因为这些醉汉在不适当的时间和不适当的场合出现，跟逻辑不能吻合。"福尔森说道。

"我还是不太明白，你能具体说说吗？"

"汉普，你可能记得，那些醉汉穿得衣衫褴褛，他们绝对不是富裕的人，换句话说，他们不太可能在高档酒店喝酒，只会在低档的酒吧喝酒，你可能清楚地记得伦敦的低档酒吧都在市区西部，我们在伦敦市中心，这里都是些高档酒店和酒吧，贫民区也在西区，他们怎么会成群结队地跑向市区东部？市区东部对乞丐、醉汉、游手好闲的人管制可是非常严格的。另外现在刚晚上 7 点多，按正常生活习惯，酒吧生意真正的黄金时间应该是在 8 点以后，这个时间应该是晚餐时间，不应该出现大群的醉汉。我刚才在观察他们时，路口站着一个清理工，他向醉汉们不停示意，我认为他是这伙人的探子。在刚才的观察中，我发现地上的汽车是朝向马路左边行驶的，以这个方向的话，根本不会撞倒在马路中间的醉汉，事故之所以发生，肯定是有人在汽车行驶的过程中做了手脚。这是一起有预谋的犯罪，犯罪者的精心策划令人感到非常可怕，他们精确地计算了每一个步骤。按照我的推理，我认为汽车在行驶过程中肯定是发生了什么意外情况，司机受惊改变方向，撞向了醉汉，不过事实是什么还要等着明天的验证。"福尔森说道。

第三章

海上阴谋

回到旅店的房间，福尔森拿出一本书，躺在椅子上静静地看着。他那双炯炯有神的眼睛紧紧地盯着书，每当领会书中的意思时便喝一口桌子上的可乐。

"这是什么书？"汉普一边倒着茶，一边问着。

"这是一本研究古代文字和古老民族风俗习惯的书。最近虽然我们碰到了形形色色的人，他们都只是整个犯罪的边缘人物，我们一直没能接近案件的核心，要想破解此案，必须破解符号之谜。"

"这个符号很像一种古文字，好像不是欧洲的古文字。"

"汉普，你说这不是欧洲的古文字，说说你的看法。"福尔森感到一丝振奋，他的目光慢慢从书转移到汉普身上。

"是这样的，我有一个朋友在美洲投资矿厂，很多年前他询问过我关于疾病的事，无意间提到了这种字符，说是在一个石碑上看到的，当时我也没有在意这件事。海德公园案发生后，我一直在回忆那件事，由于时隔十多年了，我一直没想起来。直到昨天夜里，我才想起来这件事。"

"汉普，我不得不说整个案件的突破口可能就在这里。"福尔森兴奋地从椅子上跳了起来，那张阴郁的脸终于浮现出了笑容。

"你那个美洲的朋友现在在哪儿？"

"很可惜，他在 7 年前生病去世了，我们之间通信留下的信也丢了，早知道这些信如此重要，我肯定不会把它们弄丢的。"汉普遗憾地说着。

"好吧，老弟，你不要再自责了，不管怎么说，这个字符的秘密隐藏在美洲大陆。我们应该去美洲玩玩，看看玛雅文化到底是怎么一回事。"

第二天一大早，一辆疾驰的汽车便停靠在盖登宾馆门前，一个邮递员拿着信交给了福尔森，然后驾着马车匆匆忙忙地走了。

"信是谁寄来的？"汉普问道。

"一封是伦敦警察局，另一封是普利茅斯警察局，汉普，我要等的消息来了。"

福尔森打开第一封信，看了一遍，对汉普说："普利茅斯宾馆的凶杀案终于侦破了，凶手果然不出所料，正是隔壁房间的那个自称是商人的人，警察局从他身上发现了一把左轮手枪，枪的口径与子弹大小完全符合，另外一家斯特朗建筑公司也已经被查封，公司里的人全部逃走了，警察局从公司中没有搜到任何有价值的信息。"

"真是一群狡猾的匪徒！"汉普气愤地说。

"第二封信里伦敦警察局调查出了死者的身份，死者是维尔特勋爵，英国皇家协会的考古学家，他是福尔摩斯研究会的成员。他祖上参与了在克里米亚对俄国的战争，立下大功，被封为勋爵，他继承了他祖上的头衔。果然不出我所料，汽车在行驶过程中突然爆胎，司机受到惊吓，改变了驾驶路线，结果撞向了醉汉，这些醉汉中只有几个是真正的凶手，他们混杂在醉汉之中，便于行使暗杀。"

"普利茅斯的凶手是怎么被逮住的？"汉普问道。

"你还记得那天我们查看完现场后，我把一封信交给了一个小乞丐吗？那封信就是给警察局的，信上写了在现场勘查后得出的详细结果，并请求警察局布下一个陷阱，诱使凶手进圈套。凶手作案后便逃走了。逃走之后，他只有两条路可走。第一，就是找个地方先隐藏起来。第二，就是趁机逃出城向他们组织的头目报告。我根据宾馆老板对他相貌的描述画了一张画像，然后让伦敦警方在全城张贴素描画，然而张贴的画像并不是凶手的。这样一来，凶手一定会放松警惕，认为警方并没有怀疑到他，而警方的人暗中用我画的真正的凶手画像去盘查，很快，放松警惕的凶手在克莱登大街一家餐馆内被抓获，但是凶手却在警察局拘留室中自杀身亡了。案件线索再次中断。"

"真是太可惜了，凶手为何要自杀？"

"汉普，这是一个非常严密的犯罪组织，每一个组织成员都有高度的忠诚性，说实话，我很佩服这个凶手最后做出的选择，他把对这个组织的忠诚当作自己终身的信仰，就像法国发生大革命时，许多革命党人为了民主自由，宁愿献出自己的生命一样。虽然这个凶手最终失败了，但他也应该值得我们敬佩。"

"如果他要是不自杀的话，我想伦敦警方会有一百种手段逼他说出真相。刑讯室的那些伙计们都是擅长各种刑具技术的变态狂。"

"伦敦警察局说字符已经被初步破解了，8个字符中前两个字符是中美洲的玛雅文字，后6个字符还不太清楚，如果这样推断的话，那个奇怪的动物图形应该是这个玛雅的图腾。"福尔森说。

"是羽蛇龙？"

"很可能是，那是玛雅的图腾。"

"为什么说可能是？"

"现在还不能确定，只是猜测。"

"波尔西博士是怎么破解前两个字符的？"汉普好奇地问。

"这个怪老头整天摆弄那些文献典籍，在一本关于玛雅历法的记载中找到了一些文字字符，这些字符与8个字符的前两个相符。"

"老朋友，我感觉我们有必要去美洲一趟。"

"汉普，你说得对，我先写一封信交给伦敦警察局，明天下午我们坐火车到普利茅斯，收拾完东西后乘船前往中美洲。"

福尔森匆忙地写完一封信后便交给了一个车夫，让他把信带往警察局。

下午，火车驶往了通往普利茅斯的路上，路旁是静静的山野和零星点缀的房屋，就像镶嵌在绿色地毯上的一串串珍珠。这些山庄在英国非常普遍，它们往往是旧时贵族居住的地方，庄园的领主一般都是受到皇室册封的爵士。

福尔森看了看这些山庄，点燃了一根烟，躺在座椅靠背上发呆地看着车厢顶。汉普把这段时间称之为"侦探的快乐时光"。

"汉普，你还记得我以前跟你说过关于这些乡村山庄的故事吗？这些山庄看似美丽优雅，然而在里面可能隐藏着最卑鄙、最无耻的阴谋，比起在伦敦贫民窟肮脏的污水、破旧的房屋、遍地的垃圾，这里的优雅整洁更令人感到可怕。人类许多悲惨的事情都发生在这些看似美好的事情当中。"

下午4点，火车到达了普利茅斯火车站。两人回到了汉普的家，汉普忙着收拾衣物，并带上医药箱，而福尔森带上了各种仪器、地图、文献书籍，还有那把跟随他多年的左轮手枪。

下午5点多，两人来到了普利茅斯海港，港内停泊了大大小小的货轮、渔船，碧蓝的海水一望无际，天空中不时有一些海鸥低空飞过，海港旁边有许多大大小小的海鲜店，人们簇拥在一起吃着美味的海鲜。一大群乘客来到码头等待着前往美洲的客船，福尔森买了两盒盒饭，又从街头小店里拿了两瓶啤酒。他一边享受着美食，一边看了看拥挤不堪的码头港口里停泊的一艘大客轮，这里多像泰坦尼克号始发时的场景啊。汉普一边吃着饭一边看着手表，焦急地等待着轮船的出发。

福尔森买了开往墨西哥的轮船票，下午6点，两人登上了船，开始了一次伟大的冒险之旅。

普利茅斯港口附近的饮料店内，亨利正与几个身穿黑色西装的人密谈。

"船长，明天的事情准备得怎么样了？"亨利问道。

一个留有白胡须的老船长说："一切都已经准备妥当，领袖把这个计划制定得非常完美，明天的戏会演得很精彩。福尔森不是我们的对手。"

"等他们几个下船后，你们就把船上的货物卸到港口的仓库里，佣兵训练场会有人来接应，到了晚上我们到海边见，注意信号灯，佣兵场的人会把钱分给我们。"格兰特勋爵说。

一辆黑色的轿车停在了洛杉矶郊区的一栋别墅外，从车上走下来三个人。

白色墙壁的别墅就像一座童话世界里的城堡，别墅的大门开了，三个人走了进去。

仆人迎了上来，并告诉他们领袖在书房里等着他们过去。

一个穿着蓝色大衣的年轻男人端正地坐在椅子上，眼睛正盯着手里的书。这个人有着一头漂亮的头发，一双锐利的眼睛，一副严峻的面容。

"柯塔，你的事办得不错，不过你确定没有一个漏网的？"可以看出这个人心头微微升起一团无名之火，略带尖刻地问道。

"我们的人已经将那些学者全部干掉了，没有一个漏网，但是我没能找到那份手稿。"

"你说说在大教堂的暗杀经过。"

"当我在教堂里杀死那名学者后，我在尸体周围找了很长时间，没能找到手稿。我不经意间看到死者身后的壁画。那幅壁画上画的是面目狰狞的恶魔与善良美丽的天使环绕在伟大的神灵耶稣周围，神灵的眼睛似乎在盯着我看，我的心中不由一惊。我感到脊背发冷，感到自己必须赶紧离开这里。在这个神圣的地方容不得任何卑鄙的暗杀，我在慌张之下把一小瓶汽油倒在了尸体的面部，然后又划着了火柴，扔向倒在尸体上的汽油，尸体骤然起火，几分钟后在焦尸旁扔下了一张纸条，然后离开了教堂。那件事办得还算顺利，如果不是在公园里开枪打中那名学者的腹部，我还真不容易制服那个精明过人的学者。"柯塔回答道。

"子弹上是不是涂有毒药？"领袖问道。

"是的，这是我们神社的秘密杀手锏之一，涂抹这种毒药的子弹打入身体内后，受伤者会神智不清，眼前出现幻觉，眼睛能看到大量虚幻的景象。"

"哥哥，哦，不，我应该叫领袖，根据我们的人提供的最新情报，福尔森和他的助手将乘船到美洲去调查玛雅文明的事了，我们利用那些字符和图像成功地转移了他们的注意力。"

"巴塞克，事情没有你想象得那么简单，福尔森这个人没那么好对付，我们当务之急就是尽快找出那份手稿并销毁它，否则那份手稿将对我们构成巨大威胁。"

"我们是不是应该在福尔森身边安插我们的人，这样一来我们可以随时掌握他的动向。"

"巴塞克，我的弟弟，我已经安排好了，即将发生的故事会非常有趣的。明天在客船上将上演一场非常精彩的戏。"

"我们不如在半途中将福尔森和他的助手干掉！"

"不，我们要跟他继续玩下去，直到最后他输得心服口服。"

"情报部门的人有行动吗？"柯塔问道。

"没有，我在情报部门也有朋友，他会把情报部门的动向随时告诉我们，就凭苏格兰场那些自负而又愚蠢的人，他们办不了这个案子！"

那个年轻人从书架上拿下一个白色的雕塑，这个白色的石膏雕塑雕刻的是一个穿着长衫的老人，手里拿着一根权杖，权杖上面有一些奇怪的字符和图像，它们与案发现场的那些字符和图像一样，在光亮的白炽灯下，老人的面庞显得愈加狰狞。

"弟兄们，向伟大的奥莱金家族祖先行跪拜礼，但愿我们的计划早日成功。"

所有人朝着年轻人手里的雕塑跪拜了下去，嘴里念道："伟大的玛雅神社万岁！伟大的奥莱金家族万岁！伟大的领袖万岁！"

这是一个可怕的邪教组织，一个血腥残忍的犯罪势力。

轮船起航了，福尔森想起了那首殖民时代雄壮的歌曲，这首歌曲激励着无数的冒险者，士兵去往遥远的美洲、亚洲、非洲，去获得他们梦寐以求的财富。

我们在清晨扬起了船帆

船舶抛锚起航

带着我们伟大的梦想去往远方

我们抵达每一座大山，每一个海港

那里有着无数的珠宝和金矿

我们拿着刺刀和钢枪

强迫他们说出诱人的宝藏

金银、珠宝和香料

我们掠夺每一个地方

整个世界都在我们的脚下摇晃

"福尔森，我还是不明白我们为什么要坐轮船去美洲，飞机会远比这快。"

"汉普，看看这封信吧。"

汉普拿过信仔细地看了起来，不禁皱起了眉头。

"情报部门的老朋友沃伊也加入了这个案件的调查，而且是绝密行动？"

"是的，我们这位老朋友最擅长干潜伏的活儿了，他在信中规劝我们乘船过去，我也是这么认为的，我们的行踪对手肯定知道，我想他们会在船上安排一个演出给我们看，我们会从这个演出中得到许多线索，而且墨西哥城的机场距离我们的目的地尤卡坦州还有很多路程，如果我们乘飞机过去，我们的对手一定会在半路安排很多杀手等待我们，最后还有一点，我有一个老朋友在尤卡坦州的布瑞拉镇，我们可以直接乘船到达他的管辖区，这样一来，我们就能把危险降到最小。"

"沃伊在信中说他和我们分头出击，我们在美洲调查玛雅文化，他在伦敦暗中调查那个组织并在适当时机打入对手内部，窃取重要信息。"

"是的，作为军情六处的高级特工，他干这行是老手了，我们把对手的注意力吸引到美洲，为沃伊暗中调查他们做掩护，我相信就像以前破案一样，这又将是一次愉快的合作！"

"没有人知道他的真实身份？"

"事实上，他的公开身份只是修士和教练员，只有军情部门最高长官知道，我想这次他参加调查也是绝密的，他这次冒险不同以往，这次我们面对的对手有着非常多的眼线，他们神通广大，沃伊一不小心就会暴露自己的真实身份而惨遭毒手，因此他必须把戏演得非常逼真，我们也要在适当时机全力配合他。"

"信是什么时候交给你的？"

"一个街上的小乞丐在今天早上把信交给我的，当时你还躺在被窝里梦呓呢。"

"这个小乞丐在以往破案中可帮了我们不少忙呢。"

"沃伊准备怎么跟你联系？"

"通过信件联系，他会把伦敦新发生的情况和他的调查结果告诉我们，这样要比通过电子邮件和电话联系更安全、更详细。"

"汉普，这已经是我第二次远涉大洋，到达国外，你还记得几年前我们在摩洛哥的探案吗？那一年的秋冬季节对我来说是一段忧郁而悲伤的日子，你知道，我是一个喜欢新奇和冒险的人，只有不断的刺激才能让我感到生活的乐趣，那种新的挑战才能让我重新焕发生命的活力。"

"可这次去美洲前途未卜，我们也许冒着生命的危险再也回不来了。"汉普说道。

"你还记得几个月前我和那个贩毒团伙头目的战斗吗？那是一场殊死的较量，当我在仓库里与他作最后的决斗时，我就已经打算与朋友你永别了，现在的这个案件异常复杂，我没有把握能将这个案件彻底侦破，如果我不在了，你要联合伦敦的警察局将案件彻底侦破。"

接着，福尔森把他的烟斗重新装满了烟丝，又伸手给汉普倒了满满两杯白兰地。

"为了减少旅行中的寂寞，我给你出几道逻辑题吧？"福尔森躺在椅子上笑着。

"福尔森，我亲爱的朋友，你是又想表演你那伟大的演绎法吧？"

"汉普，你知道我的方法，但我这次给你表演一个魔术，看看你是否能从中看出破绽，是建立在对细枝末节的缜密分析之上的，你试试吧。"

福尔森拿出一张报纸撕成几片，然后揉成一团，放在桌子上，接着把报纸拿起来展开，报纸神奇般地复原了。汉普感到非常诧异，这个魔术虽然算不上大魔术，比起舞台上表演的那些大型魔术，这个魔术并不复杂，但就在眼皮底下，福尔森似乎完成了一件不可思议的事情。

"老朋友，我虽然熟悉你的演绎法，但我实在是想象不出这个魔术是如何完成的？"汉普疑惑地问。

"好的，汉普，就在你刚才专注于我撕报纸的时候，我的袖筒里还有一个报纸揉成的团，当我把那个撕碎的报纸团放到桌子上时，你一直盯着那个撕碎的报纸团，却忽略了我袖筒里另一个报纸团滑落出来，而当我将袖筒的时候，我快速地把那个撕碎的纸团放到了袖筒里，桌子上放的不过是另一个完整的报纸团。"

汉普感到很吃惊，问道："可是我一直盯着整个魔术，为什么没有看出破绽？"

"是的，汉普，但是你看到的你未必能看见，换句话说你看到的你大脑未必能感知到，因为你的注意力都集中到那团撕碎的报纸上，而没有看到我的袖筒，在突发情况下，人们无法感知到突发事件，即使他能看到。"

"可是这个魔术用不到演绎法啊？"

"好的，汉普，是我欺骗了你，你从一开始就一直想着如何用演绎法发现破绽，却忽视了最简单的观察。"

"老朋友，你到底想说什么？"汉普疑惑地问。

"我们正在侦破的这个案件的对手对我们非常了解，他们深知我们在破案时使用的方法，所以他们利用我们这个习惯，一次次实施凶杀案，就是为了转移和分散我们的注意力，让我们为繁杂的凶杀案拖累，他们正在密谋一个不可告人的惊天计划。"

夜深了，窗外是无边的大海，在这个船上仿佛置身于一个脱离喧嚣的宁静世界。福尔森还是像以前一样沉默寡言，他在客舱里望着窗外漆黑的世界，偶尔拿起小提琴先慢慢地调一调音，然后试着拉一些门德尔松忧伤的曲子，但只要稍微有点不顺手，他就会猛地丢开小提琴，躺倒在沙发上沉沉地睡上一觉。近期连续的奔波已经使这位私家侦探疲惫不堪。他的眼睛通红，喉咙发痒，他从包里拿出了两片去火药服了下去。

早晨是他一天中热情高涨的时刻，他将卖报的人送来的报纸匆匆翻阅一遍，急切地搜寻着能让他那永不停歇的大脑感到兴奋的消息。这份报纸尽管还是几天前的消息，但是仍然让他兴奋不已，他是个只有依靠刺激的快感才能活下去的怪人。

"这个犯罪组织非常庞大，超过了我的想象，邪恶的贩毒团伙组织在最猖狂的时候也没能如此嚣张，这到底是一个什么组织……"福尔森躺在椅子上，陷入了沉思。

"也许他们是一个政治组织，正向政府宣战和示威，也许……"

"好了，汉普，我们暂且不研究这个问题，我们首先了解我们的目的地墨西哥的尤卡坦州，"福尔森打开了世界地图，"在这儿，他用手指指了指那块地方，那里是玛雅人的聚集地，我要在航行过程中仔细研究玛雅人的文化和风俗，这对以后我们破案会很有用。"

"这就是我们来美洲的原因吧？"汉普非常认真地说道。

"还有一个原因，这是我的策略。你能猜出是什么策略吗？"

汉普摇了摇头。

福尔森用手摸了摸下巴，眼睛紧盯着船舱玻璃，笑道："现在我们的对手，那个强大的犯罪组织在伦敦连环作案，我们不可与他们正面交锋。我决定以攻为守，施展中国兵书上的围魏救赵之计，挺进中美洲，向犯罪势力控制的后方机动迂回。我要把犯罪势力的注意力吸引到美洲，并分散和牵制住他们的势力，为伦敦警方调查和沃伊的潜伏赢得时间。接下来我们要在美洲主动出击调查，不断调动他们，要在与犯罪势力的交锋中连续小胜，挫去对手的锐气，待他们自乱阵脚之际，再将对方引入我们布置的口袋，取得一场大胜。这样一来我们在与犯罪势力的斗争中才能化被动为主动，掌握作战的主动权而不是受制于人。你明白我的意图了吗？"

此番分析展示了福尔森在复杂的形势中驾驭全局的杰出才干和他过人的洞察力，这种天赋将在他以后的侦查历程中无数次帮住他战胜狡猾凶狠的犯罪势力。

汉普佩服福尔森的胆略，他点了点头，说道："围魏救赵，避实击虚，确实高明。"

福尔森打开一本关于玛雅文化的书看了起来，汉普见福尔森沉默不语，便捧着一本医书看起来，整个屋子沉浸在寂静之中。

周围响起了一声枪响，划破了夜的沉寂。

外面吵吵嚷嚷，乱成一团，汉普感觉情况不对，便想出门看个究竟。

"汉普，不能开门，待在屋里别动，整个楼道已经被敌人封锁，你出去只有死路一条。"

"是谁干的，是我们的对手吗？"

"有人劫持了船长和水手，并封锁了整个船舱。"福尔森说。

"你怎么知道这是海盗干的？"汉普问道。

"还不太清楚，不过可以肯定的是，有人想利用这条船进行一个阴谋。绝不只是劫财这么简单！也许是一次有预谋的恐怖袭击和绑架事件。"

"你待在这儿先不要出去，等到 11 点时我会回来叫你。"

10 点，福尔森打开客舱外面的窗户，从窗户爬了上去。

汉普忐忑不安，尽管自己与福尔森共同揭露了许多犯罪阴谋，经历了无数次巨大的危险，但是这一次福尔森面对的是一船几十个荷枪实弹的杀手，他知道福尔森也不是变形金刚，实在无法想象这位侦探如何取得胜利。他决定助他一臂之力，决不能让这位老伙计独自一人踏入龙潭虎穴。

福尔森从窗户爬到二层舱房，发现这里是船长室，便推开窗户，从外面跳了进去，他仔细查看了屋里的陈设，从柜子里取出了探照灯和轮船舱房平面图。一个计划在他心里已经产生。外面响起了脚步声，福尔森迅速躲到了柜子后面的角落里。

这时门打开了，两个穿着黄色夹克和条纹裤子的人走进室内，用探照灯照了一下，没发现异常的情况，两个人靠在柱子上点燃了烟，便聊起天来。

"嗨，伙计，你说全船的船员都被我们控制起来了，老大还让我们查什么？"

"我也觉得太没这个必要了，我们拼死拼活地干，也分不了几个钱。"

"听说天黑后让咱们动手，杀了全船的人，这次行动后，我一定要大抢一笔，买一大箱威士忌，咱兄弟也喝个痛快。"

"货什么时候到？"

"听说是在 11 点半左右，等货到了就让这些该死的船员搬。"两人说完后便走开了，关上了大门。

待他们走后，福尔森从屋里跟了出来，嘴角露出一丝不易察觉的笑，这两个人能带他找到那些被软禁起来的船员。

"别动，不然要你的命。"福尔森拿着枪顶着那个高个的谈话人的脑袋。

"按我的吩咐做，快告诉我，船员被关在什么地方？"福尔森说。

"是，我说，他们一部分被关在仓库里，还有一部分分别被关在轮机房和一间客房。"

"船上要来什么货？"福尔森问道。

"我们也不知道，这是件绝密的事，你就是杀了我我也确实不知道。"

"你们的老大在什么地方？"

"在 305 客房，但你救不出他们，我们在船上布置了二十多个带枪的杀手，老大旁边有许多高手。"

"听着，你们把这个吃下。"

"这是什么？请别杀了我。"

"这是安眠药，你们吃了后 5 个小时内醒不过来，你们如果不吃的话，可能永远也醒不过来了，想清楚没有？"

"我们吃，我们吃。"

两人吃下安眠药后，福尔森将其打昏，然后抬到了旁边的一间客房里。

客房里，汉普在屋里不安地走着，他想着以前与福尔森一起破获的案子，长老会、魔鬼谷五月党人、克皮尔山庄案等，他不能让他这位好朋友一个人去冒险，汉普从窗户爬到了外面，外面一片漆黑。汉普从窗户爬到了甲板上，甲板上有几个拿着枪的人在巡逻。汉普趁机跑到了甲板上的楼梯后面，躲在楼梯后面看着甲板上的十多个拿枪的人，只听"哐当"一声，汉普一不小心踢倒了楼梯旁边放置的一堆罐头。

顿时，甲板上的拿枪的人警觉起来，只见 4 个拿着步枪的人向楼梯处走来。

汉普尽管会一些拳击、剑术之类的功夫，但无论如何也是无法打败这些荷枪实弹的人，他也知道自己不是刀枪不入。手里的左轮手枪只有七发子弹，敌人离楼梯越来越近了，只听"啪"的一声，一个人应声倒下。枪声是从后面传来，甲板上的人顿时朝楼梯口跑去，一个陌生的高个年轻人又开了两枪，两个人应声倒下，汉普看准时机又开了一枪，击毙了一个胖子。随后，汉普和这个人朝楼梯口迅速往下跑，敌人在下面紧跟着，子弹从后面飞来，飞过头顶，打中了天花板。

这时，两人顺着楼梯到了三层。

两人见走道里没人，便闪进了一个储藏室。

汉普观察眼前的这个高大的年轻人，颧骨很高，脸庞瘦削，一头金黄色头发像瀑布一样从额头铺下来，右眼被头发盖住了眉毛。汉普擦了擦额头的汗水，脑门上的冷汗几乎汇流成河。

"多谢你刚才救了我。"汉普说。

"救你其实就是在救我自己，我不先开枪的话他们迟早会发现我。"

"敌人迟早会找到这里来的，如果被他们发现了，我们是死路一条。"

"我的一个搭档也和我们的处境一样，他也许正在和敌人战斗。"汉普说道。

"我们要不要去帮他？"那个年轻人说。

"以我们两个人去硬拼，简直是痴人说梦。现在想想办法，要以智取胜。"汉普在图纸上画着具体的行动路线和时间。

两人分头行事，年轻人负责吸引敌人的注意力，汉普负责到楼层调查水手的关押地点，待找到关押地点后，两人汇合，解救出水手。

汉普从房间里出来，走廊里空无一人，汉普迅速走到楼道口，发现楼道口布置了许多带枪的人。

汉普迅速撤离，打开最近的一间舱房，从舱外的窗户爬上了二层，当他爬到三层时，发现一间舱房里有人在交谈，但听不清他们的谈话内容，但能断定这个戴着黑色礼帽的瘦高男人就是指挥者。不一会儿，这个瘦高的男人从屋里走了出去，屋里空无一人，灯也关了。汉普迅速打开窗户，跳到了室内，成败在此一举。他悄悄地走近保险柜，保险柜的铁门还没有关上，可能那些人没想到有人敢到这里来窃取文件。

柜里放着许多重要的资料，汉普把这些文件拿走了许多，然后从窗户上爬了出去，这时汉普清楚地听见船里乱成一团，他感觉事情有变，便爬上了甲板，甲板上船员已经被解救，船员拿着备用枪站立着，刚才那些拿着枪的人却已经被捆绑了起来。看来他们的计划成功了，福尔森站在甲板上，汉普跑了过去。

福尔森说："汉普，你怎么在这儿？这些人已经被制伏了。那个年轻人击毙了他们的头儿。正当他们乱作一团时，我找到了舱房里的船员，这些船员拿着备用枪制伏了位于轮机舱和仓库里的敌人。船上的人得救了。"

"年轻人，你干得很出色，多谢你的协助。"汉普彬彬有礼地说道。

"福尔森先生，据你所说，11点多会有一批货物上船，我们到时该怎么办呢？"年轻人问道。

"现在已经是11点了，他们就要到了，你和船员还有汉普换上他们的衣服，我带领一部分船员埋伏在船内，待他们上船后，把他们一网打尽。"

福尔森说。

时间一分一分过去，突然海平面上出现了一艘小船，距离轮船越来越近。小船上的信号灯不断闪烁着，福尔森冰冷的眸子里浮现出一丝忧虑。

待小船接近轮船后，只听小船上的人喊了一声："今天钓上鱼了吗？"

汉普说了一句："钓上了大马哈鱼。"

小船便靠上了大船，从小船上走下一个人，与汉普说了一会儿话。然后小船上的人便搬着一箱箱货物上船，待小船上的人全部上船后，福尔森带领一部分拿着枪的船员冲了出来迅速制伏了小船上所有的人。那些后上船的人和开始的那些绑匪都被缴了械，关在储藏室中。

计划进行得非常顺利，顺利得令人不可思议。

回到船舱，他们终于松了口气。汉普兴奋地拿出那些重要文件，说："今天我和他们的对话全靠这些文件，上面有交货的暗号、密码、货物种类、数量、目的地，幸亏我及时看到并记住了。"

福尔森说："今天的收获非常大，这些文件非常重要。"福尔森拿着文件仔细看，不过信上的文字全部是密码，根本看不懂。

"又是这些奇怪的字符！"福尔森深吸了一口烟，嘴里冒出了白烟。

"福尔森先生，船长请求来见您，他是来特地感谢您的。"年轻人说。

"哦，快请进。"福尔森说。

"福尔森先生，我真心感谢您救了全船人的性命，当然我还要感谢勇敢的汉普先生和这位年轻人。这些香槟酒和珠宝是船员们的心意，还请您收下。"船长说。

"船长阁下，香槟酒我们可以收下，这些珠宝你还是送给船员吧。"

"福尔森先生，既然你不肯接受，那我也不勉强了，最后我代全体船员再一次向您致谢。"这位白胡子船长已经在大海上漂行几十年了，岁月的痕迹留在了他的额头上。

船长走后，汉普问道："我亲爱的朋友，你怎么知道船上会有那么多敌人，当外面出现喧嚷时，你并没有出去啊。"

"是的，亲爱的汉普，我并没有出去，但你了解我的工作方法，我靠勤奋和观察对事件做出预测，我感兴趣的主要是实际运用。当我们上船时，我就发现了船上有许多探子，所以我判断船上肯定还隐藏很多他们的人，入夜后他们肯定会动手。他们之所以留下这些船员，就是为了让他们搬运货物，等搬完货物后，他们会把这些船员全部杀死。我抓住了他们的人，问出了水手被关押的位置，这才粉碎了他们的阴谋。"

福尔森抽了一口烟，嘴里冒出白烟，汉普呛得咳嗽起来。

"他们甘愿冒着杀人的风险来运输军火，说明什么？"福尔森说道。

"说明这批货非常重要。"汉普说。

福尔森按了按太阳穴，慢吞吞地说道："说得对，可是还有一个疑问，他们要把货运往何处？"

"福尔森先生，我能说说我的看法吗？"年轻人说道。

"当然可以。"

"我认为这批货肯定是运往美洲，因为船在被劫持后，航行方向一直未变。这批军火运到目的地后，肯定要实施一个巨大而肮脏的交易，我刚才审问过了那些人，他们说他们是加的夫的一个地下走私团伙，经常贩运一些军火到美洲。他们的目的地是墨西哥，这次他们的买主支付了大批珠宝愿意买下这批军火，并让他们安全送到。"

"年轻人，你干得很漂亮。"福尔森赞叹着笑道。

年轻人这才说出了他的名字，原来这个年轻人叫弗兰克，他哥哥是英国皇家协会的文物鉴定专家。不久前英国出现一系列凶杀案，他哥哥也不幸被害，他与他哥哥感情非常深厚，他从政府的公告上得知案件现场的字符与玛雅文化有一定联系，这个勇敢的年轻人准备从英国单独乘船去美洲亲自调查案件的真相。

"这些奇怪的字符和图案，还有这张图纸还是令人感到费解。"汉普说道。

福尔森拿着这些文件认真地研究了起来，眼睛盯在了一张图纸的图案上，"这个徽标图案怎么会在这儿出现？"福尔森感到诧异和不解。

"这个图案怎么了？"汉普问道。

"这个图案是很久以前一个秘密组织的图标，这个组织名叫共进会，隶属于黑手党组织。参加这个组织的人身上都绘制了这个图标，他们在伦敦做了十几起凶杀案和绑架案，那些案件当时轰动了整个伦敦，当时我刚介入侦探界。我帮助伦敦警察局的人调查这个案件，这个案子历时三个多月，终于被侦破了。其头目是一个思想极端主义者，因看不惯伦敦的上层社会，这个思想疯狂的人妄图恢复已消失数百年的君主专制制度。参加这个组织的人多达千人，他们有不少是学者、教徒、农民。法庭给这个组织的头目判了重刑，后来他在监狱里自杀了，但是他扬言在他死后，这个组织还会复活。我破获了这起案件后侦探界也颇为震惊，使我从一个无名侦探一举被侦探界认可。"

"难道这个组织又复活了，开始兴风作浪？"汉普问道。

"目前一切还不清楚，我们掌握的情况还不够多，不能轻易下这个结论。"福尔森说道，"这些字符很有可能是他们的交易密码和语言，字符的排列顺序很有趣，这些数字和字母交替出现，我们必须找到密码本，才能破解这些该死的密码文件。"

已经消失了很久的组织、奇怪的字符和图纸、神秘的玛雅文字，这里到底蕴含着什么玄机？福尔森再次陷入困惑，他已经陷入了通常的那种沉默而神情茫然的状态中了，这时汉普很清楚现在最好别去打搅他。福尔森又开始服用可卡因，只有这种不断的刺激才能激发智慧的火花。

第四章
奇琴伊察神庙

　　轮船在大西洋上继续航行了许多天后到达了美洲海岸，前面出现了一个小镇，船上的人欢呼着，人们再经历着九死一生和漫漫长途后终于抵达了目的地。轮船抵达港口，展现在眼前的是一个繁华的小镇。这个小镇虽没有伦敦的高楼大厦，但是小城里后哥伦布时代的洛可可建筑还是使人耳目一新。福尔森看到这幅独特的中美洲城市风景时，感到像是在油画中一般，如果不是在那环形的海湾里摇曳的货船提醒他的话，他还以为那是这幅静止不动的风景画。

　　福尔森、汉普以及弗兰克下了船，走到了港口上，"亲爱的汉普，你知道我现在是什么心情吗？"福尔森问道。

　　"老朋友，你是想说你现在的兴奋就像哥伦布第一次登上美洲大陆一样？"汉普说。

　　"汉普，你说得对，这次冒险将非常有趣。"

　　"明天我们将去拜访莫泊斯长官，许多年前他在伦敦经商，我们是老朋友了，后来他来到墨西哥做木材生意，赚了一大笔钱，现在是这一地区的长官。今天我们先到乡下去散步，感受美洲的自然风光。最重要的是先到奇琴伊察神庙实地走访。"福尔森说道。

坐了3个小时的车，司机停了下来。福尔森付了钱，他们走下车。汉普向前望去，不由得升起一种敬畏之情。这是一片庞大的石庙建筑。

奇琴伊察神庙遗址比起玛雅人早先建造的那些古城，建造得虽然稍晚，但别具特色。这里举世闻名的武士神庙是当时世界上最为壮观的杰作之一。武士神庙刻有极其丰富的浮雕装饰，神庙中通往圣殿的阶梯顶上，有座称为查克莫尔的人像。考古发现，托尔特克人在尤卡坦州留下许多这种石刻人像。在玛雅人举行的祭祀大典中，当时奇琴伊察的祭师，可能把活人祭品的心脏摆在这个斜倚的人像上。奇琴伊察是玛雅文明遗址的精华。

汉普和弗兰克跟着福尔森走到寺后的一片丛林里，这里是一个宽阔的石制圆形剧场，但覆盖了一圈植物。在剧场的中央是个很大的池塘，池塘水面上漂浮了一层厚厚的绿色藻类。从上面望下去，他们看到了以前从未见过的景象：祭台上有大量的骨骼，有些是人的骨骼，有的是羊和牛的骨头。这恐怖的景象令福尔森感到胃里在翻腾。他细心地观察到祭台上供奉着一种奇特的动物，与案发现场纸条上的动物图像完全一致。

他们穿过祭台，来到一座大殿前，这座大殿的建筑风格非常像哥特式建筑。他们马上抬头张望，神庙那巨大的穹窿，仿佛就要在他们的头顶上撒下一张大网。灰色的石柱，宛如银杉一般，一根接一根向高处延伸，直至消失在穹顶昏暗的阴影里。这些石柱，在令人晕眩的高空里构成优雅的弓形，然后直落而下，嵌入地面的石头里。

神庙的内部既遵循多利亚柱式的惯例，安排得很简单，又主题突出，庄重宏伟。通道两侧都是青石板砌成的高墙，反射出斑驳的光芒。巨大的空间增添了几许鬼魅般的气氛……使人觉得像是在地下墓穴里。

"也许我们又要开始一次伟大的冒险了，伙计们，保持警惕！"福尔森拿出手枪，那双炯炯有神的眼睛向周围扫视着，警惕着随时可能出现的袭击。

当地人都不愿意进入这个恐怖的神庙，据说进入神庙的人都会被诅咒。

神庙上是一个巨大的神像，"这大概就是太阳神吧。"福尔森说道。"我真是无法想象这些巨石是怎么搬运上这个陡坡，然后建造成这个宏伟的神庙，我想连上帝都会赞扬那些伟大的玛雅建筑师的。"

"福尔森先生，神庙这么大，我们该往哪儿走呢？我们没有地图，走入这里面肯定会迷路。"弗兰克说。

"绕过神像，沿着左侧的走廊往里走。神庙里有许多迂回曲折的游廊，就像一个巨大的迷宫，倘若走错一步，穿错了拱门，我们就会迷失在四周被高墙围着的迷宫里。我们每走到一个路口，就在路口放上硬币作为记号，这样回来时就不会迷路了。"福尔森说道。

他们沿着左侧的走廊向里走，走廊两旁是石墙，里面的光线越来越阴暗，由于很长时间没有人光顾，穹顶上布满了蜘蛛网，整个大殿出奇的静，只能听到他们的脚步声，令人感到不寒而栗。脚步声在空旷的神庙中产生巨大的回音，给这本已神秘的大殿又增添了一层诡异的色彩。

来到一个路口处，是神庙的第二个大厅，外面也有一个神像，他们站在路口处，不知道该往哪个方向走。

福尔森站在大厅里，看到大厅里有许多各种动物的雕像，有许多动物根本没见过。

"这些雕像的雕刻技艺很精湛，可与欧洲最伟大的雕塑家的技艺相媲美。"汉普说。

"大家跟上，我们继续往前走。"福尔森说。

"福尔森先生，我好像看到雕像动了一下。"弗兰克说。

"这怎么可能，你是在给伦敦幼儿园那些可爱的小孩子们讲故事吧？你不要再吓唬我们了。"汉普咯咯地笑了起来，眼角的余光瞥向旁边的福尔森。

"这里看起来很诡异，令人不寒而栗。"弗兰克声音颤抖地说道。

"看你吓的。"汉普以一种嘲笑的口吻说道。

福尔森走到雕像旁边，这是一个巨大的蟒蛇雕像，一双可怕的眼睛正盯着福尔森。

"我想弗兰克并没有在胡扯，你们俩继续往前走，我沿着左边的这条道路走。"福尔森沉沉地说。

福尔森从大衣侧口袋里掏出一封信，他把信递给了汉普，说道："这是我给莫泊斯长官写的信，你们到官邸时把信交给他。"

"福尔森，你难道不跟我们一块回城里吗？"

"能一块回去最好，不过我相信你们会先到城里，你知道我对那些稀奇古怪的东西很感兴趣，这种奇特的爱好会使我花费较长的时间待在这座神庙中。"

汉普小心翼翼地把信装进了大衣口袋。

"福尔森先生，你要小心，上帝会保佑你的。"弗兰克说。

他们分开走后，弗兰克和汉普沿着来时的那条大道继续向前走，昏暗的光线使两人的脸显得格外紧张，一个突然的声响都会使他们的神经立刻绷紧。

福尔森与两人分开后，来到了一条迂回曲折的走廊，走廊环形延伸，走到尽头发现自己走到了一个楼梯口，拱形的楼梯通向地下一层的暗室，他沿着楼梯不断往下走，前面出现了一个石门，福尔森站在石门旁，考虑着如何打开石门。

旁边是一个海龟雕像，福尔森在海龟旁站定，手在海龟的眼睛上一按，顿时眼前石门打开了，里面光线更加昏暗。福尔森走进石门，只听石门"砰"的一声关上了。福尔森观察到墙壁两旁是各种各样的图案和玛雅文字，地上有许多动物的骨骼，密室里温度很低，福尔森感到很冷，不知道走了多长时间，福尔森看到前面立着一个石碑，上面刻有许多字符和图画，他走近石碑，注意到最上面有一个奇特动物的形象与案发现场的图像一模一样，下面还有一系列大大小小的字符和数字，最下面是玛雅文字。福尔森拿着纸笔画下了这些玛雅文字，然后沿着路继续向前走，发现前面又有一个楼梯口，楼梯口旁边还有一个通道向左拐。福尔森走上通道，沿着楼梯走上去，大概走了十几分钟，发现自己已经走出了神庙，眼前豁然开朗。一片丛林展现在眼前，丛林中还耸立着几个大天文台。这些天文台建造在巨大的平台上，窄小的台阶通往顶层。这些天文台与现代的天文台有些相似，圆筒状的底楼建筑，上面有一个半球形的盖子，这个盖子在现在天文台的设计上是天文望远镜伸出的地方。底楼的四扇门刚好对准四个方位，此地的窗户与门廊形成六条连线，旁边还有几个小型金字塔和一些倒下的石柱。

福尔森不由自主地赞叹起这个曾经辉煌的文明，同时也为这个快速湮没的文明而惋惜。一个文明百年之后，留在世上的也只有这些断壁残垣而已。

已经到下午了，福尔森沿着丛林小道往前走，中美洲的丛林植被茂密，生活在这里的昆虫动物也被赋予了奇异而致命的特性，蜘蛛、毒蛇、毒蜂都能要了人的命。福尔森小心地在丛林挪动，前面的丛林越来越茂密，小路被完全湮没。他迈着步子艰难地在齐腰的草丛中走着，一不小心，他那结实的臂膀被一种藤类植物的毛刺划伤了一个小口子。

福尔森穿过一片茂密的丛林后来到了一座巨大的金字塔前面，这座金字塔不同于他刚才看到的那几座小型金字塔，这座金字塔无比雄伟。他想起这应该就是著名的库库尔坎金字塔，这些知识是他从一本玛雅文化的书中学到的。这座金字塔的设计数据都具有天文学上的意义，它的底座呈正方形，它的阶梯朝着正北、正南、正东和正西，四周各有91层台阶，台阶和阶梯平台的数目分别代表了一年的天数和月数。52块有雕刻图案的石板象征着玛雅日历中52年为一轮回，这些定位显然是经过精心考虑的。

台阶的两侧有宽达1米的边墙，北边墙下端，有一个带羽行的大蛇头石刻，蛇嘴里吐出一条大舌头，颇为独特。在每年春分、秋分这两天的下午，金字塔附近就会出现蛇影奇观：在太阳开始西下的时候，北边墙受到阳光照射的部分，从上到下由笔直逐渐变成波浪形，直到蛇头，宛如一条巨蟒从塔顶向下爬行，由于阳光照射的关系，蛇身由等腰三角形排列成行，正好像蟒背的花纹，随着太阳西落，蛇影渐渐消失。每当库库尔坎金字塔出现蛇影奇观的时候，古代玛雅人就欢聚在一起，高歌起舞，庆祝这位羽蛇神的降临。库库尔坎金字塔是玛雅人对其掌握的建筑几何知识的绝妙展示，而金字塔旁边的天文台，更是把这种高超的几何和天文知识表现得淋漓尽致。

福尔森越来越怀疑处于石器时代的玛雅人是如何建造这座恢弘的金字塔的，建造这座金字塔需要高超的运输切割技术和高深的几何和天文学知识。

此刻他已经走到了这座古文明遗址的中心地带，他想到前面那座小金字塔上看看那些别具一格的玛雅文字，那些文字的结构与案发现场留下的字符结构相似，虽然他还不能确定那些字符是不是玛雅文字，但他还是决定认真比对一番。

在穿越一片草丛时他感到腿上一阵疼痛，低头一看，发现腿上多出一个小伤口，他清楚地知道肯定是被什么小动物咬了，福尔森感到一阵眩晕，不一会儿便倒在了草丛中。

汉普和弗兰克沿着那条大道走着，前面是一个大殿，他们穿过拱形门，来到大殿中央。大殿中有许多神像，与前面神像没有什么不同，大路在这个大殿里消失了，大殿周围有许多石门，汉普和弗兰克不知道该往哪个石门走。

"就走中间这个最大的石门吧，汉普医生。"弗兰克说。

"可是石门如何打开呢？"汉普疑惑地看着石门和周围的神像不知所措，一种莫名其妙的慌乱和随之而来的恐惧完全控制了他的内心。

"石门上没有任何标志和按钮，我们应该从哪儿打开？"弗兰克说。

汉普走到一座鹰的石像前，"我想石门的秘密就在这个石像上。"汉普说。

汉普扳动石像的头部，顿时石门打开一条裂缝，弗兰克上前，两人合力扳动，石门被完全打开。两人内心的疑惑和惊恐终于幻化成了歇斯底里的喜悦。

这是一道地狱之门。

石门内是一条暗道，不断往下延伸，汉普和弗兰克沿着暗道往下走，大约走了一个多小时，两人走进了一个漆黑的山洞。"原来这个神庙与山洞相连，整个建筑真是太惊人了。"弗兰克说。

山洞里一片昏暗，道路崎岖不平，透过山顶的一条裂缝，山洞里有一丝光亮。两人继续往前走，前面是一个水潭，山洞里有许多动物的骨骼，在黑暗的山洞中发出绿幽幽的光，像马斯顿森林的萤火虫，使用过的石质工具杂乱地堆放在地上。洞壁上有许多玛雅文字和古怪的图案，汉普走近洞壁，发现上面是各种神像的图案，各种奇怪的动物图案，还有许多大大小小的古文字。其中一幅图案吸引了汉普的目光，图案好像是案发现场纸条上的图案，又是那个奇怪的动物。

"这些图案好像在哪儿见过。"弗兰克说。

"这里应该是当地土著人生活的地方,这个水潭应该就是神潭,用来祭祀的地方。"汉普激动地说,"这些骨骼应该是祭祀时所宰杀的贡品所留下的遗迹,你看这沟水潭像一个穿着黑色长袍的魔鬼,它吞噬了无数美好的生命,人类究竟为何如此残忍呢?"

"好了,汉普先生,你不用给我讲那无聊的哲学课了,不过我想我们看到的就是传说中的玛雅地下隧道,关于建造这些隧道的目的现在还是个未解之谜。"

"前面已经没有路了,汉普医生,我们回去吧。"

"好吧,今天的收获还是很大的。不知道现在我的老朋友怎么样了,我们先沿着原来的路出去吧。"汉普说。

两人刚要转身离开,只听汉普大喊一声,"那是什么?祭坛后面的那个一米多高的阴影是什么?"

转眼间,汉普和弗兰克这两个来自文明世界的脆弱者已面对面站着,他们挪动那微微发颤的腿,走到那一米多高的阴影跟前,弗兰克看着汉普那惊讶扭曲的面孔后咧嘴大笑。

弗兰克紧张了好一会儿才冷静下来,他的思维也恢复了缜密,他扭头说道:"我想玛雅人在跟我们玩捉迷藏,你看看这些生动的玛雅字符和图像雕刻在这冰冷的石碑上是多么的刺眼,再看看这石碑最上部的那个拿着权杖的和蔼的老人雕像,我想古代那些玛雅人不仅仅是艺术家,他们更应该去当导演,拍一些揭秘悬疑的电影。"

"这些字符和现场发现的那些字符完全一样,虽然我不知道它们是什么意思,但是我想这些字符很可能隐藏了案件的真相,这些古怪的文字会引导我们走向胜利的阶梯。我们可以确定案发现场发现的那些字符和神庙祭祀有关,今天的收获很大,不过我那不争气的肚子又在咕咕叫了,咱们还是回去吧,把今天的观察成果整理出来,找出有价值的线索,我们的成果会让福尔森嫉妒的。"汉普说道。

两人根据来时做的标记,沿着硬币指示的方向走出了神庙。

"我们在这儿等福尔森先生吧。"弗兰克说。

"我了解我这位朋友,他行动非常迅速,在这个迷宫一样的神庙里,他之所以还没出来，要么是他发现了什么，正在专心地研究，要么他迷路或者出事了。如果是后种情况，我们即使进去要找他也是无济于事，现在天色已晚，我们不如先回去吧。如果福尔森明天还没回来，我们就让长官府邸的人去找。"汉普说。

"汉普医生，我同意你的观点。"

两人沿着来时的路走了回去，好在汉普在伊拉克山地常年当军医从军作战培养了他在山地中准确判断方向的能力，太阳落山时，他们到达了来时的那片田野，远远地可以看见这座海岸边的小城。黑夜为这座海滨城市增添了巨大的魅力。黄昏过后黑夜降临，这座城市呈现出神秘而奇特的氛围，世所罕见。炊烟袅袅，空气中弥漫着美洲植物的特有气味。夜深了，城市一片静谧，只有匆忙回家的脚步声偶尔划破夜空的宁静。

两人到达当地政府官邸的时间是晚上9点。这是一座中世纪欧洲建筑风格的建筑，里面是一个很大的庭院，从外面望去，里面郁郁葱葱。汉普把一封信交给了门卫，让他把信转呈给莫泊斯长官。

大概过了十多分钟，门卫出来说："两位阁下，我们长官有请。"

汉普和弗兰克在门卫的带领下走到了会客大厅，宽敞的大厅带有路易十四时代的装饰风格，房顶上安装着玻璃枝型吊灯，天鹅绒帷幔悬挂在窗户上，墙上挂着一件制作精美的大钟表，屋里挂着几幅17世纪欧洲小镇的油画。莫泊斯手拿一本书正坐在办公椅上。

"莫泊斯长官，你好。"汉普说道，朝莫泊斯走去。

莫泊斯起身相迎，他那双铁钳般有力的手紧紧握住汉普的手。

汉普观察莫泊斯长官的相貌，此人中等身材，肩膀与上肢十分魁梧，看起来像是一名优秀的举重运动员。他强有力的握手已经证明了这一点。一双炯炯有神的深邃眼睛，充满自信聪慧，很有穿透力，仿佛能看透别人内心的秘密。

"汉普医生，弗兰克阁下，我的好朋友福尔森先生在信中已经将你们的情况介绍得非常清楚了，你们请坐，我这个人不喜欢那套官场繁文缛节，你们直接称呼我莫泊斯就行了。"

"莫泊斯长官，我们的突然到来打扰了您的安宁，希望您见谅。"弗兰克说。

"阁下，在你下结论之前，你不妨想想我在这儿的生活是多么的无聊，能够让我开心愉快的事物都让繁琐的政务赶跑了，有你们来访，足以打破我枯燥的生活，我自然会感到无比高兴。"莫泊斯拍了拍弗兰克的肩膀，激动地说道。

他们又聊了聊英国国内发生的事和最近发生的案件。

"我们就是为了这个案子才跨越大西洋来到美洲的，福尔森先生可能已在信中将情况都说清楚了。不过还有一件事，大人，福尔森和我们进入神庙里勘查时，与我们分开了，直到现在还没回来。"汉普说道。

"我的好朋友已经在信中说了，如果没跟你们一块回来，说明他发现了什么线索，有重要的事要办，你们不用为他担心，他很安全。"莫泊斯说。

"可是如果万一出了意外情况呢？"弗兰克问道。

"如果他后天上午还没回来，我就派卫兵进入神庙搜寻，不过你们确实不应该进入那个神庙，会受到碑文的诅咒，但是为了办案，只能冒险一试了。"莫泊斯说。

"那个神庙有什么诅咒？"汉普好奇地问道。

"传说进入那个废弃神庙的人因为打扰了神灵的安宁最终都会受到太阳神的诅咒，下场会非常悲惨，许多科学家为了研究玛雅历史踏入那个禁地，结果都无缘无故死亡了。"

"长官先生，多谢你的提醒，不过我们不信什么虚妄的诅咒之说，我们会注意自己的安全的。"

晚饭过后，汉普和弗兰克决定到这座城市的大街上散步，感受这座中美洲城市别样的风情。街道上店铺林立，街道干净整洁，夜晚的城市灯火通明，远处的港湾停泊着许多船只。

"我不得不说，我们这位长官很能干，在他的治理下，这里一切是那么秩序井然，繁华美好。"汉普说。

"这位长官是个很随和的人，我以为他对我们的态度会很傲慢，看来是我多想了，如果不是一起来查案的话，我真想象不出这个宁静美好的城市会有什么恐怖的阴谋。"弗兰克说。

"但愿福尔森会安康无事。"虽然汉普跟随福尔森办案多年，两人经历了生死的考验，但是他心中有一种隐隐的不安，有一种不祥的预感。

伦敦连环杀人案的死者身份已经调查出来了，伦敦警察局的人已经通过公告和查阅失踪人员户籍的方式得知了那些死者的身份，文书人员制作了死者身份调查报告。

结果震惊了整个警界。

在爱丁堡和伦敦死亡的这些人，竟然都是学术界的精英，他们大多是福尔摩斯研究会的学者，警方的人从尸体上残留的衣物和血样鉴定最终确认了这些死者的身份。

一个令人费解的问题是，在普利茅斯宾馆发生的杀人案中的死者的尸体为什么没有被焚毁？最终，军情六处派出的调查小组解决了这个问题。

那几个死者就是诺克上将派出的调查人员，然而这几个办案丰富的特工在接到调查命令后的第五天就惨遭毒手，他们的行动只有情报部门的一些高层领导知道，那么只有一种可能，就是高层中隐匿着间谍，情报被泄露。

这是一次绝密的行动，调查的对手比以往更加狡猾残暴，这场侦查游戏的规则就在于，谁坚持到最后，谁将是最后的胜者，而残酷之处就在于哪怕你只走错了一步，你也将跌入万丈深渊，粉身碎骨。

那个可怕的组织公然向警方和军情部门挑衅，他们之所以没有把那些情报部门的死者的尸体处理掉就是为了使案件情形变得错综复杂，迷惑那些调查人员。

死者的身份弄清楚了，但是凶手杀害这些学者的原因还没有搞清，不过这些学术精英有一个共同的联系之处，他们都是福尔摩斯研究会的成员，警察局的人调查出这些信息后，做出了一个大胆的推测：他们的死跟一个关于柯南道尔爵士的秘密研究成果有关。

然而那份至关重要的手稿没有找到，关于案件核心内容的信息还没有被调查人员了解。

调查还在艰难的进行中。伦敦警方决定把调查结果以一种稳妥的方式通知福尔森。

第五章
博尔斯顿庄园凶杀案

福尔森醒来，发现自己躺在一张红木床上，身处一个完全陌生的房间，他想起自己昏倒在草丛里，这里是哪儿？福尔森浑身酸痛乏力，他仔细观察着这个房间，装饰奢华，看得出这家房屋的主人很富裕，幽兰草装饰的天花板，墙上挂着几幅油画，屋里立着几根修长的立柱和簇柱，窗户多用彩色的玻璃镶嵌，以形成彩色光影，使室内产生神秘的幻觉，哥特式的家具遍布屋内，使人置身于一个中世纪的世界中。

福尔森感到很诧异，这时楼下响起了沉重的脚步声，像是拖着步子走，缓慢的脚步声沿着过道传了过来，接着就听到了轻轻的开门声。

一个满脸皱纹的老佣人蹒跚地走了进来，痉挛的手里端着一碗汤，在灯光的照射下，银灰色的头发显得异常生动，一副金边眼镜搭在鼻梁上，可以看出她是这家的高级佣人。

"先生，你醒了，你的药好了，哦，对了，忘了告诉你，你在丛林里被蛇咬了一口，中毒昏了过去，幸亏毒液是神经性毒液，毒性不大，不过克莱金大夫已为你注射了一针解药，你再继续服用几副汤药，几天后就会完全康复。"

"请问您怎么称呼？"福尔森问道。

"您就叫我施坦逊夫人就可以了，您把汤药喝完，再把这个膏药敷在伤口上就行了。"

"施坦逊夫人，我叫史蒂芬，是布瑞拉镇里的一个丝绸店老板，昨天去山里游玩迷路了，被毒蛇咬昏，多亏你们救了我，我由衷地感谢你们，如果我没猜错的话，你是这家的高级佣人，请问你们的主人是谁？"福尔森问道。

"这家主人是休安勋爵，他是附近的一个种植园主和煤矿主。"

"休安勋爵现在在什么地方？我要当面向他表达谢意。"

"他下午去了种植园签一个订单，按照他日常的作息习惯，晚上8点之前他肯定会回来。"

"施坦逊夫人，休安勋爵回来时请通知我一下，我现在身体已经能自如地活动了，我要下去走走，到外面的田野转转，晚上7点半左右能赶回来。"

"可是史蒂芬先生，您的身体还未完全康复，克莱金大夫吩咐我告诉你尽量不要出去走动，这对你养伤非常不利。"

"施坦逊夫人，谢谢你的好意，可是我是个商人，四处走动惯了，再说我身体很好，出去走走不会有事的，你们不用为我担心。"

"那好吧，史蒂芬先生，你要注意安全。"说着，施坦逊夫人走下楼。

福尔森穿好鞋子，拿着一件黑色的大衣披在身上，走下楼梯，一楼是一个漂亮宽敞的大厅，客厅中央是一张实木的椭圆形长桌。桌上摆着法兰克福产的高脚玻璃杯，文艺复兴时期许多名画的仿品摆在白色的墙壁上，莲花盘形状的吊灯将整个大厅照得通明，中国产的瓷器摆在大厅的角落里，整个大厅像一个巨大的展览馆。福尔森穿过拱形的大门，走到外面。

房子其实坐落于一个庄园之中，房门口有一条用粘土和石子延伸出去的小路，花园周围有矮墙，高约3英尺，墙上有木栅，庄园中种着各种各样的美洲植物，远处的群山若隐若现。这片大庄园看起来像18世纪殖民者所建的堡垒山庄。在庄园周围有一圈用石块和黄泥土搭建的围墙，庄园大门是一座城门似的建筑。大门上面有一座小型观望台，上面站着一个保卫人员。福尔森觉得这座庄园至少有 200 年的历史，它还是殖民时代遗留下的产物。

福尔森在思考着他所处的地方，距离布瑞拉镇有多远，他看到旁边一个佣人走了过来，便走上前去问道："嗨，伙计，这是什么地方？距离布瑞拉镇有多远？"

"这是博尔斯顿庄园，距离布瑞拉镇大约 30 公里。"

"休安勋爵昨天去了山里了吗？"福尔森问道。

"是的，他昨天和十几个朋友去山里打猎，休安勋爵最擅长打猎了，当然他也热爱艺术。"

"你们庄园大概有多少人？"

"帮工佣人加起来大概有 60 人。先生，你为什么问得那么仔细？"

"哦，随便问问。"福尔森笑道。

那个佣人感到很诧异，便走开了。

福尔森走出庄园，附近是一个原野，乡村里稀疏坐落着几栋房屋，一层薄薄的雾气笼罩在原野上，给这个本来就神秘的庄园披上了更加神秘的纱衣。福尔森正在考虑汉普两人是否走出了神庙，一幕幕近期得到的线索在脑海里闪现。他没想到在查案过程中会出现这样一个插曲，他不知道神灵为何会把它安排到这个偏僻的庄园中，也许这里有事情需要他做。他从口袋里拿出一根烟，又从另一个口袋里掏出一支镶有假宝石的打火机点燃了烟头。他的嘴里吐出一团白雾，视线随着庄园门前的马路一直延伸到看不见的尽头。

博尔斯顿庄园，晚上 8 点。

"史蒂芬先生，休安勋爵回来了。"施坦逊夫人说。

"好，我知道了。"福尔森说。

福尔森走下楼，看到大厅里走来一个穿着黑色礼服的人，戴着一个黑色的礼帽，两道深深的皱纹在宽阔的额头展开，一双炯炯有神的眼睛镶嵌在一双精致的眼眶中。福尔森观察眼前站着的这个比自己高出半头的人，虽然不能称其为漂亮的男人，但他瘦削的脸庞、坚挺的鼻梁，以及向前略微突出的下巴都证明了此人十分精干。

福尔森的烟斗怎么也点不着，他干脆把烟斗放下不抽了，微笑着说："休安勋爵，您回来了。谢谢你们在山里救了我。"

"史蒂芬先生，我的佣人施坦逊夫人应该跟你说了，我去山里打猎，看见你躺在草丛里，我是一个基督教徒，碰见这种事我是不会见死不救的。"

福尔森盯着他，在他脸上看到了坚毅的神情。休安勋爵打算与史蒂芬好好聊聊，他喜欢广交朋友。他还不知道震惊英国的共进会大案就是眼前这个比自己小十多岁的英国侦探破获的，福尔森没有把自己的真实姓名透露给休安，因为案件还不明朗，他不能过早地泄露自己的行踪，如果这些人可以与自己做朋友倒也罢了，可如果这些人是邪恶组织内部的成员，那么自己可就要倒大霉了，弄不好还会一命呜呼。

福尔森看到餐桌上放着一块手表，他走到桌子旁拿起手表并用一种敏锐的眼神观察着这块瑞士精工表。

"勋爵，我想，你有个弟弟，而且他非常不争气，请你原谅我说话很鲁莽。"

休安的眼睛里分明有一种惊讶而又期待的眼神，他温柔而又专注地盯着福尔森，仿佛眼前站着的是自己的情人，他以一种平稳而又舒缓的语气说道："你说得很对，我想听听你的推断根据。"

福尔森拿着手表在屋里踱来踱去，他在考虑如何把最完美的推理方法展示给眼前这个聪明的勋爵。他用手指了指手表上的一道道划痕，说道："这块手表上有许多细细的划痕，而且划痕的走向杂乱无章，我观察到这些划痕是钥匙造成的，也就是说，这块手表的主人经常把钥匙和这块贵重的手表放在一起，另外手表的表面还有许多油脂没有被清洗掉，综合以上两条线索我断定这块手表的主人生活慵懒。"

休安嘴角微微一笑，他一边摘下帽子一边说道："你说得很对，史蒂芬，继续说下去。"

"这块手表背面有一个小型字母'MS'，这应该不是一种手表的品牌缩写，而更像是一种特有的家族标志。拥有同种标志的人应该是同一家族中非常亲密的兄弟姐妹，在中美洲这片种植园林立的地区，人们很注重家族门第观念，因为这涉及到财产的继承。人们在制作一些珍贵的物品时常常在物品上镌刻上家族的缩写标志，这件珍贵物品也将随着继承人的转变而代代相传，我说得没错吧？"

"中美洲是有这个习俗，不过你凭什么断定出这块手表是我弟弟的呢？"

"这个就更简单了，勋爵，你看看你大衣右侧胸前的那块金属标志，那不就是'MS'吗？这就说明这块手表的主人与你是亲兄弟姐妹的关系。另外从这块手表的外表装饰风格来看，它不像是女孩的所有品，更符合男人的审美观。"说完后他用手指了指手表链上3个火枪装饰花纹，"我想没有多少女孩会对火枪一类的武器感兴趣。"

休安用右手摸了摸下巴，把头抬了起来，眼睛凝望着天花板，若有所思地说道："你说得很有道理，没想到你观察得如此仔细。"

"从以上论断我可以得出这块手表要么是你的，要么是你哥哥或弟弟的。你精明能干，而拥有这块手表的主人生活慵懒，因此这块手表绝不是你的。按照中美洲的遗产继承习俗，在父亲死之后，他的主家业包括宅院、庄园、田产、工厂等不动产经常由嫡长子继承，而小部分货币财产常常由其他兄弟姐妹继承。你既然继承了这座庄园，就说明你是家族的嫡长子，那么这块手表就只能是你亲弟弟的了。"

"勋爵先生，晚饭做好了，你看现在是不是用晚饭？"施坦逊夫人突然走进来插了一句。

这时一个佣人跑了进来，气喘吁吁，紧张不安的表情挂在脸上，"勋爵先生，种植园的那批货被人放火烧了，现在火已经被扑灭，但是那批货全部损失了。"

"你说什么？！这是什么时候发生的事？"休安勋爵说。

"就在刚才，您从种植园回来后。您快去看看吧。"

"史蒂芬先生，你先在这儿用餐，我去种植园看看情况，我为我的失礼感到内疚。回来后再和你聊。"

"您去吧，我一个人在这儿就行了，路上一定要小心。"福尔森说道。此刻他的心七上八下，种植园为何会突然失火？直觉告诉他今晚有大事要发生。

这座种植园位于一片群山环绕的谷地中。种植园周围有一排排青砖砌成的砖瓦房，那里是雇佣工人们的居住之处。种植园分为东西两部分。东面用来堆积货物，工人们经常用大塑料棚罩住货物。西面用来种植各种农作物。在西面的一块高地上堆积着一片废弃的秸秆。这片种植园的东西部的分界线是一道狭长的人工草坪，这道草坪从种植园南北笔直贯穿而过，长约 200 米，宽约 3 米。在草坪形成的南北轴线上还建有一座仓房，仓房内堆积着各种农用机械工具。

休安勋爵到达种植园后，发现种植园已经一片狼藉。地上到处都是被烧成焦黑状的植物根茎以及被烧成黏糊状的玻璃碎渣。大火虽然被扑灭了，但浓烟还没有散尽，一股刺鼻的焦糊气味朝休安袭来，他被这气味呛得咳嗽了很长一阵子，种植园的伙计还在清理现场。整个庄园被浓烈的大火烧掉了至少几千磅的财富，但更重要的是，自己无法向对方按时交货，如何向对方交代？休安果断地安排着现场的善后事宜，并大骂身旁正清理玻璃渣的几名伙计，他的眼睛里饱含着无奈和愤怒。

"大火是怎么引起的？"休安勋爵问道。

"好像是一个佣人在吸烟后没熄灭烟头，结果烟点燃了这些秸秆，从而引起了大火。"

"你是怎么知道的？"休安勋爵一双犀利的眼睛盯在这个佣人脸上。

"哦，是事后我们在失火现场发现了这根火柴和烟盒。"这个佣人把烟盒和火柴交给了勋爵。

"火是从什么地方最先烧起来的？这些东西又是在哪儿被发现的？"

"火是在仓房西部的一个秸秆地先烧起来的，这些东西是在秸秆地附近找到的。"

勋爵来到失火地点，失火地点是仓房西部的一块秸秆地，货物在仓房东部的一块地上堆积着，勋爵仔细检查着地上的痕迹，不想放过一丝线索。

"真是奇怪，如果大火从种植园西部一直烧到东部的货物，那么那道人工草坪为何没被完全烧毁？"他不禁自言自语地说。

他那白皙而又有力的手托着下巴，眼睛望着远处的草坪，几分钟后，他的眼睛里闪烁着兴奋的光芒，他已经找到了问题的答案。

"这是一起故意放火的案件。如果火是从仓房西边先烧起的，蔓延至仓房东部，烧掉了东边的货物，那人工草坪为何没被完全烧掉？我猜测烟头点燃了仓房西部的秸秆，看见火烧起来了，有人在货物附近点燃了货物，仓房东部西部同时起火，两边火烧到人工草坪时，由于氧气耗尽而熄灭。凶手骗了你们，这是一起有预谋的放火案，案件的真相没有我们想象得那么简单。"休安勋爵对佣人说。

"托尔斯，明天一早你赶快去镇上的警务处报警，让夏普警官带人来处理这起纵火案。"休安说。

晚上 10 点，种植园房舍。

休安勋爵在屋里踱来踱去，考虑着如何向对方交代，火灾造成的损失倒没什么，那只是一道简单的计算题，重要的是这是一笔几千英镑的生意，如果失信于对方，以后自己在生意上将非常不利。

"托尔斯，给我把司机叫来，我要赶快赶回去，与对方在电话里谈谈这次失火的事。"

"知道了，我马上出去叫司机。"

汽车来了，开车的司机是一个红脸，蓄着褐色络腮胡须的男人。休安勋爵跳上车，摇上了车窗，让司机去博尔斯顿庄园。

夜深了，车外是一片片茂密的丛林，但在这个夜晚，它们并不显得温柔可爱，反而更加阴森可怕。

汽车行驶了很长一段时间，仍然没有到庄园，休安的思想一直集中在货物问题的处理上，但他没想到他已接近地狱的边缘。

"德拉克，怎么还没到庄园？"休安问道。

"勋爵先生，我们快到了，要不然你下来看看吧。"

车停了下来，休安走下汽车，向周围望去，夜幕笼罩着整个丛林，他分辨不清方向。突然，他感到头部一阵疼痛，失去了知觉。

第二天早晨，一个少年在丛林沟洼的小路上骑着自行车，当路过一片丛林，他无意间朝树林里看了一眼，却从已经枯黄了的树叶和草丛里发现了一件带有花纹图案的东西。

少年停下自行车，走到草丛旁，草丛中间铺着一条带有红色方格花纹的裤子，他走近一看，大吃一惊，是一具死尸。

1个小时后，布瑞拉镇的警方来了几个验尸的人。警车虽然引人了不小的震动，但因为在这冷清静寂的荒山小道上没有来往的行人，因此看热闹的人很少，只有附近稀稀落落的房舍和三三两两站在远处观望的几个住在附近的人。

死者是一个中年男人，他的脸痛苦地歪向一边，整个脸上不知被什么东西弄得有些发黑，喉咙处呈现红斑似的淤血，后脑勺有一块红斑。尸体周围的花草没有被踩过的痕迹，各种迹象说明死者在临死前反抗很微弱，而且是被掐死的。

警察局的人请在场的人来辨认一下死者，前来辨认的人战战兢兢地看过之后都说没在附近看见过这个男人。这时人群中闪出了一个年轻人说："我认识他，他是休安勋爵，是附近的一个种植园主和煤矿主，我以前在他那儿打过工。"于是年轻人把休安勋爵的具体情况说给了警察听。

警察局中的记录员将现场的情形和年轻人的话记录下来，然后把尸体抬走了。

"霍尔斯，今天早晨你们那儿下雨了吗？"只见一个矮胖的警察问道。

"下了，整个布瑞拉镇应该都下了，天快亮的时候我在梦中好像听见了雨声，起来一看，地上果然是湿的。"

"这就奇怪了，发现尸体的地方地面湿漉漉的，证明那里也是下过雨的，可是尸体衣服上却没有湿，这就说明尸体是在下雨后才出现在那个地方的，也就是说尸体是被移过来的，再说，一个商人为什么会去那种荒僻的地方，他如果想进城应该走大路才对。"

"你说得很有道理，等尸检报告出来再做进一步分析。"

当天下午尸检报告出来了，死者是一个中年男人，是被勒死的，约在10个小时前遇害，在被害者嘴里和鼻孔均发现了许多煤粉，作案时间在当天凌晨一点到两点之间。

一个佣人气喘吁吁地跑上楼，"史蒂芬先生，就在刚才我在报纸上看到了休安勋爵死亡的消息，是被人勒死的。"

福尔森听到了这个消息感到异常震惊，这个人对他有救命之恩。就在昨天休安前往种植园查看火灾事故时，他的心里就一直有一种不祥的预感。

这种预感并不是凭空跑到他脑袋里来的，而是在多年的侦查工作中磨练出来的。休安临走前福尔森还叮嘱他一定要小心。这种不祥的预感终于变成了可怕的现实。休安没能逃脱恶魔的索命，被歹人所害。福尔森暗下决心一定要将此案彻底侦破，当然他还不知道这个看似简单的案件所牵涉的东西之复杂远远超出他的想象。

福尔森了解到已经查出的相关案情后，决定返回布瑞拉镇亲自接管这个案件。

下午福尔森乘坐马车返回了了布瑞拉镇，这是他几天前踏上美洲大陆之前第一次进入这座海滨城市，但他没有心情看这座美丽的海滨风景，他的心里只有日益复杂的案件。

马车行驶在城市石板路上，福尔森的心里焦急不安，像是被一双邪恶之手紧紧拽住。自己来到美洲刚刚两天就发生了一起凶杀案，而且案子就在自己眼皮子底下发生，它会不会与海德公园案有什么联系呢？当这个问题出现在他的大脑中时，他就感到一种无形的压力日益向他逼近。

马车在莫泊斯长官府邸门前停下来。福尔森走下车后看到两名皮肤黝黑、身材高大的守卫笔直地站在府邸门前。

"麻烦你去通报莫泊斯长官，就说福尔森拜见他。这是一磅银币，给你的。"福尔森说完把银币交给了门卫。

门卫立刻跑进去通报了长官，大约两分钟后，门卫出来了，让福尔森进去，福尔森跟随门卫来到了长官府邸的办公室。

"莫泊斯长官，我的朋友，很长时间我们没见面了。"福尔森说道。

"大侦探，我还真以为你在神庙里出事了呢，上帝保佑，你平安归来了。"莫泊斯笑着说道。

"莫泊斯大人，我想说的是，你最近在忙着布瑞拉镇的市政建设，今天上午建筑工地的老板来找你办事，你与他去了一趟工地，而且刚回来没多久。"

莫泊斯的脸上笼罩着深深的惊奇，"老朋友，你这套演绎推理法的把戏还是那么厉害，你能一眼就看出一个人的很多情况，我相信你能对你的这些颇为惊人的观察做出简单的解释。"

福尔森用一种非常自信的语气说道："你的右手食指的指节皮肤上沾有铅笔的粉末，这种铅笔粉末颜色较重，所以最近你正忙于绘图。据我所知你对绘画并不太感兴趣，你又是这个镇的长官，所以我猜想你是在看铅笔绘制的建筑图纸时粘上那些粉末的。"

莫泊斯看了看食指上的粉末后笑道："你继续说下去。"

福尔森接着说道："我看到你的脚上沾有湿软的红泥，这些红泥留在会客厅的地板上还没有清扫，所以我猜你刚回来。我乘马车进城时看到布瑞拉镇东南侧海岸正在建一座大坝，大坝工地上有许多软红泥，我猜你就是刚从那儿回来的。"

莫泊斯朝福尔森竖起了大拇指，说道："你说得很对，20分钟前我刚从布瑞拉镇东南侧的那座建筑工地回来，我去那儿视察工作。"

福尔森朝莫泊斯点了点头，说道："房间右侧的座椅附近也留下了几个沾有软红泥的脚印，而这些鞋印与你的鞋印根本不同，所以这个人是从工地来找你办事的。右侧座椅旁边的小桌上还有一杯茶，茶水还冒着热气，说明这个人在不久前刚来过官邸，而后又匆匆忙忙走了，茶都没喝。椅子上还有一副皮手套，据我所知，这种手套价格不菲，一定是他匆匆忙忙地赶回工地时遗忘在这儿的。这个人比较富有，所以我猜他应该是工地老板。"

莫泊斯笑道："你还是那么聪明过人，我倒想知道如何才能练就你那伟大的演绎推理魔术呢？"

福尔森坐到了椅子上，翘起腿，眼睛紧盯着面前的长官，严肃地说道："演绎推理法实际上就是人的洞察力。要想练就这项本领，必须具备三个要素：第一，推理的人必须掌握渊博的知识，只有这样才能掌握事物间内在的逻辑联系，这些联系是普通人很难看出的。第二，推理的人必须仔细观察事物。第三，用科学客观的态度去分析事物，并做出合理的联想与想象，杜绝偏见和先入为主的臆断。"

"好了，关于演绎推理法的问题以后还要向你请教，眼下发生了一起凶杀案，夏普警长刚刚把这起案件向我做了汇报。"

"莫泊斯长官，我正要请求接管调查昨天发生的那个案件。"福尔森说道。

"你是说休安勋爵被杀一案吗？"莫泊斯问道。

"是的，这件案子我必须亲自侦破，因为这件案子的死者休安勋爵是我的救命恩人，另外，这件案子跟欧洲的凶杀案可能有一定联系，我准备从这件案子中找到一些线索。出什么问题由我亲自承担。"

"好吧，你直接去警察局找夏普警长，他会安排接办手续，由他协助你调查，这个案件由你全权负责。"

"我的老朋友，你做事还是一样的干净利索，哦，对了，汉普和弗兰克呢？"

"他们去电报局给伦敦的波尔西博士发电报去了。休安勋爵的死跟欧洲一系列凶杀案有关联吗？"

"现在还不好说，不过我认为休安勋爵死得很蹊跷。凭我多年的经验，这也是一件很难破的案件。"

"好吧，这件凶杀案交给你了，我知道你会很感兴趣的。还有一件事，伦敦警察局给你来信了，应该是告知你相关的调查进度，你们和伦敦方面要协调好行动啊。"

"老朋友，你还是那么了解我，那封信在哪儿？"

"今天早上到的，我没有偷阅信里的内容啊。"莫泊斯说完，从抽屉里取出信交给福尔森。

福尔森接过信，信封果然完好无损。他匆匆浏览了一遍，脸上的笑容瞬间凝固，开始不安地在屋里踱来踱去，眉头紧锁，脸色阴沉。他把那封用蓝色钢笔书写的信折好塞到了大衣口袋里。莫泊斯长官看穿了他这位老弟的心思，不慌不忙地说道："你是不是对那些死者的真实身份感到很惊讶？我说老弟，你别老是紧锁眉头，搞得好像是我欠你钱似的。"

"伦敦方面调查出了那些死者的身份，调查结果确实使我感到很惊讶。"福尔森对莫泊斯长官沉沉地说道。

门外响起了脚步声，汉普和弗兰克回来了，看到福尔森安全地归来后，异常高兴，于是福尔森把在神庙分别后发生的事情讲给了汉普两人。

"汉普，弗兰克，我必须先放下手头的海德公园案，着手侦破这件凶杀案，我知道，弗兰克，你急于想为你哥哥报仇，可是目前我必须先侦破眼前的这桩案件，为了死去的休安勋爵。"

"福尔森先生，汉普医生，我愿意跟随你们把眼下的这件案子破解，上帝会还休安一个公道的。"弗兰克说。

"如果你要相信我的话，我会还你一个公道的。"福尔森说。

福尔森三人赶到当地警察局，夏普警长正在办公室里苦苦思索这件案子，并用笔在纸上写了一连串的字，"真是奇怪了，案件发生得太奇怪了。"他自言自语道。这位布瑞拉镇的警长神采奕奕，乌黑光亮的头发整齐地梳在脑门后，一双明亮的大眼睛向前凸出着，看起来像是甲状腺疾病的症状。粗壮宽厚的臂膀使他颇像一名拳击教练。

"警长，外面有三位莫泊斯长官的客人求见，这里还有一封信。"一个卫兵把信交给了他。

夏普警长的眼睛在信纸上快速浏览了一遍，脸上露出了吃惊的表情。

"快让他们进来，真是见鬼，看来今天的麻烦事还真多。"

福尔森三人来到了办公室，夏普警长看到他们走了进来，便站了起来，尽管脸上带有一丝不情愿的表情。

"夏普警长，打扰你了，我不得不接手这个案件，莫泊斯长官已经下了命令，我想你应该看过信了，我希望你能全力协助我。"福尔森说。

"那当然，我会尽力协助你的，不过这个案子看起来有些棘手，我先给大家讲讲案情。"

他们坐了下来，夏普警长慢吞吞地说着："真是对不起，我虽然担任警长多年，破获了无数案件，但是这一次感到很棘手，这个案件有许多疑点，难以解释。"

"哦，警长先生，你先把整个案件的大致情况说一下吧。"福尔森说。

夏普便把整个案件目前掌握情况的大致说了一遍。他那双炯炯有神的眼睛中透露出一种侠气，每当他讲到问题的关键之处时，总是用他的肢体语言试图把问题讲得更清楚。福尔森从他那不太严密的表述和繁复的肢体语言中看出了夏普警官的性格。他是一位对工作勤勉负责而又厚道的老实人，他的办案才能虽然并不怎么突出，但是他却能成为自己的好帮手。这一点在福尔森以后的经历中被证明了。汉普用手托着下巴认真地听着夏普那冗长的描述，脸色灰的像是一片青瓦。

"你是说休安勋爵是被勒死的，而且他在临死前在有煤的地方待过？"

福尔森问道。

"是的，据他的佣人说，种植园失火后，他准备回去后亲自和货主解释，然后就在种植园附近上了车，在大概 10 点时离开了种植园。"

"也就是说，休安勋爵头上的伤是离开种植园后形成的？"汉普问道。

"是的，应该是被人打昏时留下的伤痕。"夏普说。

福尔森又拿起烟斗，笑着放进嘴里："目前有三点可以确定。第一，发现尸体的现场不是第一现场，尸体是被转移过来的。第二，休安死前在有煤的地方待过。第三，这是一起针对休安精心策划的谋杀案，因此整个案件每个环节我们都不能放过。"

"这是尸体现场的调查报告，你看看吧。"说完后，夏普把一份文件交给了福尔森。

福尔森看了看调查报告，陷入深思之中，汉普看到老朋友一脸的严肃，他知道这位侦探正从这份文件的叙述中寻找疑点和破绽，这正是福尔森的过人之处。

福尔森看完后把调查报告递给了汉普，汉普拿着调查报告大致浏览了一遍，感到此案非常蹊跷。

"在煤场附近发现了休安勋爵的公文包，还有一条绳子，上面还有血迹。"夏普补充道。

"真是奇怪，他坐汽车是回山庄，公文包怎么会出现在煤场？"汉普问道。

"从种植园到庄园乘车需要将近 30 分钟，从庄园到煤场大约 20 分钟，而且种植园到煤场没有其他路可走，这条路必须经过庄园。"夏普说。

"我们问过庄园的施坦逊太太，她说昨天夜里确实看见汽车经过庄园门口，但她不知道里面坐的是休安，就没有太在意这件事。我们的警察调查过煤场的人，煤场的员工确实看见他们的老板休安勋爵乘着汽车来到煤场，时间是在 11 点左右，这倒与事实需要的时间吻合，汽车还停在煤场，而发现尸体的地方在煤场和庄园的路上，这个地方附近有一个村庄，约有几十个人在村里居住，发现尸体的地方距离煤场约有 12 分钟的车程。"夏普说完，一双狡黠的眼睛盯着福尔森。

"煤场的人最后一次看见休安是在什么时候？"

"是在 12 点左右，工人远远地看见休安勋爵走到了煤场的休息室，之后就再没看见他，直到第二天早上在路边发现了尸体。"

"矿工们能确定那就是休安吗？"福尔森问道。

"矿工们说他们看到的那个人看起来像是休安勋爵，他穿戴着休安的衣帽，由于当时矿场的灯光昏暗，再加上距离远，他们看得不是很清楚。"

"工人一般几点休息？"汉普问。

"工人在 2 点以后进屋里休息，这也难怪没看见他的尸体被人移走。"夏普说。

"福尔森先生，这个案件我们认为是煤场的工人弗洛卡干的，他在夜间 1 点去过休安勋爵的休息室，在里面待了很长时间，直到夜里 3 点钟他匆忙地打开工人宿舍的门回去睡觉，煤场的工人都骂他打扰了大家的休息。"夏普说。

福尔森站起身来，开始踱来踱去，两手放在背后，微笑着说："这个案件还需要深入调查，就目前我们掌握的情况远不足以破案，夏普警长，我能借用警察局的人吗？我要验证一个猜想。"

"当然可以，案件已经移交给你调查，你当然能调用警察局的人。霍尔斯，你过来一下，福尔森先生有事情要吩咐你。"

警察局的卫队长霍尔斯走了进来，福尔森在办公桌上拿起钢笔，写了一张字条，交给了霍尔斯，并嘱咐道："按照上面的说明仔细调查，明天上午把调查结果给我。"

霍尔斯接过字条，带着几个警卫朝目的地进发。

"你写了什么？"夏普疑惑地问道。

"待时机成熟时我会告诉你们的。"福尔森诡异地一笑。

第二天，福尔森和夏普等人乘车来到煤场，进一步调查案件的相关情况。

这个煤场位于一个山谷里，矿场大约有三百多人，休息室就在煤场的东面。据工人们说，那天夜晚他们看见休安勋爵来煤场后与一起来的汽车司机交谈了大约一个小时，然后在 12 点左右休安回到了休息室。

福尔森来到休息室，这是一个很小的房间，房里只有一张床和一张简陌的桌子，警察把现场封锁了起来，带血迹的绳子还在桌子上放着，屋内的警察把公文包递给福尔森。福尔森打开公文包，发现里面有一些文件，这些文件都是些关于商业交易的文件，其中一份记录着这次与一个英国粮食收购商的交易信息。

这时，一个警察把弗洛卡带来了，福尔森盯着弗洛卡，问道："昨天夜里1点时你来过这间屋子？几点离开的？"

"我在1点时确实来过，是给休安勋爵送茶来了，你可能不知道，休安勋爵有个习惯，他常常工作到夜里1点左右，然后喝一杯茶便睡下。可是我昨天来的时候，发现屋里没人，就把茶放到了桌上，就在我关上门将要离开时，突然感到头部被人敲击了一下，然后就昏了过去。这件案子真不是我做的，你们要相信我。"

"好的，年轻人，请你相信我，我会还你个公道，不过我先要了解休安勋爵的一些情况，你必须如实说。"

"好的，我一定会如实回答。"

"休安勋爵是个什么样的人？他平时有什么仇人没有？"夏普问道。

"没有，休安勋爵是个心地非常善良的人，尽管他是一个矿主和种植园主，但他从来没有因为他是老板就欺侮打骂我们这些员工，他在附近的口碑也很好，我实在想象不出为什么会有人要杀害他，这样一个待人真诚和善的人死去真是令人痛心。"

"那个司机在哪里？现在找到他了吗？"

"警卫，把那个司机叫过来。"夏普说。

"是的，长官。"

司机被叫了过来，看到福尔森他们站在房间里，打了一个冷颤。

"你叫什么名字？"福尔森问道。

"德拉克，是博尔斯顿庄园雇的司机。"

"你把昨天晚上发生的事情讲给福尔森先生听。"夏普说道。

"昨天晚上10点钟我开着汽车本来是要直接回庄园，但是在路上休安勋爵说到煤场有点事，然后让我开车先到煤场。到了煤场下车后，休安勋爵到休息室里拿了公文包，然后他和我在一起商量关于种植园被烧一事如何处理，由于我跟随他多年，他对我们非常信任，常常是无话不谈，在12

点时他说回休息室里休息，我们便分开了，我回到了工人房里睡觉，这一点工人们可以为我作证。"

"好了，夏普警长，今天的调查就到此为止。让他们都各自回家吧。"福尔森说。

"可是他们还是嫌疑犯啊，我不能放他们回去。"

"好了，夏普警长，法律保护每一个没有足够证据证明罪行的嫌疑犯。"福尔森说道。

"好吧，警卫，让他们都回去吧，但愿他们不是真正的罪犯。"

福尔森等人走出矿场，来到空旷的原野，"夏普警长，今晚我们就留在矿场，你和你的警卫们先回城里，我还有一些事情要弄明白。"

"好吧，那你们注意安全，明天一早我和我的警卫们过来。"

夏普走后，福尔森等人走到休息室里，福尔森从口袋中拿出弹夹，一颗颗地往手枪上填装，"汉普，弗兰克，我们今晚又得进行一次冒险了。"

"这次我们去哪儿？"汉普问道。

"沿着这条路往庄园走，一直到发现尸体的地方。"福尔森说。

"现场不是已经检查过了吗？"弗兰克说。

"这些疑问留到案件破解的时候我会告诉你，我们现在唯一要做的就是找到真正的凶手，其他的就不用多管了。"

福尔森等人沿着马路一直走到发现尸体的地方，这是一个坑坑洼洼的小丛林，附近零星分布着房子，福尔森掏出手枪走进村里，展现在他们面前的是一片黑压压的茂密的野树林。他们向里越走越深，由于长时间走路，汉普双脚酸痛，他停下脚步，小心翼翼地走到一棵大树旁，在草坪上坐了下来。在浓密的树枝下连天上的星星都看不见。经过一天的情绪刺激，大家已经疲惫不堪。

"就是这里了，霍尔斯，你出来吧。"福尔森说。

只见一个身穿警服、身材瘦高、动作敏捷的人从丛林后闪了出来。汉普和弗兰克感到异常惊奇，福尔森说："我现在还来不及解释，这一切发生得太突然，等案件侦破后，我会向你们解释清楚的。"

"你按照我的要求调查清楚了吗？"

"调查清楚了，我把调查结果写在了这张纸上，调查结果与你的预测一样，福尔森先生，你真是神机妙算。"说完后他把那张纸交给了福尔森。

福尔森接过那张纸，大致浏览了一遍，嘴角露出了满意的笑容，他把信纸装到了大衣口袋里，点燃了一根烟，接着说道："你昨天住在哪儿？"

"住在了一个村民家里，我按照你的吩咐找到了那间小屋，并询问了村民那天晚上的情况，从昨晚到今天收获很大。"

"看见凯尔森与休安的司机德拉克没有？"

"我看见他俩了，我认识休安的司机，他们刚刚进村，我一直跟踪他们，他们现在就在那间屋子里，我刚才在外面看清楚了，我听见了他们的谈话，要不要现在进去逮捕他们？"

"干得好，不过目前还不需要，现在继续监视他们，如果他们出来，就紧跟着他们。"福尔森说。

福尔森等人走到窗户旁边，看见里面有两个人影在闪动，屋里点着蜡烛，灯光昏暗，看不清他们的脸。不一会儿，他们向门口走来，福尔森等人迅速离开，躲藏到屋旁的大树后，借着月光可以清楚地看见他们的脸，原来就是司机和一个矮胖的男人。

"这件事办得很糟，上面不会放过我们的。"司机说。

"都是你的疏忽留下了破绽，让他们发现了，弄不好我们都得搭进去，我们现在必须销毁证据，不能让他们查到真相。"

福尔森等人在树后清楚地听到他们的谈话，"跟上他们。"福尔森说。

只见司机二人沿着村庄的路走了 20 分钟，到了一间房子前，两人走了进去，从里面锁上了门。

"这里是什么地方？步行到村庄要 20 分钟。"

"这里就是休安被害的现场，我正是要寻找这个地方。"

汉普观察到这几座孤零零的房子坐落在一片布满石头的开阔地上围成了一个院子，如果不是那些石头，那里原本可以成为农田。那几座小屋向一边倾斜，岌岌可危。虽然具有某种远古状态，但这片偏僻的田野远不是一个令人愉快的住所，狭小简陋的空间丝毫没有庄园农舍的魅力，小屋那简单的"人"字形屋顶只是一层薄薄的沥青油纸用于遮风避雨，而且局部已有塌陷，破烂的窗户，没有油漆的护壁板墙，拆去了门板的屋门，显示出一种破旧不堪，被遗弃的气氛。

福尔森看到大门被锁，便绕着院子走了一圈，看见院子没有其他入口，便让汉普他们在外面草丛里藏着。福尔森迅速翻到院内，一双敏锐的眼睛扫视着院子，寻找藏身之处，看见屋子旁边的草堆，便走到草堆后藏了起来。

福尔森在草堆后，能依稀听见两人在屋内的谈话。

大约过了10分钟，司机两人从屋里走了出来，每人手里拿着火把，并从另一间屋里拉出许多干木材，司机正准备点燃木材时，福尔森朝天开了一枪，司机顿时大惊。这时院门被一脚踢开，霍尔斯带着人闯了进来，这两人想快速逃跑，这时福尔森从草堆后跳出，拿着枪对准了司机。

"你们，你们怎么会在这儿？"司机问道。由于惊慌失措，手中的火把掉在了地上。

"德拉克，你们说的话我都听到了，你们就是本案的凶手，如果我所料不错的话，你是想把凶案现场烧毁，为自己洗脱罪名。"福尔森说。

凯尔森试图用拳头去攻击正拿着枪的福尔森，德拉克拉住了凯尔森，略显镇定地说道："你就仅凭说话的内容就确定我们是罪犯？我们有不在场的证据，你不会仅凭主观猜测就把罪名安在我们身上吧？"

"关于你们的情况我已经基本了解了，现在你们得跟我们去警察局走一趟，案件即将真相大白了。"

"我们可以跟你们走一趟，不过我倒要看看你如何证明我们的罪行。"

"好吧，明天一早我会让你们心服口服的。"

第六章

勋爵日记

　　第二天，夏普警长带着卫队赶到矿场，福尔森和霍尔斯等人在矿场的休息室里。福尔森将案件调查结果撰写成一个简要的报告，夏普看完报告后大吃一惊。

　　"夏普警长，我想案件可以侦破了，现在案件的每一个线索我都已了解得很清楚，就在昨晚，整个案件链条上最后一环被我接上了，案件真相已经浮出了水面。下面我把整个案件的过程和侦破过程讲给大家听，让这两个罪犯心服口服。"

　　"福尔森先生，你继续讲下去。"夏普说。

　　"那天晚上 10 点，休安勋爵吩咐司机带他回庄园，汽车却快速驶向了矿场，休安勋爵感到事有蹊跷，便要求下来，这时司机将休安勋爵打昏，驶向了一个村庄，这个村庄就在发现尸体的附近，司机把休安勋爵放到村里的一间房子里，这个房子的主人正是凯尔森，就是站在我身旁的这个罪犯。"

凯尔森一双愤怒的眼睛盯着福尔森，看上去好像准备随时拼命。

"我不得不说这两个凶手非常狡猾，他们把休安放到屋里后，便把门从外反锁上，然后司机和凯尔森乘车赶到了矿场，而凯尔森则穿戴上了休安勋爵的衣帽。当他们赶到矿场后，站在煤堆后聊天，到大约夜里12点，司机回到了工人宿舍，而凯尔森回到休息室，并把休安的公文包和一个事先准备好的带有血迹的绳子放到了休息室里，然后在1点左右离开休息室，藏在大树后面，就在大约1点时，弗洛卡来到休息室，发现里面没人，正当他准备出来时，凯尔森从背后袭击，将他打昏，把他拖到了屋里。"

福尔森仿佛就是这幕犯罪剧的导演，他倒了一杯水一口气喝了个底朝天，随后用一种十分自信的语气说道："凯尔森在办完这件事后便开车离开，大约2点20回到了村庄，他请村里的人来打牌，地点就在他家里，也就是距离村庄大约20分钟路程的那个院子。昨天我派警卫们去村庄里调查，找到了那天打牌的那些人，他们说在2点半到3点之间，他们在一起打牌，中间就有大约5分钟凯尔森出去了一趟。哦，对了，还有一件事没告诉你们，真正的作案现场是在村子里一个破房子里，这个破房子离村庄路程也是20分钟左右，昨天晚上我和我的助手们到过那间房子，这间房子距离发现休安尸体的地方不远，凯尔森和德拉克还试图烧毁这间房子，目的是销毁作案现场。昨天警卫们在里面发现了带血的绳子，还有一个重要的证据，就是他们把休安往屋里拖动时，休安口袋里的一张交易票据掉了下来，就在门口的草丛里，这个证据将使整个案件明晰。"

"可是被害者的死亡时间是在2点半到3点之间，凯尔森只消失了5分钟，但是从他家里到隐藏休安的那间屋子需要40分钟的路程，我真是难以想象他是如何在5分钟之内到达现场，杀了休安，然后把尸体拖到路边的草丛里的。"夏普说。

"好的，下面就是整个案件最精彩之处，运用你们那聪明的大脑好好想一想，难道昨天他们打牌一定是在凯尔森家里吗？"

"你刚才不是说在凯尔森家里吗？"汉普问道。

"打牌的人以为是在他的家里，但事实上并不是在凯尔森的家，而是在那间破房子里，就在藏着休安房子的隔壁。这间房子的面积、布局和凯尔森家中的卧房布局一模一样，这样一来，凯尔森出去的那5分钟就能从容地到隔壁把休安勒死，然后把尸体拖到旁边马路的丛林里，这样一来，他就有了不在场的证据，而在这半小时内弗洛卡没和工人待在一块，很容易让人怀疑他就是凶手。"

"村里的人去打牌难道不知道打牌的地方不是在凯尔森家里吗？"汉普问道。

"那间破房子和凯尔森的家里距离村里同样是 20 分钟车程，在夜晚乘汽车去，根本看不出来，两间房子大小差不多，更重要的是里面的布局一样，凶手巧妙地利用人们的心理错觉进行了一个精巧的布局，妄图使自己逍遥法外。"福尔森说。

"那间房子以前没人发现吗？"弗兰克问道。

"警卫问过村民，那间房子以前是那个司机的，后来那个司机搬了家，屋子就荒废了，再者屋子离村庄足有 20 分钟的车程，村民一般是不会去那种地方的，在这种情况下，房子被凯尔森利用作为作案现场。"

"福尔森先生，你是如何知道凶案现场不是在矿场而是在丛林附近呢？再说死者嘴里和鼻孔里的煤粉是从什么地方来的？现场并没有煤场啊。"

"夏普警长，让我先回答你第一个问题。当我问到你矿工是否清楚地看到休安在矿场出现时，你说晚上灯光昏暗，矿工们离他很远，并没有看得很清楚，只是看到他穿戴着休安的衣帽，身材也很相似，我在心里便产生一个猜想，就是有人假扮了休安，这是凭借我多年来破案的经验的感觉。当弗洛卡说他当晚被击昏时，我便感觉事情更加蹊跷，这里面一定有问题。另外在发现尸体的地方只有去矿场的汽车痕迹，你要知道那天在 1 点到 2 点之间下了一次小雨，如果凶案现场是在矿场的话，凶手运尸体无论是用汽车还是用手拖运都得在湿漉漉的地面留下脚印，但是现场调查报告上并没有记录从矿场返回的脚印或汽车车印，我做了一个大胆的推测，凶手一定是把休安从草丛直接拖到真正的现场，所以真正的现场就在草丛附近。为了验证我的猜想，我便让霍尔斯带着警卫们到草丛附近的村庄里寻找线索，最终发现了以上这些情况。在本案中凶手千方百计地伪造不在场的证据，但是他却忽略了案件的细节，比如那个票据以及地上的痕迹等，导致最终全局失败。现在我再回答你的第二个问题，休安嘴里和鼻孔里的煤粉是在被勒死后凶手放进去的，是为了给我们一个假象，就是休安在临死前去过煤场，警卫们在那间破屋子里发现了一些掉在地上的煤粉，这正印证了我的推测。昨天我在凯尔森的住处偷听了他们的谈话，使我确信我的判断完全正确，也使整个逻辑链条完成了最后一环，就是我知道了凶手杀害休安勋爵的动机。"

"那凶手的动机是什么？"汉普说。

"汉普，这个问题问得好，就让我来揭开谜底吧，他们是被人以重金收买了，进行了一次有针对性的暗杀行动。"福尔森说。

"真卑鄙，快说，是谁让你们暗杀休安勋爵的？"夏普愤怒地拿着枪指着司机。

"夏普，放下枪，他们不会知道的，这个组织非常隐秘，肯定是这个组织派人把暗杀任务交给他们，然后付重金给他们。目前我正调查这个组织，苦于没有突破口。"福尔森说。

"警官，我感到非常愧疚，在我最穷困落魄的时候，是休安勋爵拯救了我，他是个心地善良的人，他让我在庄园住下，从此我过上了安定舒适的生活，我被金钱冲昏了头脑，犯下凶案，上帝是不会宽恕我的，我希望说出全部事情的经过，祈求最大限度地拯救我的灵魂。"

凯尔森挥拳想去阻止他继续说下去，一个警卫把他拉了出去。

"我和凯尔森以前是村里有名的游手好闲的人，在几天前的一个夜里，一个穿着黑色大衣的男人给我留下了一张字条，让我和凯尔森到凯尔森的家里，说要跟我们谈一笔交易，等到了院子后，他说如果我们秘密地把休安勋爵杀了，把罪名嫁祸到其他人身上，他给我们 200 万英镑，等事成后还有 200 万。我们无法抗拒这笔财富的诱惑，当时就答应了下来。现在我知道他为什么会找我了，因为我是休安的贴身司机，是休安勋爵最信任的人，休安万万没想到我会杀害他，他没有想到我会来这一手。"

"休安勋爵临死前在种植园里说过什么没有？"福尔森问道。

"当他猜到是有人放了火烧掉那批货后，他好像已经预料到他今晚会出事，因为在种植园上车时，他曾说过今晚会有大麻烦，而且他最近几天心情一直不好，所以那天才想去山里打猎，想缓解一下紧张的心情。这是他太太 3 年前去世以来他第一次去打猎，因为他太太就是在陪同他打猎时不慎坠入山崖而死。那里已经成了他的伤心之地。"

"休安勋爵经常参加一些秘密活动吗？"福尔森问道。

"哦，我没太注意，不过早晨经常很早起来出去，而且他每天记日记，不过他的日记从来不让别人看，他把日记锁在抽屉里。"司机回答道。

"好的，霍尔斯，你先把他带下去吧。"福尔森说。

"夏普警长，你先带着卫队和这两个罪犯返回城里，我们还有一些事情要到庄园调查，等结束调查后我就返回城里。"福尔森说。

"那好吧，你们还需要帮手吗？要不然把霍尔斯留下帮你们？"警长说。

"不用了，我们足够了。"

福尔森等人走出矿场，沿着马路向庄园走去。

"我的老朋友，你什么时候派警卫们到村庄里调查，并让霍尔斯到村庄里盯梢？我怎么一点也不知道。"汉普说。

"汉普，你是知道我的破案方法的，我喜欢暗中调查。就在我们那天在警察局接管案子后，就让警卫们第二天去村里调查。就在我们那天第一次调查矿场时，我便让霍尔斯跟上了他们。霍尔斯是个很聪明的警卫，他要比苏格兰场那些愚蠢的侦探们强多了。"

"幕后的策划者跟休安勋爵有什么矛盾？为什么他们一定要杀了他？"汉普问道。

"目前我还不清楚，不过凭直觉我感到这件案子和伦敦发生的一系列案件有某种联系，休安勋爵一定在庄园里给我们留下了什么线索。"福尔森说。

他们赶到了庄园，施坦逊夫人开了门，于是福尔森把来意告诉了她。施坦逊夫人感到一丝欣慰，同时也为那个司机的背叛感到愤怒。施坦逊夫人领着他们到了休安勋爵的书房。她打开书房的房门后，福尔森顿时被这书房精巧的布局所吸引。正对着房门的是一个用楠木做的大书架，墙角处摆放着一个极具中国山水画特征的盆景。在右侧的墙上还有一幅米开朗基罗的仿制油画，然而最吸引福尔森眼睛的还是那个书架。

书房的书架上陈列着各种各样的书籍，有路易十六时代的伟大思想著作，有许多艺术科学著作，可以看出这是一个非常博学的人，而且他非常热爱艺术，是个思想先进的学者，福尔森为这样一个优秀的学者死去感到悲哀。福尔森料想这样一位博学的人写起日记来一定很有文采和内涵，他真想早一点看到勋爵的日记。

"汉普，我想在临死前，休安勋爵在日记里一定给我们留下了什么。"福尔森说。

书桌的抽屉紧锁着，这是一把蓝色的精巧小锁，上面镶嵌着百合花花纹。

"福尔森先生，钥匙会放在哪儿呢？"弗兰克说。

"我想钥匙就放在这间卧室里，我们不妨先做一个推测。如果你是休安的话，你会把经常开抽屉的钥匙放在哪儿？"福尔森微笑着说。

"我会放在容易拿到又不太容易被发现的地方。"弗兰克说。

"好的，这间房子里哪些地方是容易拿到钥匙又不容易被发现的地方？"福尔森问道。

"这间屋里遮蔽物大概有墙上的画，墙角的盆景植物，还有这个书架和桌子，这些地方都是可能隐藏钥匙的地方。"汉普说。

"一个人总是把一件他经常用的东西放在他感兴趣又容易拿的地方，你以上说的地方都有可能，现在我们用排除法排除。墙上的画挂得很高，离地面大约两米，所以休安勋爵不太可能每次写日记都搬着板凳上去拿钥匙，墙角的盆景佣人每天都要打扫，所以钥匙如果放在盆景里，很容易被发现。桌子就这一个抽屉，不可能隐藏其他东西，所以钥匙隐藏在书柜的书里最有可能，当然我只是以一个最大可能性的逻辑进行推测。"福尔森说。

"可是书架上有几百本书，我们不可能每本都检查一遍吧？"汉普说。

"我们不用把每本书都翻一遍，我们只需要把第三层中间的那些书检查一遍，这些书的方位正对着桌子，而且以休安的身高，这些书的位置与他的视线平齐。"福尔森说。

"好吧，我们开始检查吧。"弗兰克说。

他们把第三层的书全部拿了下来，一本本地检查着。这些书几乎每页都被休安写了字，这些字大都是对某个段落的理解和感悟。寻找钥匙的工作进行得相当顺利，几分钟后汉普就发现书里出现一明闪闪的东西，兴奋地跳了起来，"我找到钥匙了，在这本《梦的解析》里面。"

福尔森拿着钥匙，打开了抽屉，几本蓝色的笔记本出现在视野里，福尔森打开笔记本，里面详细记述了休安勋爵最近几年发生的事，福尔森拿着这些笔记本，感到一个打开秘密的钥匙正捏在他手中。福尔森坚信休安如此聪明的人把钥匙放在那本书中并不是无缘无故的，那本书一定与他写的这些日记有着千丝万缕的联系。福尔森将这些日记大致翻了一遍。字体是伊丽莎白时代的散文体，字体清新流畅，看起来很舒服。

"休安在临死前最后一次的日记一定给我们留下了线索。"汉普说。

福尔森快速地翻到了最后一次日记的那一页，上面写着一些看似并不连贯的内容：

一个叫波罗的警察开着车行驶在一条山路上，车上有其他的两个警察，可是他们面目扭曲，看不清他们的脸，突然前面发生了一次塌方事故，一块巨石坠落在公路上，波罗来不及刹车，车撞到了巨石上，车翻到了山下，波罗满身是伤，从车里爬了出来，他看到两个同伴一动不动地躺在车里，大概是死了。他记得他们是一起出来办案的，但是案子还没有办完，同伴便死了，他感到很难过。

他发现自己正置身于一个山谷中，这里有许多他从未见过的奇怪的动物，他不知道自己置身于何处，好像处于一个奇怪的世界。他恐惧极了，他沿着山谷往前走着，来到了一个山洞前，山洞异常开阔明亮。

他沿着山洞的路往里走，听到里面好像有人在欢呼唱歌，他感到很恐惧，但是强烈的好奇心战胜了恐惧感，他沿着山洞继续往里挪动，他躲在山洞里的一个石头后面，看到眼前有几个中国人正在围着一个桌子欢呼跳舞，大概过了几分钟，这些人走开了，他感到很好奇，便走到桌前，发现这是一本书，书上的字很模糊，他只能看到"MONKEY"一词。他感到很迷惑，就在这时，那几个中国人出来了，手里拿着刀，问他这本书里写的是什么意思。波罗惊慌失措，对这些人说不知道，这些人威胁他如果不说就杀了他，他感到恐惧异常，转身就跑，那几个人在后面穷追不舍。

大概过了几分钟，他发现自己跑到了一个村庄里，他转身一看，那些追杀他的人不见了，他发现自己正置身于一座房子前，突然房子中发生了一声巨响，房子被炸毁了。一个头发凌乱，穿着破烂不堪的人跑了出来，只见这个人满脸是血地冲向波罗并掐住了他的脖子，愤怒地说道："快把图交给苏格兰的史迪威先生，不然就杀了你。"

波罗感到很害怕，他奋力挣脱了这个人的纠缠，跑到了一间屋子里，过了几分钟，他确认那个人没有跟上来时，便从屋里走了出来，来到了一间大厅，大厅里堆积着许多葡萄，这时一个似曾相识的人走了过来，对他说道，"让我们把上次在山上打猎时发现的宝盒带给那个和蔼的啤酒商人吧。"波罗感到他说的话不可思议，这时眼前的画面迅速扭曲，变得越来越模糊。过了一段时间，他又发现自己置身于一个神庙前，一队欧洲骑兵正拿着刀朝他冲来，他惊恐地朝神庙跑去，这时神庙中出现一个白胡须老人，他正施展魔法将那队骑兵变消失了，老人来到他面前对他说："孩子，不要害怕，他们不会伤害到你的，末日之神会惩罚他们的。"波罗快乐地笑着，在那个老人的怀里安静地睡着了。

　　"福尔森先生，我虽然很敬重休安勋爵，并为他的死感到无比的悲伤，但我不得不说，他这篇日记简直是一派胡言，像做梦一样，让人难以理解！"弗兰克说道。

　　"汉普，你怎么看待这篇日记？"福尔森问道。

　　"日记里的片段毫无关联，没有逻辑，我想即使是最伟大的语言学家也无法理解它的含义。"

　　"弗兰克，你猜对了，它就是一个梦。休安在临死前给我们留下的最后一篇，也是最重要的一篇日记是他在夜里做的梦，这可能让我们失望了。"福尔森说。

　　"我本来为即将发现巨大的秘密而异常兴奋，但是现在我的心情就像是在中了大奖之后又把奖金弄丢了一样，这篇日记并没有给我们留下什么线索。"弗兰克说。

　　"也许他在这个梦中给我们留下了一些隐含的信息，只是我们还没有破解，或许我们应该看看他写的其他日记，里面应该记述了自己的日常心得和发生的事情。"汉普说。

　　"我想这是休安在临死前给我们留下的关于案件的重要信息，他没有把案件的真相告诉我们，也许有他的苦衷，现在我们有两件事要做：第一，就是查看他的其他日记；第二，就是联系他的经历和心得将这个梦破解，找到案件的真相。"福尔森说。

　　"荒唐的梦也能破解？我真是无法想象，如果能破解的话，我想我们都能成为预言家了。"汉普说。

"根据弗洛伊德的理论，梦是可以被破解的，梦看似荒诞可笑，里面的内容毫无关联，但是梦的本质是愿望的达成，你过去的经历和你近期的愿望进行融合而形成了梦，梦里有许多难以理解的人、物、地方，他们都是特殊的符号和密码，我们可以根据一个人过去的经历推知他的愿望和这些符号密码的含义，进而在毫无逻辑的梦中的片段中找出连接点，进而将整个梦境还原，从这些梦境得出许多有用的信息。"

"福尔森先生，你是说那个精神病分析专家的著作吗？潜意识结合大脑的伪装加工就是梦？是用这个公式解析梦的吗？我虽然看过这本书，但是我并不认同他的观点，像这种复杂的梦我认为是无法解释的。"弗兰克说。

"各种复杂的梦也是由一个个梦的片段组成，我们可以将梦的片段先独立解析，找出真正含义，然后找出这些片段之间的关联，最后可将整个梦破解。"福尔森说。

"我的老朋友，虽然我很赞同你的说法，但是我还是无法想象一个荒诞的梦如何还原成事实，这就像解释 1 加 1 为什么等于 2 一样。"弗兰克大声说道。

"好了，我们先别争论这个问题了，我们现在还是看看他以前的日记，或许能从中发现一些蛛丝马迹，我们开始行动吧。"

"还有一件事，我的老朋友，伦敦方面还没有给你来信吗？"汉普问道。

"几天前就已经到了，只是一些无关紧要的内容，苏格兰场的人调查出了死者的身份，结果令我感到非常吃惊。"

"那些可怜的受害者究竟是什么人？"

"除了普利茅斯宾馆里的受害者是情报部门的特工之外，其他的受害者都是皇家学会的一些学术专家，他们都是福尔摩斯研究会的成员。"

"可是他们究竟发现了什么而惨遭毒手？"

"现在很难下结论。"福尔森无奈地摇了摇头。

"也许他们得知了那些罪恶势力的一些机密信息。不管怎么说，我们的对手非常嚣张，他们敢于把那些死者尸体转移到海德公园，公然向政府的调查机构宣战，这是想把案件弄得更加复杂，让我们连喝咖啡的时间都没有。"福尔森接着说道。

"海德公园不是案发的第一现场？"

"格雷戈里已经调查出案发的第一现场是在骑士俱乐部里。那是一个秘密的聚会地点，这些学术精英经常在这个俱乐部里谈论一些最新的研究成果，他们在这儿待的时间甚至比在国家科学研究院里的时间都要长。"

"在俱乐部现场发现了什么吗？"

"几潭血迹、脚印、地上拖动的痕迹。我想事情应该是这样的，凶手准备将俱乐部里正在聚会的学者全部杀掉，然而有一个身手较好的人隐藏在俱乐部里的某个地方，没有被那个杀手发现，当那个冷酷的杀手用尸体袋把死者的尸体装到车上后，突然发现了那个隐藏在角落里的人，这个学者逃脱杀手的第一轮射击后，开车逃到了海德公园，下车后他急速往威斯敏斯特大教堂方向跑去，在逃跑途中腹部中枪，躲进了大教堂。凶手为了迷惑警方，将车上其他学者的尸体拖到了海德公园的草坪路上，并放火烧毁了尸体，等他做完这一切之后最终还是在教堂杀死了他。"

"奇怪，那位学者为什么要逃到海德公园的大教堂去？"

"也许他想给我们留下什么，但是我现在还不能确定，就让时间来检验我的推测吧。"

福尔森和汉普的谈话被隔壁房间的弗兰克听得一清二楚，他的嘴角露出了一丝诡异的笑。

第七章

玛雅的诅咒

伦敦北郊一座偌大的庄园内，几个身穿黑色大衣的人围坐在一个圆木桌周围。一个戴着鸭舌帽和蓝色镶边眼镜的人说道："我们派出两拨人去刺杀那个特工都失败了，亨利，上面的人让你亲自出马，这次一定要把那名特工解决掉。"

"为什么要我亲自去？领袖手下杀手很多，再说我怎么知道那名特工会在什么地方出现？"

"领袖手下的那些杀手们包括柯塔等人都在美洲忙着对付福尔森，亨利，你的功夫好，你去对付那名特工绰绰有余，我们的情报人员侦察到他正在伦敦西郊，我们的人会把他诱入西郊的一座别墅区中，他已经受伤了，务必将他除掉，决不能让他活着回到军情六处，那些密码文件必须全部销毁。"

"我会把他除掉的，明晚我就动手。"

玛雅文字非常奇妙，它既有象形，也有会意，也有形声，是一种兼有意形和意音功能的文字。这种文字是象形文字和声音的联合体，玛雅雕刻文字既代表一个整体概念，又有各自独特的发音。这类似于日语中的汉字与假名的关系，其发展水平与中国的象形文字相当，只是符号的组合远较汉字复杂，块体近似圆形或椭圆。字符的线条依随图形起伏变化、圆润流畅。玛雅文字的一个字符中大的部分叫做主字，小的部分叫做接字，字体有"几何体"和"头字体"两种，另外还有将人、动物、神的图案相结合组成的"全身体"，主要用于历法。玛雅文字的读法从上至下，两行一组，以从左到右的顺序读。文字呈方块图形，类似于中国的印章。图形上一部分是意符，一部分是音符，属"意音文字"。玛雅文字艰深晦涩，至今能译解的不足三分之一。

　　波尔西博士在书架面前站立，他看到桌子上的一张纸条，还是感到很迷惑，那些纸条就是伦敦警察局和福尔森通过电报发给他的，作为一个文字学领域的权威，他研究了那么多天，也没能将其破解，这让他寝食难安。这些奇怪的符号中究竟蕴含着什么信息呢？

　　纸上方有一个奇怪动物的图形，下面是一连串奇怪的字符，字符最前面是两个玛雅字母，后面是一种古文字，看起来不太像玛雅象形文字。根据汉普和福尔森从美洲发来的电报，这些字符和古怪的文字在神庙的密室中被发现了，神庙是用来祭祀的，那么这些文字是不是用来祭祀的？波尔西感到眼前一亮，把目光投向那张字条，如果是用来祭祀的话，那么上面那个奇怪的动物就应该是图腾，看起来像是中国的龙，前面的两个玛雅文字是太阳神的意思，那么后面的几个字符就应该是祭祀用的文字。

　　博士做出了一个大胆的判断：这种奇怪的动物就是羽蛇龙，虽然纸条上画得很粗糙，但是它确实像上部羽扇形、中间蛇身、下部蛇头的羽蛇龙。

　　"这应该是玛雅人的图腾羽蛇龙，下面要进行的就是将这些祭祀的文字破解了，我得从记载世界祭祀的一些文献资料中找到答案，等破解了这些文字，我将在古文字界的地位无人可及。"他自言自语地说道，感到荣誉正向他走来。

　　伦敦警察局的格雷戈里警长调查海德公园案已经十多天了，案件仍然毫无进展，他点燃了他一向爱抽的烟，吐出了白色的烟雾，静静地沉思着整个案件的经过。

"也许是我的调查方向一开始就发生了错误，凶手制造一系列的凶杀案到底是为了什么？难道是这些人得罪了这个秘密组织，才惨遭杀害？可是这些人都是专于研究的学者，怎么会得罪了这个犯罪组织？除非这些被害者发现了这个组织的秘密。对，一定是这样的，只有这一种解释。"

屋里的电话响了起来，格雷戈里拿起电话说道："我是格雷戈里，什么事情？"

"警长，今天早晨在伦敦西郊巡逻时发现了一具男尸，现场还没有被破坏，请您派警员过来勘查现场。"

"什么？！又出了命案，简直是邪门了，你先封锁现场，我马上就带人过去，注意不要破坏现场的痕迹。"格雷戈里重重地坐在椅子上，眼睛暗淡无光，近期的劳累已经将这位一向精明干练的警长变成了另一副模样，头发蓬乱，上次在勘查现场时被树枝划破的褂子还没来得及换，他缓缓地抬起头看了看桌子上的茶杯。

"他妈的，如果逮到这个凶手，非宰了他不可。"格雷戈里异常气愤，把一个茶杯往地上一摔，茶杯发出清脆的破碎声。

现场在伦敦西郊的一处私人花园里，现场周围没有什么明显的痕迹，格雷戈里带着警员来到现场，由于地处偏僻的郊区，聚集来看热闹的人并不多。

死者是一个30岁左右的年轻人，乌黑浓密的头发，浅色的眉毛，前额宽平，皮肤黝黑但非常光洁，可以看出死者生前很英俊。

警员将尸体抬走送到警察局尸检，格雷戈里还是像往常一样拿着各种仪器对现场的每一个细节进行检查，以前他就是依靠自己严谨的观察来破获肯特郡连环杀人案的，也就是那一个案子的侦破使他由一个普通的侦探一举成为一个名侦探，并升警长一职。

现场除了留下了大量血迹外，一条血痕长约17公分，还未完全干掉，周围还有明显的血迹。草丛被压平了，地上发现了大大小小许多脚印。他用卷尺对所有的脚印进行了测量，可以确定是两个人留下的，也就是说，在被害人死亡之前，在草丛附近凶手只有一个人，在现场还发现了一枚掉落的戒指和一把刀，刀上沾满了血迹，在靠近草丛中的大树旁发现了一张纸条，上面同样是那些古怪的字符和文字。树上有一个明显的脚印，格雷戈里测量后发现脚印的大小与现场发现的一个脚印完全相同，不是被害人就是凶手的。格雷戈里沿着血迹的印痕走着，来到了一个草坪前的围墙边，围墙有一个缺口，凶手也应该是从这里出去的，可以确定凶手在打斗当中受了伤，流血不少。

格雷戈里回到警察局，看了验尸报告，报告写得很具体：颈部有三处抓痕，两处在脖子后面，不易辨认，还有一处在咽喉部位，身上还有八处刀伤，腿上两处，胳膊上三处，胸口两处，腹部一处。致命的伤口在胸部，刀刺破了动脉，导致死者失血过多而死。这么多的伤口，很明显死者被害之前与凶手激烈打斗过，这从现场的痕迹也能得到证明，解剖结果显示，所有的器官完整，没有中毒或其他外伤痕迹，死亡时间是在昨天夜里2点到3点之间。

格雷戈里想，关于死者的死亡原因是确定了，但死者身份还不能确定，他认为死者即使不是很有钱的人，也是一个生活优裕的人，死者身上华贵的衣服就可证明这一点。

像这种上流社会的有钱人失踪死亡，只要贴一个告示，死者的身份马上就可以清楚了。从案发到现在才6个小时，凶手浑身是伤，应该逃不远，于是他吩咐下去让警员在报纸上把被害者的照片刊登上去，并让警员发出全城戒严令，调查浑身带伤的人，各个医院、诊所出具病人名单，凡见到浑身带伤的人举报到警察局有赏金，宾馆、饭店见到有可疑的人员可以举报到警察局接受调查。

格雷戈里想："这回布下了天罗地网，凶手无论如何也逃脱不了了。"

伦敦西郊，早上9点。

一个身穿黑大衣的年轻人跌跌撞撞地走在贫民区的小巷里，连日的赶路和战斗已经使他精疲力竭，胳膊上几处伤口还在流血。胸口还有一处很大的伤口，他用衣服裹住了伤口。前面有一处房子，这个年轻人用最后一丝力气撞开了大门，"哇"的一声，一口鲜血吐了出来，然后重重地倒了下去。

等他醒来后，发现自己躺在一张破旧的木制床上，天色已晚，透过窗户他能看到窗外的星星，屋外只有落叶的沙沙声，一阵脚步声传来，一个老人走了进来，一头银发，带着金边眼镜，留着灰白色的络腮胡须，手里拿着许多绷带和纱布。

"年轻人，你醒了，你上午晕倒在我家的厨房前，我把你救了回来，伤口我已用酒精替你清洗过，都是些皮外伤，不会有什么大碍，你能告诉我你是怎么受伤的吗？"

"我被一帮人追杀，这些伤就是在打斗中造成的，请你不要告诉别人好吗？"

"你为什么会被追杀，你能告诉我吗？"

"对不起，我现在不能告诉你，这是我的任务，等一个合适的机会我会告诉你的。"年轻人坚定地说道。

"好吧，既然你不愿意说就算了，你受了伤，不要下床四处走动，早点睡吧。"

老人关上了门，走了出去。

年轻人躺在床上，看着窗外的星星，不知不觉睡着了，不知过了多长时间，他感到眼前走过一个苍老的军官，他一阵惊喜，是一向对自己很疼爱的老人。这个军官是他师父，这个军情部门的孤儿特工小时候跟随这位老军官学会了一身功夫，练就了一身本领，多少次击败了对手，从来没失手过，可是这次他遇到了一个真正的对手，就在昨晚与那个可怕的杀手进行搏斗时，他受了6处伤，虽然最终杀掉了对手，但自己也受了重伤，在现场差点昏倒。这已经是自拿到那些密码文件以来一天之内第三次遭到追杀了，而且杀手一次比一次厉害。他不知道该求助于谁，当时的场景现在想起来仍然心有余悸。

他的脑海中不禁出现一个疑问，是谁把自己的调查行踪泄露的？

乔治上将是军情六处的最高头目。这个足智多谋的老人已经在国家情报部门工作了几十年，沃伊是他收留的一个流落街头的孤儿，在他的精心培养下，这个孤儿练就了一身好本领，成为了军情六处的一名特工，后来立下许多功劳升任了高级特工，不过他的特工身份只有乔治知道，他常常被派去执行一些秘密的任务。他准备在年轻时大干一番事业，一来是为了实现自己的梦想，二来是为了报答乔治上将的恩情。

可是美梦在一场突如其来的袭击中被打碎。

那天乔治将军去乡间视察回来，路过东湖，想在这座美丽的湖畔散步。这座东湖位于伦敦东郊的一片田园之中。湖面面积很大，那些喜欢钓鱼和玩划船游戏的人常常光顾这个地方。在东湖湖畔有许多高级别墅，在湖中心有一个人工岛，方圆五百多平方米的小岛上是一家私人饭店。这里的生意相当好，在晴朗的日子里常常高朋满座。人们经常要提前好几天预定座位。这个饭店最拿手的菜便是法式牛排和意大利面。乔治上将非常喜欢这里的饭菜。

这天他又来到了东湖湖畔，天色已晚。湖畔的游人越来越多，大多是情侣们以及喜欢独自散步的老人们。乔治上将身穿便装，身旁只有沃伊一个人跟着。他们在距离东湖湖畔几百米外的一条公路路边下了车，步行到湖边，尽管沃伊多次劝说他步行到湖边会很危险，但是乔治上将总是不听劝说。这个在国家情报部门工作了几十年的高级官员得罪了不少黑社会团伙，他们想方设法要除掉这个耿直的老人。就在出事的几天前，他还收到过几封威胁信。

乔治上将走到石板路上时，那些原本分散在湖畔的人突然聚集起来，这引起了沃伊的警觉。从身旁又跑过来了十多个打扮得不三不四的人。这些人突然扭打起来，挡在了湖畔石板路上。沃伊想过去问清情况，乔治上将示意他从那伙斗殴的人身旁绕过去，不要招惹不必要的麻烦。当他们经过这伙正打得正起劲的团伙旁时，那两伙原本正扭打的人群突然把进攻目标对准了乔治上将。他们从腰里拿出匕首朝乔治围了过去。

一个有组织的恐怖团伙即将执行罪恶的计划。

谁也没想到湖畔旁正扭打的那两伙人竟然是一伙儿的，加起来足有百十来个人，他们两人势单力薄，沃伊本想保护乔治上将迅速离开，可万万没想到在这群人掩护下，隐藏在他们身后的一个穿黑衣的人突然掏出自制的武器突然开火。情急之下，沃伊本能地想迅速把乔治上将扑倒在地，但是时间来不及了，枪声响起，乔治将军应声倒下，胸口前绽放出了一朵鲜艳的血花。那个曾经带领情报部门高手们打败无数犯罪团伙的和蔼可亲而又能干的老人离开了他，永远地离开了他所热爱的岗位。在这一刹那，他感觉他的生命仿佛和这个逝去的老人一起，正在逐渐的消失、远去……

很长一段时间内，他一直沉浸在痛苦中无法自拔，现在他尊敬爱戴的军情部门的高级将领永远离开了他，新上任的诺克上将得知了沃伊的情况，让这个神秘的情报科科长专门负责调查乔治将军遇刺一案。但是一个多月过去了，仍然没有任何进展，他隐隐感到近期发生的一系列奇怪凶杀案与乔治遇刺案有很大联系。他经过初步调查后在乔治家里的空心地板中发现了一个铁盒，提盒中有大量密码文件。沃伊感到这些密码文件非常重要，就把这些文件装入了大衣里，这件事除了乔治的家人和诺克上将外没有其他人知道，然而自从他拿到那些文件后一天之内遭到了三次追杀，而且一次比一次更可怕，这些密码文件中究竟隐藏着什么真相？它们怎么会出现在乔治的家里？那些杀手是怎么知道密码文件在他的手中？乔治将军的死和这些密码文件到底有什么关系？为了保证调查的秘密进行，他现在的特工身份在军情部门只有诺克上将知道，他决定将这些密码文件带回情报部门总部请求密码专家去破解，然而他还没来得及带回这些密码文件就身受重伤。

波尔西博士在书堆中寻找着关于玛雅人祭祀的大量资料，当他一页页地翻过去时，终于看到一页上记载着祭祀的文字，居然和纸条上的文字一模一样，他兴奋地跳了起来，果然就是祭祀用的文字，可是一个问题又摆在他的面前，这些文字是什么意思呢？他目前只能破解一部分玛雅文字，这些文字应该是在已知文字基础上组合而来的，他把这些字符拆解开来，重新组合后发现这完全是已经破解的文字，只是文字通过了复杂的组合变得难以确认，他试图将重新组合的这句话连起来解析，发现这是一句咒语：

邪恶灵魂的后代如果再踏入神庙之门一步，都将受到末日之神的惩罚，在世界终结年之前的两年内死于非命。

波尔西博士感到背后刺骨的寒冷，多么恶毒的诅咒！我必须立刻把符号的含义告知苏格兰场的人，也许他们正为此事操劳。

"真是见鬼，我们已在伦敦布下了天罗地网，直到现在凶手还没有消息，难道他逃出了这座城市？"格雷戈里沉沉地坐在椅子上，愤怒地骂道。

"警长，我想凶手一定还在巴黎，隐藏在一个我们还不知道的地方，我想说的是，我们目前还没有找到能解决问题的关键证据，我们必须确定死者的身份，我们的搜查结果应该以最近几天为限，把被害者的情况制作一个告示，让市民们去认领。"

"艾华利，你这个脑袋不光是用来吃饭的，你不会动动脑子想想，如果我们把告示贴出去，凶手会有什么反应？会不会打草惊蛇？凶手如果急于销毁证据，我们该怎么办？！"

"警长，我们已经封锁了整个城市，凶手如果在市内，他是如何也逃脱不了的，我们贴出告示，有利于广大市民协助我们查找凶手的信息。"

"让我好好想想。"格雷戈里点着他钟爱的雪茄烟，一边吞云吐雾，一边静静地思考后，说："好吧，艾华利，你吩咐下去，把告示贴上去，另外通知国际刑警组织，在欧洲范围内查找凶手，这次我们一定要抓住凶手！"

艾华利通知将最近几天全英国失踪者的名单送过来。很快，就有职员拿着文件走了过来。

"这是近3天英国全部失踪者的名单，如果需要扩大调查的期限，我会马上整理。"

艾华利拿着这些文件交给警长，格雷戈里开始仔细查对档案，"前天失踪者有5人，其中有3名是女性，里面有两位是居住在加的夫，昨天和今天共有8人失踪，其中有3位是在伦敦。"他的手指按着名单往下移动，"查理，11岁，是在放学的路上失踪的;科尔西，23岁，啤酒商人，居住在伦敦，前天失踪;亨利，29岁，来什特酒店服务员，昨天失踪，居住在国王大街32号。"

"好的，就是他了，艾华利，按照这个地址去查，希望还是很大的。"

"所有关于失踪者的文件都在这里，我们想想还需要从哪些地方下手吧。"沉思了一会儿，格雷戈里继续说，"我想我们不如分头调查，艾华利，你带着警员到那个地址调查死者的身份，我去调查那把在现场发现的军刀的来历，让费德里带着弟兄们去调查戒指的来源。今天上午开始工作，随时和总部保持联系，今天下午5点我们在这儿会合。"

年轻人静静地躺在床上，虽然受伤很重，不过都是些皮外伤，他在思考着最近发生的一切，发现那些密码文件以来，连续遭到三次追杀，前两次都被他摆脱，最后一次追杀中他将对手干掉了，这些杀手为什么一定要杀掉自己？难道都是为了这些文件？

他拿出塞在大衣中的那些文件，这是乔治将军死后留下的文件，他隐隐地感到这些文件的重量。

过去的荣耀和地位已成过眼云烟，现在他把全部注意力都集中到了案件和那个可怕的神秘组织中来，侦破这个邪恶的组织成为他现在唯一的信念。

波尔西博士为自己成功破解了字符感到异常兴奋，他马上把成果告诉了伦敦警方。

伦敦警察局的接线员正在悠闲地坐在椅子上看报纸，突然电话铃划破了房屋的沉寂。

他拿起电话，迟疑地咕哝道："喂！"

"是伦敦警察局，我找格雷戈里警长，有要事告诉他。"

"警长出去了，大概下午才能回来，请问你的名字是？"

"我是皇家研究协会文字研究的波尔西，等他回来后一定让他给我回电话。"

"好的，我知道了。"

电话挂掉了，然而波尔西此刻兴奋地在房间里走来走去，他破获这个字符的喜悦不亚于当年破解埃及象形文字，他还记得当时为了这个成果兴奋地整整喝了两瓶威士忌，尽管他平时不爱喝酒。

格雷戈里拿着那把在现场发现的军刀走访了城里专门出售刀具的店，他们都说不是本店售出的，不过一个老板说这把军刀的产地在瑞士。格雷戈里忙了一天，中午一顿经济实惠的便饭后，已经是下午两点，打了辆出租车回到警察局。

"警长，一个叫波尔西的博士刚才给警察局来过电话，说有要事告诉你。"

自从把纸条交给波尔西研究后，关于研究结果一直没有消息，难道这次研究出了结果了？格雷戈里希望研究会有重大突破，弥补这天的无功而返。

下午3点，费德里和艾华利都赶了回来，来到警长的办公室，发现警长正在写信。

"哦，你们今天上午调查的进展如何？"

"警长先生，今天上午我按照那个地址拜访了那间屋子的主人，开门的是一个年轻的女人，我们把死者的照片拿给她看时，当她看到自己丈夫尸体的照片时，感到异常震惊。我仔细询问了关于她丈夫失踪前的情况，以及他丈夫的社交关系网，她虽然内心很悲伤，不过她回答我们的提问时对答如流，思路清晰，整个谈话期间，她一直控制着情绪，我们感到很疑惑，要么丈夫遇害消息对他打击并不大，要么这是个坚强的女人。"

"费德里，戒指的事调查清楚了吗？"

"是的，警长，当我们来到文林特大街23号珠宝店时，老板仔细观察了这枚戒指，确定是他们店里售出的，就在前天，被一个男人买走的。我们拿照片让他辨认时，他能确定就是他买的。"

"谢天谢地！今天我们收获很大，尽管我没找到军刀的出处，不过刚才波尔西博士打来电话，说字符被破解了，我们离这桩复杂案件的真相又近了一步！"

"费德里，你一会儿到死者以前工作的地方去调查一下。艾华利，把上午与死者家属谈话的笔录拿来，我看看。"

"是的，警长。"

福尔森和汉普拿着休安的笔记认真地翻阅着，这时弗兰克走了进来。

"福尔森先生，这里有你的一封电报，刚到的。"

福尔森拿着电报，大致浏览了一下，兴奋地用手拍打着桌子。汉普在他身旁疑惑地看着他，他知道眼前的这位英国侦探有一种怪毛病，他在思索问题时常常沉默寡言，甚至几个小时不与身旁的人说话。在他把问题想清楚时又常常兴奋过度，常常用手使劲地拍桌子，然后把他考虑问题的思路讲给身旁的朋友，以展示自己的破案本领。

"哈哈，我就知道波尔西这个怪老头研究古文字有一套，现在那几个奇怪的字符被破解了，我们离真相又近了一步。"

"字符的意思是什么？"汉普问道。

"你去看看吧，我相信这个消息会让你激动得浑身发颤。"

"诅咒，玛雅的诅咒！这太可怕了！"

福尔森点燃他一向爱抽的雪茄烟，慢慢地说道："我想欧洲发生的一系列凶杀案都与这个所谓的诅咒有关，当然我并不相信什么诅咒，不过凶手倒有可能以诅咒为名杀害许多人，然后说他们是触犯了神灵被诅咒而死。就像许多年前威尔士发生的一起凶杀案，那个案子中共有6名士兵先后被人杀害，这6名士兵都曾经去过印度，将一座神庙的财物洗劫一空，神庙的碑文上说对神不敬的任何人都将受到诅咒，死于非命。但是后来案件侦破时，发现凶手是为了掠夺财物而将他们6人毒死，所以诅咒在这个世界是不存在的。"

"我认为凶手进行一系列的暗杀是因为这些人知道了他们的什么秘密，因为任何人都不会无缘无故杀一个人。"

"一语中的，弗兰克，我想苏格兰场的人也应该想到了这一点，他们现在的调查方向应该放在了死者的身份上。"

"羽蛇龙是什么？是玛雅人崇拜的图腾吗？"

"你说得很对，一个在中美洲文明中普遍信奉的神祇，一般被描绘为一条长满羽毛的蛇形象。最早见于奥尔梅克文明，后来被阿兹特克人称为奎策尔夸托，玛雅人称作库库尔坎。按照传说，羽蛇神主宰着晨星，发明了书籍、立法，而且给人类带来了玉米。羽蛇神还代表着死亡和重生，是祭司们的保护神。它与中国古代龙的形象有许多相似之处，甚至一些学者认为羽蛇神是殷商时期中国人带到墨西哥的龙，中美洲的印第安人最初来自中国。"

"那么玛雅文明和诅咒到底是怎么回事？"汉普问道。

"我查过关于玛雅文明的大量书籍，这是一个非常神秘的民族，在哥伦布到达美洲之前，这个民族辉煌的文明已经衰落了，不过从一些重大遗址中可以看出，这个民族曾经的繁荣昌盛，金字塔、神庙、天台、城市遗址，还有他们神秘的历法和科学技术。这个民族的历法非常先进，与我们现在的历法非常接近，要知道对于一个农业文明的民族而言，他们会有如此精准的历法和非常丰富的天文学知识，真是令人惊叹。1830年首次有考古学家对玛雅遗址做系统的勘探，在20世纪初期也解读了玛雅文字系统中的一小部分。这些发现都有助于了解玛雅宗教，玛雅宗教是以一个信仰各种自然界神祇的万神庙为基础，包括日神、月神、雨神和玉蜀黍神的宗教。祭司阶级负责主持一套复杂的宗教仪式。最令现代人感到震惊的是玛雅人在数学上和天文学上令人印象深刻的发展。在数学方面，位置记数法的使用和零的发明代表人类智力成就的一个高峰。玛雅人的天文学是复杂历法的基础，其历法包含计算精确的太阳年、祭祀年以及各种更长的周期，其中以长期计日法最长，它以西元前3114年为历元的开始。玛雅天文学家编制了有关月球和金星位置的精确图表，并且能够预测日蚀。他们认为自创世以来地球已经过四个太阳纪。玛雅人认为当太阳系诸星体经历完了这束银河射线作用下的"大周期"之后，将会发生根本性的变化，2012年的12月21日，将是第四个周期的终结日，世界末日将会到来。西班牙殖民者入侵美洲大陆后，辉煌的阿兹特克帝国被殖民者摧毁，此时，玛雅文明已近尾声，但在尤卡坦州上还残存着一些玛雅小邦。直到1697年西班牙人毁灭了玛雅最后一个城邦，玛雅文明辉煌的时代彻底结束了。西班牙士兵和后来的英国和高卢士兵到残存的遗址中大肆抢劫，希望找到传说中埋藏的宝藏。几百年来无数人为之痴狂。最后一队西班牙士兵来到一座圣洛蒂神庙中抢走了少数财物。不久这些西班牙士兵得了一种怪病，离奇死亡，人们感到恐惧，以为是玛雅神灵惩罚那些贪婪的入侵者，据说碑文上写着数百年后，在世界终结年即2012年的前两年内，末日之神会惩罚这些邪恶灵魂的后代，凡是到过玛雅地区参与劫掠烧杀的士兵的后代如果再踏入神庙一步都将死于非命。"

"真是一派胡言，我才不相信什么诅咒之说！"

"弗兰克，冷静下来，尽管诅咒之说事实上是不存在的，但是这些信息却有利于我们破案，也许案件的核心就隐藏在这些信息之中。"汉普说。

"还有一个疑问，那些死去的学者，福尔摩斯研究会的成员过去也去过那个著名的玛雅神庙吗？"弗兰克向他露出一个像是在抽搐一般的笑脸问道。

福尔森看出弗兰克有嘲讽自己之意，淡淡地说道："那些学术精英们在几年前为了研究玛雅的古文明曾经冒险进入了那座神庙去探险，我还记得那次行动计划有一个专门的代号叫掠食之鹰，那次行动取得了一定的成果，我们的学者发现了传说中的玛雅地下隧道和祭祀水潭，就像我们看到的一样。"

　　"他们的死印证了那句咒语，死于非命啊，看来我们也在劫难逃。"

　　"不可能，我们的对手运用现场留下的那些纸条把我们的调查方向引入玛雅的神怪之说，使我们相信这是诅咒所为，然后在中美洲把我们全部消灭。"福尔森说道。

　　"好一个歹毒的计划！我们陷入了一个陷阱，一个可怕的陷阱！"

　　然而阴谋才刚刚开始。

第八章

谁才是间谍？

　　沃伊躺在床上，他想着警察可能正在通缉自己，自己浑身是伤，很容易被警方找到，而且他发现自己随身佩戴的军刀遗留在现场了。他现在手中的武器只剩下一把比利时产的手枪，自己已经被列入嫌疑犯名单，警察已在城里进行了全面封锁，并进行了地毯式搜查。在找到能证明自己是无辜的证据前，绝对不能落在警察手里，这里离军情六处总部还很远，如果一直待在这里，早晚会被发现，必须先离开这座城市，同时还要把这些文件送到郊区的英国情报部门，在取得警方的信任后，与他们合力侦破这件错综复杂的案件。

　　他从床上走下来，把身上所有包裹纱布的地方都用大衣遮住，然后留下一张感谢老人的纸条和几十英镑，走了出去。

　　晚上，费德里带着一个警察按照死者夫人提供的地址找到了他生前工作的地方，这是一个位于拐角处的大酒店，高雅、气派，大理石服务台，大厅高耸的白柱子，说明这是一家高档酒店，两人拿出警察证件后，服务台的人员领着两人来到老板的办公室。

这个老板大约 40 岁左右，头发乌黑，皮肤白皙，身材修长，一顶软毡礼帽拉得很低，看不见眼睛，风衣的领子竖着，遮掩住整个面庞。看起来很精明，不过举止之间有些神经质，一副毫不松懈的样子。

"我是度迪，是这个酒店的老板，请问二位来有何贵干？"

"哦，度迪先生，我是费德里，伦敦警察局的副科长，这位是我的同事，我们受警察局的指示前来拜访你，我们有一桩案件正在调查，希望能得到你的协助，我们调查的对象是在你这儿工作的员工亨利。"

"亨利，他怎么了？他是这里的服务员。"

"哦，度迪先生，难道你没看报纸和公示吗？亨利死了你不知道？"

"什么，他死了！什么时候？"他脸色刷白，看起来异常吃惊。

屋里一片沉默。

"哦，对不起，我为刚才的失态而道歉，可是我不喜欢看报纸，一心忙于工作，所以关于他的死我是一无所知。"

"就在前天晚上被人杀害了，在伦敦西郊的公园内，我们想询问关于他的一些情况。"

"关于他的死，我想我不能提供足够多的信息，不过我会尽力而为的。"

"谢谢你，度迪先生，你最后一次见到亨利是在什么时候？"

"是在 5 天前，他说他家里出了点事，向我请了几天假。我当时感到很疑惑，不过还是同意了他的请求。"

"你刚才所说的疑惑是为什么？"

"是这样，亨利以前是个非常能干的员工，他在这里工作的前几年从来没有请过假，公司也是一再为他加薪，可是最近两个月他先后请了 7 次假，每次都要离开几天，我真是感到困惑，他家里到底出了什么事，这么频繁地请假。"

"他每次请假的理由都是一样的吗？"

"是的，都是说家里有事。"

"亨利在来你们酒店工作之前是干什么的？"

"这个我真不太清楚，只知道他身手很好，在上次代表公司参加空手道大赛中得了第一，他从来没说过他过去是干什么的。"

"好的，亨利最近工作态度如何？"

"最近工作很差劲，不仅频繁请假，而且对待饭店的客户态度很粗鲁。他以前并不是这样，是个低调谦逊的人，而且喜欢帮助别人。"

"公司职员中谁与他关系最好？"

"这我真不知道，请稍等，我问一下。"

度迪给服务台打了电话，那边说马上去问。

过了一会儿，办公室的门打开了，一个体格健壮，头发乌黑浓密，蓄着络腮胡须的中年男人走了进来。

"老板，找我什么事？"

"这两位是伦敦警察局的调查员，他们找你了解些情况，你要尽力配合。"

"我一定配合调查，请问警官们想知道什么？"

"前天亨利被人杀害了，我们正在调查此事。亨利和你的关系怎么样？"

赫尔德听到亨利的名字时，有些诧异。

"警官，亨利和我的关系非常好，我们经常在下班后到酒吧喝酒，去赌场打牌，所以我还是比较了解他的。"

"我们想详细了解一下他的情况，请你于明天上午到警察局一趟，配合我们的调查。还有，请你暂时不要向他人提及此事。"

"好的，我会全力配合的。"

"度迪先生，非常感谢你在百忙中抽出时间配合我们的调查，关于这个案件你还有什么要说的吗？"

"没有了，如果有什么情况我会及时向报告警察局的。"

"谢谢，那我们就先走了。"

两人离开了酒店后，开着警车直接赶回警察局。

沃伊向东而去，贫民区距离高速公路并不算远，只隔着两条街，他准备步行走到高速公路，沿着高速公路逃出城。

繁华的街道在脚下延伸，虽然已是深夜，马路上车辆依然川流不息，交错飞驰而过，街灯照着他孤独的影子忽而变长，忽而变短。他注视着自己的影子，心里突然有种说不出的落寞。清凉的夜风吹拂着他的头发，他感到一丝轻松，近些天来发生了太多的事情，他需要静下心来仔细想清楚。现在必须把这些文件送达情报局，但是现在他伤口还未痊愈，警察局正在通缉他，情况对他非常不利。

再拐一个弯，就要进入高速路入口了，忽然听到旁边的小巷子里传来一声呼叫声，声音短促，十分沉闷，沃伊警觉地停下了脚步。呼救声再次传来，这一次更加清晰，是一个女人的声音，他探头向巷子里望去，黑暗中只隐约看到有两个人影在里面挣扎。

一瞬间他就像变成了一头嗅到了猎物的猛兽般，眸子里突然射出冰冷慑人的寒光。沃伊并没有马上冲上去，在生与死面前经历过无数次抉择的他，早已养成了不管面对任何情况都保持冷静甚至是冷酷的习惯，他那刚刚有转机的心情被眼前的这次抢劫案搅乱了。

足足过了1分钟，一个男的抢走了女人的包迅速跑开，只听见女人大喊道："救命，抢劫！"

那个男的转头看见了沃伊，慌慌张张地从巷子另一头跑掉了。

女人抓住沃伊的腿，哭道："救命！救命！"

他大声道："小姐，不要怕，那个人已经跑了，你镇定一下。"

女人起身突然抱住了他，只是哭泣。

他高声道："你没什么事吧？需不需要报警？"

女人也不回答，只是紧紧搂住了沃伊。

突然一阵刺耳的警笛声由远自近传来，到了巷子口戛然停下，几个穿着警服的人从一侧冲了进来，那个女的猛地放开他，尖叫道："警官，救命！"

其中一个穿警服的人喝道："怎么回事？"

那女人道："他抢了我的包，我把他拖住了。"

沃伊一愣，怒道："你胡说什么？刚刚明明是我救的你，你为什么要陷害我？"

那个穿警服的人道："少说废话，我们亲眼看见你抢他的包，还想抵赖？"

"如果是我抢了她的包，包在哪儿？"他愤怒地问道。

"就在地上！"女人怒视着他。

沃伊感到这是一个陷阱，明明包已经被抢走了，可是现在又出现在这里。

　　"他就是抢我包的人，我能肯定。"那个女人对那个穿警服的人说。

　　沃伊道："我如果犯了法，你当然可以抓我，可是你们现在怎么能就凭这个女人的一面之辞就一口咬定是我在打劫？况且你们到的时候也看到了，是她在抱着我，而不是我抱着她。"

　　另一个穿警服的人说道："里面太黑了，我们什么也看不到。"

　　沃伊道："既然你们什么也看不到，刚刚又为什么说看到我抢劫？这不是自相矛盾吗？"

　　那个穿警服的人被他抓住漏洞，不由恼羞成怒，道："不要管我们看不看得到，总之是有人指证你，你赖也赖不掉。"

　　沃伊道："好，我们先不管是谁在撒谎，我问你们，你们几点钟接到报案的？又花了几分钟赶来的？"

　　"我们是在晚上 8 点 40 接到的报警，在 5 分钟之内赶来。"

　　"你们是在哪个地方执勤？"

　　"我们是西分区的，今天负责在这一地区巡逻。"

　　"我只想说你们的演技实在是太拙劣了。第一，以我的力气，完全可以将这个女人打昏，然后再抢走她的包，何必在这儿和她纠缠了 5 分钟。第二，西分区的执勤时间是在晚上 9 点到 12 点，现在是 8 点 40，你们说谎话也要先动动脑子。第三，我看到你们中一个人手臂上刺有刺青，而伦敦警察局是严禁警员刺青的。"

　　"就算你说得对又怎么样，你还是得跟我们走一趟。"这几个穿警服的人手里拿着枪对准着他，为首的那个还挥舞着银闪闪的手铐。"怎么样，想好了没有，是自己跟我们走，还是让我们兄弟几个动手？"

　　"我可以和你们走，不过你们要告诉我是谁让你们抓我的。"

　　"都死到临头了，还在讲条件，是伦敦警察局的格雷戈里警长，你已经是通缉犯，如果没猜错的话，你浑身带伤，警察已经布下天罗地网，你已经插翅难飞了。"

　　"恐怕是你们那个组织的头目让你们把我杀掉吧。"

　　"你说什么组织，我听不懂。"

"好了，不要再装了，你们那个组织千方百计地想杀掉我。你们用的手枪全是德国造的滑膛手枪，里面可装9发子弹，而警察局用的都是英国造的左轮手枪，可装7发子弹，难道还让我说得更明白吗？你们根本不是警察！"

"你，你怎么对手枪这么了解？"

"在我回答你问题之前，请你们先回答我的问题。"

"我们没必要回答你，枪在我们手上，不管我们到底是什么人，你今晚只有死路一条！"

"哦，难道我不可能逃跑？"

"枪在我们手上，你觉得你有机会吗？"

"好吧，那么游戏开始了。"只见沃伊快速从大衣里掏出手枪，随着两声枪响，划破了寂静的夜空，那4个人中有两个应声倒下了，另外两个还没反应过来，又是一声枪响，其中一个也应声倒下，只剩下一个，由于惊慌失措，朝着空地里乱开了两枪，结果黑影绕到他身后，一下把他打昏在地，整个过程用了不到10秒钟。

那个女人惊恐地看着这一切，惊叫着向大街上跑去，一个黑影快速跟上了她，接着是一拳便将这个女人打昏了，然后沃伊拿起地上的手枪，从其中一个倒下的人身上摸出了钥匙，迅速走到路边的警车处，他想，里面肯定有预先准备好的绳子和胶带，打开车门，里面果然有一捆绳子，他把那个女人和仅存的一个敌人拖到了车里，并用手铐和绳子捆住他们的手，然后用胶带粘住了嘴。

等这一切都做完后，他对昏倒的那两个人说道："枪固然很快，但是你们的反应实在太慢了！"

他坐在驾驶座上，望着远处的大街，不知道该去何处。也许我应该先弄点吃的，再睡上一觉，但是现在全城都在通缉我，我该到哪儿呢？

越危险的地方越安全。沃伊调转车头开向市区，汽车在空旷的马路上行驶着，很快到达克莱登大街的一家中档酒店门前，在打昏的那个人身上摸出身份证明，换上那个人的衣帽，把车停到了地下车库后，走进了酒店大厅。大厅里保留着路易十六时代的建筑风格：大理石白柱，拱形房顶，一个巨大的吊灯垂下，使屋里变得特别宽敞明亮，红色的地毯铺在地上一直通向楼梯处。

他走到服务台，拿出假身份证要了一间房，服务员迟疑地看着身份证，此刻他心里异常紧张，如果他一旦被看穿身份，在这个闹市区，将意味着插翅难逃。

服务员并没有多做询问，就把房卡交给了他，房间在五楼的拐角处。

他打开房间，此刻他已经异常疲惫，也感到很饿，他给服务台打了个电话，让服务员给他送份夜宵。闻到自己身上的一股酸味，自言自语道："还是赶快洗个澡吧。"

于是他到卫生间去洗了一个澡，又把刮了刮胡子，实在是太脏了，如按平时养成的习惯，他做这种事一般不会超过 15 分钟。洗完澡后，浑身轻松了许多。他从冰箱里拿出一瓶啤酒喝了起来。

真奇怪，都已过去了将近 20 分钟了，怎么服务员还没送夜宵来？一种不祥的预感在他心中突然升起，服务员难道是去报案了？可是他又转念一想，只要入住手续齐备，应该不会引起服务员的怀疑。也许服务员到附近的超市里去买了？这种服务在一些大酒店里是有的，只要支付小费，服务员很乐意效劳。这也是酒店为了吸引客户的一种策略。可是酒店附近就有超市，一份夜宵通常只需要 10 分钟左右就能送到。不对，这里面肯定有蹊跷！他迅速跑到窗户处往下看，只见下面已经停着十多辆警车。

沃伊大骂道："妈的！被人出卖了。"

长久的军事训练和特工作战生涯使他在极其危险的情况下能够保持镇定，他迅速把房间的门从里锁上。从窗户看去，警察已经将楼道出口全部封锁，他在里面清楚地听到警察踩楼梯的声音，沃伊脑子在飞快地转着，如果被警察抓进去，就得向他们说明自己的身份，那样一来就会泄露自己的秘密任务，如果被对手的间谍得知的话，前功尽弃不说，很有可能再也翻不了身。凭自己的身手硬闯，不是不行，可我怎么能去杀警察？看来只有突围了。"他又一次拉开窗帘向外仔细看了看，心里一动，楼下警察还在忙乱地调动，但他们显然疏忽了一个情况，或者说他们认为不会出现这种情况，所以这个包围圈中有漏洞，他沉声道："这个方法一定可行，赌一把了！"

他把耳朵贴在门上听了听，自言自语道："他们还没准备好，还有时间。"

他朝楼道的储物间跑去，内心里一直在祈祷不要被警察抓住。他一口气跑到储物间的窗户旁边，嘴里大口大口地喘着粗气。

艾华利带着十几个荷枪实弹的警察来到了沃伊所住的房间前，一个五大三粗的高个警察旋转门的把柄，并用身体使劲往里撞，门没有反应。服务员拿着房门磁卡匆匆赶来。那位高个警察从服务员手里接过磁卡后往感应口一插，房门指示灯由红变绿，他用力转动门把手，可房门还是不动。

艾华利急了，他果断地命令手下的十多名警察分成两个小队，一路沿着走廊搜查，另一路沿着楼梯口继续往楼上寻找。命令下达后，两路人马立刻展开了搜索行动。艾华利看到那位笨手下打不开房门便把手下推开，他把磁卡拔出后，又重新插进了感应区，待指示灯变绿后便把门卡拔出，用力转动把手，房门打开了。

高个警察把磁卡插进墙上的启动端口，漆黑的房间变亮了。艾华利看到房间里没人后便一脚把卫生间的门踢开，房门把浴池边的烟灰缸碰掉了，烟灰缸瞬间摔成了玻璃碎片，艾华利刚要迈开腿朝破碎的烟灰缸走去，突然感到脚下一滑，瞬间倒下，他的手按在了破碎的玻璃片上，殷红的血液从手掌渗出。

听到卫生间有情况，高个警察朝卫生间跑来，看到副警长艾华利倒在地上，连忙打开卫生间的灯。

艾华利站了起来，用另一只手按住了划破的伤口处，眉头紧锁，道："那个可恶的家伙是逃不出我们手心的。"

就在此时，两路人马回来汇报情况，都没有找到沃伊，难道他会玩穿墙术之类的魔术？艾华利身子僵硬地倚靠在门框上，好像浑身瘫痪一样，他在考虑着自己制定的搜捕计划是不是还有什么漏洞。

"头儿，我想我们还没有搜查储物间，从目前的情况看那里可能是犯人唯一的藏身之处，其他地方都被我们的人翻了个底朝天。"

"快去！他要是试图逃跑，我们就给他一颗枪子。"

说完后，4个人朝这层楼的储物间的方向跑去。

沃伊已经把储物间的大门从里面反锁上了，他已经观察到楼下偌大的停车场中只有两名警察。这是他最后的逃命机会，他把窗户拉开，翻到窗户外侧，脚踩在了一台空调的铁板上，手心紧紧抓住窗户旁边的一根用来放盆景的铁支架，心里非常紧张，如果楼下的那两名警察看到自己的话，自己就完蛋了。

他发现自己距离楼顶还有两米多，只要爬上楼顶就有逃跑的机会。他小心翼翼地向上移动。就在此时他仿佛听到门口传来说话声，他猜想可能是警察赶过来了。

"开门！警察，开门！"艾华利边推门边叫嚷道。

当门外没有任何反应时，高个警察拔出手枪朝门的手柄开了两枪，艾华利试图转动把手，可是门仍然打不开。艾华利知道嫌疑犯从里面上了保险，他从身旁的一名警察手中接过枪，往后退了几步，朝门果断地开了两枪。

门被威力巨大的散弹打出一个人头大小的洞，他上前用脚一踹，木板完全断裂开来，他们几个依次冲了进去。

沃伊庆幸楼下那两个警察没有看到自己，他迅速翻过楼顶边缘一座半米高的石栏杆，观察起楼顶的地形。

这座宾馆位于市中心的建筑密集区，楼与楼之间的距离很近，最近的写字楼楼顶距离这座大楼楼顶只有 5 米距离，他吃力地站了起来，朝楼顶边缘走去。

艾华利等人已经检查了储物间，他们确信狡猾的嫌疑人已经打开窗户逃了出去，唯一的可能就是爬上了楼顶。艾华利通过无线电对讲机命令正在顶层搜查客房的几名警察朝顶楼跑去，在这位副警长看来，这位犯人已经插翅难逃了。

沃伊走到楼顶边缘后，看了看对面大楼楼顶。如果是平地，这个距离还真可以试试，可这是高楼的楼顶，稍一不慎摔下去就是粉身碎骨。他咬了咬牙，自言自语地说道："这将是我人生的巅峰时刻。"随后退了十几步，猛地助跑、起跳，身形跃起，落在了另一栋大楼的顶上。他一瘸一拐地走了几步后，自言自语地说道："我真是个疯子！"

此刻他双脚发软，擦了把汗，右手在胸口划了个"十"字，念道："圣母玛利亚，以后我信你了，阿门！"

度迪公司的职员赫尔德来到伦敦警察局，格雷戈里拿起电话说："让苏雷尔过来。"

马上来了一个书记员，警长安排他坐在自己的座位上。

"不能遗漏半句，要准确详尽。"他回头说，"把他请进来吧。"

赫尔德走了进来，好像经过了痛苦的煎熬，脸上浮现出紧张的神色。一袭黑衣，神色是在抑制之下的平静。进门之后，他将整个房间环视了一遍。苏雷尔刚要站起来，他立刻郑重地行了个礼。

"你就是警长的书记员吗？"他问。

苏雷尔请他坐下。

他接着说："我是应警察的要求来说明关于我死去的好朋友亨利的情况的，很荣幸我能为你们效劳。"

"好的，希望我们这次合作很成功，下面我们开始进入正题吧。"

"亨利是在什么时候来到公司工作的？"

"在 4 年前，我比他来得早 1 年。"

"他家里宽裕吗？"

"不，你们知道我们只是为人打工的服务员，工资不会很高，亨利家里一直不是很宽裕，而且不久前他和他夫人的关系一直不是太好。"

"请你继续说下去，他们关系为什么不是很好？是因为亨利脾气不好吗？"

"不是，亨利以前是个很和善的人，他工作很勤奋，业绩很好，老板也是一直为他加工资，他还为公司获得了空手道的冠军，老板还特别嘉奖了他，可是就在前几个月，他好像变了一个人似的，经常请假不上班，而且变得傲慢自大，他好像突然有钱了。我跟他一块喝酒的时候，看见他戴着一块劳力士名表，还穿着一件上层社会的人才穿的衣服，他还给他妻子买了一枚钻戒，当我问到这些东西是从哪里来的时，他只说是一个亲戚赠与他一大笔财产。警官先生，你知道我和他是要好的朋友，我从来不知道他有这么富裕的亲戚，他妻子也是因为这些财产的历来与他争执，结果在他临死前的那些天与她丈夫关系一直不太好。"

"他在临死前说要去见什么人，做什么事吗？"

"没有，他请假时，我问过他，但是他就是不说。"

"他在来你们公司前是做什么的？"

"好像是退伍的海军陆战队队员，我听他说起过，他的格斗和枪法很厉害。"

"哦，你看看他买的是不是这枚戒指，是在案发现场发现的。"苏雷尔把戒指递给他看。

"对，就是这枚。我当时看得很清楚，因为是枚钻戒，我看得很仔细。"

"赫尔德先生，你看看这些尸体的照片，你最后一次见到他时他是不是穿的这件衣服？"

"是的，在他请假那天穿的。"他嗓音低哑，像是在自己说话，"死得太惨了！"

他喉咙哽咽，说不出话来。警察仔细观察他情绪的变化。房间里的空气像是凝住了。过了一会儿，他才回过神来，声音小得几乎听不见了。

"为什么，为什么会这么恐怖？死得太惨了，是谁这么凶狠？"

赫尔德颓丧地将头埋在两手之间："啊，可怜的亨利！有线索吗？有关于凶手的线索吗？"

"有几条线索，目前还没有做综合分析。但我们相信很快就能将凶手找出来。你不要激动，你的好朋友去世，你的心情我们能理解，多谢你刚才提供的信息。"

苏雷尔走到柜子前，倒了一杯白兰地体贴地递了过去。

"不好意思。"赫尔德接过白兰地猛地灌了下去。

"赫尔德先生，我们今天的问话到此结束，如果还有什么问题需要向你询问，我们会到公司找你的。谢谢你提供的信息。"

"我随时愿意效劳。"

赫尔德走后，格雷戈里说："看来他们说的都是实话，度迪，亨利妻子和赫尔德说的话能相互印证，现在我们要做两件事。第一，我们要跟海军方面联系，详细调查这个人的资料。第二，继续搜查那个满身带伤的逃犯。"

第九章

梦的解析

"福尔森先生，我已看了休安勋爵写的日记，但是我看不出来这些日记对破译这个荒唐的梦有什么作用。"

"根据弗洛伊德的理论，梦是愿望的虚拟达成，而这些跟逻辑学有着很大的联系，我以前跟汉普说过，我们可以根据一个结果推出这些结果的所有步骤，将整个事实还原，就像我们将这个看似荒唐的梦中的所有符号的隐意全部找出来，然后将梦境还原，得出死者生前的真实心理状态，当然这需要我们对他有一定的了解。现在我已经把日记全部看完了，我想可以试图破译这个梦境。"

"汉普，把休安勋爵的最后一篇日记拿出来。我们开始一次解梦游戏，精彩的表演开始了。"福尔森兴奋地说道。

"这个梦中包含许多难以理解的密码，比如叫波罗的警察、那本神秘的书、山谷、山洞、欧洲骑兵，还有白胡须的老人等等。休安在临死前的那一夜之所以会梦见警察，可能是他想让警察介入此案调查。我在日记中看到有一次他和一个叫波罗的猎人一起上山去打猎，而且这个猎人还救了休安一命，猎人和警察的共同之处就是都有枪，所以他可能在梦中把波罗想象成警察，让警察拯救他的内心。车上有两个警察，而且面目扭曲，看不清楚，说明他对这两个人有印象，但是想不起来是谁了，我在他以前的日记中看到他曾经和两个客户一同乘车去山里玩，这两个客户品德并不好，是一个杀人犯，他通过剥削发家致富，休安当时暗骂道：'真是两个恶棍，面目狰狞！'他可能在梦中把这两个人想象成警察，面目狰狞想象成面目扭曲，这在精神分析中叫做角色换位。他由于对那两个客户非常讨厌，所以在梦中想象成出车祸，他们死了，以满足他讨厌那两人的愿望。"

"撞倒巨石，说明有一个突然到来的灾难在等待着他，我看过他前几篇日记，他最近心里烦闷不安，但是他在日记中没有写明，只是写出了他的心里感受，出车祸后，他从车里爬了出来，庆幸自己没有死，然后发现自己置身于一个陌生奇怪的山谷。我在他以前的日记中看到他曾写道：'这里的地理图标指示的是哪里呢？'他可能思虑这件事太多了，结果发现自己置身于一个陌生的山谷，为不知道周围的地理环境而迷惑。他见到两个警察死了，想起来他们是一同办案的，说明他心里一直在考虑着一个案件，山谷中有许多奇怪的动物，我当时看到这句时，感到很迷惑，但是当我想到案发现场的奇怪字符和图像时，我才理解休安可能很关注这件案子，所以用奇怪的动物来替换那个字符。"

"他恐惧极了，沿着山谷走，来到一个山洞前，我在他以前的日记中曾看到他喜欢打猎、攀岩等探险活动，可能进入山洞探险也是他爱好的运动，听到里面的人欢呼唱歌，他在他的日记中写到他想念他逝去的妻子，他妻子过去唱歌很好听，他可能因为思念妻子因而用那些人的欢呼歌唱代替他妻子的歌声，他躲在山洞石头后面看到里面有一群跳舞的中国人，这句话目前我还没有想明白什么意思，但是随着案件的深入调查，我想我们会解释通的。他感到很好奇，便走到桌前，发现这是一本书，书上的字很模糊，他只能看'MONKEY'这个单词，如果单从表面理解这个字符，就是猴子的意思，也就是说，这本书肯定里面有关于猴子的一些支离破碎的记载，结果休安在梦中把这个单词代替了那本书，另外我通过字母分解法发现'MONKEY'可以分解成两个单词，'MON'和'KEY'前面一个单词是修女的意思，这本书可能与宗教有一定联系，后面一个单词是钥匙的意思，我们可以把他理解为打开谜底的钥匙，侦破了案件。那几个人问他这本书到底包含什么意思，说明他们对这本书也在认真研究，同时也说明了这本书的重要性。他很害怕便转身跑开，那几个人在后面穷追不舍。"

"大概过了几分钟，他发现自己跑到了一个村庄里，他转身一看，那些追杀他的人不见了。他发现自己正置身于一座房子面前，梦中镜头转换很快，其实这是潜意识里的思维反应，这说明他白天思虑过重。突然房子中发生了一声巨响，房子被炸毁了，一个头发凌乱，穿得破烂不堪的人跑了出来，这个人满脸是血，他猛地用手掐住波罗的脖子。房子被炸毁了，使我想起了几个月前维也纳发生的爆炸案，这是凭我多年的敏感得出的联系，一个头发凌乱，破烂不堪的人是谁呢？我认为他可能把自己想象成了那个爆炸中的受害者，因为受害者同样是受伤惨重，可是这个人为什么会掐住他的脖子呢？掐住他的脖子说明这个人对他有着巨大的仇恨。我想休安可能是对那起爆炸案的内幕知情而且感到内疚才做了这一个片段的梦。"

"还有那个人提到的那一句话也很重要，图画可能是指现场发现的奇怪字符，也可能指其他重要的东西。那么苏格兰的史迪威先生是什么意思呢？我想到苏格兰可能指的是伦敦警察局，因为它的别称叫苏格兰场，还有一种解释，就是休安非常想去苏格兰，但是我在全部日记中也未找到相关信息，不过在一页日记中发现了关于史迪威先生的信息，史迪威是休安在一次旅行中认识的一个朋友，这个人过去在警察局工作，后来退休后在景区开了一家宾馆，在梦中，史迪威代替了警察的身份，所以整句话连起来就是你快把那个重要的东西交给伦敦警察局，从这里我们可以推测出休安可能有一个关系案件的重要东西。"

"波罗感到很害怕，他奋力挣脱了这个人的纠缠，跑到了一间屋子里，过了几分钟，他确认那个人没有跟来时，便从屋里走了出来，来到一间大厅，大厅里堆积着许多葡萄，这时一个似曾相识的人走了过来，对他说道，'让我们把上次在山上打猎发现的宝盒带给那个和蔼的啤酒商人吧。'这段话最难理解，不过我试图把我的思路展现给你们。他来到一间大屋子里，里面堆满了葡萄，葡萄是指什么呢？当我把他的日记读完后，我看到里面提到他的妻子生前很喜欢吃葡萄，可能休安对他妻子过度思念，因而在梦中满足妻子吃葡萄的愿望。一个似曾相识的人走了过来，我首先猜想到这可能是他妻子。"

"我把整个句子中的象征符号列出来：宝盒、打猎、和蔼的啤酒商人。这几个词究竟包含着什么意思呢？当我读完全部日记后，找出关于这三个词的相关信息，宝盒也许是对休安非常重要的一件宝贝，打猎使我想到休安勋爵喜爱打猎，和蔼的啤酒商人使我想到过去莫泊斯长官是一个木材商人，这句话的隐意就是那个非常重要的宝盒现在由莫泊斯长官保管。神庙使我首先想了上次我们去探险的那个玛雅神庙。一队欧洲骑兵是指什么意思呢？我在日记中了解到休安非常痛恨欧洲殖民者对土著居民的掠夺和杀害，所以我把这句话理解成欧洲的殖民入侵者。白胡须老人施展魔法将那队骑兵变没了。这句话中施展魔法的白胡须老人到底指什么呢？我认为可能代表三个含义：第一，他代表神。第二，他可能是休安过去的救命恩人。第三，就是关爱他的长辈。当我看到最后一句时，我想到很可能这是过去他的救命恩人，而且这个人还信仰一个关于末日之神的宗教。末日之神会惩罚他们的，意思是说那些殖民者会受到应有的惩罚，联系到波尔西博士近期已经破解了字符的秘密，所以我理解为对这些贪婪掠夺的殖民者的诅咒惩罚，死于非命。"

"好了，我想你们应该给我一杯白兰地了，这么复杂的梦总算给你们解释通了。"

汉普和弗兰克坐在那里陶醉在福尔森的解释中，仿佛他们已经进入了这个离奇的梦，福尔森说的那些话显然并没有使他们清醒过来。

"朋友，我的喉咙需要一杯白兰地，我已经讲完了！"福尔森激动地从椅子上跳了起来，长长地舒了一口气。

这时汉普和弗兰克才回过神来，缓缓地展开绷紧多时的面容，"哦，你需要白兰地，对不起，刚才我没听见！"

汉普走到隔壁的房间里，拿出一瓶白兰地，递给福尔森。

"真是太精彩了，如果不是亲耳所听，我真是难以想象原来梦也是可以用逻辑的方法去解释，真是太神奇了！福尔森先生，我真是佩服你的推理才能！"

福尔森一口气喝了半瓶白兰地，疲惫地坐在椅子上，说道："其实这些推理术并不是因为推理者拥有高超的智慧，而是能掌握事物之中一般人不易看到的联系吧了，弗兰克，你这样的赞美会让我患上歇斯底里症的，哈哈！"

"福尔森，我们能从这个梦中得出很多对案件有用的信息，我想案件真相大白的日子就要到了。"弗兰克在嘴角露出了一丝不易被察觉的浅笑。

"就目前我们掌握的情况还不足以破案，但是我们可以从这个案件中得出许多关键的线索，不过梦中一些元素至今我还没有弄明白。就目前来看，有几点可以确定：第一，这个案件与休安有很大关系，他知道这个案件的一些情况。第二，这个案件与玛雅文化有关系。第三，这个案件中有一个关键的物证宝盒，这个物证能揭开整个案件的真相。第四，这个案件与中国有一定的关系。最后，休安是与神秘组织有很大联系。"

福尔森又喝了一口白兰地，然后接着说道："在这个梦中休安有四个愿望。第一个愿望，他对妻子非常思念，妻子的愿望由于她的过早去世而不能实现，所以他想在梦中实现这个愿望。第二个愿望，他想把案件的真相告白于天下，可是慑于那个组织的巨大势力，不敢将真相讲出来，所以内心非常矛盾，这一点在梦里可以体现出来。第三个愿望，一个神秘的组织正在寻找一个很重要的东西，而休安可能也在研究这个东西，然而基于某种原因，他不想把这个物品的下落公之于众。第四个愿望，他痛恨那些殖民掠夺者，所以在梦中希望他们死掉。这些愿望隐藏在支离破碎的片段中，需要我们深入发掘，破译出死者的心理。"

沃伊从宾馆中逃出后，只听警察在后面叫道："站住，再跑就开枪了！"

这个时候只有傻子才会停下来，追来的警察跑到楼边后，看了看两楼的楼距，他们也往后退了十几米，然后猛地冲刺，当这三名警察安全地落到对面的大楼顶上时，沃伊心里一惊："看来这伙警察也非等闲之辈。"

沃伊看到楼顶有一间小房子，这间小房子就是通往大楼内部的楼梯口，他用力推了推铁门，铁门没有被撞开，他知道铁门从里面锁上了，他气愤地捶了捶铁门。那三个追赶他的警察正朝他跑来，沃伊跑到大楼边缘，看到大楼顶层有一个倾斜的玻璃帷幕一直通往四楼的窗户外。

那两名警察大喊道："站住！站住！"沃伊吸了一口气，朝玻璃帷幕跳去，那两名警察吓得目瞪口呆。他们通过无线电对讲机与地面的警察联系，让他们到这家百货大楼的一楼大厅楼梯口守着，费德里通知百货大楼的人关掉大楼电梯，并带着十几名全副武装的警察守在楼梯口。

沃伊沿着倾斜的玻璃帷幕往下滑，当快要滑到四楼时，他用一只手紧紧得抓住了右侧的展衣柜，让下滑的身体停了下来。他喘了一口气后用拳头将身下的玻璃窗砸裂，破碎的玻璃掉在楼层的地板上。他纵身一跃，跳到了身下的楼层里。

他发现自己落在衣服架旁边，他往周围看了看，发现自己正处于商场中，整层大厅都是卖衣服的。几名售货员正目瞪口呆地看着这个从天而降的人。两个手拿气球的小朋友吃惊地望着这个男人。他们问道："叔叔，你是从外星球来的吗？"沃伊点了点头，一瘸一拐地朝楼停口走去。

令他吃惊的是，他看到四楼的楼梯口并没有警察守卫，他从卖帽子的地方偷来一顶鸭舌帽戴在头上，并把衣领拉高，尽量遮住脸。他沿着楼梯往下跑去，守在一楼楼梯口的警察听到了动静，费德里派出 5 名警察拿着枪往楼上跑。沃伊听到有人正往上上楼，情急之下，他一拳将身旁的玻璃窗打碎，从三楼跳了下去，落在了小巷的垃圾堆里。由于大部分警察都已经跑到了一楼楼梯口，因此守在楼下的警察只有 4 个人，他们守在警车旁边，一边吸着烟，一边聊着天。

沃伊从垃圾堆里跳了出来，拐了个弯，跑到了百货大楼正门。4 个站在警车旁聊天的警察一眼瞟到跑过来的正是沃伊，他们伸手试图阻拦。沃伊的速度太快了，他连打再推，将这 4 个警察打得趴在地上。他从一名警察身上摸出了车钥匙，上前一掌将警车车窗击碎，拉开保险坐了进去。发动机一声怒吼，车子像利箭一样向外猛地蹿了出去。

车子从小巷里驶了出来，他猛踩油门，警车风驰电掣般行驶在大街上。守在街口的警察挥手示意警车停下来，但看到快速行驶而来的警车没有减速，警察还是本能地闪在一旁。沃伊撞开拦路的警车，接着又闯过红灯，路口的警察拿着对讲机向费德里报告。

费德里果断命令警车追击。警笛一路高唱，呼啸而过，公路上汇集成光与声音的海洋。市民们驻足，看到警车追击着警车，心里非常疑惑。沃伊看到前方是高速路的路口，路口早有十几名警察严阵以待，他们把一排带有铁钉的路障拉来，放在高速路路口处，警察伏在车后，举枪瞄准。沃伊开着车一路狂飙，仍然没有摆脱警察的穷追不舍，没办法，赌一把了。沃伊开着车看到路障后车速未减，硬是从路障上碾过，只感觉车身剧烈颠簸，同时枪声大作，子弹打得车身嘭嘭作响，他立刻把头埋了下去。4个轮胎都破了，车子斜向前擦出几十米，还是一头撞到了高速公路路边的护栏上。

"妈的，真是见鬼了！"沃伊从车上蹿下来，翻过路边的栏杆。这时，他突然感到剧痛，低头一看，胳膊上中了一弹，殷红的鲜血从胳膊上往下流。他从护栏上翻了下去，滚下了路基。警察看到有人逃跑，便翻过护栏，朝沃伊追去。

前面是无边的黑暗，逃亡的路无穷无尽，身后是穷追不舍的警察，耳边还隐隐约约听到了狗吠声。他有些体力不支，越跑越慢。沃伊知道再这样下去，自己一定会被追上的，现在必须摆脱警犬的追踪，先找个安全的地方止住血，否则后果只有一个。前方有一条小河，沃伊忍着剧痛跑过去，一头扎入水中，再也没有冒出头来。

追来的警察在此止步，并迅速向下游搜索，并把情况立即通报上去，请求人手支援。

沃伊从河里浮上来，撕下衣襟给自己扎上，暂时止住了血。他正疑惑不知该往何处去时，突然不远的马路上驶来一辆货车。有办法了，他心里想到。

他凭借仅存的力气走到公路旁，看准了车从身边驶过，他快速跳了上去，躲在了篷布密封的车厢里，汽车沿着公路向前行驶，他已经精疲力竭了，不知前方等待他的是什么，他默默地等待着命运的安排。

伦敦警察局里，格雷戈里气愤地把杯子往地上一摔，艾华利和费德里低着头等待这个脾气暴躁的警长的训斥。

"三十多个警察把宾馆围得水泄不通，街区设立了严密的关卡，你们还是让这个逃犯跑掉了，大好的逮捕机会让你们浪费了！真是一群废物！"

"向国际刑警组织发电报，要在伦敦周围乃至欧洲进行全面封锁和搜查，决不能让这个犯人逃掉。抓住了他，也许我们就能拿到侦破这个巨大组织的头功。"格雷戈里虽然很不高兴，但是听到逃犯被子弹射伤，他还是感到一丝欣慰，毕竟一个旧伤未愈又受了新伤的人面对天罗地网般的通缉必定无处可逃，他仿佛预见到不久后一路官运亨通的自己，那个与他一直作对的麦克唐纳屈居于他的英明领导之下，且功劳超过了一直以来为他所嫉恨的福尔森，成为全欧州第一侦探。想到这里，嘴角露出了幸福的微笑。

"警长，海军部门给我们回传了一些资料，关于死者的生前信息。"

格雷戈里拿着死者生前的履历：亨利，18 岁在海军部队，士兵，由于体格健壮，当年便在新兵中被评为标兵，在部队里举行的拳击和空手道比赛中获得冠军，第二年升任下士，成为海军水手中年轻的军官，次年保送英国皇家海军学院，并以优异成绩毕业，升任少尉军衔，对海军指挥和管理有着很深的研究，为调查一个秘密组织，他在几年后担任起了间谍任务，以一个公司服务员的身份，负责暗中调查这个秘密组织。

格雷戈里陷入了沉思，既然是间谍，为什么在他死前表现得行为异常？又为何会被杀呢？难道事情还有隐情？

沃伊躺在汽车车厢里颠簸着，此刻他已经精疲力竭，不知过了多长时间，汽车停了下来，他不知道自己身处何处，他向车厢口奋力地爬了过去，失去了知觉。

沃伊被送到了伦敦皇家马斯登医院。

"病人脉搏停止了跳动，立即注射强心针。"

伤者胳膊中了两枪，虽然子弹被取了出来，但如此严重的伤势让这个一向沉稳的手术医生都手忙脚乱，额头冒汗。

"没有反应！"一个助手眼睛紧盯着仪器。

"用电击。"医生果断地说道。

两道强大的电流通过了伤者的身体，除了一些微小的起伏，仪器上显示的心跳频率仍是一条直线，一时间所有的人都有些束手无策。

"医生，怎么办？"所有的人都在问医生。

"连续加大电流，病人都毫无反应，这个人失血过多再加上过度劳累，看来是救不活了。"

一个护士怯生生地道："主任，院长要我跟你说，不管你用什么方法，要尽一切力量救活他。这个人好像是一个重要的逃犯，对破案非常关键。"

医生摇摇头，不抱希望地说："我已经尽力了，除非是发生奇迹。"

沃伊仿佛在梦中看见了他尊敬的乔治长官那双慈爱的眼睛，就在他被暗杀后，他毅然踏上了一条与凶手斗争到底的凶险之路，为了死去的那些情报人员，为了乔治长官，为了心中的信念，他做出了这个让许多人不解的抉择，他脱掉了那身多少人梦寐以求的军服。

强烈的挣扎欲望在他的脑海里跳动，一个声音在脑海里响起，"活下去，与那些隐藏在地下邪恶的势力斗争到底！"

"医生，动了！动了！"一个助手指着仪器大声喊叫着，仪器上显示心跳波动的曲线在开始不规则地起伏。

医生目瞪口呆地看着起伏越来越大犹如层层峰峦般的跳动，激动地说："奇迹！奇迹！"

"看！"一个护士用手指着一个地方惊叫着。

众人看到沃伊的手攥成了拳头，手臂上青筋暴露，众人心里大喜，知道这个人已经在与死神的搏斗中取得了胜利。

一个护士试图用手掰开沃伊的拳头让他放松下来，却犹如掰一块石头。沃伊猛地睁开眼睛，一拳挥了出去，那个护士惨呼一声仰天倒下。急救室中其他人吓得目瞪口呆，沃伊突然坐了起来，睁大眼睛看了看周围……是在手术室……他们是医生……看来没有做警察的俘虏……好好休息一番。神经一放松，他又立刻倒了下去。

爱德华医生在皇家马斯登医院工作多年，从未见过像沃伊这样生存欲和生命力如此顽强的人，他的嘴里念叨着："哦，上帝。"身旁的护士惊叹得目瞪口呆，眼睛睁得像个大铜铃。

那个倒霉的护士在地上躺了半天才慢慢爬了起来，一只眼眶已经黑了，半边脸高高肿起，痛得她哇的一声哭了出来，道："我招谁惹谁了？！"

灯灭了，手术室门打开，医生从里面走了出来，在门口足足等了5个小时的人群围了上去。

医生疲惫地摘下口罩，露出清秀的脸庞，不等众人询问，先开口说道："病人已经脱离危险，请各位放心。"

"我们能进去看看吗？按照法律程序，我们得向他出示我们的警察证件和逮捕证。"艾华利说。

"现在病人刚过危险期，我想等他康复后你们再告诉他也不晚。"

"谢谢你把病人救了过来，我们还有许多情况需要向他了解。"

医生道："不用谢我，完全是病人强烈的求生欲望救了他自己，如果他自己坚持不下去，那么谁也救不了他。说实话，我还从来没有看过生存欲望这么强烈的人，这次完全是个奇迹。"

病床从手术室里推了出来，所有人立刻围了上去，见他依然昏迷不醒，手臂上还在输着血，院长吩咐道："快送到加护病房去。爱德华医生，辛苦你了，从现在起，你专门负责这个病人，别的事你不用管了，要做到万无一失。"

"我知道了，院长。"

"虽然我们抓到了这个逃犯，但我不得不佩服他的本事和坚强的意志力。"

"警长，凭直觉我感到他不是我们要找的犯人，这个案件另有蹊跷。"

"艾华利，就在刚才我也认为我们可能冤枉他了。我们面对的这个人在杀人后逃亡过程中和刚才在与死神的斗争中表现出了极强的求生欲望，或许在世上他还有很重要的事情没做。"

"警长，这是在他大衣里搜出的东西，里面有 4 把手枪，枪里共有十多发子弹。大衣里还有一叠文件，最上面几张好像是用外国文字写的，其余的文件上排列着许多数字和字母，像是些密码文件。"

"拿着这份文件到情报局密码破译处去找那些专家破解。"

"是，警长。我马上回去拨通军情六处的电话。"

突然一个尖利的嗓音嚷道："你们到底谁是病人的家属？"

众人把眼光聚集到那个发出声音的护士身上，院长问道："你什么事？"

那个护士委屈地说："院长，你看！"她把口罩摘下，露出那张惨不忍睹的面容。

院长道："这是怎么回事？谁打你了？"

护士用手指着一动不动，只比死人多口气的沃伊道："是他！"

这其间他无意识地睁开过几回眼，朦胧中似有无数张脸庞在眼前晃动。此刻周围的一切都与他无关，他只想好好睡上一觉。

当他醒来时已经是第二天中午，他缓缓睁开眼睛，半空的吊瓶里的液体在缓缓渗漏，他掀开被子，发现自己的左手正通过一根软管与瓶子相连。

他感到十分口渴，便喊道："水，水。"

坐在床旁边的一个陌生人给他端来一杯白开水，他一口气将杯中的水喝完，然后满足地半躺在床头的靠枕上。

"你醒了，上帝真是眷顾你！身上大大小小十余处伤，居然能挺过来，真是奇迹！这是我们的证件。"

沃伊看完证件后大吃一惊，说道："你们是？你们是警察？！"

"哦，先生，你不用惊慌，虽然我们要抓你，但不是现在，你的伤势还没有全好，法律是不允许我们抓一个伤势很重的人去讯问的。"

"年轻人，你是英国人吗？"格雷戈里问道。

沃伊轻轻地点了点头。

"艾华利，费德里，你们带3名警员守在医院里，我回警察局调查那些文件，注意，不能让这小子再跑了。"

"请长官放心，我们会严密监视他的。"

"你们能告诉我我是怎么到这儿的吗？我只记得我从车里爬下来，然后就失去知觉了。"

"当地有人报了警，说在路旁发现一个浑身是伤的人昏倒了，我们迅速赶到现场，发现你就是我们通缉的那个逃犯，随后我们把你送到了医院，否则你可能活不到现在了。"

"谢谢你们救了我，不过请允许我把案件的整个过程讲一遍，希望你们相信我！"

沃伊脸色发白，静静地看着眼前的警察，深吸了一口气后不慌不忙地说道："我是一名特工，在这里有一项特殊的任务。案发那天晚上，我被派到伦敦西郊的别墅执行任务。当我正准备潜入别墅寻找我要的资料时，没想到一个人跟着我而来。我躲在一个隐蔽处逼他现身。这人身手不凡，和我打了几十个回合，但最终还是败在我的手下，而我也受了重伤。在他临死时，我从他嘴里得知他是邪恶组织派来的。我想应该是想从我身上得到那些秘密文件。但当我离开的时候，不小心把军刀留在了现场。我说完了，请你们会相信我。"

"你怎么知道我们会相信你？"艾华利问道。

"凭借你们这些精明侦探缜密的思维和严谨的分析，我想我是瞒不住你们的。"

"你说的情况跟我们在现场发现的痕迹得出的结论一样，我想我们可以相信你。"

大家互相对望着笑了，尴尬的氛围一扫而空。

伦敦警察局语言翻译处正在忙碌着，他们在翻译那些文件中的内容，格雷戈里在屋里来回地踱步，焦急地等待着结果。

"警长，结果出来了，这是翻译信息。"一个警员拿着两页文件走了过来。

这些文件是商业交易信函，好像是一家公司和另一家公司签的契约合同，大致内容是一家公司要收购另一家在安特卫普的业务，双方进行条件磋商而定的合同，这份德文合同是我们目前唯一能破解的文件，其他的密码文件已移送到情报部门破解了。

格雷戈里感到很疑惑，难道这个人是商人？为什么要携带一份商业信件？看来明天还得再到医院问问那个疑犯。

位于伦敦东郊的军情六处是英国的军事情报机关，与以色列的摩萨得、前苏联的克格勃、当今美国的中情局并称为四大情报机构。

军情六处，晚上9点。

"上将，密码破译专家对警察局交付的那几张密码纸进行破解，不过目前为止还没有什么结果，你看我们接下来该怎么办？"

"叫麦克唐纳过来，我有重要的事和他谈。"

"是的，上将。"

办公室门打开，一个身穿制服的人挺胸迈步走到上将面前，干净利索地敬了个礼，用一种极低沉的声音道："上将，那个密码太复杂了，我们现在很难破解。"

"那些奇怪的数字究竟是什么意思？是不是文字的代码？"

"是文字的代码，但不仅仅是文字和数字的转换，中间肯定有一个计算公式，我们已经用了一百多种方法，仍然无法破解。"

"麦克唐纳，你以前在伦敦警察局也是有名的侦探，破获过无数大案，现在调到情报部门工作还习惯吗？"

"还好，不过我对密码破解并不擅长，我还是对侦查案件更感兴趣。"

"看来我们又得麻烦我们的老朋友了，也许只有他能破解密码。"

"你是说福尔森吗？他不是在美洲吗？你准备把这里的情况告诉他吗？"

"是的，他是我们的老朋友了，他也许这会儿正陷于对某个问题的思考呢。如果我们把这里的情况告诉他，他会非常感谢我们的帮助的。"

"哈哈哈！"两人相视而笑。

格雷戈里来到医院，轻轻地推开了病房的门，艾华利和费德里正坐在床边和沃伊聊天。

"警长，你来了。"两人站了起来。

"你们俩先出去歇息去吧，我有些事想问问他。"

"知道了，如果有什么需要随时叫我们。"

两人推开门走了出去，刚一关上门，精明的艾华利就把耳朵贴到门上，仔细听着里面的谈话。

沃伊躺在床上把自己的全部经历和到伦敦的目的给格雷戈里讲了一遍。

"那我们通缉你时，你为什么不告诉我们真相？"

"情况紧急，即使我回去告诉你们真相你们也不一定相信我，这一次如果不是受了重伤被你们抓住，我还得继续调查那个神秘组织。"

"嗯，希望我们联合起来共同对付那个可怕的邪恶组织。"

"谢谢，希望我们以后合作愉快。"

"这小子是个军情部门的将军，真是没看出来，怪不得功夫这么好。"艾华利吃惊地说道。

这时他听到谈话声停止了，有人朝门口走来。艾华利赶紧收回了他那对灵敏的耳朵。

"艾华利，你去告诉国际刑警组织和警察局，撤销通缉令，另外拿着这个定位器跟踪两个人，这两个人也许是我们真正要找的凶手。费德里，你去海军部门把这封信交给他们的长官，速度一定要快，记住，这件事不能告诉警察局里的人。"

格雷戈里交待艾华利跟踪的人正是沃伊在小巷中抓到的那一男一女，沃伊把他们绑到车里时，便把窃听器塞到了那两人的口袋中，他料到这两个人早晚会逃跑，因此用窃听器跟踪这两个人，然后顺藤摸瓜，一直找到他们的老巢。

医院里，警长坐在沃伊旁边，对他说："等你康复后，就和艾华利他们一起干吧，我发给你行动证明，警察局缺少像你这样的人才。"

"谢谢警长，我会助你们一臂之力的。"

"海德公园凶杀案已经过去了两个多月，案件调查一直进展很慢，我们最大的突破口就是破译了那个奇怪的字符，尽管我不相信那个荒唐的诅咒，但是我真是无法理解凶手到底和玛雅文化存在什么样的联系。"格雷戈里说道。

"其实关于它们之间的联系我也不知道，在乔治上将死的那天，现场也发现了同样的纸条，我就是带着那张纸条来到伦敦，那天杀了亨利后，我就把纸条扔在了现场。看来亨利这家伙叛变了，他成了敌人的帮凶。"沃伊说道。

"他为什么会突然叛变呢？我真是难以理解。"

"也许是为了财富，也许有难言之隐，总之是做了某种邪恶而又不情愿的交易。"

"警长，我认为他不可能会因财富充当杀手，如果是因为有某种难言之隐和对方做交易，他可能也参加了那个神秘的组织，成了双重间谍，近几个月欧洲的凶杀案可能有不少是他亲手实施的，只可惜了这些无辜的生命。"

"你为什么说他一定不是为了财富才甘愿充当杀手呢？临死前，他突然有钱了，而且与他妻子关系也不太好。"艾华利插了一句。

"警长，我不仅仅是根据这些做出的判断，亨利虽然在临死前与之前相比变化确实很大，但这正是他矛盾心理的反应。我仔细回忆了当天的情形，我感觉亨利是有意死在我的刀下。他是一个真正的勇士，他绝不是那种卑鄙无耻的小人，像他这样的人绝不会为了金钱去做暗杀的事，肯定是有什么隐情使他不得不做，只不过我们还不知道幕后的原因。"

"你说得很有道理。你的伤势怎么样了？"

"都是些皮外伤，大概再过几天就能出院了。圣母玛利亚会保佑我的。"

第十章

镇长之死

布瑞拉镇，长官官邸，晚上时间 11 点。

莫泊斯正在书桌前处理政务，自从休安勋爵被杀案侦破后，他终于有时间将前一阶段积压的政务认真处理了，此刻他正拿着关于城市的规划图纸仔细地观察着，福尔森自从侦破了休安的案件后，一直在研究那些笔记，偶尔会去玛雅遗址找找线索。

办公楼门前，一阵风吹来，地上的落叶轻轻飘了起来，一条黑影闪电般地落在官邸的围墙上，转瞬间消失在夜色中。一名守卫仿佛听到了什么，抬头正要四处看看，一声枪响，划破了夜的寂静，守卫应声倒下，落叶被风卷起，飘落在死者的身上。

屋里莫泊斯听到了枪响，迅速从抽屉里拿出手枪，走出房间，院里一片慌乱。一队士兵跑了过来，围住尸体，莫泊斯赶到后让士兵先把守卫抬下去，询问士兵们刚才枪响前是否听到了什么动静，士兵纷纷说没听到，于是他让执勤室里的一个警卫到前院再叫上几个守卫加强院子的警备。

莫泊斯暗暗想道："又是一桩命案，看来今晚不会太平。"

他握紧了手枪，独自一人走了回去，他准备把桌上最后一叠文件处理完后就着手调查刚才那件命案，他的心里有一种不祥的预感。

突然灯灭了，屋内霎时一片漆黑。月光透过窗棂静静地铺洒进来，一切都是那么寂静，安详。他坐在椅子上静静地等待着，该来的总是要来。过了几分钟，屋里的灯又亮了。莫泊斯感觉屋里有些异常，他站起身走到桌前，突然发现背后站着一个瘦高、穿着陆军军服的人，手里拿着一把手枪。

莫泊斯冷静地说："你是谁？"

"你好像不认识我了，看来这个曾经威震英国的木材大亨的脑子确实不好使了。"

"你找我有什么事？"莫泊斯把手悄悄地伸进大衣兜里，似乎在摆弄什么东西。

"送你下地狱的，我是领袖身旁的头号杀手，柯塔。你在组织里一直反对我们的意见，与领袖作对，要不是看在你过去对组织有大功的份上，你早就该死了，现在有两条路给你选择。第一，把《藏宝图》残片交出来，我让你死得痛快点。第二，如果你不交出《藏宝图》，我杀了你，然后把你的头颅割下来带走。你选择吧。"

"你怎么会知道我有《藏宝图》残片，是谁告诉你的？"

"看在你快死的份上，我就告诉你吧，免得你做个糊涂鬼。我们在你身边安插了间谍，你的一举一动都在我们的掌控之中。我们已经知道《藏宝图》残片就在这间房子里。我倒想问问你是从哪儿找到这块《藏宝图》残片的？"

"休安从古玩市场一个古董老板那里买来的，他把那份残片送给了我。我也有一件事情要问你，欧洲一系列的暗杀事件都是你做下的？"

"不全是，海德公园案是我的杰作，是我亲手干掉了那几个自负的学者。"

"你为什么这么凶残，非要置他们于死地？"

"他们妨碍我们要实施的伟大计划，所以我们必须在实施计划前将他们全部清除，也包括政府的情报人员和叛变组织的人，就像你和休安。"

"难道休安也是？"

"不错。休安总是反对我们的计划，而且救了福尔森，所以他必须死。休安死后，你却协助福尔森侦破了那起案件，你已经得到了《藏宝图》的一部分，却不交给领袖，你已经不再忠诚于组织了，因此你也必须死。"

"你们为什么要实施那些邪恶的计划？多少人会在这个腥风血雨的计划中丧命？收手吧，现在还来得及。"

"我们已经准备很长时间了，让我们收手，简直是做梦，所有阻碍计划实施的人都得死，包括福尔森和他的同伴。"

"那个计划是什么？"

"你的话太多了，时间到了，你想好了没有？"

"你那么确信能杀掉我？"

"我知道你是一个神枪手，打猎物百发百中，可是我不会给你机会的。"

屋里一时沉默，好像时间机器被按上了暂停键。

莫泊斯从兜里掏出手枪准备射击，只听"啪"的一声，枪被踢飞了，落在了桌子旁边，同时莫泊斯也被踢了一脚倒在地上。柯塔拿着枪指着莫泊斯的脑门，幽灵般的眼睛紧盯着他，这个冷面杀手看起来像一个刚从地狱里爬上来的魔鬼。

"我说过，不会给你时间的，快说，《藏宝图》在哪儿？"

"《藏宝图》在福尔森那里，他现在还在博尔斯顿庄园。"

"你在撒谎！昨天晚上你还看过《藏宝图》，并没有交给他。好了，今天即使你不说，我也要拿走《藏宝图》，别浪费时间了，乖乖告诉我《藏宝图》在哪儿。"

莫泊斯意识到最后的时刻来临了，从他决定背离领袖的那一刻开始，他就做好了一切准备，只不过他没想到这一天来得这么快，真相还未大白于天下。

"我再说一遍，快把《藏宝图》的位置告诉我，我的耐心是有限度的。"

莫泊斯吓得连气也不敢喘。

柯塔开始把扳机往里扣。

"等一等，我说。"莫泊斯大叫道，"我把《藏宝图》位置告诉你。"就在刚才和柯塔谈话时他已经想好了一个计划，这是最后的机会，无论如何也要赌一把。

"《藏宝图》就藏在墙上那幅画的后面，后面有一个暗盒，暗盒的钥匙在书房桌子的抽屉里，请你让我把钥匙拿出来。"

"好，快去！"柯塔拿着枪顶着莫泊斯的脑门。

莫泊斯拿出钥匙慌张地打开了书房的门，柯塔拿着手枪顶着莫泊斯的后脑勺逼他走到书房桌子抽屉旁边，莫泊斯拉出抽屉拿出钥匙，两人一前一后回到了办公室。

"等等，让我怎么相信你这不是一个圈套？"

"你可以让我上去把画取下来，这样总该相信我了吧。我可以一直在你的监视范围之内。"

"好吧，谅你也耍不出什么花招了。"

莫泊斯背对着柯塔，走到椅子边，做准备拿起椅子的动作时，突然一个转身，把椅子扔向了柯塔。这个举动让柯塔毫无防备，原本拿着枪的手本能地去挡飞来的椅子。莫泊斯趁机跑出办公室，慌慌张张地向书房方向跑去。只听"砰"的一声，一股殷红的鲜血从莫泊斯后背流了下来。他拼尽最后一丝力气冲进书房，把房门重重地关上，发觉自己的肚子冰冷得发紧，深吸了口气铺到书桌上。

"莫泊斯你的时间到了，子弹上涂有剧毒，两分钟之后你就会变为一具尸体，任何人都无法阻挡领袖的计划。"说完后，柯塔发出一阵阴森恐怖的笑声。

莫泊斯感到手在痉挛，他已经拿不动那支拿过无数次的笔了，突然他感到头痛欲裂，胸口沉闷，呼吸越来越困难。他左手捂住胸口，吃力地移到挂着画的墙边，用尽全身力气把墙上挂画左侧的铁钉扯了下来，墙上露出暗盒的一角。这时，他的双腿已没有一丝力气，整个身体瘫倒在地上。他用血在地上写了下面这几个字：

玛雅神社《山海经藏宝图》口袋里邪恶的计划

当他写到最后一个字时，他感到浑身抽搐，眼前一黑，再没有醒来。

伦敦克莱登大街有一家非常著名的古董店，这个古董店被称为淘金者的天堂，名叫百汇古董店，是伦敦最大的一家古董店。这家古董店的古董收藏量非常多，此刻这里正在举办一场大型文物品展，这些展品中有古董店老板最新获得的收藏品，还有海外博物馆的文物展览品。古董店门口聚集着大量的人，所有的人都注视着南面4个街区外的地方。一排豪华的轿车"一"字排开，来宾各个衣着华贵，这些人都是上层人士。

由于参加展览活动的政界要员很多，而且展览的文物异常珍贵，警方派出了大量警力在古董店外巡逻站岗。一名年轻的女士正背对着古董店，她身穿一件灰色的大衣，脚蹬一双黑色的高跟鞋，一头浓密的黄色秀发在齐肩的地方向内蜷曲着，长短恰到好处，这个人是伦敦一家电视台的播音员，此刻正拿着话筒对着电视摄像机镜头做第三次转播试镜，力求使说话的声音贴切自然。

"这是几十年来伦敦第一次举办如此规模宏大的文物展览，许多明星级人物聚集一堂，这真是一个伟大的盛会，文物爱好者们会大饱眼福的。"她拿着话筒说道。

一个身穿蓝色外套，戴着鸭舌帽的中年男子跟随这些参观者走了进来，他来古董店有着特殊目的，他是受神社的指派而来的。

每一个展品都被安放在玻璃窗内，他知道这些文物价值连城，但他不敢轻举妄动，廊里遍布防盗系统和摄像头。

这个戴着鸭舌帽的人无心欣赏这些价值连城的宝贝，在馆内踱来踱去。当走到一件文物前，他顿时眼前一亮，这件文物正是神社派他来盗取的，橱窗内展览着一块青蓝色的薄石，上面刻画着许多纹路。他见过神社搜集的《藏宝图》残片，这块打磨好的石块与《藏宝图》残片一模一样。旁边还有一个标签，标签上显示：古青石板，古董店老板私人收藏品，3天前从古董市场购得，不对外出售。

这个人欣喜若狂，神社的人派他来就是让他察看此地是否有《藏宝图》残片，结果真让他找到了。

他沿着来时的路走出了古董店，一个身穿黑色大衣的男子正在街口大树下抽烟。这个戴着鸭舌帽的人走到那人身旁，兴奋地说道："《藏宝图》残片果然在这里。"

"很好，我们今晚就通知上面，上面会部署下一步行动，《藏宝图》残片一定是属于我们神社的。"

福尔森在屋里急躁地走来走去，然后沉沉地坐在椅子上，点燃了雪茄烟，深深地吸了一口气，凝视着天花板。

汉普看着福尔森，知道他天才的大脑一定是在思考某个问题。

"我的老朋友，信里写了什么内容？"

"信在桌子上，你拿去看看吧。"

汉普拿起信，信是伦敦警察局寄来的，这封信大致将近一个月伦敦发生的事情全部叙述了一遍，包括沃伊和伦敦西郊的那起谋杀案经过，还有那几页密码文件。

"我想我们遇到了一个国际性的犯罪组织。你对那几页密码文件有什么见解？"

"这几页密码文件可能是这个组织的内部通信文件，是乔治上将留下的，这应该对我们破案有巨大的帮助。"

"你说得很对，这个密码文件确实是一个内部通信文件，通过我们还不知道的一种运算方式生成的，乔治上将为什么要留下这样的密码文件？如果他是这个组织的成员，那么他在与别的成员进行通信后，为什么要留下这些文件？但那还有一种解释，就是乔治上将只是在调查这个组织时发现的一些文件。"

"如果是前者，他为什么不把密码破译出来，而是给我们留下个难题呢？"

"这个解释起来很简单。第一，这个组织非常严密，他并不知道这个组织的核心机密。第二，他目前能够掌握的就是这些密码文件，而这个组织的真相很有可能就藏在这些密码里。如果我们能破解，就说明这是天意。"

门外响起了马车的声音，一阵急促的脚步后，门被敲响了。

休安勋爵死后，由于他没有子嗣，这座庄园和种植园以及矿场全都收归了政府所有，而这座豪华的两层房子成为了一个展览馆，里面陈列着许多名贵的画和当地的工艺品。

施坦逊夫人打开门，一个身穿蓝色花纹上衣，戴着鸭舌帽，穿着黑色皮裤的人走了进来，"施坦逊夫人，我请求见福尔森，我有急事要见他。"

"你是什么人，找他有什么事？"

"请这位先生进来，施坦逊太太。他是长官官邸的仆人丹东。"

"是的，福尔森先生，你可以进去了。"

这个人急匆匆地跑上了二楼，气喘吁吁，差点碰到书房旁边的瓷器。

福尔森观察着这个人的举止仍透着军人作风，也证明他年轻时身强体壮，但他现在大腹便便，说明近些年来疏于活动，自从当了莫泊斯的仆人之后，生活变得无忧无虑，这个曾经的士兵失去了往日的英俊挺拔，变得肥胖臃肿。

"福尔森先生，出大事了，莫泊斯长官被人暗杀了。"

"你说什么？！"福尔森从椅子上站了起来，虽然这位大侦探在长期的破案生涯中已经能够做到处变不惊，但是这一消息对他震惊确实是太大了。

"什么时候的事？"

"就在昨天晚上，当我去办公室给他送茶时，发现楼道里有许多血迹，我当时感到事情不妙，莫泊斯长官也不在他的办公室，我发现书房的门关着，就用备用钥匙打开了书房的门，发现莫泊斯长官躺在地上，旁边流了许多血，当我用手去试探他的呼吸时，发现他已经死了。"

福尔森一双敏锐的眼睛紧盯着丹东，判断着他说的每一句话。这位年轻的侦探感觉自己浑身的血液骤然冰冷。自从他踏上美洲这片土地后，在不到半个月的时间内先后发生了两起凶杀案，死者都是与自己亲密的朋友。一个是他的救命恩人休安勋爵，另一个是他的故友，布瑞拉镇的最高长官。他那眼眶中压抑已久的液体顺着脸颊悄然滑落，他的手心因为紧张而发汗，握力轻柔而又坚定。汉普一脸庄重地站在福尔森身旁，无奈地摇了摇头。

"汉普，我们得马上到长官官邸调查这件事了，莫泊斯长官的死使我感到很愧疚，如果不是我们来到这里办案，很可能他不会遇害。"

"你是说莫泊斯长官被害是和那个神秘的组织有关？"

"现在一切还不好说，我只是推测。"

"马车就在下面，我们现在就出发吧。"

"好的，我们马上就走，我想现在现场还没有被破坏。"

当他们走到楼下时，福尔森对正在整理桌子的施坦逊夫人说："施坦逊太太，请你让庄园里的仆人到种植园去告诉弗兰克，就说我们回城里有点事。"

"好的，福尔森先生。"

福尔森敏捷地跳上马车，汉普跟着上了马车，丹东驾着马车向前奔去，消失在田野的尽头。

"福尔森先生，你刚才在楼上，怎么知道楼下是我呢？"马车夫问道。

"很简单。第一，我听到马车奔跑的节奏很急促，所以马车肯定经过了很长的旅途，而不是附近的矿场和种植园的人。第二，从马车行走时发出的铃铛声，我判断出了铃铛的数量有3个，而一个普通百姓家的马车是不会挂上3个铃铛的，只有来自长官府。第三，长官官邸有两个马车夫，你和穆尔比安。穆尔比安生性豪放，说话粗鲁，而刚才我听到楼下却是一个温和的说话声，这是一个曾当过兵的人应有的风度，所以我断定是你乘着马车来的。"福尔森开口说道。

"莫泊斯大人以前常提起你的大名，说你推理如神，现在我真是亲眼见到了。"

"丹东，昨天晚上有什么人潜入官邸没有？"

"我们不知道凶手什么时候潜入的官邸，只知道一个守卫被开枪打死了，伤口在脖子上。今早克莱金大夫和夏普警长来查看此事，发现莫泊斯的死亡时间在昨晚11点到12点之间，长官腹部中弹，子弹上涂有剧毒，现场发现了他临死前用的手枪，在办公室的墙角。"

"又是一起精心策划的谋杀案！看来我们的时间不多了，汉普。"

大约过了20分钟，马车到了官邸大门口，福尔森二人走下马车，看到官邸门口一队士兵笔直地站立着，看来警察局的人还没有离开现场。

莫泊斯长官的官邸分为前后两个院子，前院有十几间房子，主要是守卫们和仆人们居住的地方，前院正对官邸大门的地方有一间很大的房子，那里是官邸的会客大厅，莫泊斯经常在那里接见重要的客人。在会客厅旁边有条五十多米长的巷道，巷道两侧各有四间带着小院子的独立房间，是官邸的备用房间，距离前院最远的那套独立房间是长官的居住地。穿过这道小巷后便来到了后院，这里是官邸里储藏重要物资的地方，长官的办公室也在这个院子中。后院东北角有一个巷道口，从那里走二十多米后就能绕到办公室的后面，那里是官邸马厩的所在地。

丹东带着福尔森和汉普穿过前院走到会客大厅门前，看到一队警卫正坐在椅子上商量对策。一个警卫看见福尔森等人站在会客大厅门前，便起身迎了上去。

这个穿着警服、瘦高的警卫热情地握住福尔森的手。福尔森抬头看了看眼前这个异域风格的，二十多岁的青年。他有着一张棱角分明的面孔，浓密弯弯的眉毛，这给他立体感极强的脸庞平添了一缕梦幻般的透明感。夏普老兄的这位手下给福尔森留下了较好的印象，这缓解了他因为莫泊斯之死而产生的抑郁心理。

"你来了，福尔森先生，案件现场一切保持原状，夏普警长正为这件棘手的案件着急，我们虽然对案件现场进行了勘察，但是现场中的东西我们都没碰过，就等着你和汉普医生来做进一步的检查。"

"干得好，那么我和我的助手进去后，请你们不要进入现场，明白吗？"

"我去请示夏普警长吧？"

"夏普警长在哪儿？"

"刚去厕所，待会儿就回来，等他回来后我请示他吧。"

"你不用请示了，他肯定会同意的。"

福尔森说完后就和汉普径直朝小道走去，穿过几十米的小巷后便来到了后院。

后院中正对着小道的是一座白色的哥特式建筑，那里就是长官的办公室。这座办公室建筑虽然只有一层，但是却有 3.5 米高。办公室右侧紧挨着办公室的一间小屋是书房，书房的门在办公室里，与办公室通过这扇门相通。后院的东侧是一间平房，那里是卫兵执勤的地方，执勤室旁边还有一间很大的储藏室，不过这两间大门朝西的房子与坐北朝南的办公室并不相连。从小巷口到办公室木门有一条笔直的石砖路。石板路两侧是两块花园，分为西侧花园和东侧花园。办公室西侧的墙壁上有一扇玻璃窗户，不过由于花园中高大茂密植物的遮挡，站在花园前根本看不到办公室的窗户，更看不到窗户附近的情况。

花园北侧紧靠办公室墙壁的空间内有一条黄泥小路，从后院最西侧的矮墙一直延伸到东侧的执勤室门口，这条东西走向的小路与南北走向的青石板路在办公室门前形成一个交叉点。后院的东北角有一条小巷，就在那条黄泥小路旁，从这条小巷可以绕到马厩棚里。

虽然福尔森来过办公室很多趟了，但是每当他来到这儿时，就感到有一种阴森感，也许是因为院子里有太多的草丛和繁茂树木，再加上老式的哥特式建筑使人感到这里像一个古老的城堡。

一个官邸的卫兵走了过来说："福尔森先生，昨晚守卫办公室的那个卫兵就死在这里，那里还有血迹。"他指着东侧花园后面那条用粘土和石子铺成的黄泥小路道。

"我不是告诉你们警察局的人现在不能进入现场吗？难道夏普警长没有吩咐下去吗？"

"我是官邸的守卫，不是警察局的警员，我就在办公室旁边的执勤室里。"

"哦，不好意思，希望你能为我提供昨晚的情况。"

"我会很乐意为你们服务的，不过我知道的情况也不多。"

福尔森径直穿过青石板路后来到了那条黄泥小路上，绕到了东侧花园后面，茫然地注视着地面的血迹，过一会儿后跨过办公室木门前的交叉点，来到了西侧花园的玻璃窗户附近。他静静地凝视着天空和办公室的窗户，他这样仔细地观察着，从衣服里拿出卷尺测量着，不时用手去触摸地上的泥土，有两次停下脚步，嘴角露出了笑容，然后跑到最西侧的矮墙处。过了几分钟后又走到窗户前面用放大镜在窗户上认真地观察着，他伸出白皙修长的手摸了摸窗户玻璃。汉普和官邸守卫站在花园前面，根本看不到福尔森在花园后面干什么，不过汉普知道这个怪人侦探一定又在使用他勘察现场的特技。福尔森勘察完院子后从矮墙翻了出去，来到了矮墙西侧的仓库附近，几分钟后他从从院子外侧翻了进来。

突然福尔森从花园后面闪现了回来，脸上浮现出满意的笑容。

"好了，我想我可以向你提问了，希望你能如实回答我。昨晚你在院子里听到什么声音没有？当然我说的是在那个卫兵被害之前。"

"没有，我能确定，因为我当时就在院子的执勤室里执勤，当时到了11点，换成希达尔站岗，我当时就在执勤室里，并没有发现什么异常。"

"你叫什么名字？"

"安特普，今年28岁。"

"在那个卫兵被杀死时，谁是第一个发现尸体的？"

"是我第一发现的。我听到枪声时，就赶紧从执勤室跑了出去，发现希达尔倒在地上，接着莫泊斯长官和其他卫兵都来了。"

"当时现场共有多少人？你还记得他们都是谁吗？"

"除了我之外还有长官，前院的卫兵，还有马车夫丹东，就这么多。"

"丹东是什么时候到这里的？"

"我也不知道，他只是打了个招呼，说到马厩里拿些木材，因为马厩就在办公室的后面隔几个房子的地方，到马厩必须经过办公室门前的这个院子，所以我就没有怀疑他，再者，他经常在这个时候到马厩查看草料。"

"莫泊斯长官出来后是不是让你们把卫兵的尸体抬到前院里，等他到办公室里处理完政务文件后，就去调查这件事情，并让你们加强对院子的警戒？"

"你……你是怎么知道的？"

"你还没有回答我的问题。"

"确实是这样，当时长官让我们对院子加强警戒，然后就回办公室里了。由于出了那么大的事，我们认为有刺客进来，便又叫来了3个警卫守在院子里。"

"然后你们又看到了什么？你继续说下去。"

"我们4个卫兵站在院子里，大约过了15分钟，我们发现办公室里的灯突然灭了，我们感到很诡异，就到门前问长官是不是发生什么事了。长官在里面说没有什么事，可能是灯坏了，让我们到前院去拿几个备用的电灯泡，然后我们就去前院拿灯泡去了。当我们回来时，发现丹东跪在地上，当我们问他怎么回事时，他说长官被人杀死了。我们感到很吃惊，因为从我们去拿灯泡到返回中间只有短短两分钟，我真是无法想象在两分钟之内如何杀掉长官，但是我们留守在院中的两个守卫却听到了枪声。"

"你们4个都去拿灯泡了吗？"

"没有，就我和比特安去的，另外两个警卫在花园的前面，如果凶手打开门从屋里出来的话，他们俩肯定能看见，但是我问他们俩时，他们并没有看到凶手出来，在我们出去拿灯泡时，只有丹东进了办公室，是去给长官送茶。"

"莫泊斯长官从屋里出来查看卫兵的尸体时，办公室的门一直是关着的吗？"

"是的，但是门是从外面关着的，这一点我可以肯定。"

"那么丹东去给长官送茶时，门是关的吗？"

"是的，而且是从里面反锁，丹东用备用钥匙打开了门。"

"从莫泊斯长官回到办公室到你们看到灯灭了，中间有多长时间？"

"有 25 分钟，其中有 10 分钟没有人知道屋里发生了什么事情，因为在这 10 分钟内我到前院去找比特安他们几个了，回来后我就问莫泊斯长官是否安好，他说一切安好，后 15 分钟一直有守卫待在院子里。"

"在后 15 分钟，也就是你们从前院回来一直到屋里的灯熄灭，这段时间内你们有没有看到或听到其他什么情况？"

"哦，我想起来了，在这段时间我们在院子里听到了屋里有枪响，然后是"砰"的一声，好像是门关住的声音，我们问长官屋里是否发生了什么事情，长官说他正在练习射击。长官是个神枪手，非常喜爱射击，他经常在晚上 11 点多练习枪法，所以我们也就没怀疑里面发生什么情况。"

"你能确定里面就是莫泊斯在说话吗？"

"难道不是吗？"这个卫兵表情愕然，好像听到这句话让他感到异常震惊。

"办公室的窗户经常关上吗？"

"他以前在办公时经常把办公室的窗户打开，但是案发那天我很疑惑他为什么把窗户关上了。"

"从你们到前院中拿灯泡到你们返回院中的这两分钟内，你们留在院中的守卫有没有发现什么情况？"

"他们俩听到屋里再次响起了枪声。"

"从你们回到院里到你们第一次听见枪声，中间有几分钟？"

"大概 5 分钟。"

"你把昨天你们站岗的位置指给我看。"福尔森说道。

安特普用手指了指昨天站岗的位置，他和比特安站在花园后的黄泥小路上站岗，那里紧靠办公室，另外两个守卫站在花园前站岗，那里紧挨着小巷口。当安特普和比特安到前院中拿灯泡时，花园后面没有守卫，凶手可以从窗户趁机逃脱。

福尔森的嘴角浮现出诡异的笑容，安特普看到福尔森的表情后吓得两眼直瞪，嘴巴张得老大。汉普的脸上也出现了疑惑的表情。

"还有一件事，如果你们几个守卫都在前院，办公室里有枪声，你们能听到吗？"

"办公室距离前院有将近 100 米，如果凶手用消音效果比较好的枪，我们根本听不到枪声，但是如果在后院的话，我们就一定能听到。"

"你能对你说的各个时间段确定吗？"

"能确定，因为值班室大门上有一个钟表，因此我们能随时清楚地看到时间。"

"从你离开院子到前院找比特安他们到你们重新回到院子里中间有大概 10 分钟，你找比特安他们几个怎么用了这么长时间？"

"福尔森先生，你要知道，比特安他们是个赌鬼，当我找到他们几个时，他们几个正在打桥牌，他们说再打一局就过去，因此我就等了几分钟，不过后来当我们回去时，问过长官屋里是否有事，长官说没事，我就放心了。"

"昨天晚上，你们向办公室里共问过几次？"

"三次。第一次是在我们几个刚返回后院时，第二次是在我们听到屋里有枪声时，第三次是在屋里的灯突然熄灭时。"

"你把官邸的执勤时间安排情况告诉我。"

"我们警卫是从晚上 6 点开始执勤，一直到早上 6 点。在晚上 6 点到 10 点之间我们警卫都待在执勤室里，10 点以后我们就轮流在后院巡逻。"

"那你们白天干什么？"汉普插了一句。

"我们白天睡觉，官邸白天站岗的工作由前院的警卫们负责。"

"你认为凶手会是谁？"福尔森的嘴角挤出一丝微笑。

"最近丹东这个混蛋车夫与长官关系一直不太好，他没经长官允许擅自进入书房收拾东西。那个书房的门经常关着，特别是长官在办公的时候我们见门也都是一直关着的，长官吩咐我们没经他的允许不能擅自进入书房，前几天长官还训斥他把马喂得越来越瘦，他对长官心存怨恨，而且他在那天晚上不断地突然出现让我们很怀疑。"

福尔森的脸色已经发生了变化，汉普知道福尔森愤怒了，而安特普那个自以为是的家伙还在滔滔不绝，他那夸张的肢体语言令福尔森感到哭笑不得，福尔森无奈地听了几分钟后，开始怀疑安特普的智商。他打断了安特普的话，说道："23 加 32 等于多少？"

安特普被福尔森这句话整得一愣，挠了挠头，说道："55。"

"你认为丹东是个混蛋车夫，是凶手？"

"是的，这个混蛋车夫近来的表现非常不好……"

"好了，安特普，这是给你的 10 英镑，多谢你提供的这些情况，不过我恐怕你在警卫队里很难高升了，你的脑袋不光光是用来说话和吃饭的，该有点用才行。就在昨晚，你本可以抓住凶手甚至挽救长官的生命，也许可以靠这些功劳捞个卫队长干干，可你那愚蠢的脑袋使这一切都成为不可能了。"

说完后，福尔森和汉普来到了办公室里，留下安特普一脸的茫然僵直地站在原地，他不知道自己究竟说错了什么。

"老朋友，你从现场又看出了什么端倪？是不是已经知道凶手是谁了？"

"汉普，等我勘查现场完毕后我会将这一切告诉你。"

福尔森看到书房的门开着便走了进去，眼前的情景还是让人一惊。尸体僵卧在地板上，一双茫然的眼睛直盯着天花板，死去的莫泊斯两臂伸张，紧握双拳，双腿交叠着，可以看出莫泊斯在临死前的痛苦挣扎，身体下是大片的血迹，染红了他的白色衬衫。死者的右手食指上的血迹已经干了，一幅油画歪挂在尸体上方，福尔森走了过去，把墙壁里的暗盒拿了出来，暗盒上了锁，于是他又把暗盒放下，开始重新检查整个房间。书桌上有一张空白的纸，有许多墨水滴下的痕迹。福尔森似有所悟，快速把莫泊斯的身体翻了过来，惊讶地发现地上留下的一行血字：

玛雅神社《山海经藏宝图》口袋里邪恶的计划

"汉普，你不觉得现在我们看到的这些字跟很久以前的一个案子有点相似吗？"

"你是说我们第一次合作时破获的那起关于水晶宫血字的案子？"

"是的，我看到这些血字时就想起了那个案子。"

福尔森按照血字的指示，在莫泊斯的衣服口袋里摸索着。

很快，他站了起来，手里多了一个像手表的东西。

"这是什么？"

"这是一个小型录音机。我想这是莫泊斯在死之前想要告诉我们的信息。"按下录音机的开关，原来是莫泊斯与凶手的对话，从对话中可以清楚地知道整个凶案发生的经过，录音放完后，福尔森关掉了按钮。

"我不得不说我这个好朋友是个绝世天才，从一个贫困的卖报童到一个威震英国的木材大亨，然后到美洲进行木材交易，赚取了大笔财富后，混上了布瑞拉镇的军政长官，我不得不佩服他的本事！在那种危急的情况下，竟然想出这样的办法把案发的经过告诉了我们。"

"好了，汉普，现在我已经知道了案件的大致经过，接下来的事就是寻找这些血字的含义。这些血字牵涉到这个组织的核心内容，我们直到现在才真正接触到案件的核心。"

"你是说那些留在现场奇怪的字符和发生的一件件案件都是为了转移我们的注意力？我们一直被凶手带入歧途，而他们利用这段时间实施一个可怕的计划？"

"你说得不完全对。莫泊斯和休安的真实身份就是这个组织中的成员，而以前那些被暗杀的死者中绝大部分是福尔摩斯研究会的学者，因为这些学者得知了那个组织的秘密，凶手之所以杀这些人是为了掩盖他们的身份，使案件变得错综复杂。"

"凶手为何要杀害那些学者？"

"我猜想研究会的学者们一定掌握了凶手的某个秘密，为了不妨碍他们实施计划，他们必须除掉这些人。"

说完，福尔森拿起刚刚发现的暗盒，说道："我想莫泊斯临死前除了血字还给我们留下了这个线索。"说着，拔出手枪对着暗盒上的锁开了一枪，锁环被打开了，福尔森从暗盒中拿出里面的文件，对汉普说道："莫泊斯在临死前扯下画，就是告诉我们这个秘密。休安勋爵在日记中所说的宝盒，应该就是它。"

福尔森翻看着这些文件，脸上的表情逐渐凝重。

"汉普，你来看看这些文件，又是几张密码文，最后一页是字母写的，也许通过某种特殊的计算方式可以使这些英文和字母完成转换。"说完，把文件交给了汉普，又拿起暗盒仔细观察，感觉这个盒子有点特别之处。

"汉普，你来看看这个盒子究竟哪点不对劲？"

汉普拿起盒子仔细检查着，翻来覆去地看，好像在为一个病人检查伤口。这个比福尔森大两岁的医生身穿一袭长款黑褐色风衣，内着青灰色西装。他的这幅打扮使他看起来是位准备参加晚会的社会名流，而不是一位普普通通的医生。

"我知道了，福尔森，这个盒子好像有个夹层，你看盒子大约有3英寸高，而打开盒子后，从盒子顶部到盒子底部才两英寸高，盒底肯定还有一个夹层！"

"干得漂亮，汉普，你的观察能力大有进步，让我们看看暗盒里面究竟隐藏着什么秘密。"

福尔森从衣服里掏出一把袖珍瑞士军刀，在盒底和盒壁的交界处用力一撬，盒子的底板裂开，下面确实是一个隔层。福尔森继续沿着裂开的缝隙往里撬，就像在撬一个沙丁鱼罐头，只听"砰"的一声，底板完全断裂开来，福尔森把断掉的底板拿出来，展现在眼前的是一个薄石残片。

"汉普，快看，一个长方体的薄石块，我们有了不起的发现！"福尔森镇定的表情下掩藏不住惊喜之色。

"石片上写了什么？"

福尔森拿起残片，此时两人都屏息凝神，生怕错过了上面任何一个细节，也许一个激动人心的发现就在下一刻，福尔森紧张的表情瞬间消失，眼睛盯着石片上的一条条曲线和标注的圆点，眼睛里射出兴奋的光芒。福尔森用手敲了敲残片的表面，又把耳朵贴在了石块的表面仔细倾听，似乎是在寻找什么东西。

"我们一直猜不透古人为什么要用微刻技艺来描绘这些古怪的图形。他们之所以把图画得这么细致入微，就是想让后来的人能够准确地判断。你们看这里的线条，看这处轮廓，还有这处的暗影，这块石片上的内容，没错，看来这就是《藏宝图》纸的一部分。我想到了，普利茅斯旅馆里凶手很可能也是在找这个《藏宝图》残片。"

"现在还有最后一个问题，汉普，既然房门是关着的，莫泊斯是怎么死在这个密室里的？"

"从门口的血迹来看，莫泊斯长官在办公室外中了枪，之后跑到书房里，关上了门，由于子弹上有剧毒，所以他是中毒身亡。这一点从刚才的录音中也能得到印证。"

"好的，最后一个问题解决了，我想我们可以去见见夏普和他带来的那些笨蛋了！"

福尔森把那些文件和《藏宝图》残片装进了大衣的口袋里，拿着现场的那杆钢笔走了出去。

福尔森二人刚一走出屋门，丹东便跪倒在福尔森脚下，他摊开两手，仰头看着福尔森，眼里满含泪水。

他苦苦地哀求说："救救我吧，福尔森先生，救救我吧！看在上帝的面上。我没有杀害他啊！莫泊斯长官对我有恩，我是不会去做那种事的。"

福尔森扶起这个马车夫，"我已经调查清楚了，丹东，你不用担心了，你是无辜的，我会把真相告诉他们。"

"谢谢你，福尔森先生，如果不是你，也许我就要在监狱中熬过我的后半生了，那些该死的警卫说我杀害长官的嫌疑很大，警察局的人也是这么认为的。"丹东一把鼻涕一把泪地说道。

"丹东，你的同伴穆尔比安在哪儿？"

"哦，他4天前就已经向长官请假，说家里有事，要回距离布瑞拉镇50多英里的家乡一趟，大概今晚就能回来了。"

"好的，我知道了，你知道那个卫兵的尸体在什么地方吗？"

"卫兵的尸体已经被克莱金医生检查了，尸体检验报告就在夏普警长手中，你难道还要重新检查尸体吗？"

"是的，我必须重新检查尸体，我要印证我的一个猜测，这对整个案件非常重要。"

"丹东，快带我到存放尸体的地方，这好似案件最后的一环，只要这一环接上了，整个案件的链条便完美地连接在一起，真相就大白了！"

汉普和丹东疑惑地看着福尔森，随即带着两个人来到了停放卫兵尸体的地方。这是一个低矮的砖房，房屋的中央部分被常春藤覆盖着，显得十分古老陈旧，但是从高大的窗户可以看出，这栋房子进行过改建。门前站着两个警卫，手里拿着卡宾枪，看到福尔森等人便拿起枪阻拦。

"这位是福尔森先生，他是来检查尸体的，请让我们进去。"

"进去得有夏普警长的许可令，请你们把许可令拿出来。"

"你就是昨晚在办公室门前的院子里执勤的那两个警卫吧，你们可算不上合格的警卫，执勤时还抽着烟，而现在却在这儿装作一副认真执行命令的样子，真是可笑至极！"

"你，你怎么知道的？"其中一个警卫瞪着眼睛吃惊地望着他。

福尔森没有回答他的问题，而是从兜里掏出 20 英镑，"我要你们让我们进去，而且我们去重新检查尸体这件事不可以让第三方知道，你听懂了吗？"

"我们很愿意给你们放行，不会再有别人知道。"卫兵贪婪地望着福尔森的手，此刻大脑被最原始的贪欲控制着。

"很好，汉普，丹东，我们进去吧。"

刚一走进屋，他们就闻到一股恶臭味，这个阴暗潮湿又狭小的地方散发出的气味让人感到恶心到窒息，在这个封闭的空间里，即使一个死老鼠的气味也会几天都散不去。

福尔森等人走到停放卫兵尸体的床前，"好了，我想我们可以开始工作了。"福尔森掀开罩在尸体上的白布，死去的这个卫兵面目平静，显然是在没有防备的情况下被一枪致命的，脖颈左侧一个血淋淋的弹孔，深而大，伤口处还有烧灼的痕迹，这种弹孔应该不是普通的手枪造成的，而是大口径的步枪，子弹穿透力很强，从脖颈直接打穿。福尔森又仔细检查了身上的其他部位，并没有发现伤口，这让他迷惑不解，"不可能，肯定出现了检查上的漏洞！"

"福尔森，你在找什么？你在盼望看到你预想中的那条线索吗？"汉普插了一句。

"是的，就像孩子在盼望圣诞老人。"福尔森用手撩了撩遮蔽眼睛的长发后应答道。说着忽然恍然大悟，"哦，对了，我遗漏了一个重要的地方，我本应该首先检查这里的。"福尔森分开死者的头发，又用鼻子闻了闻死者的头发和嘴，然后兴奋地说道："好了，我知道这个守卫是怎么死的了。"

说完后，福尔森走出这间阴暗的小屋，他站在花园前面，两眼凝视着西侧的矮墙。汉普和丹东跟着他走了出来，福尔森说道："你们俩在这儿等我，我办完事后回来找你们。"说完后他便朝前院走去。

福尔森来到前院的传达室，这里是记录官邸会客记录的地方。一个警卫迎了上来，他同福尔森握了握手，说道："请问您来有何贵干？"

"我想看看案发那天的会客记录。"

"我们在会客单上已经做了详细记录，您请看。"说完后，他指了指桌子上叠放整齐的记录本。

福尔森走到书桌旁，拿着会客记录，翻到了记录案发当天会客情况的那一页。他看了看那页的会客记录，有些失望，便把记录本轻轻地放回桌子上，问道："这是全部的记录吗？"

"是的，守卫把所有的会客情况都记录了下来。"守卫答道。

福尔森在屋里踱来踱去，他又陷入了沉思，他相信自己的判断不会有误，就又重新打开记录本翻了一遍，突然眼前一亮。他一只手托着记录本，另一只手摸着下巴上的胡茬，嘴角露出了笑容。

福尔森顺着后院东北角的小巷来到了马厩里，他看了看马厩里的情景后，沿着原路返回，看到汉普正站在十几米外向他挥舞着拳头。

福尔森不理会汉普的示威，兴奋地说道："我想我们该见见夏普警长以及他带来的那些糊涂蛋了。"

"你不应该不跟我们解释清楚就从我们身旁走掉，这太不礼貌了。"汉普气愤地说道。

只见福尔森立即立正站好，双手叠放在胸前，深深鞠了一躬，同时说道："我真的很抱歉，我的朋友，我一心想着办案，没把事情和你们说清楚。"说完，三人相视一笑。

福尔森等人走到前院的会见厅，夏普警长看到福尔森他们过来，起身相迎，一双狡黠的眼睛里闪烁着兴奋的光芒，就像 17 世纪的殖民者在新大陆上发现巨额宝藏一样兴奋，嘴角挂着高傲的笑容，洋洋得意地搓着双手。他自认为有足够的把握让那个所谓的大侦探屈尊在自己伟大的办案才能下。

"夏普警长，我想你的卫兵可以把莫泊斯的尸体抬走了，我已检查完毕。"福尔森用一种略带悲伤的语气说道。

"霍尔斯，带上几个人把莫泊斯长官的尸体抬走。"夏普命令道。

霍尔斯带着两名抬担架的士兵晃晃悠悠地朝莫泊斯的办公室走去。

"福尔森先生，我真是无法想象这个简单的案件还麻烦你这么地仔细检查，你也许会认为这是一个复杂的案件，并为此寻找到了许多细节和痕迹，又为这些忙活了半天，但是这一次幸运之神并不曾光顾你，你只落得两手空空，我承认你确实是个出色的侦探，一个精干的人，可是这么一个普通的案件确实不值得你如此劳心费力。"

"夏普警长，看来你已经对这个案件胸有成竹了，那我只好洗耳恭听了。"

"福尔森先生，事件的悲剧性和极其神秘的戏剧色彩，实在是对大众想象力的一种挑战。可是警方已经掌握了重要证据，将凶手捉拿归案是迟早的事，但除了警方高层之外，无人知道下一步的侦查方向，恐怕这一次我们要先于你侦破这个案件了。其实这个案件很简单，案发那天晚上，凶手从办公室的左侧围墙处翻了过来，接着开枪射杀了那名官邸守卫，然后趁莫泊斯长官和卫兵去查看那名死去的卫兵的间隙从窗户潜入屋里，并在办公室里开枪击中了莫泊斯长官。莫泊斯长官逃到书房里，关上了门，由于子弹上涂有剧毒，最终死在了书房里，根据现场我们能推测出凶手是在安特普二人去前院拿灯泡的时间开的枪，也是在这段时间里从窗户逃跑的，你看，整个推理过程毫无破绽！"

"确实很有道理，照你这么说，凶手从潜进屋里一直到开枪这段时间里干什么了？"

"也许……也许他在这段时间没有下手的机会或者在找什么东西。"

"如果他在这段时间里没有开枪行凶，那么凶手与莫泊斯长官待在屋里干什么？难道长官会看着他找文件而不闻不问？"

"也许凶手隐藏在某个地方等待着合适的机会下手，或者长官和凶手有什么不可告人的密谋。"夏普擦了擦头上的汗。

"一派胡言！屋里并没有藏身之处，你不会告诉我凶手藏在墙里了吧？！最可恨的不是你这荒谬的推理和自大，而是你居然怀疑长官和凶手密谋，还要把杀人的罪名安到这个老实的马车夫丹东头上，我真是无法想象你以前是怎么办案的！"

"我们不是说丹东是凶手，而是说丹东那天的形迹可疑，很可能是个帮凶。"

"侦查的世界里没有可能,只有一定。丹东已经把那天的情况介绍过了,而且现在已经得到了证实。"

"你就这么容易相信了他?据安特普说他可是在前几天被长官训斥过,很可能是他心怀怨恨杀了长官。"

"哈哈哈……夏普,你这句话简直太搞笑了,如果你在普华大街上买菜因为别人少找了你几便士,你就会杀了那个卖菜的人吗?"

夏普眼里闪现出愤怒的目光,他那蓬松的头发和愤怒的一张圆脸使他看起来像头发怒的狮子。

"福尔森先生,你知道长官是个和蔼可亲的人,对待我们这些下人也很好,他又是当年救我的恩人,我怎么可能因为他训斥我茶泡得不好就杀了他呢?"丹东在一旁插话。

"莫泊斯什么时候救过你?"

"就在几年前,我从军队里退役后开了一家面包店,但是生意非常不好,面包店破产了,我欠了一屁股债,是长官给了我这个马车夫的营生,并帮我还清了债务,使我有了活命的机会。"

"好了,夏普警长,为了使你彻底排除对丹东的怀疑,我们可以做个假设,如果丹东要杀长官,他完全可以把案件做得更严密一些,而不应该在那个士兵被杀时出现在现场,被你们逮个正着,而且当着卫兵的面大摇大摆地走进办公室,杀死莫泊斯。如果他这样做,会使所有的怀疑焦点都集中在自己身上。"

夏普显然是被说动了,低声说:"那你又怎么证明凶手没有和长官在屋里密谋?"

"这个问题问得好。如果凶手要与长官进行密谋,为什么要到长官官邸这个戒备如此森严的地方?你知道莫泊斯经常外出,他们完全可以在长官官邸之外任何没人发现的地方密谋。"

"一种情况是,这一次是他们要做最后的了断,在争执中,凶手杀了他。第二种情况就是凶手在来的时候就已经想好今天莫泊斯肯定不会答应他的某个要求,来的目的就是为了杀他。当然还有另外一种情况,就是凶手与莫泊斯是第一次见面,就像莫泊斯提出了苛刻条件,两人交易不成,凶手就杀了他。"夏普冷静下来后，又恢复到理智。

"我姑且把你说的这三种情况归于一种情况。它们的共同之处就是，凶手都是为了密谋才来官邸的，但是我说过，官邸不是一个密谋和行凶的好地点，所以仅这一条就能排除三种情况的可能性。夏普警长，你的思维被自己束缚住了，难道凶手来这里就不可能是为了其他目的？"

"什么目的？"夏普有些不屑。

"这个目的必须同时满足三个条件：第一，凶手冒着被卫兵发现的巨大风险来到官邸也要达到这个目的，说明这个目的对他非常重要。第二，凶手必须来到官邸，才能达到这个目的，其他方式都不可能。第三，凶手的真正目的不是杀死长官，而杀死长官只是实现那个目的的必要步骤和附带步骤，实现和谈已经不太可能。"

"这个目的会是什么呢？"夏普追问。

"凶手是为了一件东西而来，而这件东西就在长官官邸里。难道你和警察局的人勘查现场时没有看到？"

"现场我检查得很仔细，可是我并没有发现什么重要的东西。"

"就在长官尸体的下面的血字，夏普警长，难道你那敏锐的眼睛没有发现尸体下面的这些重要线索吗？"

"哦，我通常是查看完尸体后就让人把尸体抬走的，由法医做详细的检验，这次由于我知道你要检查尸体，所以尸体放在原地没动，在尸体下面的字也就没有看到。"一脸尴尬的夏普，再一次输给了福尔森，只能草草搪塞过去。

第十一章

古董店抢劫案

　　沃伊躺在病床上，伤口已经痊愈，今天是他住院的最后一天，下午就可以出院了。还有不到 6 个小时他又能重新站在大街上感受那阔别已久的车水马龙了。沃伊抬头看了看已经睡了好几个小时的艾华利警官，他现在终于知道什么叫医学上的沉睡症了。

　　这时门开了，一个面容清秀的护士走了进来，他一眼就看出来是挨了他一拳的苏珊，眼里立刻流露出恐惧，因为她的到来告诉自己一件事：自己又该打针了，而且她打针还很痛，简直就是在报复自己。不过这次他没有看到注射器和药水，他看到她手里拎着一大袋东西，看起来像是药品。

　　"不是给你打针，是来给你拿药的，看你吓的。另外这是医院的出院手续，请你在上面签个字，哦，对了，这些药你出院后还得吃上一个礼拜。"

　　这段时间，沃伊也发觉这个护士的态度温和了许多，不再像以前那样动不动就板着张脸，而是绽放出了花样的笑容，他顿时感觉神清气爽。

　　听到说话声，艾华利被吵醒了，伸了一个大懒腰，看到护士在屋里，于是忍不住问那个已经问了许多次的问题，"他究竟什么时候能出院？"当得知今天就能出院后，他叹息道："终于不用再待在这个鬼地方了。"如果再不出院的话，他都怀疑格雷戈里在故意整他。

格雷戈里最初派的几名警察全部撤离了，只让艾华利在医院里守着，随时报告沃伊的情况。这些天来艾华利一直细心照顾着自己。沃伊从心里感激这位幽默感十足的警官。

"沃伊，今晚我们就要在一起行动了，去追查那两个被你安装窃听器的人。"艾华利说道。

"你们聊吧，我先出去了，还有点事。"苏珊说完，转身走到门口，关门之前又探进头来，给了沃伊一个迷人的微笑。

"这两个人有什么动作吗？"

"他们今晚在伦敦北郊有一个重要会议，那个地点很可能就是那个组织的联络地。今晚我们要将他们一网打尽。"

沃伊拿着笔在医院出院手续上签了字，对艾华利说："今晚我们不要打草惊蛇，应该利用这个机会探听更多的有用情报，打入他们的内部，进而掌握这个组织的核心机密。"

"好，不愧是军情部门的人，如果军情六处的人都像你这样精干，那么那个邪恶的组织早就应该被破获了。"

艾华利的话勾起了他对乔治上将的怀念，触动了他心底最脆弱的东西。

"好了，下午出院后，咱们去饭馆大吃一顿，弥补一下这半个月的无聊。"

下午，艾华利把车停在医院门口，准备和沃伊一起离开，"我们到哪儿吃饭？你说个地儿。"

"哪儿都行，随便。"艾华利听到这低沉的声音，有些好奇，沃伊不会因为出院反而感到心情不好吧？

就在艾华利和沃伊开车驶离医院时，在医院外路旁停放的两辆蓝色轿车也随即开动，车上一个身穿灰色大衣的人命令道："跟上这辆警车。"

沃伊一路上都很沉默，但这丝毫也没消磨掉艾华利的热度，艾华利向他介绍道："这里就是著名的塔克拉大街，道路宽阔，店铺林立，西区警察局负责在这儿巡逻，我以前就是负责这一带的治安，后来才调到了伦敦总局，做了副警长……"

沃伊只简单应了句："哦，知道了。"艾华利又开始喋喋不休，"巡逻的话，一遍大概要一到两个小时，不巡逻的时候要守在警务室，随时都可能有紧急情况发生，警务室必须有人接警，工作也是很辛苦的。"

接着他又介绍了警察局的费德里、苏雷尔，最后又讲述了格雷戈里和刚调到情报部门的麦克唐纳，沃伊只是坐在副驾驶座静静地听着。

"我带你兜一圈，先熟悉一下地形，晚上追踪那两个人需要对伦敦周边地形很熟悉，否则我们很快就会被他们甩掉。"

一看艾华利开车的姿势就知道是个新手，腰背挺得笔直，双手紧握方向盘，左顾右盼。沃伊虽然仍是不做声，但早把安全带给系上了。心里想着："这小子不会真不会开车吧？还是小心点为妙。"

车很快驶入闹市区，路两旁是伊丽莎白时代的古堡式建筑，散发出一种传统的高贵气质。如果把巴黎比作一个时髦的现代女郎的话，伦敦更像是一位彬彬有礼的绅士。20世纪末的伦敦仍然是个大杂烩，就拿交通工具来说，从自行车到电车，从马车到汽车，简直是几个世纪文明的融合体，令人眼花缭乱。

伦敦是座高度发达城市，作为世界金融中心，街道自然繁华，但沃伊却一直茫然地盯着车窗，仿佛一切都未看见，自顾自地掏出烟点了一支，如果不是吸着烟，他的脸部神经根本就没动过。艾华利当然感觉到了他的冷淡，却没在意，仍然卖力地扮演着他导游的角色。

艾华利突然问道："你在军队的生活怎么样吧？"

他说道："还好，就是太苦了，一旦爆发战争，说不定哪天就会送命。"

艾华利一副不出我所料的样子，道："战争总是残酷的，我想你参加了几年前对伊拉克的战争，对不对？"

"是的，政府派我们情报部门几十个特工跟随海军舰艇一起到了波斯湾，我们参加了对伊拉克军队的作战。我在那儿待了半年多。"

"你对军队的感情深吗？"

"我对我所在的部队感情很深，我们都是经历了生死磨难的兄弟。"接着把烟盒递了过去，道："抽吗？"

虽然艾华利平时不怎么抽烟，但还是接了一根，道："借个火。"

车在一家快餐店门前停了下来，艾华利熄了火。

"我到快餐点买点吃的简单解决吧，一会儿直接回警察局安排晚上的行动计划。"

"那好吧，别怪我不请客哦。"艾华利摊开双手，无奈地说。

沃伊下了车，到店铺里要了一份乌贼汉堡和寿司，又要了一份比萨饼和牛肉罐头。

"给，我们 5 分钟内把这些食品解决掉。"

"5 分钟，你有没有搞错？！我倒要看看你 5 分钟是如何吃完的。"

沃伊不理会艾华利的话，独自津津有味地吃着乌贼汉堡和寿司，眼睛不时往手表上瞥上几眼。

回警察局的路上换作沃伊开车，艾华利的驾驶技术实在是让他看不上。汽车开得飞快，当汽车终于在一声急刹中停下，艾华利连滚带爬地溜出车子，暗自嘟囔："真是个疯子！"沃伊则坐在驾驶座上又开始吞云吐雾，看着狼狈不堪的艾华利，略带讽刺地说道："老兄，慢慢你就会适应了。"

"你开车的技术实在是太好了，你真应该参加赛车方程式锦标赛，没准能捞个奖品什么的。"说完后大吐一口苦水。

两人直奔警长办公室，格雷戈里警长正在屋里焦急地踱来踱去，看到他俩，便直接说道："我从情报科那里得知今晚那两个人要到伦敦北郊，今晚是个大好时机，行动一定要隐秘。今晚行动务必成功。"

"长官，今晚有多少人行动？具体方案是什么？"沃伊直截了当地问。

"你们在跟踪他们有重大发现后，立刻通知警察局，警察局会派大部队接应你们，今晚要将他们一网打尽。"

"坚决完成任务！"

"这是伦敦市区地图，你们今晚在跟踪过程中可能要用到它。过一会儿我得去海军部门，进一步了解核实亨利的信息，我想那个案子可以结案了。祝你们好运！"

伦敦北郊，晚上 8 点。

艾华利和沃伊来到北郊的毕马威大街，此刻置身于郊外，城市的风景早在视野之外了。道路两旁都是别墅，到处可见出租的标牌。

"这么大的北郊，我们该上哪儿去寻找那两个人，长官为什么把这个苦差事给我们？"

"放心，他们一定会在这里出现的，我们需要的是耐心等待。"

他们在道路交叉口装作随意闲聊时，一辆马车吸引了沃伊的注意力。

浅棕色的马拖着一辆四轮马车向他们的方向驶来。马车夫手握缰绳，一男一女坐在上面，车上还有一个大木箱。马车被车上的人和物压得吱吱直响。

沃伊看到马车上的那两个人正是自己要找的那对男女，心里异常兴奋，他向艾华利递了个眼神，告诉他目标已经出现。两人跟了上去。

马车走到路旁一幢房屋前边，停了下来。男人走下来，将专供马车出入的门打开，马车哒哒地驶了进去。艾华利和沃伊躲在 15 米外的广告灯箱后面，仔细观察。过了一会儿马车又从门里驶了出来，继续向西北方向前行，艾华利和沃伊跟在后面，一直和马车保持一定距离。

到了一个大庄园前，马车停了来，现在他们已经完全处于北郊外的乡村，夜色笼罩着寂静空旷的乡村，远处不时传来几声狗叫。

庄园四周是一圈两米多高的围墙。马车夫从马车跳了下来，用钥匙打开大门后，又一屁股坐回马车上驱赶马车进去。沃伊和艾华利紧步也跟了进去。马车又走了 200 米左右的距离驶进第二层围墙的大门后，门被关上了。

艾华利用手使劲推了推门，门从里面插上了。沃伊观察围墙的高度，纵身一跃，翻到围墙上，仔细观察里边的环境。庄园正中心的建筑群距离这座围墙约有 800 米的距离，这层围墙外有十多个士兵站岗，沃伊判断，像这样看守森严的豪宅绝非一般的人家所有，必定是位贵族的府邸。

两个人仍在 50 米外跟着马车，马车上的人正在聊天，根本没有意识到会有人跟踪。

艾华利悄声说："在这无聊的夜晚，你不想好好睡上一觉吗？"

"老兄，唯一遗憾的是我没把小提琴带来，我常常发现小提琴对思维有好处。"

沃伊看到艾华利困得连打几个哈欠，便问他："老兄，我看你上眼皮要粘上下眼皮了。"

"这个不用你操心，过一会儿就好。"

"16 加 56 等于多少？"

艾华利想了一会儿，说："72，你问这个干吗？"

"看看你现在神智是否清醒。今晚我们有任务在身，清醒点。"

沃伊继续朝前跟去，艾华利紧随其后。两人跟着马车进了马车房。

借助灯光，他们能看清马车房内的一切。他们从马车上走了下来，一直在马车房等待的男人迎了过去。这个男人中等身材，偏瘦，眼睛及头发都是黑色的，他猜想不是他法国人便是西班牙人。这个人下巴上还留有倒三角形的短胡子。身穿做工考究的蓝色上衣，戴着褐色的软呢帽。左手无名指上还戴了一枚镶有钻石的戒指，"货都准备齐全了吗？"

"放心吧，货准备得很齐全。"

褐色头发的女人说："巴布尔先生，今晚组织上要我们到庄园说有要事通知。"

"好的，我知道了，先把货放在仓库里吧。"

他们几个把箱子搬下了车，这时，一个穿蓝色夹克的红发男子赶着另一辆马车进了马车房，然后对他们说道："上车，我们马上去庄园密室，今晚上面还有重要的事要交代。"

"好吧，就照你说的做，但愿今天能早点开完那该死的会议，回去我还要喝口伏特加。"说完，那个瘦而健壮男人眼里流露出贪婪的神色。

几个人沿着水泥路朝庄园中心驶去。

"嗨，艾华利，快跟上他们，我去给警察局打电话。"

过了一会儿，沃伊沿着来时的路返回到了庄园最外面的大门处。他走进一家啤酒店，要了一杯啤酒，看到店里有公用电话，便马上给警察局打电话，向格雷戈里报告了这里的一切。

"我马上带人过去。我们在大门口附近会合。"

在地图上做了一番查找之后，格雷戈里带着其他警察坐上警车出发了，后面还跟着4辆警车，看来今晚要有一番大行动了。车上，警长详细说明了山庄的位置，并为每人的蹲点设计了方案。

大约半个小时后，车到达庄园大门口附近，格雷戈里让车停在山庄不远处，带着所有警员到大门口与沃伊会合。

"是我，格雷戈里。"他低声说道，"有没有人进出过？"

"没有，艾华利在里面正盯着那几个人。"

一小队人聚集在庄园最外面的大门旁边，警长做了最后的部署，然后说，"分头行动吧！要注意集合的哨声。沃伊，你跟我走！"

马车在一栋红色城堡式的两层建筑前停了下来，他们下了车走到门口，瘦而精壮的男人按下了门铃。两三秒钟后，里面亮堂起来了。一个身穿黑大衣、头戴软呢帽、肩上披着一条围巾的高个男子将门打开，站在台阶上对按门铃的人说："上面派的人正在里面等着，你们赶紧进去，这次会议的内容很重要。"

"伙计们，我们该进去开会了，动作快点吧！"

从马车上下来的几个人和这个高个男人一起走到了那间屋里，然后重重地关上了门。

艾华利蹑手蹑脚地走到屋子窗户下面，可根本听不见里面的说话声，在周围一片静寂中，艾华利只能听到自己打哈欠之后的轻咳声。如此情形之下，他只有静候。

格雷戈里让 4 名警察守在庄园最外面的大门旁，带着剩下的警察往庄园里赶来，沃伊负责带路。十几名警察依次从中院围墙翻过，直奔马车房而来，格雷戈里让两名警察检查大木箱，另派一名警察到房顶上查看周围的动静，然后自己还有沃伊带着剩下的警察沿着马车行驶的小路向城堡赶去。

艾华丽看到格雷戈里带着人过来了，上前汇报："就在这屋里，他们在秘密开会，我在外面无法探听到他们的内容。"

"好吧，现在是 9 点 10 分，10 分钟后我们行动。"警长坚定地说。

庄园密室里，晚上 9 点 10 分。

"我们的人现在已经收集了 4 块《藏宝图》残片，另一块就在布瑞拉镇莫泊斯的官邸里，但是那个愚蠢的柯塔并没有拿到那块《藏宝图》，现在它落在了福尔森手中。现在事情不妙了，上面对此已经很愤怒，柯塔手下的那帮蠢才在总部受到了残酷的刑罚，柯塔本人也将遭到严厉的惩罚。下面我们要找到剩下的几块《藏宝图》残片，根据我们的人得到的最新情报，有一块《藏宝图》残片在克莱登大街 31 号的百汇古董店里，明天早上由巴布尔部署行动。"

"我们是怎么知道那些《藏宝图》残片的消息的？"那个精瘦的男人问道。

"在亚洲，我们由于知道前几块《藏宝图》残片的地点，所以很早就把它们收罗来了。一块在伊斯法罕博物馆里存放着，一块在日本千叶县一座古寺中，一块在俄国人的海参崴市一个长官家里，还有一块《藏宝图》残片从一个收藏家那里通过黑市交易得到，其他部分流落到世界各地，我们暂时还没有查明。"

"收集《藏宝图》残片之旅就像是收集龙珠之旅，非常奇特。"

"是的，《藏宝图》残片流落在世界各个角落，我们必须通过各种支离破碎的记载资料才能确定它们最终的位置。"

"我们必须把《藏宝图》残片收集齐全才能找到那笔巨额的财富吗？"褐色头发的女人说。

"是的，我们只有找到全部的《藏宝图》残片，才能将这些《藏宝图》对接在一起，组成一个完整的《藏宝图》，找到那个传说中的上百亿英镑的宝藏。多少年来，无数的人为了得到宝藏而奔波杀戮，《藏宝图》残片在许多人手中流转，但始终没有一个人能拥有全部《藏宝图》。而我们伟大的领袖会带领我们收集到全部《藏宝图》后，找到宝藏地宫所在地，得到这笔巨额财富。"

"可是我真是难以想象如何才能找到那些传说中的《藏宝图》残片，它们只不过是一些石块而已。"红发男人说道。

"我们的情报人员遍布世界各地，他们有的是政府官员，有的是情报部门的人，他们可以给我们提供《藏宝图》残片的信息。除此之外，我们还要从浩如烟海的古文献资料中找出《藏宝图》残片的蛛丝马迹，在日本和伊朗的那两份《藏宝图》残片就是通过书中的信息找到的。这些工作会由组织内部杰出的考古学者们来做。"

"我们能为组织做什么？"

"上面说你们做得很好，你们在组织内部将要升职。西欧区分组织的前负责人亨利已经被杀死了，他没能从那个该死的特工手里拿到密码文件，上面的人决定让巴布尔先生升任西欧区的总负责人。"

"巴布尔先生，恭喜你在组织内部高升了，你从英国区负责人升任到西欧区负责人，以后就是你来带着大家走向光明。"

"感谢伟大的末日之神，伟大的领袖万岁，伟大的玛雅神社万岁！"

"不过上面对你们上次刺杀行动失败很不满，你们没能将那个特工干掉，错失了一次好机会。那份密码文件上的内容对我们非常重要，一旦他与警方的人联合起来，我们就会陷于非常危险的境地。"

"那个特工身手太厉害，我们还斗不过他一个，我们大意了。"

"好了，向我们伟大的末日之神的唯一传人，我们的领袖行礼。"

"万岁！"说着，几个人跪在地上，两臂斜向上伸开，抬头向两臂伸张的方向看去。大约一分钟过后，他们纷纷站起来又向巴布尔先生行礼。只见巴布尔拿着象征着组织权力和地位的神像，他们所谓的末日之神是一个白发白须的老人模样，手上拿着一个镶着蓝宝石的魔杖，身上一个披着一件猩红色披风。

"向我们末日之神在欧洲的引导者巴布尔先生行礼。"

然后几个人又单膝跪地把右手放在胸前，向巴布尔鞠了一躬。

这时那个矮胖的男人神色慌张地跑了进来："不好了，不知从哪儿冒出好多警察，有十几个人，他们已经包围了这间屋子，你们赶快走吧，我们俩在这儿还能抵挡一阵。"

"暗道的入口在哪儿？怎么启动？"

"我来启动暗道。"那个矮胖的男人把客厅的花瓶一旋转，密室里的一面墙缓缓打开，一个暗道展现在他们面前，那几个人冲了进去。这时大门"砰"的一声被撞开，警察冲了进来，矮胖男人再次旋转花瓶，暗室的墙又合上了。一个披着围巾的高个男人拿出手枪想向警察射击，沃伊迅速拔出手枪，一枪正中那个男人的胳膊，那人惨叫一声，枪掉在了地上，警察从楼梯快速冲上去，那个矮胖男人想从二楼窗户上跳下去，沃伊举枪，只听"啪"的一声，那人腿部中弹，警察围了上去将两个人逮住。

"你们几个到各个房间仔细搜查，不能放过任何疑点。"

"格兰特勋爵，"警长指着那个披着围巾的高个男人，"我只知道你是个伟大的冒险家，当年你的家族祖上在大英帝国对外扩展贸易时立了大功，真没想到会在这儿碰见你，你如何向伟大的女王陛下交代？！"

"警长，这是搜查出的所有可疑东西，怎么处置？"

"带回警察局，留下几个人在这里看守，再继续仔细搜查每一个角落，我就不相信他们能从包围森严的房子里跑掉。"

"警长，我想他们可能通过暗道逃走了。"

"格兰特，快说，暗道的入口在哪儿？"

"想从我嘴里套出秘密，就像想把石头炼成金子一样荒唐可笑！"

"我真不明白是什么使你们对那个邪恶组织如此忠诚。"

"苏格兰场的蠢人，你们是不会明白的！"说完仰天大笑，声音中绝望中又带着恐怖。

"把他们带走！"格雷戈里严厉地命令警卫，眼里透出愤怒。

回到警察局，格雷戈里检查了在庄园里发现的所有可疑的东西，包括许多未烧尽的文件和在马车房里发现的装有各种枪械的木箱。

格雷戈里拿着那些未烧尽的文件看了看，然后交给沃伊，"看看吧，又是那些密码文件，跟你带来的那些密码文件差不多。"

"现场没有发现其他线索吗？"

"没有，我们那些警卫们已经将庄园检查了几遍了，即使一只蚂蚁我们也没放过。"

"我真没想到格兰特勋爵也卷入了这个案子，这个组织的势力太大了，天知道他们有多少成员渗入国家和社会的各个部门，我想起来就感到背后刺骨的冰凉！"格雷戈里停顿了一下，继续说，"眼下我们要进行三个方向的调查：第一，撬开格兰特的嘴，一定要从他那里获得更多信息。第二，让军情六处的人加紧破译密码。第三，查找这些武器的来源。不管怎么说，昨晚我们都犯下了难以饶恕的错误，让那些敌人从我们的包围圈中逃走。"

"在警察局发一个通缉令，根据艾华利的叙述画出那几个人的画像，然后以警察局的名义发出通缉，在各个巡区警员加强审查。一定要将他们抓回来！"

几天后格兰特勋爵在拘留室中撞墙自杀，与普利茅斯宾馆凶杀案的凶手一样，他宁愿自杀，也不向警方吐露出任何信息。

第二天上午，沃伊和艾华利开着警车在克莱登大街巡逻，这里已经接近伦敦南郊，路上行人稀少，路两边能看到苍翠挺拔的树木和一栋栋漂亮的别墅，洒水车把这里清洗得干干净净，在这个早晨如此幽静的环境下巡逻也是一种享受。

突然，一个女高音在后面响起："抓强盗啊，有人抢了我的包！"只见一个人影风一般从警车前跑过。

一个珠光宝气的少妇跑到警车边，指着前面那个奔跑的身影："警察，那个人抢了我的包。"

一听有情况，艾华利首先冲下车，拔腿就追。跑过路边的行人时还不忘职业地大喊："警察！站住！"路边的行人全被这一镜头吸引住了。

沃伊则坐在车里，不紧不慢地掐掉了抽剩下的烟头，随手将烟头从车窗弹进了垃圾桶，同时发动了汽车。发动机嘶吼一声，汽车如利箭般蹿了出去，冲到马路尽头，突然间车尾一甩，车轮发出"吱"的一声，车子在原地掉了个头，和抢劫犯对个正着。抢劫犯见警察前后夹击，从怀里抽出一把匕首，威胁沃伊让出路。

沃伊从容地下了车，直面抢劫犯的匕首，突然左手一抬，攥住了对方的手腕，左腕一用力，迫使对方丢掉了匕首。身体微蹲，肩头一转，背靠着对方，一个漂亮的过肩摔对把对方撂倒在地。接着，右手顺势反背对方的右手，腾出一只手来摸出手铐给这个抢劫犯铐住了。

这时，艾利华刚刚追上来，拽起这个抢劫犯上去就是一脚，"他妈的，让老子跑了这么远！"抢劫犯被踹了一个趔趄，狠狠地瞪了艾利华一眼。

两人把抢劫犯带上了车，又去找刚才那个大喊被抢了包的少妇。

"看看少没少什么东西？"沃伊把包递给少妇。

少妇匆匆看了看包里的东西，挎在胳膊上，道："还好，没少什么。"

这时，从大街另一侧走过来一个年轻人，道："也不知道你们这些警察干什么吃的，海德公园的杀人案已经过去了两个多月还没有侦破，之后伦敦又相继爆发了几件命案，还是没有侦破，你是想让我们这些普通市民天天生活在恐惧之中吗？"

"你是海德公园附近皮卡迪利大街梅尔德珠宝店的老板的儿子吧？"沃伊说。

"你，你是怎么知道的？"那个人脸上表露出惊讶的神情。

"两个原因：第一，你戴的项链上标有梅尔德珠宝店特有的标志，而梅尔德珠宝店的柜台里并没有卖过这种首饰，这个应该是一个家族世代相传的宝贝。第二，据我所知，梅尔德老板是一个非常节俭的人，而你的手上却戴着价值几千英镑的手表，所以我断定你不是老板，从你的年龄上看，你应该是他的儿子。"沃伊头都不抬地回了一句。

年轻人被沃伊的判断力惊了一下，心想："这个警察的洞察力和判断力远超过常人。"在心里暗暗生出敬意，他笑着说道："那你能看出我的这位同伴是干什么的？"

沃伊瞄了他的同伴一眼，然后说道："把你的软呢帽拿来。"

那个身穿西服的年轻人把软呢帽递给了沃伊，沃伊仔细观察了帽子内外侧，又用鼻子闻了闻。周围的人都疑惑地看着他这奇怪的举动。几分钟后沃伊把帽子还给了那个年轻人，意味深长地笑道："你是索菲亚蛋糕店的老板，你经营的蛋糕店刚刚破产，我说得没错吧？"

那两个年轻人非常吃惊，嘴巴不自然地抿了抿。珠宝店的儿子的同伴结结巴巴地问道："你，你是怎么知道的？"

沃伊抬头望了望蛋糕店老板，笑着说道："帽子边沿有一些残留的奶油，我想这是帽子的主人在放帽子时碰到的，人们一般情况下会把帽子放在干净整洁的地方，没有人会把帽子放在有奶油的地方。只有一种情况下除外，那就是帽子的主人工作非常忙，随手把帽子放在了净是奶油的地方。什么地方尽是奶油呢？那么答案最可能是蛋糕店。戴着如此贵重的帽子在蛋糕店里忙碌的人，必定是蛋糕店的老板。"

"那么你是如何得知他是索菲亚蛋糕店的老板的呢？"

"这顶软呢帽质地上乘，做工精良，应该价格不菲。帽子的风格时尚，因此我断定帽子不是年长的长辈送给你的，而是与你同龄的年轻人送给你的或者你自己买的，而且朋友之间一般不会送帽子当礼物。从帽子的款式看应该是在大型商店买的。伦敦市区的几家大型精品店我都去过，我很熟悉这几家精品店出售物品的风格。在这几家大型精品店中，出售帽子种类最多、品牌最齐全的当属兰登精品店。这家店里的顾客大都是附近几个街区的年轻人，由此我断定买帽子的人很可能生活在兰登精品店附近的几个街区。在这几个街区中，唯一的一家蛋糕店当属索菲亚蛋糕店，由此大胆推测你就是索菲亚蛋糕店的老板。"

周围的人非常吃惊，一些人正在交头接耳，那蛋糕店的老板说道："你凭什么断定出我的蛋糕店刚刚破产了呢？"

沃伊笑道："当我观察软呢帽的内侧时，发现帽子的内侧有很多头发和汗渍，我由此判断出帽子的主人最近忧虑过重。什么会使一位年轻的老板忧虑过重呢？我猜测那一定是一件非常不幸的事情。我看到你身穿正装西服，手拿文件，我由此就推测出你很可能是去谈生意了。所以我做了一个大胆的推测，你经营的蛋糕店破产了。这就是我的推断过程。"

"我很佩服您的分析能力，先生。不过，我们纳税人交了那么多钱，你们警察局的人在破案方面真是无能，什么时候才能——"那珠宝店的儿子愤怒地说道。

"你是想说什么时候才能破案是吗？我们警方已经尽力了，但是这个案子确实错综复杂，还请市民多谅解，不过我们一定会将真凶绳之以法的。"

正在这时，沃伊和艾华利身上的对讲机都响了，两人同时拿了起来，"在克莱登大街附近巡逻的警员请注意，克莱登大街百汇古董店发生了一起重大抢劫绑架案，请警员收到通知后立刻赶往事发现场。"

"走！"沃伊收起对讲机迅速跳上警车，艾华利很自觉地坐在了副驾驶的位置上。沃伊发动汽车，缓缓驶出大街，拐了个弯就进入了克莱登大街。

这时现场早已被几十个如临大敌的警察围得水泄不通。一个高级督察见他们两人走来，一挥手示意他们去维持秩序。

现场挤满了看热闹的市民，他们不顾什么警戒线和警示牌，拼命往里挤，想看现场版的警匪枪战大片。

艾华利缓过气来刚摩拳擦掌准备好好表现一下，没想到却被安排了这样一个任务，心里感觉郁闷。只见那个高级督察架起喇叭向银行里喊道："里面的人听着，你们已经被包围了，赶快放下武器出来投降……"

拿着喇叭的高级督察叽里咕噜地喊了半天，迎接他的却是一声枪响，"当"的一声正击中喇叭，把他吓得一缩脖子，连忙躲到车后去了。

沃伊还是第一次以警察的身份执行任务，直瞧得心里一阵好笑，问艾华利道："你参加过几次这种行动？"

艾华利有气没力地从后车箱中拿出隔离带，头也不抬地道："十几次吧，干吗？"

沃伊道："是不是每一次行动前都要先喊上十几分钟再动手？"

艾华利这才明白他的意思，道："两个原因：第一，里面有人质，现场指挥在等狙击手。第二，是想尽量拖延时间，保证凶手不会狗急跳墙杀害人质。"

沃伊恍然，心想："看来不管干哪行都有哪行的规矩。"

沃伊在艾华利耳边咕哝了几句，艾华利听完后翘起了大拇指，朝汽车跑去。

两名狙击手已经到位，那位高级督察通过无线电对讲机与两个狙击手联系。不久之后又有一大队警察赶来，那位高级督察心里底气更足了，拿着喇叭朝古董店里喊道："有什么要求你们尽可以提，千万不要伤害人质。"

古董店里一个歹徒恶狠狠地喊道："给我开来一辆车，别想耍花招，否则我就杀了他们。"

高级督察决定答应歹徒的要求，等这伙歹徒出来后，狙击手就可以充分发挥威力了。他对歹徒大喊道："我们可以答应你的要求，但你要保证人质的安全。"说完后他又通过无线电对讲机对埋伏的狙击手小声嘀咕着什么，大概是布置狙击任务和方案。

歹徒押着一个年轻姑娘从古董店里慢慢走出来，现场顿时变得异常紧张，高级督察的手心里渗满了汗。这两个歹徒每人手握两把手枪，一把手枪顶住人质的头部，另一把手枪的枪口朝向周围负责警戒的警察们，随时防范可能的危险。那女孩早已吓得神志不清，脸色苍白，嘴唇不停地颤抖，额头上渗出许多汗珠。她走下古董店门口时由于过于紧张而踩空了台阶，差点跌了下去，歹徒一把抓住她的胳膊，另一个歹徒恶狠狠地说："老实点。"

现场的警察人数虽然多，但是歹徒劫持着人质，他们都不敢轻举妄动。狙击手在瞄准镜前仔细确认着目标，两名狙击手必须同时开枪，而且同时击毙歹徒，否则即使干掉了一名歹徒，另一名歹徒在间歇之机也会开枪杀害人质。这两个歹徒正是利用了这一点，每走一步都巧妙地变换着位置，让自己的头部隐藏在人质身后。他们知道狙击手正把枪口对准他们的脑袋，他们一不小心就会被放倒。

"我数5个数，快把汽车开过来，否则我立刻杀了她。"

没办法了，只有另寻机会了。高级督察朝沃伊指了指，说道："你是开车来的吧，你去把车开过来。"

沃伊摇了摇头，无可奈何地走到汽车旁，用手狠狠地砸了砸车门。这是他警察事业中最失败的一笔，看着罪犯们从眼皮底下溜走，他们几十个警察竟然无能为力。

他把车子缓缓地开到了歹徒身旁，从车上走了下来，低着头让到一边。眼睛里饱含愤怒和无奈。

两个狡猾的歹徒左右看了看，这两头野兽心满意足地把食物咬在嘴上，等待着。等到汽车开过来，他们就迅速逃离现场，这些愚蠢的警察只会呆呆地站在那里看着他们离开。

"所有的警察全部退到10米开外，不听话的话就送她上西天。"歹徒把枪口死死顶在人质的太阳穴上，得意地说。

警察们紧紧攥着拳头，放下了手里的枪，退到了10米开外，无奈地摇了摇头。

现场的每一个人都认为已经没有机会营救人质了，沃伊却不这么认为。他看到旁边好几个正在扛着照相机拍照的记者，脑子里顿时闪过一个念头。

他挤出人群，在人群外向记者借了一台摄像机，然后扛着机器朝车子走去。歹徒看到了沃伊朝他们走来，并没有太在意。

一名歹徒把枪夹在胳膊下，另一只手去开车门，另一名歹徒转过身来，两手各持一把枪对着那些试图开枪袭击他们的警察。沃伊一只手支撑住摄像机，另一只手从衣服口袋里缓缓掏出枪。歹徒们没有注意到他的这一举动。车门打开后，那名正劫持人质的歹徒一只手拦腰抱起人质，用另一只手握紧手枪死死顶住人质的脑袋。他坐上汽车驾驶座后，把人质缓缓地拖到他大腿上。另一名歹徒也准备上车。沃伊对时间的把握丝毫不差，他举起手枪，扣动扳机，子弹瞬间击穿了歹徒的脑袋，歹徒一头栽倒在地上。现场发出了一阵尖叫声，那名人质更是发出了歇斯底里的大叫。

另一名歹徒顿时慌了神，他大喊道："你们这些警察如果再敢开枪，我就真把她杀掉。"他想启动发动机，但是没有找到车钥匙，就在此时听到了车内又想起了一声枪响，车里又爆出尖叫声。负责警戒的警察们意识到车内一定是出了什么变故，只有沃伊知道是潜伏在车后排的艾华利开的枪。这是他们早已设下的陷阱。

这位高级督察跑到汽车旁拉开车门，看到歹徒的尸体歪倒在驾驶座上，太阳穴上一个血淋淋的大洞。那女孩斜靠在车座上，浑身直抖。艾华利在后排用手帕擦了擦血迹和脑浆。

两个凶狠狡猾的歹徒先后被击毙，现场围观的市民中有不少人鼓掌喝彩。

看到罪犯已被击毙，所有警察都一拥而上，处理后续工作。事情虽然已经解决，但这位高级督察并不打算就这样放过沃伊，当然也是想挽回一点颜面，向沃伊怒斥道："谁叫你开的枪？谁给你的命令？有没有考虑到擅自开枪的后果？"

"我是伦敦警察局的，刚进入警察系统，对于你提的问题我懒得回答，事实胜于一切。如果不开枪的话后果将更严重。"

说完后沃伊就径直走上了警车，从口袋里掏出块手帕，把方向盘和车门上的血迹和污秽抹了抹，扔了手帕，打火就走。一路上到处是往来穿梭的警察，车速慢得像蜗牛。虽然歹徒被击毙了，但是还是有很多看热闹的市民往里挤。

艾华利一脸得意洋洋，道："刚才我表现得还不错吧？"

沃伊眼睛看着路，道："很不错，配合很好。"

艾华利说道："主要是你的计策好，真看不出你有这么好的枪法，不过你有没有考虑擅自开枪的后果，如果你的手稍微一抖的话，人质可就被你害了。"

沃伊道："难道由狙击手开枪就有百分之百的把握吗？"

艾华利道："没有，可是却没你什么责任。"

沃伊道："我正是为了责任而开枪，为了一个军人的责任。"

艾华利摇摇头，道："你就是太直性子了，刚才你开枪营救人质成功了，我们可以夸你当机立断，可是如果你失手了，你受到的处分会很大。我看警察局的人不会轻易放过你的，弄不好跟那帮大佬们结了仇。以后说话别那么直了，对待那帮上司我们的态度必须恭敬恭敬再恭敬，不能有任何顶撞。做现场指挥的那位高级督察也就是想挽回个面子而已。"

"现在我们回警察局吗？"艾华利问道。

"我得在现场处理一下，你在这儿等着我。"

沃伊好像想到了什么，又下了车，跑到了尸体旁边，用手将尸体头部的面罩摘下，又把尸体的衣袖往上拉了拉，然后又查看了凶手拿的枪，最后用随身携带的照相机将尸体拍了下来。

"你在这儿干什么？想破坏现场吗？赶紧走开！"一个声音恶狠狠地说道。

"要说破坏现场也是你在破坏，你看，你的脚都踩在歹徒的包上了，难道你这不是破坏现场？"

"你……你竟敢说我，好，咱们走着瞧！"那个肥胖的穿警服的人大嚷着。

沃伊没再理会他，快步追上刚才那个被劫持的小姐。

"小姐，请你到警察局跟我们做一下笔录，我们需要得到劫持的过程情况。"

"好，那么咱们现在就走吧！"那姑娘眼角还挂着泪珠，还没从刚才的惊吓中完全恢复过来。

到了警察局后，苏雷尔安排那个小姐做了案发笔录，并留下了她的联系方式。

"这不是一起普通的打劫古董店的案件，我刚才看了那位小姐的笔录，更验证了我的猜想。"

"说说你的想法。"

"我猜测，歹徒就是那个邪恶组织的成员，他们来古董店并不是为了抢劫古董这么简单，而是为了拿一件东西，一件对他们来说远远比古董重要的东西。"

"说说你的理由。"

"第一，古董店位于市中心，周围巡逻的警员也很多，歹徒选择在这里抢劫，很难迅速逃脱。第二，这些古董大都不易被带走，比如字画、瓷器、古玩，它们都是易碎品，携带不方便，况且歹徒只拿了一个小包，根本装不下这些古董。第三，古董店里的古董大多陈列在展架上，如果他们想偷某件古董，完全可以直接窃走或者抢走，但他们却没这么干，看来他们没在店里找到他们想要的东西。而这时有人报了警，警察包围了店铺，他们才劫持了人质。"

"歹徒为何不拿老板当人质？"

"那个古董店的老板很矮，不利于歹徒拿他当掩护来阻挡狙击手，而恰在店中的那个小姐身材高挑，又是女性，正是作为人质的最好人选。"

"会不会店里没有他们想要的那件东西呢？"

"这不可能，如果店里没有歹徒想要的东西，他们不可能准备如此齐全，手枪、背包和面罩，这说明凶手已经对店里进行了充分调查，确定东西一定就在店里，所以他们志在必得。"

"嗯，看来案子没这么简单……"

第十二章

消失的马车夫

"我在现场检验了歹徒的尸体，想必你也看了总局下发的尸检报告，凶手的右臂有文身。这种文身我以前见过，那伙被我杀了的追杀我的人右臂上也有这种文身图案，是一种奇怪的动物形象，和以前我在乔治上将被杀现场发现的纸条上的图案一样，我想这应该不是巧合。"

"尸检报告上写明歹徒带的包里有一个古代的青铜器瓶子，你说歹徒并不是去抢劫古董，这又怎么解释？"

"这是凶手为了掩盖目的，将我们引入歧途。"

"那么凶手拿到了他们想要的那个东西没有？"

"拿到了，因为歹徒这次去是志在必得，如果他们逼问老板时老板拒绝告诉他们，那么这两个穷凶极恶的歹徒肯定会在激怒之下杀了老板。"

"那件物现在在哪里？被凶手拿走了吗？"格雷戈里问道。

"这个目前还不清楚。"

格雷戈里走到书桌旁，快速写下一些文字：

1. 海德公园暗杀案

2. 维尔特勋爵被杀案

3. 玛雅的诅咒字符

4. 亨利被杀案

5. 凶手想要得到的东西

6. 昨晚的庄园秘密会议

7. 那批军火

8. 古董店抢劫案

9. 普利茅斯宾馆案

10. 密码文件

"沃伊，说说你的看法。"

"我想海德公园案和维尔特勋爵被杀案有着千丝万缕的联系，这两件案件的遇害者都是福尔摩斯研究会中的人，这些人一定是掌握了凶手的机密，所以凶手才会杀人灭口。普利茅斯宾馆案中的被害者是军情六处的情报人员，他们一定是查出了那个邪恶组织的信息，结果被那个组织派出的杀手暗杀了。凶手杀掉这些情报人员可以达到三个目的：第一，可以阻止这些情报人员继续追查下去。第二，对调查人员是个巨大的震慑。第三，这是对国家机关权威的公然挑衅。"

"你继续说下去。"

"亨利是那个邪恶组织派出暗杀我的人，自从我决定秘密调查那个组织以来，他们已经派出了好几批人来暗杀我，我知道有人出卖了我，我的身份暴露了。他们想方设法地除掉我不仅是为了阻止我查案，也是为了从我手中夺回那些密码文件。我估计这些密码对那伙人很重要。那批军火是对手购买用于扩充黑势力武器装备的，或者他们要实施某些军事行动。而古董店抢劫案是为了得到一件很重要的东西。玛雅诅咒字符是凶手故意放在现场的，想借此转移办案人员注意力。密码文件是邪恶组织的内部通信文件。文件上数字和字母交替出现，我想这是通过一种运算方式转换而成的，这种运算方式被加载在他们的密码本上。除非我们找到了密码本，否则我们很难破译密码文件。最后我再说一说昨晚的秘密会议。我想那是犯罪组织总部在向各地的分组织负责人通报紧急任务，古董店抢劫案一定也是秘密会议内容的一部分。"

"嗯，分析得有道理。"格雷戈里惊叹道，"我不得不说，你在刑侦分析方面确实很出色。"

"我曾经研究过中国古代这方面的书籍，其中有一个唐代的官员叫狄仁杰，他断案如神，他在案件的侦破中所使用的方法使我受益匪浅。"

"如果有机会的话，我一定要研究研究这个非常杰出的侦探，他很像我们警察局的一个好朋友福尔森先生，不过，不知道他们的破案方式是否有异曲同工之处。"格雷戈里说道。

"福尔森先生现在在何处？"沃伊装模作样地问道。

"他两个多月前去了中美洲，就是为了侦破那个神秘组织，看来这次他也遇到了很大的麻烦。"格雷戈里停顿了一下，转了个话题，"对了，你们军情部门这次行动为什么没有提前通知警察局，害得我们差点把你当成凶手。"

"诺克上将对乔治遇刺案非常重视，他决定派我进行这次绝密的调查行动，为了保证这次行动的安全性，只有他和少数几个人知道我的这次行动。"

"你们这次调查的目的是什么？仅仅是为了乔治将军遇刺一案？"

"还为了暗中调查伦敦近期发生的凶杀案和军情部门情报人员失踪的事情。"

"那个邪恶组织的首脑隐藏在美洲的一个地方？"

"案件的各种线索表明，案件跟玛雅文化有一定关系，玛雅文化中隐含着这个组织的某种秘密，虽然还不能确定这个组织的总部在哪儿，但是可以肯定的是，这个组织的成员遍布世界各地，而且到玛雅文化的聚居地中美洲走访不失为一种明智的选择。"

"也不知道福尔森在美洲的调查情况如何了。"

"但愿有重大发现，早日侦破案件。"

福尔森点燃了一颗雪茄，说道："夏普警长，我想我们可以着手分析案情，不要再浪费时间了。现在我来从头分析一下案件的经过。"福尔森从口袋里拿出钢笔和纸，写道：

A. 莫泊斯查看完卫兵的尸体后回到办公室，并让安特普去前院叫卫兵加强警戒。

B. 安特普和另外三个卫兵从前院回来，第一次问屋里有没有事。

C. 屋里响起了枪声，第二次问屋里有没有事。

D. 屋里的灯灭了，警卫们第三次问屋里发生什么事情。

E. 安特普两人回来。

"每个字母代表着一个时间点。从 A 到 B 这段时间没人知道屋里发生什么事，有 10 分钟；从 B 到 C 这段时间听到了长官的回答，有 5 分钟；从 C 到 D 这段时间听到了枪声和关门声，并听到长官的回答，有 10 分钟；从 D 到 E 这段时间屋里的灯灭了，响起了枪声，有两分钟。"

"从现场的情形看，办公室有凶手和莫泊斯打斗的痕迹，而莫泊斯却死在书房，但凶手不是在书房开的枪，说明在莫泊斯死之前和凶手周旋了一段时间，凶手一定是在找某样东西。从 B 到 C 这段时间，守卫听到了长官的回答，说明莫泊斯还活着，但是这声音也许不是他本人发出的，也许凶手跟我们玩了一个把戏，他用小型录音机将长官以前说的话录下来，听到外面卫兵的问话时，把这句录音播放出来，让守卫们以为他还安然无恙。这正是整个案件的最精彩之处。"

"这太不可思议了，凶手简直是挑战人类思维的极限！就算是你说的那样，那么凶手怎么会知道卫兵们会问什么内容？而且凶手怎么会得到长官的录音？"

"夏普警长，这个问题问得好，我来逐一给你解释。卫兵每天在长官办公室门前站岗巡逻，当办公室里发生什么情况时，他们总是会问那几句话，我想说的是那天晚上发生的情况肯定以前发生过或有过类似情况，而卫兵们的问话和莫泊斯的回答会有种默契。这一情况被某个有心人知道了，便用录音机录了下来。所以根据这些情况我们可以得出两个结论：第一，这是一桩精心策划的案件，凶手从很早就开始准备暗杀长官的行动，才会做到滴水不漏。第二，官邸有凶手的同谋，这个同谋对长官和卫兵们的执勤情况非常熟悉，使凶手能利用这些情况轻易行事。"

"福尔森先生，你继续讲下去。"

"好的，从 B 到 C 的这段时间，在这里我们假设莫泊斯还活着。从 C 到 D 这段时间，卫兵听到了枪声和关门声，也听到了长官的回话。如果是长官本人发出的，那么他在 B 到 D 这段时间并没有被害，那么他就是在 D 到 E 这段时间遇害的。如果是录音机发出的声音，那么他在 B 到 D 这段时间内已经遇害。我们先来看 D 到 E 这段时间长官有没有可能遇害。我说过，凶手行凶的那个阶段必须有两个条件：第一，有枪声。第二，有关门声。然而 D 到 E 这段时间并没有关门声，所以 D 到 E 阶这段时间凶手没有行凶。B 到 D 这段时间屋里的灯并没有熄灭，那么凶手是如何潜入屋内的？当时花园前后都有卫兵严密把守，所以我认为这一段时间凶手还没有潜入办公室。那么这样一来，凶手只能在 A 到 B 这段时间潜入屋内，而在 C 到 D 阶段内杀了长官，那么他在 B 到 C 这段时间内藏在哪儿了？他在这 5 分钟内又干了什么？"

"凶手会不会是在 A 到 B 这段时间熄灭灯潜入的，隐藏在屋里，然后长官打开灯，在 C 到 D 这段时间凶手行凶杀死了长官呢？"夏普说道。

"办公室和书房并没有藏身之处，另外还有一个细节你没注意到，就算凶手身手高明，确实隐藏起来了，那么在 B 到 C 这段时间凶手难道会当着长官的面播放录音机里的录音，而莫泊斯没有任何察觉吗？"

"凶手有没有可能潜入屋内后藏在了书房，而莫泊斯一直在办公室里没发现呢？"

"据卫兵讲，莫泊斯在办公时书房的门经常是关上的，在没经过他允许时不允许别人进入。"

"会不会是长官慑于凶手的威胁。不敢干涉凶手播放录音机呢？"

"这不可能，莫泊斯长官这个人我了解，当年和他打猎时在山上遇到一头野狼，他竟然持短刀与野狼搏斗，最后把野狼干掉了，可以说他是一个非常勇敢的人，不会畏惧任何威胁！在那种情况下，他不会屈服于凶手的威胁。"

"那么凶手也可能是在 A 到 B 这段时间潜入后熄灭了灯，然后又开了灯，制服了长官，比如他被绑住了并封住了嘴，凶手在 B 到 C 这段时间播放了录音，在 C 到 D 这段时间，当长官逃往书房时，凶手开了枪？"

"你说的这种情况看似有很大可能，不过也是站不住脚的。首先，在长官尸体身上没有发现被绳索勒过的淤痕，也没有被打晕的痕迹，所以你说的这种可能性不太大。"

"那么你的看法是什么，福尔森先生？"

"从以上我们的分析中我们可以得知长官在 B 到 C 这段时间莫泊斯已经死了，这就说明凶手在 A 到 B 这段时间就已经杀死了长官。"

"你是说莫泊斯在 A 到 B 阶段就已经遇害了？"

"是的，我说说我的看法。凶手熄灭灯后潜入了屋里，长官感到很疑惑，便想把门打开，就在此时，灯又被凶手打开，然后凶手关上了窗户，在 A 到 B 这十分钟内已经开枪行凶，长官也是在这段时间被杀死的，后来屋里的回话都是用录音机传出的。C 到 D 阶段的枪声和关门声并不是凶手杀人造成的，办公室里有一个铁保险柜，凶手要找他想要的东西，就用枪将锁环打断，打开了保险柜，发现里面是空的，很气愤，猛地关上柜门，使守卫们误以为是关门的声音。当卫兵问他时，他就拿出录音机播放声音，说他正在练习射击，不小心击中了铁门。在 D 到 E 这段时间凶手最终没有找到他想要的东西，便熄灭灯，外面守卫问他屋里情况时，他又播放录音，说屋里灯坏了，让花园后面的两个守卫到前院拿灯泡，此时他趁这段时间从窗户逃了出去，藏到院子西边矮墙的墙角，准备逃离现场。此时丹东来给莫泊斯送茶，发现门打不开，这时凶手为了嫁祸给丹东，便开了一枪，恰逢此时丹东大叫说屋里出事了，随后守卫便跑了过去，凶手趁院里无人看管，便从矮墙翻了出去，逃跑了。整个过程凶手故布迷局，利用守卫看管的间隙成功潜入和逃离，利用小型录音机传出长官的说话声，利用几次枪声使人对凶手行凶时间发生误判，使整个案件变得错综复杂。"

"福尔森先生，你应该去写侦探小说。你那聪明睿智的脑袋里有上千个精彩的故事，这些故事几乎多到可以按照科幻、幽默和恐怖故事来分类。"

"我不是在跟你讲故事，我说的是事实难道你不相信？"

"我相信了，看来这是唯一的解释，但是那个关键证据录音机你没有找到。"夏普说道。

"难道凶手会傻到把录音机留在现场吗？"

"你说得有道理。"夏普拍了拍脑袋，"福尔森先生，但就莫泊斯案件我还有一点不太明白，希望你能为我解释。"夏普说。

"我很乐意效劳。"

"凶手如果想潜入办公室，为何要杀死那个巡逻的守卫，杀死那个守卫只会惊动院子中的守卫，不利于自己的刺杀行动呀。"

"那个凶手并没有杀害那个守卫，守卫是在场的第三个人杀的。"

"你说什么？"夏普好像还没有听明白，只觉得福尔森的话很离奇。

福尔森站在办公桌旁，凝视着夏普和他手下茫然的表情，他那张毫无表情的脸上显出焦虑之色，他正思索着如何把案件最精彩的部分向几个人完美地阐释清楚。

"现场还有第三个人。我检查了长官的尸体，在死者头发里发现了枪管喷出的火药。当时死者是在花园后面的泥土路上巡逻时被射杀的，尸体倒在草丛旁。大家再来看院子周围建筑的布局，凶手最可能通过院子西面的矮墙进入院中，矮墙外是仓库，仓库外便是街区的小巷，这是凶手进入院中唯一可能的途径。死去的卫兵是趴在地上的，头面朝西边的矮墙，这说明被杀之前，死者是面朝矮墙。如果凶手用枪击杀卫兵的话，弹孔应该在正面的脖颈上，而事实上弹孔却在脖颈的侧后方，这一点只能说明有第三者从侧后方射杀了他，而且这个人就隐藏在离卫兵很近的草丛里！"

"在草丛里！这一点警察局的人倒没有想到。"

"我那天在检查院子时，发现院子的草丛里有草被踩踏的痕迹，这一点可以证明草丛里确实有人待过，草丛中的这个同谋近距离射杀卫兵后，长官和前院的卫兵以及安特普跑了出来查看情况，凶手趁此时跳入了院中，并在花园后面隐藏着。等到长官回到屋里后，由于当时那10分钟内院中没有卫兵，凶手便走到办公室所在的窗户旁边，伸手把窗户右面墙壁上的灯关掉，然后趁黑从窗户翻了进去，又随手关上了窗户。"

"凶手怎么知道窗户旁边会有开关？"

"这再一次证明官邸中有内奸。虽然凶手知道窗户右边有开关，却不知道具体位置，因此在摸索中，墙上留下了许多手印，墙上的粉尘也有一部分脱落。"

"那个手印会不会是长官和丹东留下的呢？"

"不可能，长官和丹东在官邸生活多年，即使在黑暗中，应该也能准确找到开关的位置。而且我在窗台上还发现了一片树叶和一些湿泥土，这种树叶是桉树的树叶，官邸并没有种植这种树，而在仓库外面的小巷里却有种植，而且小巷里都是些土路，凶手应该是踩到了湿泥土上的树叶，粘到了脚上，翻窗户时掉在窗台上的。"

"福尔森先生，这些细节你怎么会注意到？即使在官邸里生活了很多年的人也未必能掌握你说的这些信息，我们对现场也进行了仔细勘察，却没有发现这些信息。"

"每当我研究一个物体时，就把这个物体自身和周围的所有情况都弄清楚，我所知道的都是我必须要知道的，一个细节的疏忽可能导致整个案件侦查的失败。"

"我的老朋友，虽然你说得很有道理，但最重要的，官邸的内奸会是谁？"汉普问道。

"下面就是我揭露这个无耻的内奸的时候了。这个人对长官的生活和卫兵的值勤巡逻非常熟悉，对官邸的路形和办公室的内部装饰也很清楚，案件发生的当晚他又有着不在场的证据，夏普警长，你能猜出这个人是谁吗？"

"是马车夫穆尔比安干的。妈的！这个狡猾的叛徒！"

在场的每一个警察和汉普都为夏普的这句话感到吃惊。

"他不是请假回老家了吗？怎么会出现在案发现场？"

"凶手就是以此作为不在场证据来逃脱罪责，真没想到这个看起来老实忠厚的人竟是个叛徒。"

"可是警卫们确实看见他走出官邸大门回去了，回去后又是怎么回来的？"

"好的，汉普，让我来解答这个问题。凶手在这个案件中策划得非常精彩，如果不是因为他是罪犯的话，我倒想和他交个朋友。当我把怀疑的焦点转向穆尔比安时，我就想到了这个问题。我翻了当天的会客记录，发现当天下午3点，官邸的马车买回来了一批木材，放在马厩里。一切看起来是那么顺其自然。"

之后我又到马厩查看，发现马车上的木材有许多掉在了地上，我就知道穆尔比安肯定在夜里从木材堆里爬了出来，结果把覆盖在身上的木材都碰掉了，然后来到院子并躲到了草丛里。"

"可是院子里一直有人巡逻，我真是想不通他是如何潜入院中然后藏到草丛里的。"汉普疑惑地问道，由于刚才听得过于紧张，现在深深地吐出一口气。

"安特普警卫告诉我他们的值班时间虽然是从下午 6 点到第二天 6 点，在下午 6 点到 10 点的这段时间内，警卫们是在值班室里值班，过了 10 点便由警卫们轮流在院中巡逻站岗。我想穆尔比安正是在案发那天晚上 8 点到 10 点这段时间内潜入院中，藏到了草丛里。"

"狡猾的叛徒，真想不到他竟然会是内奸。"丹东愤怒地说道。

"穆尔比安在击杀卫兵后如何逃出去的？"

"当丹东发现莫泊斯的尸体时，前院的警卫们都跑进办公室里，他就是趁这个时候逃出去的。"

"凶手究竟要找什么？什么东西会对他如此重要？"

"这就要从地面上的血字来看了，玛雅神社，《山海经藏宝图》，邪恶的计划。"

"我们必须把莫泊斯给我们留下的这三个关键信息弄明白，才能粉碎那个邪恶的组织。"

"夏普警官，一个叫弗兰克的年轻人请求进来，他说带来了关于穆尔比安的消息。"

"好的，夏普警长，我的同伴为我们带来了诱人的想法和消息，我想穆尔比安马上就要受到正义之剑的惩罚了，这个案件的真相就要浮出水面了。"

"福尔森先生，您吩咐我的任务我都已经完成了，穆尔比安的家人说穆尔比安回到家里后就待了一天，然后以官邸有事为由返回了城里，返回的时间正是案发那天的下午。"

"弗兰克，你怎么来了？你不是在种植园吗？"汉普疑惑地问道。

"是福尔森先生给我打电话，让我到穆尔比安的老家去调查情况，现在情况调查出来了，我是来向福尔森汇报的。这件事福尔森没给你说吗？"

"没有。"汉普朝福尔森瞪了一眼。

"对不起，老兄，你知道我一向行事神秘。"说完后，福尔森喝了一口茶，接着说道，"干得漂亮，弗兰克，看来我们的猜想得到了印证。下面我就推测一下穆尔比安作案的过程：昨天下午穆尔比安按照与凶手事先的约定，从家里返回城里，他清楚官邸的人每隔 3 天便乘着马车到木材市场一家特定的店里买木材，于是一个早已准备好的计划便实施了。当他到木材市场买完木材时，事先等待在市场的凶手便借机与他搭话，引开他的注意力，当时马车停在木材店的后院里，穆尔比安趁此时机潜到马车的木材堆中，等到他与凶手说完话后，他便乘着装满木材的马车返回了官邸。"

"你是如何知道当时的情形的？难道你当时就在现场？"夏普问道。

"我只是问了那个买木材的人当天购买木材的情况，根据他提供的情况做出的推测。我想我们下面的调查重点是：第一，根据他的陈述凶手的相貌，找到那个凶手。第二，就是抓捕穆尔比安。不过这个已经不太可能了，他没有完成那个组织交待的任务，他的头目会除掉他。第三，就是尽快找到那些血字的真相。"

"谢谢你的提醒，福尔森先生。"说完，夏普就带着警卫们离开了官邸回到警察局着手部署。

最后，福尔森把弗兰克叫了过来，在他耳边咕哝了几句，弗兰克翻身上马。

弗兰克骑着马逐渐向远方驶去，身后扬起一片尘土。

福尔森转过头来对汉普说道："穆尔比安在这起案件中只是扮演了一个小角色，在他身后还有一双巨大的黑手，这双黑手操纵着许多木偶，每当哪个木偶对这双幕后黑手失去意义或者试图挣脱细线的束缚时，这个木偶的下场会很惨。"

福尔森紧皱的眉头慢慢舒缓开来，脸上浮现出了一丝狡黠的微笑。他透过窗户上的薄霜看到屋外支配一切的黑暗轮廓，屋外大树的影子时而清晰，时而模糊，福尔森已经知道这出戏的演员是谁以及戏是如何出演的了，那些可恶的罪犯趾高气扬地在屏幕后面活动，他已观察到那些可恶的罪犯捆绑在一起所需的细丝。虽然他看清了这些演员的面孔，但是他还没有获知操控这些木偶的幕后黑手。

汉普感到福尔森像是在谈鬼一样，这番话太不寻常了。尽管屋里很闷热，他还是禁不住打了个寒颤，便向福尔森问道："你刚才说那句话是什么意思？"

福尔森叹了口气，似乎感到了某种沉重的负担。他把胳膊支在桌子上，双手托住下巴，说道："罪恶也是大自然的一种事物，就像我们周围的树木一样，是由一颗种子萌生的。那颗种子，或者叫动机，可能是贪婪，复仇，欲望，绝望，或别的什么东西。不过，无论是什么样的罪恶，无论是多么微小的罪恶，还是多么可怕的罪恶，都离不开那颗种子，是那颗种子导致后来发生的一切，犯罪形式本身反过来会证明那是一颗什么样的种子。"

汉普挠了挠头，傻傻地问道："什么意思？"

福尔森说道："简单地说，谁要是种下仇恨的种子，谁就会摘取悔恨的果实。"

汉普点了点头，接着说道："你举个例子。"

福尔森点燃香烟后，笑道："假如你发现一个非常富有的人被人谋杀了，或者他的安全受到了威胁，那你可以断定，犯罪的动机是贪婪，尽管在掌握其他犯罪证据之前，你不应排除其他可能性，你明不明白我的意思？"

"当然明白。"

"还有一件事，穆尔比安是什么时候叛变的？"

"这件事我也不得而知，也许他从一开始就是邪恶组织安插在莫泊斯身旁的卧底，也许他是后来被收买的，这个谜底将伴随着穆尔比安的死亡而埋葬下去。"

"老朋友，你侦破了这个案件，你会名扬天下的，全世界的人都会知道英国有一个非常擅长观察和推理的侦探，就像福尔摩斯一样。"

"即使名扬天下也要等把邪恶组织彻底铲除之后，后面的路还很难走，我们的每一步都会与死亡打交道。"

长官官邸，早上 8 点。

福尔森往椅子背上一靠，悠闲地打开当天的早报，这时一阵急促的门铃声引起了他们的注意。守卫开了门，一个邮递员装扮的人手里拿着一封信站在门前。

"福尔森先生，这是伦敦警察局给您寄的信。"

"谢谢您不辞辛劳送来这封信。"

"福尔森先生，您知道我是一个邮递员，但我对那些离奇诡异的事情却非常感兴趣，长官官邸和欧洲几个月前发生的一系列凶杀案令人感到很费解，尤其是长官留在地上的血字，给整个案件又添上了一层迷雾，我想向您请教那个《藏宝图》是什么事情。"

"关于《藏宝图》的问题我也不太了解，我也正在考虑这个难题，如果有什么成果，我会通知你的，虽然破案一直以来是警察局的专利，但善良的市民还是应该得知真相的。"

"谢谢您，真是麻烦您为这件小事操劳，我的联系地址是布瑞拉镇海滨路23号，如果有什么消息希望你能通知我，我会很虔诚地接受你的教诲的。"

"好的，如果有消息我会让我的汉普医生找你的。"

送走那个邮递员后，福尔森拿起放在桌子上的信拆开看了看，然后又把信丢在了桌子上，兴奋地说着："真是太棒了，我们的好朋友沃伊联合格雷戈里在伦敦查出了一起古董店抢劫案，沃伊说这起案件与海德公园案有很大联系。汉普，你看看这封信吧，看完后说说你的想法。"

汉普拿起信匆忙地将几页信翻看完，他那富于表情的脸上，露出一种似乎多少带点意外的惊奇。

"自从我们离开欧洲后，伦敦发生了那么多不可思议的事情，而在相隔一个大洋的中美洲小城里同样出现了许多凶杀案，信中讲到了沃伊这个老朋友为协助警察局破案出了不少力，我担心的是他的身份会不会暴露？"汉普问道。

"我相信这位老朋友心智过人，武艺高强，即便暴露了身份，他也能很好地保护自己。"他眼中的恍惚与茫然彻底消失了，在记忆中，他再次同一个旗鼓相当的对手相遇了。

"如果我们破解了《山海经藏宝图》的秘密，用不用告诉那个邮递员呢？"

"当然，"福尔森说道，"但只要你认为时机未到，我就不会将它公诸于世。不过在我看来那个邮递员很可疑，他很可能是那个组织中的一员，当然这只是猜测。"

"我看不出那个邮递员会是那个邪恶组织中的成员，你有什么根据？"

"很好，亲爱的汉普，那就听我讲吧。现在没有新的线索，对我来说，回忆过去我是如何得出刚才那个结论也许最好不过了。在伦敦还没发生新的值得关注的案件之前，这样做至少可以让我活动活动脑子，让它不至于生锈。"福尔森从餐桌移到客厅里舒服的扶手椅上。福尔森拿出烟斗，点燃了它，然后，开始从容不迫地谈了起来。

"不知道你注意到没有，这个自称是邮递员的人，他说话干脆果断，这不应该是一个常年奔波送信的邮递员说话的方式，倒像一个精明的商人。最为让人怀疑的是他手上的那块手表，那是瑞士克朗塔公司生产的名贵的露琴德牌手表，这种手表价值数千英镑，我真是难以想象一个邮递员会戴上这种手表，他的演技太拙劣了。如果我没猜错的话，这个人是个探子，他来这儿的主要目的就是从我们口中探知《藏宝图》残片的下落。"

"那真的邮递员在哪里？"

"真的邮递员已经在半路上被换掉了，也许真的邮递员正晕倒在某个凄凉的角落里，这就说明这个组织在我们身旁潜伏了很多间谍。你知道我为什么在跟夏普警长讲解案情时没有拿出莫泊斯留在现场的录音机吗？里面包含太多了重要信息，现在案件刚刚明朗，我们对任何人都不能过度信任，说不定你信任的那个人就是潜伏在你身边的间谍，当然，汉普，这里面不包括你。"

"我明白你的意思，那封信是假的吗？"

"信是真的，如果凶手拿一封造假的信让我们看，一旦我们与伦敦警察局核对的话，他们就会露出马脚。相信我，汉普，对手也从信中获得了不少信息，也许他们行动得比我们还快。不过沃伊在信中提到的关键信息用的都是代号，对手是看不出真实内容的。"

"但愿弗兰克能早日从郡里回来，希望他带的那本书会对我们研究《藏宝图》有利。"

梅里达市一家小酒馆内，一个身穿褐色大衣的男人正在焦急地等待着什么人的到来，他面前的桌子上已经放了两瓶空啤酒瓶。就在此时，一个身穿蓝色羽绒服的男子坐到了他的对面。

"事情办得怎么样？今天送信时从他嘴里套出了什么话没有？"身穿大衣的男子问道。

"没有，福尔森说话非常谨慎，他说查出《藏宝图》的事情后会让他的助手通知我，我本想从他嘴里套出《藏宝图》残片的具体存放地点。"

"满上。"说完后，穿褐色大衣的男人往玻璃杯内倒满了酒，并把玻璃杯推到了穿羽绒服的男人面前。

"你在福尔森身旁潜伏很长时间了都没能从他嘴里套出《藏宝图》残片的存放地点，却让我这个他从来不认识的陌生人跟他打交道。"说完后，穿羽绒服的男人抓过了玻璃杯，一口气喝了半杯啤酒。

"你要知道，福尔森这个人行事非常谨慎，即使对身旁的人也格外小心，我跟他只是在前往美洲的客船上认识，他对我可防着一手呢。"

"不管怎么说，我从截获的信中得知了不少事情。这是我今天唯一的收获。"

"你得知了什么内容？"

"福尔森与伦敦警察局的人时刻保持联系，以后我们可以充分利用信中的内容得知他的调查动向。不过信中的核心内容都是用代码编写的，我们的人无法弄懂，这是令人我们感到头痛的一件事。"

那名身穿羽绒服的男人喝了一口啤酒，接着说道："领袖夸奖你很能干，如果不是你潜伏在福尔森身旁，我们的人根本不可能掌握福尔森的动向，更不可能知道福尔森何时寄信。"

"我今天在郡里买到了与《山海经》相关的书籍，不过这些书的内容艰涩难懂，福尔森明天晚上可能会亲自来梅里达市请教莫格拉，你通知领袖，让他派人在明天晚上暗杀莫格拉，我们要设下一个圈套，把福尔森诱入监狱中再收拾他。"

"老兄，你可真够聪明的。"

"福尔森的末日快要到了。"

第十三章

《山海经》传说

内华达山，神庙山洞。

硝烟还没有消散，遥远的空际时而会传来声声哀嚎。位于美国西部的内华达山脉像一条巨龙盘桓在西部荒凉的大漠中。

一条滚着沙浪的大漠围着一群高山。

山洞里，屹立着一座用碗口粗的木柱筑成的高台，高台上端坐着一个戴着面罩的人，他风华正茂绝丽傲世的容颜上，此时却无一丝笑意，那原本无惧的明艳双眸中突显出慑人的寒光。他抬起的冰冷容颜上一丝绝望的气息直直刺入台下一群人的心中，现场的气氛有些让人感到压抑。

一个身穿绿色军装的年轻人低头凝视着掌中的青铜酒樽。这酒樽更像一只碗，里面盛满了血红色的酒。

环绕四周的人都披挂着他们团体标志性的组织礼服：蓝色的猎装、白手套、黑色长筒靴、蓝色剑鞘的佩剑。他们的颈项上佩戴着一个奇怪动物铸像，他们共属一个组织。

他们就是玛雅神社的头目们。

"时间到了，你自己解决吧。"一个声音低语道。

一个年龄不大、一头褐色头发、留着满脸的胡须的年轻男子走到高台下，单腿下跪说道："伟大的领袖，末日之神的唯一传人，相信您会原谅可怜忠厚的柯塔的，他以前从没失手过，这一次碰到了那个强悍厉害的叛徒莫泊斯，计划没有完成也是情有可原的，希望您看在他过去为领袖您尽心竭力的份上，给他一个戴罪立功的机会吧。"

"阿布贾罗，你不要再为他求情了，他没有完成任务，就注定不能看到明天的太阳，按照组织规定，背叛组织者会被挖心抛兽，肢解尸体。完不成组织交代的计划同样会受到末日之神的严重惩罚：断颈割喉，警示众人。他过去为组织建立过卓越的功勋，自从组织建立的那天起，我们相继吞并和消灭了几乎所有的对手，共济会、罗马血社、金山长老会、雷西德的海盗团伙都败在了我们手下，柯塔在我们组织扩展的过程中冲锋陷阵，柏林青年团也因为恐惧我们的力量而屈服于我们，可是这个废物被福尔森打败了。为了维护组织铁一般的纪律，我必须杀掉柯塔，念在他以往的功勋上，我已经照顾他了，让他自己解决，给自己留个全尸，不要再为他求情了。"

"可是领袖……"

"不要再说了，再为他求情者只会得到那个废物一样的下场。"领袖冰冷的眼睛里射出一阵寒光。

山洞外，一个未完成任务的组织成员躺在地上，喉咙一处醒目的红线，地上流了一滩血，一处黄沙吹来，尘土飘落在这个逝去的人身上，越积越高。

他就是马车夫穆尔比安。

山洞里没有人敢为他求情，那具冰冷的尸体就是醒目的警示牌。

一时之间一股全然的静寂笼罩着整个洞内，没有人有任何动作。

"领袖，他可是组织内第一杀手，现在组织正是用人之际，如果他死了，我们很难找到替代人选，还是让他戴罪立功吧。"此人年近 70，精力充沛，且足智多谋，曾是深色的头发已成银灰，毕生的权势与睿智都凝刻在他那坚毅的面容上。作为组织内的元老级人物，辅助过几代领袖，连领袖都要对他毕恭毕敬。

"赫尔力长老，柯塔触犯了组织的刑律，应该受到末日之神的惩罚，请您不要再为他求情了。"领袖表面上对元老很尊敬，但从他的眼神里可以看出轻蔑和厌恶。

柯塔稳住自己的手，把酒樽端到嘴边。他闭上眼睛想一饮而尽，却突然被一股力量夺走了酒樽，正在诧异之时，看到赫尔力长老手里拿着那杯酒，里面还有剩余少许的红色液体。

"赫尔力长老，我念你年高望重，一再对你客气，你却一再与我作对，你究竟想干什么？"

"领袖，今天除非你先杀了我，否则谁也别想动柯塔一根汗毛。"

此时洞中其他的成员纷纷跪下，大声喊道："请领袖放过柯塔这一次吧。"

领袖虽然尽力保持镇定，但是一点一点被击溃的心理防线却暴露在手下的眼中。

看到时机逐渐成熟，阿布贾罗上前再次劝谏，"领袖，柯塔没完成任务固然应该受罚，不过念在他过去巨大的功劳上，我们可以减轻对他的惩处。"

洞里一片沉默，领袖逼视着洞里的这些组织大大小小的头目。

"好了，都起来吧，柯塔免去一死，但要自断一臂，作为惩罚。"

"可是领袖……"

"都不要再说了，这已经是最低的惩罚了。"

柯塔跪下说："多谢领袖赦免我，我愿意自断一臂，以后还继续为领袖效力。"

"很好，今后不可在行动中再出那么大的失误。"

"是！"

柯塔从腰中抽出一把锋利的钢刀，这把刀已经伴随他 16 个春秋了，他拿着这把刀刺入了多少人的胸膛，划过多少人的咽喉，他已经记不清了，唯一清楚的是他今天就要用这把钢刀砍断自己的左臂。

"啊！"他大叫了一声，一股寒风穿过左臂，地上一只胳膊还在殷殷流血，他倒吸了口凉气。洞里的人看到这个骇人的景象时眼里流露出同情的眼神，领袖坐在高台上，轻轻的摇头叹息——为这个无奈的决定。

伦敦警察局，晚上 8 点。

"沃伊，我们的人在古董店现场为什么没有发现凶手抢去的《藏宝图》残片？"

"警长，这也是我感到很蹊跷的，凶手计划已经失败，但如何将《藏宝图》残片带出现场的？"

格雷戈里在屋里苦苦冥思，而他的脑海中却一片散乱，不知道从什么地方开始思索。

"你在击毙那两个歹徒之后，有没有见到什么奇怪的人，发生什么奇怪的事？"

"让我好好想想。"沃伊的大脑仔细回放着过去的各个镜头，希望定格在他需要的那个瞬间。

"哦，我想起来了！在我击毙那两个狡猾的歹徒之后，我在现场检查尸体，一个警察让我不要破坏现场，我当时还训斥了他一顿，他的脚踩在了凶手的背包上。"

"那人穿着什么衣服？"

"跟我们警察局的人穿着一样的衣服。"

"你问他叫什么名字了吗？有没有说隶属于哪个警察局？"

"没有。"沃伊看到警长的眼神放出异样的光芒，他好像期待着从沃伊身上找到什么一样。但他却很迷茫，他的大脑在飞快地运转着，回忆当时的情景。

"遭了，我想那个人很可能是凶手的团伙，他借机到现场从包里拿走了《藏宝图》残片，中了这个狡猾的对手的奸计了！"沃伊叫道。

"现在还能找到那个人吗？"

"我想我们很难再找到他了。现在我们必须使凶手先动起来。"

"说说你的想法。"格雷戈里点着了香烟，喷出一缕白雾。

"我想打入他们的内部，彻底扭转我们的被动局面，我们要在公告上张贴已经抓获海德公园案凶手的告示，只有我们主动跳进凶手设下的陷阱，凶手才会从暗处出来行动，这样我们才有机会。"沃伊坚定地说道。

两人决定实施一项计划，这个计划将把玛雅神社的死亡日期大大提前。

第二天，警察局发出了告示，宣告海德公园杀人案的侦查工作已经取得重大突破，几名主要的犯罪嫌疑人大部分已经落网。消息传出，全城振奋。玛雅神社的人信以为真，放松了警惕，他们没有料到正义的力量正趁机打入他们内部。

一个衣衫褴褛、蓄着蓬乱络腮胡须、行动迟缓的人出现在大街上。沃伊经过精心化妆，化名贝克，现在连最亲近的人也难以认出他来了。在他做出这个决定的同时，情报部门的诺克上将已经替他伪造了所有的履历背景文件，并将这一决定暗中通知了警察局的格雷戈里警长，两个部门决定联起手来对付那个可怕的组织，在很长的时间里，沃伊这个名字将消失在这个城市里。

沃伊戴上了伪装工具——高仿真面具。戴上这种面具后，很难有人再认出他来。除此之外，为了使伪装效果更逼真，他甚至改变了自己的声音，这项本领是他在军情六处特工训练基地中学会的。他确信自己的精心伪装能瞒过邪恶组织中所有的人。

这是一次大胆而又绝密的潜伏行动。

晚上偌大的伦敦城沉浸在夜的静谧中，绕过波特兰大街的拐角是一个幽深的小巷，蜿蜒的道路两旁尽是精致的公寓和整洁的花园，沃伊像幽灵一样在大街上晃悠，他在寻找时机，一个打入黑势力内部的时机。

前面的拐角处闪出了十几个人影，这是两伙黑社会势力即将动手斗殴，两帮人大概有二三十人，两方相互对立着，冲突一触即发。

这时，一方匪徒的头领大喝一声道："跟我上，做掉他们！"这伙人一拥而上。

另一伙人人数少一些，处于劣势，渐渐招架不住了，连连后撤，其中几个兄弟还受了重伤，沃伊看准时机，冲了上去，厉声问道："刚才是谁把砍刀扔了过来，快滚出来。"两伙人正在激烈地血拼着，没在意这儿还有其他人。两伙人都盯着这个打扮邋遢的人，眼里流露出轻蔑的眼神。

两伙人都停下了手，然后是可怕的沉默。

"你是从哪儿蹦出来的，快滚开！"

"难道你刚才没听到我说的话吗？"

"这小子失心疯了吧，还不赶快滚，否则连你一块砍掉。"

"好啊，你尽管过来，不过我要提醒你，我可不负责医药费，另外你们老大可以准备拨打急救电话了。"

"这小子疯了吧，弟兄们先放过那帮狗仔子，给我教训教训这个狂妄的人！"其中一帮手拿砍刀的人的头目带着两个手下向沃伊的头上砍去。沃伊迎向前，施展空手入白刃的功夫，瞬间把冲在最前面的两人制服，再横出一拳，正中带头的人的太阳穴倒在了地上发出了一声惨叫，翻身爬了起来的，说："弟兄们，快撤，小子，你等着，我们老板不会放过你的。"那些手持砍刀的手下愣在原地不知所措，跟着他们的老大狼狈地逃走了。

持铁棍的头目哈哈大笑，叫住沃伊道："兄弟，今天多谢你帮了我们几个，你叫什么，来日还要登门重谢。"

"我是一个无家可归的破产者，叫贝克。5 年前经营的体育学校破产了，以前是个空手道教练，可惜现在是个地地道道的穷人，穷困潦倒 5 年了，事业还是没有起色，那群拿着砍刀的人把砍刀扔过来差点碰到我，态度还极其蛮横，我忍无可忍就想教训他们一顿。"

"兄弟加入我们吧，虽然不能大富大贵，但也可确保衣食无忧啊，怎么样，考虑一下吧？"

"我愿意加入你们，混口饭吃。"

那个头目说："从今天起，我就跟贝克是生死兄弟了，我有什么，他就有什么，大家有意见没有？"

"没有！"沃伊的表现已征服了全场的心，众人心悦诚服地道。

伦敦克莱登大街的一处私家别墅内，一群穿着黑色衣服，戴着墨镜的人聚集在一个白发老者的身边。岁月在他额头刻出一道道印痕，一条银闪闪的挂链挂在他胸前，挂链上悬挂着一种奇怪动物的图标。他一双炯炯有神的眼睛正盯在沃伊身上。

"老板，今天就是这个年轻人帮了我们，并救了兄弟们，他想加入我们的组织。"

"哦，年轻人，你真的考虑好了吗？在道上混并不是那么容易，江湖险恶啊。"

"我想好了，我愿意跟着你们干，我已经走投无路了。"

"那好吧，看在你救了我手下弟兄的份上，我就收留你了，你就先跟着布兰顿干吧。"说着眼神转移到右侧站着的身材魁梧、强壮有力的人。

"他是西区分堂的堂主。你就接管伦敦西区保税区的三道会的弟兄们吧，主要负责带着弟兄们教训那些不知道天高地厚的人。"

"是的，老板。"沃伊说道。

"今天如果没什么事的话，大家都散了，休息去吧。"老板冷冷地说着。

"老板，共进会的人还会找我们的麻烦的，他们这一次吃亏，肯定会加倍报复我们。"

"你回去拟定一个解决的方案，明天交给我。最近行动要小心。"

老板在那几个黑衣人的搀扶下蹒跚地走到二楼，看到沃伊走远，便说道："去调查这个人的全部背景资料，要准确完整，我可不想我们组织内部打入间谍。"

"是，老板。"

"老板，我有个问题要问你。"

"我知道你想说什么。那个年轻人刚加入我们，我就让他担任队长，弟兄们会不服。"

"对啊，老板，小的愚笨，猜不出来你的目的。"

"此人来历不明，我把他放在那个位子上，一方面是因为此人确实有些本事，另一方面也是为了试探他。要知道一个人只有放在一个更大的舞台上，他才会原形毕露，暴露出真面目。"

几天后，沃伊和西区堂主布兰顿到附近酒吧大喝了一顿，自从加入这个组织以来，沃伊还没有和组织内部头目真正认识，借这次在酒吧喝酒的机会，可以更近地接触到他们内部的主要人物。

沃伊仔细观察这个伦敦西区红安会分堂堂主，这个人个子很高，长着一副像是用刀雕刻出来的棱角分明的面孔，多少给人一种不太愉快的感觉，一双阴郁硕大的眼睛嵌在眼眶中。

这个不爱说话的堂主在沃伊的连番问话下逐渐开了口，两人畅快地交谈着，布兰顿给他介绍整个组织的发展状况和内部结构。原来这个红安会组织并不是一个独立的组织，他隶属于三道会，三道会的成员遍布西欧许多国家，而共进会组织是隶属于黑手党下的一个组织，组织内部非常严密，只有很少的几个人见到过三道会的会长，组织内部实行单线联系。这个建立已达上百年的组织一直以来与黑手党的部下争夺地盘。近几十年来，许多可怕的犯罪都是这个组织做下的，而三道会又被一个更大的上层组织在控制着，可是那个神秘的组织一直隐身在人们的视线之后，近百年来这个组织通过一系列活动操控政治，诱发经济危机，操纵战争的爆发，进行思想文化的侵略，成为威胁世界的最大的，也是最神秘的罪恶组织。

布瑞拉镇，长官官邸，早上8点。

随着一声尖锐的刹车声，汽车停在了官邸门前，扬起一片灰尘。弗兰克乘着车从梅里达市里回来了，带回来了许多文献资料和书籍。弗兰克下了车，已经疲惫不堪，连日的劳累使这个神枪手从鼻子到喉咙都发炎了。

弗兰克吃完早餐后，汉普从医药箱中给他拿了几片消炎药让他服下。

"福尔森先生，我在郡里买到了与《山海经藏宝图》相关的书籍，郡里的图书馆馆长说如果想要深入了解这本书，可以到郡里亲自拜访莫格拉长老，他是研究古文化的著名学者，对玛雅文化的研究非常精深。馆长已经把长老居住的具体地址告诉我了。另外艾比伯长官下发了布瑞拉镇的委任状，让你暂时代理莫泊斯的职务。"

"哦，我知道了，你先去休息去吧。"

汉普拿着委任状和书走了过来递给福尔森，福尔森接过这些书后坐在窗户前的椅子上静静地翻看，这些书都是关于《山海经藏宝图》的内容。他拿起钢笔在纸上记着什么，仿佛已经融入了这本奇幻的书中。

汉普则拿着几块面包片放到桌子上，一边像模像样地看着书，一边大口咀嚼着美食。

《山海经》是一部中国非常重要的古籍，其主要记述的是古代神话、地理、物产、神话、巫术等方面的内容。许多学者认为这仅仅是一部神话故事书，但有些学者提出这本书其实是远古时代的世界地图，这些上古遗迹并不是今天找不到，而是埋得太深，又缺乏当时的历史资料，令人无从着手。

"我终于知道这个案子为何与中国有联系了！"福尔森若有所思地说道。

　　"说说看。"汉普说道。

　　"我们根据休安的梦境可以推断出案件与中国有一定联系，这个连接点就是《山海经》，这本书把玛雅《藏宝图》与中国联系了起来。"福尔森回答道。

　　这是一本记载远古时代的世界形势的著作，里面的记载太过于荒诞，令人不可思议，好像是一个精神病人在诉说自己的奇异经历一样。福尔森大致将这本书翻看了一遍后，猛地站起来，那一瞬间，福尔森一直悬在心头的某个东西悄然落地，就像一直短少的记忆碎片，骤然间汇集起来一样。他熄灭了烟，嘴角露出狡黠的微笑，"汉普，我真是无法理解这本奇幻的书，你知道，我对文化地理等社会科学领域并不擅长，这本书的内容太过离奇，我想我们应该找那位长老，让他来为我指点迷津。"

　　"我刚才看了关于《山海经》传说的那本文献，这部中国人写的著作中的神话非常像印度过去的神话传说，印度经文《摩诃婆罗多》之《博伽梵歌》写于公元前5世纪到公元前2世纪之间，有10万句诗文，包含了古代罗摩帝国的故事。据传该帝国早在1200年前就已存在，或者说大概在美索不达米亚平原有记载的文明之前5000年。它们有千年的历史，却已提到了飞翔的战车，拥有非凡技艺的神，以及战争里使用的神奇武器，他们称之为梵天炉。许多人被梵天炉烧焦、烤熟、融化，这些爆炸比一千个太阳加起来还亮。爆炸发生的时候，太阳在空中旋转，树木焚于烈火，到处都被大规模破坏。这部中国人写的著作中也提到了巨大的灾难，提到了残酷的战争，而且语言是同样荒诞不经。"

　　"也许记载的那些神灵是外星人，他们掌握了发达的科技。"

　　"好了，汉普，明天我去郡里找那位莫格拉长老，也许他能告诉我们这本书的真相，艾比特长官既然让我暂行代理长官职务，在我离开的这几天就把郡里的政务交给你了，千万不能疏忽，不能再出什么乱子了。"

　　汉普脸上的空虚消失，他蓦地露出笑容，像刚刚看了一个笑话，"老朋友，你就放心吧。"

　　这时，弗兰克从里屋走了出来，坚定地对福尔森说："明天一早，我们就动身到郡里。"

"可是你的身体吃得消吗？从你回来到现在还不足两个小时。"

"福尔森先生，你也太小看我这个神枪手了吧，我当年还徒步翻越阿尔卑斯山呢。"

福尔森的眼神里一点都没有振奋的表情，"我想我无法说服你丢掉这个疯狂的念头，那么明天我们就早点出发吧，不过你在路上要小心。"

第二天一早，福尔森便和弗兰克叫了一辆车，朝梅里达市飞速驰去。

两人动身时，天色尚早，太阳出来后逐渐驱散了冬雾。这时，他们才第一次看清了眼前这些美丽的山村。马车行驶了大概一个钟头，翻过一座小山，路过几座砖砌的寺庙。田野里一片葱绿，那一带冬天雨水充沛。当他们爬上一道山梁后，转了个弯儿，梅里达市的全貌便呈现在他们眼前。

"我必须承认，弗兰克，这里美景有点让我着迷，映入眼帘的是青翠的山岭、潺潺的流水和青翠的田野。商队通过时，我静静地欣赏着这一切。虽然这里没有伦敦的繁华喧嚣，但是这里的风景能让人忘却罪恶和烦恼。"

福尔森感到在他的一生中，很少有这样的时刻，紧绷的神经完全松弛下来，在一个绝对没有犯罪与邪恶的世界里，他又感觉到了内心的安宁。就在那短暂的一瞬间，福尔森期望能留下来，那里远离他的敌人，也不会被他们知道，他可以投入全部时间用来沉思冥想。

梅里达市是尤卡坦州的首府，街道建筑仍保留着玛雅古城的建筑风格。弗兰克让车夫把马车停在一座寺庙前面，寺庙前聚集了一些街上的小乞丐，福尔森买了两袋水果给了这些饿着肚子的可怜的孩子。寺庙打扫得干干净净，一座释迦牟尼塑像耸立在大殿的正中央，白色的大柱子直达大殿的拱顶，整个大殿呈现出庄严肃穆的气氛。

福尔森和弗兰克走出大殿，沿着一条向南的小路一直通向庄园。两人走到大门附近摁响了门铃。门开了，一个老人刚好从屋里出来。福尔森打量着这个老人，这个老人又高又瘦，驼有些背，一头白发、一副厚厚的眼镜架在他那突起的鼻梁上。

"麻烦您去通知一下莫格拉长老，我们有一些事情想请教他。"福尔森说。

"我就是莫格拉，你们找我有什么事吗？我刚要出门。"那老者道。

"莫格拉长老，我是福尔森侦探，我和弗兰克在办案中遇到了难题，我们是来向你请教《山海经藏宝图》的事情的，希望您能帮助我们。"

"弗兰克上次离开这里的时候，我就猜到你一定会来找我的，呵呵，你看，这才刚过一天，你们就急匆匆地赶来了，快请进吧。"

"你怎么知道我来郡里了？"弗兰克疑惑地问道。

"是郡图书馆馆长告诉我的。"莫格拉乐呵呵地说道。

莫格拉把福尔森和弗兰克带到了书房。这位伟大的学者就是在这儿工作的，把他几十年前开始的研究编成目录。书架上陈列着许多文献典籍，都是关于玛雅文化和各国风俗历史的。

莫格拉长老满脸皱纹，患有关节炎，身体明显很虚弱。但是，当他一开口谈话，岁月的痕迹就消失了，他头脑活跃，思维敏捷，问题接连不断。福尔森心里不禁起了敬意。

"你们来我这儿是想打听《山海经藏宝图》的事情吧？"莫格拉把话题转到福尔森的此行目的。

福尔森吃惊于这位老者的未卜先知，福尔森感到案件的迷雾中突现出了一丝希望的曙光，谨慎地说道："那么莫格拉长老，我们洗耳恭听。"

"在我把《山海经藏宝图》的秘密告诉你们之前，你们必须遵守一个约定。"

"当然，如果我们能办到的话，我们一定会遵守，这点请您放心。"

"很简单，不能贪图宝藏地宫中的巨额财富。那些珍贵的文物和古籍应该进入国家博物馆，它们是人类智慧的结晶，而不是某个人的所有物。我说的这些你们是否明白？"

"当然明白，我们答应你。"福尔森说，"如果您还不放心的话，您可以拒绝告诉我们，我们可以马上离开。"

"请你相信是把秘密交给了善良人的心。"弗兰克说道。

"哦，这个倒不用，我相信你们，那么我就把《藏宝图》的秘密告诉你们。"

"多少年来，我一直在研究《藏宝图》的秘密，开始进行得都很顺利，我想把研究成果发表出去，也许那样做的话我会成为欧洲当代最伟大的历史学家，但是后来当我发现这个《藏宝图》有可能对后人造成灾难时，我就把这个秘密埋藏在心底。这个《藏宝图》在霍森奇的《中美洲失落的文明》一书中最早有记载，里面模糊地记载了关于《藏宝图》的事情，这本书在欧洲曾引起巨大的轰动，从此《藏宝图》之谜开始走入人们的视野，近百年来，无数的人为了得到《藏宝图》呕心沥血地研究，更有不计其数的人死在《藏宝图》的寻找过程中。"

福尔森感到莫格拉所讲述的应该是深埋他内心已久的惊天的秘密，聚精会神地听着。

"《藏宝图》的秘密与玛雅文明有很大关系，我先说说玛雅文明的历史。玛雅文明约形成于公元前1500年，直到15世纪玛雅文明衰落，最后为西班牙人摧毁，此后长期湮没在热带丛林中。许多人沿着海岸山脉一路向北乘船穿过白令海峡到了亚洲，其中一些人来到了中国。玛雅人在中国生活的这段时间里，掌握了当地一些语言文化，中国人也了解到他们曾经生活的环境和玛雅文化。他们根据玛雅人对美洲山川地貌的描述编著了《山海经》一书，其中记载美洲的部分就是《东山经》和《海外东经》的初本。随着中国人对周围的山川地貌的考察，又相继编著了《五经》、《海经》和《大荒经》。这本中国的上古奇书最终完成于中国汉代，由于这本书的完成历经很长时间，又经过无数人的修订和补充，因此现在很多人并不知道这本书的作者的写作原意和记载内容的含义，而《山海经》其实是一部史前文明的灾难史。"

福尔森的眼睛紧盯着莫格拉，"可是《藏宝图》跟这本书又有什么关系呢？"

莫格拉知道一个隐藏了几千年的历史真相即将被揭开，他觉得自己有责任向世人披露真相，他不能让《山海经》的历史真相消失在历史的尘埃之中，他一直在等待合适的时机让可靠的人来分享它的秘密，等待着一个让全世界都准备直面那个历史真相的机会。

现在，这个时机来了，他清了清嗓子后接着说道："《山海经》是一部寻宝的加密索引。史前先进的文明成果在那次大洪水中毁灭了，因此玛雅史前文明的精华几乎被摧毁殆尽。过了140天后洪水才逐渐退去，在大洪水中侥幸活下来的生命已经丢失了他们祖先创造的技术和文化，甚至他们无法理解过去的玛雅历史文化，他们唯一记住的就是祖先留给他们的一些少量的历史传说，他们根据这些传说创造了神话，制成壁画和雕刻，并代代流传下来。但在那场可怕的洪水灾难来临之前，那些迁徙的玛雅人首领，将史前留下的文明成果保存在了美洲一个隐蔽的地方，这些文明成果中还有许多部落大量的金银珠宝，那位首领把那个地方的地图刻在了一块石板上，分成9份，交给了位于北美大陆的9个最信任的部落首领的手中。根据这9个部落的图腾，把这9个部落写成《海外东经》中9个国家，并对位置进行了准确的描述，以此保存下那些失落了的文明，使后人能发现那个远古伟大的时代。"

"《山海经》竟然是一本寻宝的加密索引，这我倒没想到。"福尔森若有所思地说道。

莫格拉了捋胡子，笑道："我们对很多事情都司空见惯，大脑有时凭借印象来工作。我们多年来形成的对这本书的认识已经根深蒂固，我们只是把它当作了一本神话书，这种固有的观念蒙蔽了我们的双眼，使我们没有想过继续探究它的真相。"

"可是他为什么将《藏宝图》分割开来呢？"弗兰克听得头昏脑胀，疑惑地问道。

福尔森凝重而忧郁的眼中透出一丝光亮，"那位首长是不想那些为了寻找巨额的财富的人轻易根据《藏宝图》找到埋藏宝藏的地点，而将宝藏中的文明成果毁灭掉，把《藏宝图》分成9份放在不同的人的手中，可以使风险大大降低。"

"《藏宝图》应该属于那些苦心研究古历史文化的学者，只有他们才会将远古时期那个辉煌的文明展示给世人，才会使人不会遗忘那个发达的时代和文明。"

"据说9份《藏宝图》残片后面各有一个玛雅数字字符，这些字符分别是1至9，它们都是用玛雅文字写成的。只有用这9个数字组成的9位数密码才能开启宝藏埋藏地宫的石门，并安全进入地宫内。"

"一个简单的石门难道不能用炸药炸开吗？"

"可以炸开，但是宝藏地宫内有许多石门，每个石门都对应着一个密码，每个石门分隔的密室内有非常复杂的机关，如果用炸药炸开的话，不仅可能导致整个地宫的坍塌，而且里面的各种机关暗器你是无法躲避的，最终会葬身在地宫之中。"

"用几组正确的密码分别打开不同的石门，才能使里面的机关不被开启，安全地进入地宫。"

"是的，这许多组密码的正确排列顺序隐藏在一块方石上，这块方石据说是由一块打磨成的长方体的石块，这块神秘的石头只在16世纪阿兹克特帝国的史书上有记载，自从那个帝国在西班牙人的炮火中灭亡后，就再没人知道这块方石的下落，数百年来，无数的人在寻找它的下落，但一直杳无音讯。"

"9块《藏宝图》残片搜集齐全后，如何拼接在一起？"

"就像个拼图"，莫格拉长老抽了抽发红的鼻子，继续说道："我说过每个《藏宝图》残片背面都有一个玛雅数字，把《藏宝图》残片全部翻到背面，拼成正确的图形时，宝藏地宫的具体位置就会在地图上精确地显示出来。"

"寻找《藏宝图》残片之旅就是收集龙珠之旅。"弗兰克插了一句。

"这个比喻很恰当，《藏宝图》残片隐藏在世界的各个角落，你们必须通过各种残存的史料和手稿来确定每块《藏宝图》残片的具体位置，这是个很复杂的工作。"

"何止是很复杂，那是相当复杂啊。"福尔森悲哀地说道。

莫格拉从座位上站了起来，走到房门旁边朝外看了看，然后将门闩从里面插上，走回座椅处继续说道："公元3世纪，墨西哥北部的卡特巴部落迅速壮大，并逐渐统一了美洲北部的玛雅部落，结束了玛雅部落长期混战的局面，建立了一个统一的国家，雄才大略的部落首领阿特加巴斯根据玛雅部落中长期流传的《山海经藏宝图》和方石的传说，破解了《山海经》隐含的《藏宝图》真相，根据《山海经》的《东山经》和《海外东经》上标注的国家的地理方位找到了那些部落，用武力征服了这些部落，从这些残存的部落手中得到了所有的《藏宝图》残片，并最终在科潘玛雅金字塔中发现了那块流失多年的方石，阿特加巴斯根据拼接成的《藏宝图》找到了埋葬宝藏的地点，并用方石上密码的排列顺序将地宫的石门全部打开了，找到了那些宝藏。"

莫格拉喝了一口茶，继续说道："这位伟大的君主并没有垂涎宝藏中的金银珠宝，为了将《藏宝图》的秘密绝对保密，他将派去打开地宫的所有人几乎全部杀死，只有几个亲信知道宝藏地宫所在地，并埋葬在地宫内，《藏宝图》残片经过几千年的变迁已经变得残破模糊，为了保住这些《藏宝图》，他命令人打磨出一块薄石，这位首领按照羊皮卷残片的图形在薄石上复制了一份，并把薄石切割成9份，保存在皇宫的密室里，并把方石放在了都城的神庙内供奉，这位首领把《藏宝图》残片存放于宝藏内，因此现在地宫内一定藏着更多的珠宝财富。"

"哦，上帝，地宫俨然成了一座存放财富的银行了。"弗兰克快乐地笑道。

"你说得有道理，到了8世纪末期，强大的卡特巴王朝走向衰落，王朝陷入分裂，地方混战，长期的征战使许多城市和乡村成为废墟，田野遍地死尸，连绵不息的战争也使周围的生态环境不断走向恶化。终于一场巨大的灾难爆发了，9世纪爆发了一场可怕的瘟疫，而瘟疫爆发的原因就是留在地上无人掩埋的遍地死尸，瘟疫不断蔓延，许多贫民病死在乡间城市，许多人背井离乡颠沛流离，少数活下来的人迁徙到了墨西哥北部和美国南部，原来的玛雅文明走向衰落，昔日繁华的城市和强大的王朝变成了丛林里的断壁残垣，都城在经历战乱和瘟疫中沦为一片荒草丛生的废墟。《藏宝图》残片和方石再次流失，关于《藏宝图》的传说也逐渐被后人遗忘，直到14世纪阿兹克特王朝建立并统一了中美洲的绝大部分地区，一个商人在丛林遗址中找到了玛雅过去的卡特巴王朝的残破史书，王朝的国王卡巴斯根据史书上关于《藏宝图》的记载派出一支探险队在那些断壁残垣中找到了那些残片和方石，并根据残片和方石找到了那个宝藏地宫。这是宝藏地宫第二次被开启，但是这个短命的王朝在15世纪晚期就遭到了西班牙人的入侵，从此王朝的领土不断被侵蚀，王朝不断衰落。到了16世纪初期，王朝的最后一个城邦在西班牙人的炮火中沦陷，至此玛雅文明的辉煌彻底结束，留给人们的只是过去美好的回忆。据说阿兹克特王朝的史书上记载的信息非常详细，可是这些宝贵的史书资料却在西班牙人的炮火中遭到巨大破坏，只有关于《藏宝图》的少量记载保存了下来，关于《藏宝图》残片和方石还有宝藏地宫的地点成了未解之谜，湮没在了历史的长河中，几百年来，宝藏地宫以其巨大的魔力吸引着无数人，这其中包括考古专家、海盗团伙、黑势力组织、商人、军队人员，围绕着这个宝藏发生了许多故事，它们绝大多数是血腥和残忍的争夺，奇异和恐怖的冒险。但是《藏宝图》残片始终没有再被搜集齐全，方石的下落也不明，宝藏地宫再也没有被第三次开启过。"

"关于宝藏地宫的具体位置，史书上有没有记载？"

"没有，只有一条线索，这条线索是根据民间传说流传下来的。一条神圣的河流流过一个伟大的地方，这个地方蕴含着震惊世人的秘密。"弗兰克问道。

"什么意思？难道宝藏地宫在一条河流附近？"福尔森疑惑地问道。

"关于这点我也不太清楚，我想只有等你们找到了宝藏地宫，你们才能真正明白这句话的含义。几百年来，无数的人试图根据这条真假不定的线索去寻找宝藏地宫，但都以失败告终。"

福尔森的心里是清醒的，他不断地问着自己："这是出于人类本能的贪婪，还是宝藏中隐含着什么玄机，才诱惑着一代又一代的人为之前仆后继地去探寻？"

"长老，那些《藏宝图》残片还完好无缺地保存在世上吗？"

"没有任何一方势力将《藏宝图》搜集齐全，因此没人知道《藏宝图》残片是否都完好地保存在世界上，也许它们已经损毁，也许岁月已经风干了上面的字迹，也许它们还隐藏在世界上的某个角落，但是没有人再能找到它们。"

福尔森陷入了沉思，他的眼睛仍然闪耀着光芒，向长老问道："《藏宝图》残片和方石最后记载的位置是在什么地方？"

"传说卡巴斯国王将《藏宝图》残片和方石存放在了王宫里的一个地方，在西班牙人侵入都城后，王室成员逃出了都城。由于这些史书已经残破不全，《藏宝图》下落也成为一个难解之谜，不过根据一些流传在民间的说法，卡巴斯国王在临死前将《藏宝图》9 份残片和方石交给了一起流亡的人，9份《藏宝图》和方石分别交给了 10 个人。这些人相互之间并不知道对方拥有其他残片或方石，这位英明又不幸的国王把拥有这些残片的 9 个人的名字全部写在一张羊皮纸上，并在流亡途中放了一座神庙里。不过已经没人知道这处神庙在哪儿了。当然这只是传说，这些内容并没有被写入史书，真实程度有待考证，不过这位英明的国王采取的这种保存方式，没有哪一个人能轻易找到宝藏地宫的所在地。这位伟大的国王带领着阿兹克特王国走向鼎盛，如果不是西班牙人的入侵，这个年轻的王国也许不会夭折的。"

"我怎么觉得接下来迎接我们的是一场猜谜和寻宝游戏。"弗兰克疑惑地问道。

"虽然我想说你的想法很疯狂，但是我还是要说我们接下来要进行的游戏非常精彩。"福尔森眼睛里闪烁着幸福的光芒。

"当然，我也是从一些零碎的史书的记载中以及当地的传言中得知的，这些神秘的事件还要留给像你们这样的人来考证，《藏宝图》的真相也许有一天会真相大白。就像你所看到的拙劣的探险小说中，总会有一支奇特的考古队在游历了许多地方重复了一个又一个动作后终于发现了宝藏的秘密，不过这次《山海经藏宝图》的追寻不是那么容易了。"

"不管前方有多大艰难险阻，我们都会义无反顾地踏上寻找《藏宝图》残片之路的艰难征程。"弗兰克说道。

"这是典型的三流侦探小说。"福尔森耸耸肩，"小说中考察队员那么轻易找到那些诱人的宝藏的故事就像拿着一把9毫米口径的柯尔特手枪猎杀了一头棕熊一样滑稽荒诞。长老，还要多谢你提供这些信息给我们，现在天色已晚，我们要到镇上找一间房住下。"

"如果你们找不到玛雅宝藏地宫的话，我想玛雅文明之谜会成为永久的谜团。"

"放心吧，长老，我们一定会找到地宫的。"福尔森笑道。

"好的，正好我也该出去到教堂做祷告了，你要知道，我是一名虔诚的基督教徒。"

"好的，弗兰克，我们走吧。"福尔森说道。

福尔森和弗兰克疑惑地走出屋子，来到了寺院中，福尔森还沉浸在莫格拉刚才那番话中。夜晚的寺院树影婆娑，大佛像的黑影笼罩在两人身上，皎洁的月光照在漆黑的院子里使寺院显得异常鬼魅迷离，远处的大佛像正在冲着他们微笑。

一道黑影从院墙闪过，福尔森清晰地听到长老此时关上房门的声音，突然身后伴随一声枪响传来惨叫，福尔森大惊，一个黑影手里拿着一把枪站在一棵大树下，枪口对着倒在地上挣扎的长老，显得镇定自若，只见那个黑影又举起了枪，伴随着第二声枪响，长老进入了天堂。弗兰克拿出手枪朝黑影连开数枪，但是他好像早有准备，子弹都打在了黑影旁边的地上，那个黑影从现场迅速离开，这时寺院中的巡逻员打着灯笼跑了进来查看情况，福尔森借助灯笼可以看到那个黑影的大致轮廓，正向着寺院大门跑去。寺院的巡逻员想去阻拦，只见那黑影从斗篷中抽出一把利刃，一刀就插进了挡在他面前那个人的胸膛。动作之快让那人根本来不及反应，那个人一头栽倒在地，竟没发出任何声响。他把匕首从死人胸口抽出来，然后跨过大门，消失在黑夜中。

这时，弗兰克要跑去追凶手，福尔森伸出那双有力的右手拽住弗兰克，使他刚才那个疯狂的想法化为泡影。福尔森注视着眼前的黑暗。在他面前有一条通道，在通道的尽头，他能看见摇曳着微弱的灯光。

一群打着灯笼的人跑了过来，看到福尔森和弗兰克站在院中，弗兰克手中还拿着枪，便询问刚才发生了什么事，福尔森回答道："长老被杀害了。"领头的那个人跑到长老身边，这时福尔森刚从刚才的惊慌中镇定下来，走向躺在地上的长老身边。这位银发苍苍的长老胸前中了两弹，从伤口位置上看，子弹应该是打穿了长老的胸腔，殷红的鲜血像一朵鲜艳的玫瑰花印在了白色的衣服上，留给这位饱经风霜的学者的最后一丝遗憾和眷恋。从伤口可以判断出，凶手使用的是一把口径和弗兰克拿得一模一样的左轮手枪，凶手两枪直接击中要害。

"是谁干的，长老为什么会在这儿遇害？"那个领头的人愤怒地说道。一双怒目圆睁的眼睛就像在拉斯维加斯的赌场输了一大笔金钱一样。

"一定是这两个人干的，现场并没有发现其他可疑的人。"一个穿着蓝色袍子，蓄着一脸络腮胡须的矮个子说，脸上不时露出轻蔑和不屑的表情。

"你们是什么人？"福尔森问道。

"我们是寺庙里的巡逻员。"

"你有什么证据能证明是我们两个人干的？"福尔森平淡地问道。

"伤口上的弹孔大小和你们这种手枪的子弹大小可以相互印证，你们还想狡辩？"

"哦，你没经过现场鉴定就知道伤口弹孔大小和我们的手枪类型一样？

难道你事先就对这些情况了如指掌？"

"你，你说什么？我只是凭借我多年的观察经验得来的，你要知道，我是一名老兵。"

"哦，原来是这样，那么你是属于哪个兵种，那支部队的？"

"我没必要告诉你，你只要知道你今天得跟我们走一趟就行了。你们犯下如此大的罪行，恐怕下辈子就要隔着天窗看天上的星星了。"

"看来我已经无路可走了，只有把手伸进那银闪闪的铁环之中了。"

"是的，你们已经无路可走了，一切的抵抗都是愚蠢的想法。"

几个打着灯笼的人从腰间拿出手枪，对准福尔森两人，说道："把你们的枪扔在地上，踢过来。"

弗兰克想反抗，被福尔森拦住了。福尔森拿过手枪，扔在了地上，把手枪踢到了那几个人脚下。

就在这时，一队穿着警服的警察冲了进来，迅速将福尔森和那些打着灯笼的人包围起来。那个领头的人抢先说："警官，那两个人杀害了长老，我正要把他们扭送到警察局。"

"好了，都别说了，你们几个封锁现场，并把尸体带到警察局检验。你们这些在场的人统统到警察局接受审问。"

"可是我们是——"福尔森捂住弗兰克的嘴，不让他把下面那句会使这位脾气暴躁的队长发怒的话说下去。

"好的，弗兰克，我们跟队长到警察局玩一趟吧。"福尔森镇定地说道。

当天晚上福尔森和弗兰克在梅里达市的巡警拘留所度过了难熬的一夜。

福尔森被移交到梅里达市刑警队接受调查是第二天上午的事了，大概也听说过福尔森的威名，由12名刑警组成庞大的阵容向福尔森和弗兰克正式出示了拘捕令，罪名是涉嫌谋杀。

福尔森和弗兰克看着面前锃亮的手铐，没有反抗，而是任由他们铐上，在拘留所巡警们的注视下被刑警队的带到了刑警大队的审讯室。

在审讯室里，经过一番激烈交锋，福尔森这才明白，这些穿着警察是如此固执，他们一口咬定谋杀长老和那个可怜的大门守卫就是他们俩，而谋杀的原因则是长老不肯与自己进行某种肮脏的交易。福尔森两人也有完全充足的作案时间，他们也没有证人能证明他们俩在现场仅仅充当了一个观看谋杀案的观众而已。福尔森清楚地明白郡里的警察局被人收买了，而不仅仅是由于他们愚蠢的办案方法。自己趟入这个险恶的深潭，那个邪恶的组织准备随时将他吞并，沉入一个永不见天日的阴影和浑浊中。

审讯结束，福尔森和弗兰克暂时被关在拘留室里，等待审判。

"福尔森先生，难道我们要在这里坐以待毙吗？"

"让我们先在这儿待几天吧，过去几百年中在这个阴暗潮湿的监狱中关过的犯人数目要比纽约电话号码簿上的号码还要多，我想在这座监狱里面隐藏着不少案件的秘密。我们在监狱里再跟他们玩玩，说不定能从监狱囚犯们嘴中套出不少秘密呢，不用担心，他们现在还舍不得杀我们。"

十几天后，梅里达市法院开庭，福尔森和弗兰克因谋杀罪被判了终身监禁。

一排桌子前，表情冷漠的监狱文职人员正为新来的犯人有条不紊地办理着入狱手续：身份记录、判处罪行、危险程度评估、个人行为特征。各式各样的警察局报表文件被移交过来，然后审读，确认，盖章并归档。

待这一切完成之后，又对犯人进行身体检查，心理状况测试与测定，指纹与掌纹采集与编号、照片等等。

福尔森平静地通过每一道流程，他不时用眼角余光观望着周围的一切。

"快点儿！别拖拖拉拉的！"

"你，就是你，队伍里不准交头接耳！"

"检查完了就往前走，保持队形，不是让你们来这里度周末的！"

经过一系列严格的检查之后，福尔森抱着被褥，拿着脸盆，跟随狱警走向指定的号房。

走过几重看守，来到编号为104的号房门口，狱警打开门，道："进去，三床上铺是你的床位，记住我跟你说的话，在里面不要惹事，有事打报告，听到没有？"

福尔森点点头，不知道这个狱警有没有被收买，反正在得知这位大侦探就是日前轰动一时的杀人新闻主角时，对他还算客气，并没有表现出对待一般囚犯的粗鲁。

但是好景不长，里面的囚犯们并不知道福尔森的底细，以为他就是个普通的囚犯。

房门被重重地关上，福尔森走到三号铺，把自己的床位铺好，躺了上去。等狱警走远后，从其他床位跳下几个人来，一个人摇着福尔森的床位，喝道："下来！懂不懂规矩？"

福尔森用手枕着脑袋，瞄了他一眼，道："什么规矩，我怎么听不懂？"

几个人都笑了，先前那人道："哈哈，新来的还不懂事啊，下来，老子就教教你是什么规矩，快下来！"

"你们想怎么样？"福尔森漫不经心地说。

"我们知道你是个外国佬，你如果不想挨揍的话就给我们每人磕个头，以后听我们的吩咐。"

"你们是什么人？竟如此猖狂。"

"告诉你，我们是玛雅神社的人，你不听我们的话，以后可有苦头吃了。"

福尔森一听是神社的人，便来了精神，从床上跳了下来，一把拽过那人的胳膊，他一用力，那人疼得眼泪快出来了，大喊道："我不管什么规矩不规矩，既然我来了，以后这规矩就由我来定，不服的以后就不要在这牢房好好待着了。"

说完后，手一松，那人跌坐在床上，低头一看，手腕都青了。

"玛雅神社的人你也敢打？"一名目露凶光的光头囚犯说道。

"你是谁？"福尔森问道。

"我是玛雅神社第三号杀手，是这个牢房的老大，头号杀手就是干掉莫泊斯的柯塔，小子，向我们几个道个歉，否则让你站着进来，横着出去。"

福尔森心理暗暗想道："进监狱确实有收获，从犯人嘴里套出了不少话。"

这名光头壮汉是这间牢房乃至玛雅神社的杀手中最凶残的一个，当初他就是以手段狠毒，性情残暴而取得第三号杀手的地位，也算是神社的核心人物。几个月前因涉及一起贩毒案而锒铛入狱，连柯塔都对这光头壮汉畏惧三分。柯塔曾经目睹过光头壮汉对待被暗杀的目标人物的伎俩，从那以后，他没再敢看第二次，而是有意无意地避免与他一起行动。福尔森此时尚不知这名壮汉的来历，后来从其他犯人嘴里得知这名壮汉的来历后感到心有余悸。

"我不管你是不是神社的人，我要休息了，你们的脸如果不想变成水彩画的话，就老实点。"

壮汉大声喝道："可恶的英国佬，我已经够给你面子了，你打了我兄弟，这笔账怎么算？是不是想尝尝我的拳头？"

福尔森瞅了瞅那个被他捏青了手腕的人，大声说道："这是你兄弟？那这个账就要好好算一算了。你兄弟打扰我休息，害得我睡不了觉，在这儿跟你啰啰嗦嗦，你说这笔账我该怎么跟你算？"

那个壮汉听到这个话都快跳起来了，他眼睛里似乎冒出了火焰，怒道："我看你是活得不耐烦了，兄弟们，给我往死里打！"说着迎面就是一拳。

第十四章

三道会的胜利

三道会在西欧各地有着严密的组织，这个庞大的地下黑势力延伸到各个行业，从餐饮、宾馆到航运、文物买卖、毒品走私无所不做。

一个侍卫拿着一叠文件走到一个老者身边，这位老者就是三道会会长。

"比蒂先生，这是贝克的身份证明和履历，要不要仔细核对一下？"

"你念吧。"

那个侍者把文件内容从头到尾念了一遍。

"我知道了，我们虽然不能确定他是不是打入我们内部的间谍，不过他对我们接下来的加的夫之旅会很有帮助，我们现在非常需要像他那样的人。"

两人相视而笑。

这天，一个巨大的肮脏的交易再次展开。

十几辆越野吉普车和一辆加长林肯车，穿越威尔士边界，来到一个偌大的庄园。汽车停在了庄园外面，三道会会长等必须露面的一批重要人物进去，后面一批人就悄悄地埋伏在了驻地外头，沃伊带着手下守在了庄园外头。

共进会十几个身穿黑色西服的礼乐队站在庄园外面吹着军乐夹道欢迎三道会高层人物的到来，一个身穿褐色西服的男人走到一辆林肯车旁打开了车门，从车里走下一个身穿深蓝色西装的白发苍苍的老人。这个人就是三道会的会长比蒂。

比蒂是三道会的会长，他担任这一职位已经有几十年了，他老谋深算，心计甚深，带领着三道会走向顶峰，玛雅神社的高层非常信任比蒂，领袖有什么解决不了的疑难问题经常请教比蒂。他被称为三道会里面的教父。

三道会的会长比蒂亲自来登门致歉，最近三道会与黑手党共进会的矛盾激化，双方发生了大大小小十几场火拼，比蒂为了缓和双方矛盾，决定与黑手党的人谈判，为了表明诚意，他决定向黑手党的人订一大批货，这些货物主要有毒品和盗取的文物，他决定在谈判会议上对黑手党的人做出让步。

三道会有70%的珍藏品和毒品是在这二十多年里从左尼埃这儿购买的。三道会付的钱常常是这些东西实际价值的5到10倍，而且这些东西大部分都是偷来的或贩来的，但三道会会长一点也不在乎。这种关系对双方都有利。左尼埃挥霍他贩毒和贩卖文物赚来的钱，比蒂则把这些毒品和文物用来增强三道会的经济实力，以养活手下越来越多的弟兄。

比蒂沿着通往庄园会客大厅的中心大道向庄园中心走来，这座庄园建于都铎王朝统治时期，古老的城墙和古堡式的楼房环绕在庄园周围。比蒂身旁跟着几个彪悍的保镖，那名身穿褐色西装的男人一边走着，一边与比蒂热烈地交谈着，像是在向他介绍庄园内的建筑。副会长伯瓦利和布鲁走在保镖的后面。布鲁和伯瓦利身后还跟着十余名三道会的高层人物，他们都是三道会在西欧各国的分组织负责人，此次谈判活动异常重要，比蒂要求各分组织负责人都要到场。

一个穿白色西装的男人坐在遮阳伞下，附近的一块花圃旁，一台旋转洒水器正"咔咔嗒嗒"地响着，水以完美的弧状四溅。他看到比蒂远远走来，便起身迎了上去。这名身穿白色西装的人身后跟着十几名手下。他走到比蒂面前，拥抱了比蒂，说道："比蒂，看见你总是让我很高兴。"

"左尼埃，我的老朋友，你不知道我有多盼望我们的短暂会面。希望我们三道会和黑手党两大组织从此以后能把矛盾彻底化解，前些天的事还希望您不要计较啊，都是手下不太懂事。"

左尼埃是这个葡萄酒庄园的老板，他还有一个秘密的身份——黑手党在英国分组织的掌门人，一个从事毒品买卖的头目。

"相信我吧，我最渴望跟你这样受人尊敬的人打交道，我的其他顾客全都加起来也比不上你好。"左尼埃笑呵呵地说道。

比蒂笑了，"宰羔羊之前要先用奉承话把它养肥吗？"

左尼埃舒畅地开怀大笑，"不，不，你误会了，我们先到大厅里喝几杯上好的香槟，舒服一下。"

左尼埃的手下，那名身穿褐色西服的男人在前面带路，左尼埃则与比蒂亲切地交谈着，比蒂还不时拍拍左尼埃的肩膀。他们走到了庄园的会客大厅门前，在会客大厅门前站岗的几名共进会打手对每位三道会高层成员进行了仔细的搜身，他们携带的手枪被放在柜子里由这些打手们暂时保管。三道会的人和左尼埃的手下走到会客大厅的会议室里就座。那名身穿褐色西装的人走到会客大厅储藏室里，这里有共进会几十名手持步枪的弟兄整装待发。

"都准备好了吗？"那身穿褐色西服的男人悄声问道。

"准备好了，几十个弟兄，就等着把子弹打入他们稚嫩的头颅内呢。"一个身材矮小满脸横肉的人凶狠地说道。

"听到枪声后，立刻动手，按照预先制定的方案。"

"好的，你放心吧。"

会议室里三道会与黑手党的头目正热烈地交谈着，一个拉丁美洲侍女往每人的座位前的桌子上放了一杯茶，比蒂抽了口烟后，慢慢说道："老弟，真想不到共进会用了不到 10 年的时间不仅东山再起，而且把势力发展到了整个西欧，你的本事可真不小啊。"

左尼埃喝了一口茶，说道："福尔森那个自负的侦探以为共进会被他彻底铲除了，但当年那件大案中的策划者并没有全部被捕，我那个老领导史密斯非要与政府作对，恢复君主专制制度，我屡次劝他丢掉那疯狂的想法，他就是不听。共进会除了我之外，其他人全部被抓了，一千多名会员全部被逮住。"

"你怎么逃脱的？"比蒂疑惑地问道。

"有黑手党的人暗中帮助，他们让我管理共进会，但前提是让共进会听命于黑手党。"

"刚才那位身穿褐色西装的人是？"比蒂问道。

"他是我的助手山尼，以前是斯特朗建筑公司的老板，普利茅斯发生凶案的那座宾馆就是斯特朗建筑公司的产业。几个月前，警方来搜捕，山尼收到黑手党的消息后，才顺利逃脱。"

"宾馆中为何要留有暗道？"比蒂问道。

"便于毒品交易，也是防止警方突然搜查。那是共进会进行毒品交易的一个秘密地点。"

"老弟，时间不早了，我们该进入正题了。先谈谈毒品的事吧。"比蒂掐灭了烟头后不慌不忙地说道。

"你们想要多少？"

"300。"比蒂果断地说道。

"那可不是一笔小数目，不过我会尽力满足你们的要求。"左尼埃拍了拍手，从隔壁走来9个身穿黑色西装的人，每人手里拎着一大袋白粉。他们把白粉放在会议室的桌子上。

"这是300千克。"左尼埃说道。

比蒂朝手下使了使眼色，其中一个手下用小勺挖了一点，从口袋里拿出一张卷成筒状的白纸，倒进白纸筒里。接着又从口袋里掏出一把打火机点燃了纸筒末端，纸筒里出现一缕白烟，他吸了几口后朝比蒂点了点头。

"全部都是上乘货色，还用检查重量吗？"左尼埃问道。

"不用了，老弟，成交了，我相信你的信誉。"比蒂说完后，把几根金条递给了对面的左尼埃，左尼埃看了看金条后，满意地塞到了公文包里。

"这里还有一些艺术品，你们要订多少？"

"那得看文物的价值和数量了。"比蒂沉着地说道。

"希望你让我看的不是垃圾场里的几块瓷罐碎片和葬仪瓦瓮。"布鲁抽了一口雪茄继续说道，"市场上对中国古文物非常感兴趣，拍卖行里已经把中国宋代玉器拍到了600万美元。我希望你这儿有我需要的。"

左尼埃站起身来，走到会议室的木柜旁，用力按了下书柜上面的一个蓝色按钮，木柜的门顿时弹开，左尼埃打开木门，说道："这是一笔能让好朋友获益的交易。出于对你的敬意，我亲自挑选了在博物馆展览文物中最稀罕的东西。我还带来了刚从一些古代贵族墓室中挖出的珍宝文物。我保证那些刚从中国运来的文物会大大丰富你那无与伦比的私人艺术品收藏室，使它超过世界上的任何一家博物馆。这些中国文物的价值要比玉器贵重多了。"

三道会的人看到柜子里的文物后，全都惊得目瞪口呆，比蒂从椅子上颤抖地站起身，朝木柜走去。木柜里面陈列着大大小小六十多件文物。这些文物有的是刚刚通过盗墓得到的，有的是通过黑市交易获取的，有的是从博物馆中窃取的。令比蒂感到吃惊的不是青花瓷瓶和从沙皇墓中盗取的黄金器皿，而是木柜最上层的那十几件青铜工艺品。他用手抚摸着那些青铜工艺品，吃惊地说道："这些青铜工艺品是从哪儿弄来的？"

"它们刚从中国秦汉故地出土，中国的文物贩子卖到外国的，每一件都价值连城，大饱眼福吧，这是迄今为止最大的青铜器展览会。"

"那一件青铜器是什么？"比蒂问道。

"那是装酒用的器皿，中国人称它为四羊方尊。"

"太不可思议了。"

"它们属于中国商朝文化艺术品，每一件都是正宗的，名副其实的。"

比蒂陶醉在艺术品的美景中，没在意左尼埃的话。他一件件地看过去，审慎地触摸、观察着。仅仅接触到这些灰暗的青铜器饰品就足以让他屏息静气了，他正在考虑着该出多少钱买下这些艺术品。左尼埃心中不禁想道："就让你再多看它们几眼吧，过一会儿你的名字就会出现在墓碑上。"

"看到了自己喜欢的吗？"左尼埃开玩笑地问道。

"还有吗？"比蒂问，那阵激动平息之后，他开始考虑怎么得到这些珍宝，"你没隐藏什么更重要的东西吧？"

"绝对没有，"左尼埃气愤地说，"你是第一个看到全部收藏品的人。我不打算单件卖出。我其实可以不必告诉你，朋友，如果你今天不买的话，不久以后就会有另一批大老板来我这儿把它们买走。"

"我出 2000 万美元买下这批珍宝。"

"谢谢你一开口就出这么高的价。但你是了解我的，知道我从不讨价还价。一个价钱，你了解我的脾气的。"

"多少？"

"4000 万。"

比蒂朝手下使了使眼色，手下的那些人把带来的手提箱拿到了会议桌上，将手提箱一个个打开，箱子里塞满了一摞摞印着华盛顿头像的钞票。

"我只带来了 2500 万。"

左尼埃根本不上他的当，"真遗憾，我不得不放弃这笔交易。我得想想自己还愿意把这批收藏品卖给谁。"

"但我是你最好的顾客。"比蒂抱怨说。

"这我不否认，"左尼埃说，"我们就像亲兄弟。但你为何还要折磨我呢？3500 万，不能再少了，这是最优惠的价格。"

"好吧，我没带那么多现金，皮箱里还有价值 1000 万的股票和债券。"左尼埃答道。

"老弟，不好意思，你知道金融危机会使这些证券贬值，你带支票也可以。"左尼埃说道。

"伯瓦利，把备用支票交给左尼埃老板。"比蒂喊道。

伯瓦利从西服内侧取出 10 张支票交给左尼埃，左尼埃拿着支票一张张验看着。

"这些支票全部是瑞士银行开出的，1000 万美元的支票，信用极好，随到随取，我想这次你该满意了吧。"

左尼埃看完后，把支票塞到了口袋里，笑呵呵地说道："老弟，和你做交易真痛快。你永远是我最好的顾客。"

"布鲁，把谈判合约拿出来。"比蒂说道。

布鲁从公文包里拿出了十几页的谈判合约，左尼埃坐回位子上，大致浏览了合约内容，脸色逐渐变得铁青。

比蒂说道："老弟，我们三道会想让你们共进会的势力退出伦敦，我们愿意把势力退出荷兰，把这一地区让给共进会。毒品生意也可以分你们一半。"

左尼埃猛地站起来拍了拍桌子，气愤地说道："你知道这是根本不可能的，你让我们的势力退出伦敦，这简直要我的命，伦敦是块很大的肥肉。"

"不要冲动，我们可以坐下来好好谈谈。"比蒂说道，"我可以以后从你这订购更多的货作为补偿，你要知道，这不仅仅是我的主意，这是我的上司玛雅神社的人做出的决议，我也不能违背。"

"我不管是谁做出的决议，我根本不会接受你的合约，我想我们没什么可谈的了。"

"左尼埃，你令我感到很失望。"比蒂摇了摇头，低声说道。

左尼埃背过身，从大衣内侧拿出手枪，这一举动谁都没注意到。就在比蒂刚点燃一根烟时，左尼埃突然转过身来，一枪击中了比蒂的头部。比蒂呜咽一声，用手指了指左尼埃，颤抖地说道："你——你——"然后倒了下去。

比蒂的手下被他这突如其来的状况吓得阵脚大乱，懦弱的伯瓦利抱着头蹲在地上，两腿颤抖，布鲁则要比其他人表现得更冷静些，镇定地说道："左尼埃，你想干什么！你这样做会使三道会与共进会之间爆发全面战争的，你真是太卑鄙了。"

左尼埃阴险地笑道："这是铲除你们三道会的大好时机，我要将你们三道会一网打尽。"

他刚说完话，山尼带着几十名杀手冲了进来，"山尼，把这些人全部抓起来。"

几十人押着三道会的人走了出去，布鲁大喊道："你这个蠢货，你会为你这愚蠢的行为付出代价的。"左尼埃摆了摆手。

就在这时，忽听庄园外一阵枪声，知是外面埋伏的兄弟动手了，会长一遇难，立刻就有人通过身上暗藏的通讯器发送了信号。

左尼埃看了众人的神色，哈哈大笑道："各位放心，这是我的士兵在清除一些躲在外面的苍蝇，一会儿就好，希望没有惊扰到各位。"众人见左尼埃的神态平静，显是早有准备，脸色更是灰暗，平时威风凛凛的神态早已不复存在。

"你们三道会干掉共进会那么多弟兄，我岂能让他们大摇大摆地从这儿走出去。"左尼埃对山尼说道。

庄园外的山坡丛林中，沃伊正观察庄园内的动静，隐隐感觉到庄园内出了大乱子，"准备开始行动。"

被抓的三道会头目像羊一样被赶出庄园，来到庄园外的一片丛林中。

"大家准备，我数 3 声开枪，把这些三道会成员送上西天。"

"1——2——"

"3"字还没出口，枪声骤然响起，一颗子弹正咬中了卫兵领头的后脑勺，一股鲜血喷涌而出，他身体剧烈地一抖，倒在地上。这一枪就像是一个信号，顿时四面八方不知从何处冒出来的猛烈火力，子弹像雨点般飞向左尼埃的手下，他手下的杀手们阵脚大乱，只有少数举枪还击，但这些拿着枪还击的人很快被放倒在地。身经百战的左尼埃试图躲到一片草丛里隐藏起来，但沃伊手下那些弟兄并没有给左尼埃躲藏的机会，一发狙击子弹瞬间夺走了他的命。沃伊的手下从纷纷从草丛里走了出来。

其中一个人抱着枪激动地跑到沃伊面前喊道："队长，庄园里的混蛋都被控制住了。我们的人都被解救出来了。"

伯瓦利和布鲁等三道会的大佬们看到沃伊站在他们的面前，非常吃惊，没想到三道会基层组织里竟然隐藏着如此人才。

"会长怎么样了？"沃伊问道。

众人都不吭声，沃伊知道这位三道会现任掌门人已经不在人世了。

沃伊命令手下的人到庄园内把那些宝贵的文物以及毒品全部拿走，并找到了比蒂的尸体，那个残破不堪的庄园已经被烈火所吞噬，所幸的是，庄园内部并没有被埋放炸药，只可惜庄园周围那些有着数百年历史的建筑围墙和城堡成了废墟，这些被损毁的古建筑将永远不可弥补。

待到这一切都办完后，沃伊和众人纷纷涌上了车。

坐在越野车上，喝着冰凉的红酒，吹着迎面扑过的风，对一干劫后余生的大佬们来说，没有比这个更惬意的事情了，只是眼下三道会会长不幸遇害，如果不能在短期内填补这个空缺，那么组织内部又将是一场腥风血雨。

"我们要把这里的情况向领袖汇报，会长人选还是要由他来决定。"

"等我们返回伦敦后就派人把这里的情况传达给我们伟大的领袖。"

福尔森出拳只能用快如闪电来形容了，壮汉拳头刚举起来，福尔森一拳已经砸在了他的脸上，把他整个人都打得飞了起来，落在一张床铺上，把床板都给压垮了。

壮汉的脸上痉挛起来，眼睛眨动，嘴唇抽动，额头上的静脉一跳一跳的，他的样子使福尔森想到一个被打倒的拳击手，正试图从"擂台"上爬起来。

牢房内的其他几个囚犯见老大被打得很惨，便一起朝福尔森冲去。福尔森在对付这些罪犯方面很有一套，在长期的侦探生涯中，他已经练就了高超的擒拿术。冲在最前面的几个人被福尔森扭断了胳膊，刚才那个手腕受伤的人落在最后，看到前面几个兄弟倒下，气得咬牙切齿，他从床铺里摸出一根削尖的牙刷朝福尔森刺去，福尔森看准时机一脚将他蹬倒在地，然后又躺回了床上。

突然，一阵高亢的警哨声让福尔森倒抽一股冷气，他转过身，几张阴郁的面容赫然映入眼帘，屋里顿时安静下来。

几个狱警来了，手里都拿着警棍，对牢房里的人扫视了一遍。

"是谁先动的手？"一个狱警问道。

那个被侦探踢倒的囚犯指着福尔森道："警官，他打人。"

那名狱警粗粗检查了一下伤者，对一个警衔较高的警察报告道："队长，都被打断了骨头，奥热姆被打得最惨。"

队长皱了皱眉，道："叫医生过来。"

"是。"那个警察赶紧拿出对讲机通知了外面的狱警。

队长对福尔森喝道："是不是你动的手？"

福尔森懒洋洋地坐了起来，道："队长，他们几个欺负我这个新来的，我正当防卫总可以吧，只是他们身手太差，都被我撂倒了。"

队长道："不管是谁先动的手，你下手太重了，为了维护监狱的纪律，我决定关你一个星期的禁闭。来人，把他关起来。"

福尔森咕哝道："反正是终身监禁，我也不打算出去了，哪里都一样。"

就这样，福尔森第一天坐牢就被关了一个星期的黑房，禁闭期结束后，福尔森被放回了牢房中，又与狱友们呆在一起。

福尔森躺在黑房里静静地看着牢房内昏暗的灯泡，再次陷入了沉思。他清楚地知道自己身处于龙潭虎穴之中。这里是监狱，这里没有什么书本和咖啡，而是实心的拳头、铁棍以及呛人的辣椒水，如果自己待在这儿的话早晚会被邪恶组织暗算掉。

这时，一个人打开了走到了囚室中，福尔森抬头一看，原来是狱警。

"福尔森，探望室里有人要见你。"

"知道了。"福尔森低声应了一句。

一个白发长须，穿着一件长袍的高个男人站在探视厅内。福尔森仔细打量这个人，打算听听眼前这个人要给自己讲什么故事。

"你是谁？"

"一个能救你的人。"

"为什么要救我？"

"和你做笔交易。"

"什么交易？"

"还记得你在莫泊斯长官发现的那个暗盒中的残片吗？"

"你和他们是一伙的，想得到那些《藏宝图》残片？"

"可以这么说，不过你知道得太晚了。"

"如果我不交出来，会有什么后果？"福尔森紧盯着探视厅防弹隔离栏。

"那你只有死在这儿，狱警会随便编造一个死因上报给郡长官就此了事。"

"你们究竟是什么组织？"

"给你讲个故事，不知道你是否有兴趣听？"

"我洗耳恭听。"

"1821 年，一位伟大的法国皇帝在圣赫勒拿岛逝去，法兰西民族失去了他们伟大的领袖，欧洲失去了一位伟大的将军，一位军事天才，后人在调查他的死因时，发现他是被佣人用砒霜毒死的，而指示那个佣人下此毒手的幕后势力是法国国内的保皇派。"

"我想你可以当一位优秀的历史老师，去给巴黎中学那些可爱的孩子们讲课。"

"你知道拿破仑真正的死因是什么吗？"

"抱歉，我不是一个历史学家。"福尔森耸耸肩。

"是因为一块方石，你也应该听说过玛雅宝藏的传说，那个该死的莫格拉老头一定已经把这些秘密告诉你了，就像你所听到的，拿破仑大军在1808 年入侵西班牙马德里，士兵在攻入马德里时大肆劫掠。博物馆中许多文物被搬入卢浮宫中，其中就包括那块方石。方石上一系列的密码深深吸引了这位对历史非常感兴趣的皇帝。这位伟大的皇帝听说过玛雅宝藏的传说后，把这块方石交给了巴黎当时一些优秀的历史学家和古文字学家去研究，但是直到帝国覆灭一直没有研究出结果。在流放到圣赫勒拿岛上前，这块方石也被带到了岛上。这位昔日战功赫赫的将军变成了一个潜心研究学术的学者，悉心研究文献书籍。直到几年后死去，玛雅神社以前的领袖派出人给了佣人一大笔财富，让他毒杀拿破仑，并将那块方石交给我们。"

"保皇派也是你们组织的成员。"

"应该说有许多都是。"

"我明白了，拿破仑的死是你们精心策划的阴谋！"

"如果你愿意跟我们合作，你将得到一大笔金钱，否则你的下场比莫格拉还要惨。你的确很聪明，但是凭借你的一己之力想与我们对抗，就省省力气吧。"

"玛雅神社是被一个神秘的家族控制的吧？"福尔森用沉静的双眼盯着和他说话的人。

"你说得不错，奥莱金家族控制着这个庞大的组织，你是斗不过他们的。"

"你又是什么人？为什么要告诉我这么多信息。"

"我只是一个说客。如果你愿意交出那片《藏宝图》残片，我们将协助你逃跑。"说到这儿，这个男人看了看周围的警卫，低声说，"监狱中自会有人联络你，这将是一个完美的越狱计划。"

"我会认真考虑你的意见的。"

这时探视时间已到，福尔森被警卫带回了囚室。

过了几天，牢房内那个壮汉把一张纸条交给了他，福尔森看完后把字条扔进了马桶，用水冲了下去。

第十五章

大越狱

福尔森和一群囚犯正在劳改场劳动。这片劳改场位于劳伦斯监狱南面的荒野中。

铁丝网包绕着劳改场,只在东面留下了一个缺口。那里有一条污浊的小河流过。工具房就建在这个铁丝网缺口旁边,劳改场留下这个缺口是为了让汽车和起重机通行,但是它也成为一些一心想越狱的胆大囚犯的觊觎之处。

福尔森在监狱的这段时间一直在琢磨这被称为固若金汤、铜墙铁壁的劳伦斯监狱存在的致命缺陷,这正是他的过人之处。他敏锐的观察力和缜密细致的推理分析能力帮了他很大的忙。越狱的最佳时机是在劳改场干活的时候。劳改场警戒体系中的关键之处就是那个劳改场总控制室,那里控制着电网,并负责与监狱联络和向哨兵们发布命令。只要打掉控制中心,就能使劳改场的指挥和控制系统陷入瘫痪,越狱就有了最大的把握和机会。但那里有十多名荷枪实弹的狱警把守着,想制服这些人对于手无寸铁的囚犯谈何容易。

光头壮汉透露给他的越狱计划他已经看过了，那确实是个绝妙的计划。

"嘿！嘿！"福尔森和另外十几个监狱的弟兄们正在合力将一块几吨重的巨石掀离路面，此刻一百多名重刑犯正在监狱劳改场中修路，按照计划，这条公路从劳伦斯监狱修到海边，途中还经过圣洛蒂神庙。经过监狱的这段几公里的路由这些囚犯们来修，当然这个馊主意是由监狱长出的，他首先向郡里的艾比特长官申请，艾比特长官批准了他的这项申请。盖辛基这个贪财的老头又能从修路中捞到不少好处，一方面是工程款，另一方面是安置费，所谓安置费也就是囚犯家属暗中给的贿赂。

深夜，一辆奔驰轿车停在了一座豪华的宾馆前，一个瘦高的男人来到车旁边打开了车门，一个男人走了出来。他走到宾馆里的一个包间，包间里一个英俊的男人正在看书，钢笔在纸上划出沙沙的声音。看到进来，便起身迎了上去。

"领袖，计划进行得非常顺利，福尔森上钩了，监狱中的人通风报信，我们不久就会拿到《藏宝图》残片了，我已经安排好人手了，福尔森在逃亡的途中会被干掉，福尔森就是有天大的本事，也逃不出我们的手掌心。"

"福尔森没那么好对付，你们要小心，一定要做到万无一失，另外他告诉我们的《藏宝图》残片的隐藏地址未必是真的，不过可以确定的是，《藏宝图》肯定在莫泊斯长官的官邸。无论你们想出什么办法，也要把这第5块《藏宝图》拿到手。记住，这次一定要将福尔森干掉，否则以后他会给我们带来很大麻烦的。"

"是的，领袖，我们一定会按时完成任务，我就不信斗不过这个福尔森。"

"与福尔森身边潜伏的那个神枪手取得联系没有？"

"联系了，他会助我们一臂之力，放心吧领袖，福尔森不是我们兄弟的对手。"

"这次一定要成功。"

农场上，光头壮汉悄悄走到福尔森身边，道："我们一会儿就动手，把场面搅得越混乱越好，把河边上那个哨兵吸引过来你就跑，下游有人接应。记住，速度一定要快！”

"你们怎么办？"福尔森擦了擦头上的汗水，不慌不忙地问道。

"我是玛雅神社的人，监狱长不会为难我。"

"好吧，兄弟，我们出来再见。"

那光头男人说完后又钻入人群中干活。福尔森握紧拳头，心里早已打好了盘算，有了另一个越狱计划，能不能成功就要看他是否有足够的胆量和魄力。

他往劳改场周围看了看，狱警队长像往常一样将吉普车停靠在劳改场的草丛边。就在此时，福尔森身旁的几个人突然对骂起来，两派人很快卷入了厮打之中。狱警的哨子吹得满天响，大家也不予理会，现场越来越乱，越来越多的人加入了混战当中。

见时机已到，壮汉四处找福尔森，想叫他快跑，可到处是穿着蓝色囚服的人头，根本看不见福尔森的身影。

福尔森趁乱，悄悄地溜到吉普车旁边，那名正在吸烟的警察没注意到他，他在津津有味地看着眼前的殴斗。福尔森从后面给了他一拳，那警察被击昏在地，福尔森从他身上摸出了车钥匙。他果断地拉开车门，纵身跃到驾驶座上。而此时，谁也没注意到福尔森的行为。他发动了汽车，踩下油门，汽车如离弦的箭朝小河冲去。这时那些狱警们才缓过神来，他们拿出手枪朝汽车射击。

就几十米了，跑过这短短几十米的距离，就是自由。现在"自由"两个字占据了福尔森的意识。河岸两侧有三米多高的斜坡，这个斜坡原本是个小型堤坝，但是现在它却为吉普车上演空中飞车提供了物理条件，福尔森已经做好表演杂技的准备了。

汽车的驱动轮沿着斜坡猛然冲了出去，在空中划过一条完美的弧线后落到了对岸的草丛边，那些哨兵们还在举枪射击，子弹打穿了挡风玻璃和车灯，但这些都无济于事。福尔森准备孤身一人穿过玉米地到山林里与他们捉迷藏。

最好的伪装是突出自己的优点，而不是隐瞒自己的缺点。

自从上一次建立重大功劳后，被三道会成员推选为三道会董事，沃伊终于有机会接触到这个组织的高层了，他希望尽快接触到这个组织的核心机密，为进一步侦破案件做准备，可是那些机密文件会藏在哪儿呢？

三道会在伦敦西郊开了庆功会，为组织绝大部分成员的平安归来，也为一举端掉了共进会在威尔士的据点，共进会组织受到了沉重打击，同时也是为沃伊的功绩庆功。

内华达山区的一座山洞内，十几名考古学家和文献学家正在整理资料，这些资料是刚刚从黑市交易中获得的，玛雅神社出了几百万美元买下了这几十份失散在民间的历史文献资料。这些为玛雅神社效力的学者们已经从这些刚刚发现的文献资料中得知了一个重大的信息：阿尔卑斯山区一座修道院内隐藏着一块《藏宝图》残片，是许多年前一名主教留下的。

玛雅神社的上层通知三道会，让三道会派人到阿尔卑斯山区去搜寻《藏宝图》残片，并从十几名考古学家中抽出一名最优秀的考古学家佩罗，协助三道会的人参与搜寻任务。

三道会会长接到上层组织的命令，在欧洲范围内寻找第 6 份《藏宝图》残片。

会长命令沃伊担任这次搜寻队的队长，随行的还有布兰顿和神社总部派来的女考古学家佩罗，还有三道会中的飞机驾驶员坎迪，他们的这一次旅行将从伦敦郊区的私家机场——布托迪机场开始。

一架红色的螺旋桨飞机停在宽阔的机场跑道上，他们进入机舱，机舱尾部是一个保险柜和简易餐厅，沃伊和坎迪坐在前排，布兰顿和女考古学家佩罗在后排坐下。

飞机不断爬升，地面的车辆已经越来越小了，飞机在经历了一段时间的爬升后，飞行高度已经达到 9000 米，机场周围的树林向一片巨大的地毯覆盖在山坡上。

沃伊转过身问佩罗："你不晕机吧？"

"哦，我没事，我在想我们搜索的难度会很大。"她机械地说。

"总部给我们提供了什么线索？"沃伊问道。

"总部根据许多历史记载和传说确定在阿尔卑斯山区会有一块《藏宝图》残片。"

"我们将要飞往阿尔卑斯山区吗？那里可有着恶劣的气候条件啊。"沃伊问道。

"上头的命令，我们必须执行，《藏宝图》残片会藏在阿尔卑斯山区什么地方？"坎迪问道。

"我想《藏宝图》残片应该是存放在了山区的一座修道院里，这座修道院位置比较隐蔽，但地处交通要道。"佩罗拿着地图仔细观察着，展现出一个专业的考古学家的学识。

"油箱中的燃料能把我们带到什么地方？"沃伊问道。

坎迪观察了一下仪表板，目光最后落到显示器上的油量上，淡淡地说道："如果不是因为这架该死的飞机油箱老化的话，我想它能带我们在阿尔卑斯山上空转上一圈，可是现在我们必须先带我们这架飞机兄弟到伯尔尼机场加油了，那儿有我们的人。"

"把地图和圆规给我。"沃伊转头向佩罗说道。

沃伊拿出一张地形图，将腿上铺开，并画出一条通往阿尔卑斯山区的航线。

"这块《藏宝图》残片是在什么史书上有记载？"

"我们的总部玛雅神社有着非常先进的计算机资料库，关于《藏宝图》残片的大量历史文献记载在里面，许多优秀的历史学家和考古学家为我们工作。我们从神社最新购买的文献资料中找到一本旅行日记。一个叫科拉尔的人在他的一本旅行日记中提到了《藏宝图》残片的事。这是一个喜欢冒险的年轻人，他徒步翻越了阿尔卑斯山，就像以前拿破仑和他的军队一样，这个年轻人在寒冷险峻的山口处发现了一个寺院，当他走进这个寺院里时，发现修士跪在地上祈祷，大厅的桌子上放着一块长方体的石块，上面用红布盖住了，当这个年轻人问及那块石头是干什么的时候，修士告诉他是一个主教暂时寄存在那儿的《藏宝图》残片。"

"那个主教为什么要把石块寄存在寺院里？"沃伊感到这又是一个虚幻的故事。

"书中记载主教好像受人迫害，当他到达那座寺院时，浑身疲惫不堪，身上只携带了那块石头和几件衣服。他告诉寺院的修士他已经连续走了好几天了，已经不能再带着这块石头走了，就把石头寄存在寺院中，请修士认真看管，过一段时间他还会回来取走，但是后来这位主教就再没来取过。"

"徒步翻越阿尔卑斯山，真是难以想象，如果不是受迫害的话，我想他绕道阿尔卑斯山从西侧进入法国倒是个不错的选择，顺便可以在土伦沐浴温暖的阳光和海水。"

"关于那个主教的经历和石块的来源有详细的描述吗？"沃伊似乎感到了这件事情的蹊跷之处，又开始寻根究底地问起来。"

"书中没有详细记载，不过你要是对这件事感兴趣的话可以去图书馆查，总部的那些文献典籍只有极少数的人才能查看。"

"那么你也没有资格了？"沃伊盯着这位考古学家问道。

"你要知道，我们只有在参与研究某项计划时才能进入玛雅神社总部的资料室，由于我们每次都是蒙蔽双眼被押着进去，所以我根本不知道总部的地址在哪儿。"

"你难道是虔诚地效忠于那个神秘的组织吗？亲爱的佩罗博士。"

"你知道的，"佩罗喝了一口水，"如果给你一年 20 万英镑的报酬我想你也会乐意为他们做事的。"

沃伊仔细查看着地图，"我想我们要费一番周折了，地图上显示阿尔卑斯山区至少有上百座修道院，我想我们不能都把它们光顾一遍吧。"

布兰顿将椅子调到仰坐的位置，正舒舒服服地读着一本侦探小说，每当沃伊和佩罗博士热烈地交谈的时候，他都置之不理，只有当漂亮的小鸟从飞机驾驶舱旁边飞过的时候，他才会把目光离开那本已经看了许多遍的书。

飞机距离地面 9000 米，正穿越瑞士一片牧场上空，这里的牧场美得惊人。

布兰顿可不管什么美景不美景，他一直在读那本小说。坎迪看了看显示器上的油量后大声说道："伙计们，我们要牺牲一些东西了，我想我们油箱的油料只够用一个半小时了，把飞机上所有没用的重物都抛下去。"

"坎迪，你确实应该加速了，如果我们的飞机不想成为许多年后伯尔尼湖里被打捞的古董的话。再说，我也想尽快洗个热水澡。"沃伊自从打入这个神秘的组织的内部后，就很快和这些有趣的人打成了一片，他知道这些有趣的人并不都属于那个凶残邪恶的组织，起码佩罗并不心甘情愿为那个头目效力。

沃伊开始往飞机下扔重物，多余的衣服、工具、座椅等，除了救生衣和救生艇之类的设备之外，所有的其他东西都要扔掉，重物在空中做自由落体运动，就像几百年前伽利略在比萨斜塔做那个著名的实验一样。

沃伊一瘸一拐地走回驾驶舱，坐进副驾驶员的座椅，"刚才搬重物时不小心使一个沉重的木盒子与自己的脚面来个亲密的接触，在脚面留下一个红肿。"

坎迪驾驶着飞机，在离树顶约 9500 米的空中以每小时 2000 公里的速度疾速飞行。飞机与阿尔卑斯雪山只隔着一片山丘丛林和一个狭窄的峡谷了。每隔 3 分钟他就瞥一眼显示器上的油量。两根指针已经接近警报红线了。自从飞越草原后，飞机一直在一大片山丘中飞行，山丘上树林茂密，树林间遍布鹅卵石，在这儿迫降简直是在玩命。

沃伊脚步蹒跚地回到货舱中，开始分发降落伞。布兰顿跟了过去，从他手中一把夺过降落伞，递给了佩罗。

飞机遇到了强气流，不断地颠簸，两人快速走回到座位。

"是什么使你选择做一名考古学家？"

"在我家麦田的一角有一个古墓，我常常在那儿挖弓箭头。上中学时，为了写一篇读书报告，我找到一篇有关发掘俄亥俄印第安墓地的文章。读完之后颇受启发，便开始挖掘我家农场上的那个墓地。我挖出一些陶瓷碎片和 4 具骷髅，于是就着了迷。不过，那时根本算不上什么专业性发掘。我是在大学里才学会正确的发掘方法。内华达中部发达的摩门教文化深深吸引了我，我下定决心，要专门从事这一领域的研究工作。"

"你是俄亥俄州的人？"

"不，我是内华达州的人。"

"你一直都在为神社工作？"

佩罗摇摇头，"像大多数考古学者一样，我们都埋头于自己最喜欢的计划之中，从宾夕法尼亚大学取得硕士文凭后我就进了国家考古研究院，在里面工作了几年后，直到有一天一个陌生的人找到我，说要我跟他们合作，而且答应给我一大笔报酬。"

"你主要为他们研究什么东西？"

"主要是一些古文物的鉴定，破译一些古文字，最近参与了一个神秘计划，如果我帮他们根据历史文献记载找到所有的《藏宝图》残片的话，他们就会把600万美元塞进我的腰包，你要知道这对于我这个清贫的科学家来说简直是天文数字。"

"看来那笔宝藏至少值60亿美元。"沃伊小声咕哝着。

福尔森从监狱中艰难地逃出来后，来到了一片玉米地中，这里离监狱中并不远，警报声还在响，自己既然被他们骗入监狱的陷阱中，就必然会置自己于死地，如果不尽早离开这个地方，就很难再找到机会了。

此刻东南西北对福尔森来说已经不复存在，他已经迷失了方向。他艰难地前行两公里来到一个小溪边，他已经渴得嘴唇发干，头昏目眩了，如果不是小溪就在离山谷不远的地方，恐怕他已经倒下了。

清凉甘洌的泉水使福尔森的体力逐渐恢复，福尔森仔细地观察了周围的地形，山谷周围是险峻巍峨的大山，泉水朝这个山谷口流动，看来刚才那个谷口应该是山谷通往外界的唯一通道，这应该是一个死谷，同时清醒地意识到如果自己拐回去从山口出去，那么那些警察应该已经站在山谷口等着自己了，现在还没有摆脱危险。

唯一的办法就是往山上跑，躲在树丛里与他们捉迷藏。

福尔森透过树丛的缝隙往下看去，一队拿着枪的警察已经走进了山谷，看起来他们很可能会搜山，不过在这茂密的树林里搜寻一个人简直比登山还难。

福尔森已经不再去考虑这些警察对自己构成的威胁了，他担心的是黑暗的夜晚一旦到来，他如何在这丛林中生存，毒蛇、毒蜘蛛、野兽，每一样都能要了他的命。

福尔森继续向前走去，前面又出现了一条小溪，溪水不深，但是水流湍急，福尔森费了九牛二虎之力才过了河。河水并不凉，但趟着却很不舒服，因为里面全是被雨水从山上冲下来的残渣碎片，大小、形状各异，硬度不一，一齐冲到他身上。福尔森踉踉跄跄地过了河，下身的衣服全湿了，但他没停下来歇口气，就开始爬那座陡峭的小山了，前面那座小山应该就是顶峰了，现在他已经看不到那些在山下搜寻的警察了。

山谷下已经没有了搜捕他的警察的动静，也许现在他应该离开这座山谷了，福尔森在大脑中考虑了两个方案：第一，就是回去和汉普会合然后逃离这片地区，在这之前，他必须要知道弗兰克的下落，他清楚地记得自从被一同审判后，弗兰克便失去了踪迹，在监狱中待了那么长时间，也没看到他的身影，福尔森不禁诧异起来。第二，就是回去和警察局把莫格拉长老被害这件事说清楚，不过这个可能性很小。

　　福尔森沿着小路继续向上攀爬，过了半个多小时后就到达了山顶，太阳在远处的天空不断升起来，山下是一条蜿蜒的公路，公路旁边好像有一个村庄，有村庄就有电话亭，一定要把这里的事情通知给汉普，成败在此一举。越过最后一片树丛，从容地沿着斜坡来到谷底，又经历了两公里的艰苦跋涉，走出了山谷，沿着山脚向右拐，来到一条山脚下的公路，这时福尔森终于知道为什么那些警察没有在山里认真地搜查了，他们一定以为自己顺着这条公路跑的。

　　"我今天的运气还不算太糟。"福尔森长长地舒了一口气。

　　沿着公路向前走去，看样子村庄离这里有一里远，一阵微风轻拂过他的颈部，一只红尾雄鹰在天空中盘旋，俯视着自己的领地。这里层峦叠嶂，峡谷纵横，树丛一望无际，野兔和土狼出没无常，既令人生畏，又能激发灵感。福尔森想，能长眠在这块土地上倒真是一件幸运的事。

　　福尔森走下小山坡，朝村庄走去。几座玛雅金字塔和一座大神庙立刻吸引住了福尔森的视线。

　　福尔森走过一条青石板路，来到一条小巷的拐角，拐角处有一个聚会所。"里面应该有电话。"福尔森自言自语地说道。

　　福尔森警惕地扫视了周围一眼，没有发现有什么可疑的人。

　　福尔森微笑着查看了一下这间聚会厅，里面有一张木桌和四把折叠椅。电话就摆在地砖上，下面压着一本薄薄的电话号码簿。

　　电话铃响了17次之后，接线生终于用西班牙语回话了："先生，请讲。"

　　"我今天的运气还不算太糟。"听到这善解人意的嗓音，福尔森又长长地舒了一口气。

　　墨西哥接线员为他接通了一位布瑞拉镇接线员。这个接线员又把他转到查号台，帮他查到了布瑞拉镇长官官邸的号码，并且替他接通了电话。

电话里传来一个男人的声音。

"布瑞拉镇长官官邸，需要帮忙吗？"

"我想和长官官邸的汉普医生说话。"

"请等一下，我帮你接过去。他现在在长官官邸的办公室里。"

电话响了两下，一个声音似乎从地下室里传了出来："我是汉普。"

"我是福尔森。"

"福尔森，真的是你吗？"汉普惊奇地问道，"你到哪里去了？我们一直在想办法请求警察局的人寻找你。"

"别费心了，他们的地方官很可能已经被那个组织收买了。"

"弗兰克和你在一起吗？"

"没有啊，自从我和他被审判以后，我就一直没有再看到他。"

"你们被审判了？什么时候？我怎么不知道？"

"难道警察局的人没有通知你吗？我可能还被通缉了，因为我是越狱逃出来的。"

"福尔森，可能事情发生得太突然了，不过你说的事我听不懂。究竟发生什么事了？"

福尔森感到事情有些蹊跷，把近些天的经历从大脑中回忆了一遍，"妈的，肯定上当了！"

"难道你在布瑞拉镇没有听到通缉我的消息吗？"

"布瑞拉镇一切都很好。"

福尔森确信自己中计了，而且像一个幼稚的孩子一样被对手骗来骗去，这一次他彻底败给了对手，从一开始这就是个骗局。

"汉普，我需要一架直升机，我现在已经处于对手的地面包围圈中，你去找布瑞拉镇警察局夏普警长，借一架直升机。"

"我需要确定你的位置。"

"劳伦斯监狱东边公路旁边的一个小村庄，在一座大山的旁边。"

"这些信息已经足够了，你就耐心地等着吧。"

第十六章

圣伯纳德修道院

　　陡峭的山坡上只有一条羊肠小道通往山口的修道院，这里的地势险峻不亚于红军长征途中爬过的夹金山，沃伊终于明白了几百年来为什么会有那么多冒险者把性命丢在了这里，当然，修道院饲养的那些狗拯救了不少企图翻越这座山口的冒险者。如今虽然在山里挖了隧道，翻越山口已经不那么危险了，但是每年还有一些喜欢极限运动的人徒步跨越山口。

　　"文献上并没有记载那位可怜的主教把《藏宝图》残片放在这座修道院，你为什么那么肯定它就在这里？"佩罗博士眨着眼睛奇怪地问道。

　　"这个山口连接着意大利和瑞士，如果那位可怜的主教想摆脱追杀从而翻越阿尔卑斯山的话，那么这个山口是从意大利逃出的必经之路。"沃伊回答道。

　　"也许你说得对。"

　　被冰雪覆盖的路面上留着许多鞋印，沃伊仔细观察着，试图寻找自己那硕大的脚印。他踏出一步，体会那种踩在已冻硬的积雪上的触感，脚底传来"刷刷"的踏雪声。

身后传来细小的尖叫声。回头一看，佩罗颤颤巍巍地难以举步。她看见沃伊在看她，露出了羞涩的表情。

"我的脚滑了。"

"小心点。这里的路很滑，要不然我背你上去吧。"

"哦，这个不用，我自己能走上去。"

布兰顿指着她的脚边，她穿着一双黑色登山高跟鞋。

"你穿那双鞋是没办法在这种地方走路的。"

"嗯，说得也是。"

话声刚落，佩罗的脚底又滑了一下。她尖叫一声，身体完全失去了平衡。沃伊连忙抓住她的右手，然后顺势抱住她的身体。

"你没事吧，佩罗小姐？"

"嗯……不好意思。"

佩罗抬头看着沃伊，细薄的雪花沾上她的睫毛，她的瞳孔仿佛因为融化的雪花而湿润。佩罗盯着他的眼睛，感到内心升起一股不寻常的悸动，像是要斩断那股情绪似的，他放开了她的身体。

"请你小心。"他说，"你现在可不是平常人的身体。没有你这个考古学家，我们几个很难找到《藏宝图》残片。不过你既然从事考古事业，就应该知道来这种雪山不应该穿登山高跟鞋的，非常不安全。"

"我以前从没来到雪山里考察过。"她对他抛去一个媚眼。

圣伯纳德修道院位于圣伯纳德山口一里远的地方，建于公元 11 世纪。每年的夏天，修道院十分忙碌，因为有成千上万的人驾车通过山口，顺便来修道院参观，这些清心寡欲的修士更喜欢冬天，因为在冬天，他们可以更多地过上无人打扰的生活，那些凶猛的狗也可以放出围栏，四处溜达，一些热爱高山清净环境的年轻人每年都会受到修道院的热烈欢迎。

阿德沙主教正在教堂外打扫门前的积雪，修士们正在教堂做祷告，那些可爱的小狗正在雪地上嬉戏玩耍。

沃伊几个人已经到了教堂门外，在门口溜达的一条小狗发现了这几个奇怪的入侵者，向他们汪汪大叫，主教抬起头看见了这几个来访者。

"尊敬的主教，我们几个是来做祷告的，洗清内心的罪恶。"沃伊从这个人的穿着认出了这个人是主教。

"到后面的大厅吧，那里很安静，没有人会打扰你们的。"

"多谢主教，那么我们进去了，顺便参观这个著名的修道院。"

"阿迪伊奥是这里的修士，过一会儿他会给你们送些点心的，我们看你们已经疲惫了。"

"多谢主教先生。"

几个人观察着这座屹立已达上千年的修道院，这是一幢引人注目的圆形建筑，有着撼人心魄的华美外表，中间一座塔楼，塔楼的旁边有个突出来的正殿，教堂看起来不像是供众人崇拜的地方，倒像是一个军事据点。沃伊平生第一次对建筑物仰慕起来，这幢建筑显得既粗犷又朴素，更容易使人想起罗马的圣安杰罗城堡，而不是造型精美的希腊帕特农神庙。伟大的拿破仑就是在翻越阿尔卑斯山脉时就把这座教堂作为临时休息地，然后他那强大的军队穿越了这座山口，进入了亚平宁平原，取得偷袭战的胜利。

教堂内部并没有什么特别的地方，和普通的修道院没什么区别，一群修士正在唱赞美诗，那高亢洪亮的歌声使人们灵魂得到净化，内心得到升华。

"我就是阿迪伊奥修士，就由我来引导你们参观这座教堂吧。"

"尊敬的修士，是上帝选出来的人如果你有什么事的话，我想我们自己随便看看就行了，不用您亲自为我们做引导。"

"在这诺大的教堂内，迷宫一样的走廊会使你们出不来的。"

"那好吧，那么就麻烦修士了。"

"这是我应该做的。"

坎迪和布兰顿一直在用目光搜索着每一个角落，《藏宝图》残片也许就藏在某个角落里，佩罗用她那专业的考古学家的眼光打量着幽长的走廊，弧形的拱顶，光亮的石板，典型的中世纪建筑风格，而沃伊则一直在思考着如何寻找《藏宝图》残片，现在他看清了修士的面孔。

强壮的胸膛，宽阔的肩膀以及粗壮结实的臂膊和腿。他有一头黑色的鬈发，刚毅的脸庞，一条隆起的粗大静脉横过他那宽广的前额直到鼻梁上面。他的深灰色的眼睛里，蕴藏着残忍的表情。一个仔细的观察者会从他那威严而又果决的脸部的神经质的抖动中看出这个人难以亲近。

"你们就在这里祷告吧，最好把《圣经》放在你们的手上。我先走了，过一会儿带些点心过来给你们吃。"说完后，修士走出大厅的大门，然后重重地关上了门。

这是一个宽敞的大厅，前面是一个高台，后面是一排排的座位，就像是一座教室，关上大门后，屋里昏暗，更像是一个电影院，新闻工作者常常说这里吸走了大量信徒和慈善家的资金，看起来还是很有道理的，因为从那精美的壁画就可以看出装修得十分豪华。

四人走到前台，拿了几本《圣经》，放在胸前，然后跪下，静静地沉默。修士离开大厅后，从外面登上了这间大厅的房顶，然后从通气孔中观察里面的动静，这个防护措施是必要的，因为几百年来，经常有一队队的陌生人以祷告为名，潜入到修道院试图寻找什么东西，如果被他发现了不良企图，他就会勒令这些有不正当企图的人尽早离开。

时间已经过去一个小时了，沃伊一直没有站起来，祈祷了那么长时间，他双膝都跪酸了，此刻他感到倍受折磨。沃伊知道自己是个脾气不好、喜怒无常的人，这种脾性让他在过去的几年中做错了不少事，现在他的内心里充满了对三道会刻骨的仇恨。虽然只有上帝知道他有多么热爱上帝，但是这种爱不能让他驱除仇恨的怒火并且施舍宽容。这种愤怒总是无法从他的内心驱除。魔鬼撒旦一定很满意让他在这种罪过中迷失。

他知道有一双眼睛正在盯着他们看，现在他们要做的就是取得那双眼睛的信任。

修士看到那么长时间过去了还没动静，看来这是一批虔诚的祷告者。

大门打开了，修士端着两盘水果走了进来，当他走到这几个人身边时，他们还在继续着他们优美的表演。

"我想一个小时的祈祷时间对于你们来说已经足够了。"

几个人都站了起来，修士坐在后面的座位上。

"几位已经将修道院看完了，从这个大厅出去，沿着刚才的走廊往左拐是一个小花园，那里是修士们种植蔬菜的地方，如果你们有兴趣地话可以去参观一下。"

坎迪把一片苹果往嘴里一塞，然后慢吞吞地说道："请问修道院里还有什么宝贝值得看吗？"

沃伊和布兰顿听到这句话后，赶紧用一个蔑视的眼神制止了他继续说下去。

"不知你要看什么宝贝？"修士紧盯着坎迪说。

"听说修道院有着名贵的猎犬，那家伙有着灵敏的嗅觉？"

听到这句话后几个人松了口气。

"哦，是的，现在猎犬在四处溜达呢，天黑时就要回来了，如果你们幸运的话，应该能够看到那些快乐的小动物在四处嬉戏呢，不过你们在经过它们身边的时候千万不要跑。"

"修士，请问卫生间在哪儿？"沃伊突然问。

"哦，从这个大门出去沿着来时的走廊往右拐就到了。"

"知道了，多谢。"

沃伊大步走了出去，心中一阵窃喜，他可以充分利用这段时间对修道院仔细观察一下了，最好能找出什么机关暗道和密室之类的地方，那里正是存放《藏宝图》残片的好地方。

我的判断不会出错的，机会就在眼前。

沃伊按照修士的指示很快找到了卫生间，不过他并没有进去，而是绕过卫生间向另一条走廊走去，他发现这里非常像一部他看过的恐怖片中的场景，因为里面昏暗压抑。

走廊旁边有一扇小门，这里应该是修士们的住处了。

为了验证自己的猜想，他轻轻地推开了一扇小门，里面一片漆黑，他用手在门旁边的墙壁上摸索着，也许开关就在这里。

开关就在这里。打开了开关，屋里顿时亮了起来。屋里只有一张床，一个书柜，一把椅子，太令沃伊失望了，《藏宝图》残片不会藏在这里的，所以这两排房间都不用再找了。

文献上记载那位喜欢冒险的年轻人看到《藏宝图》残片是在祈祷大厅的前台上，上面有一块天鹅绒棉布包裹着，但是刚才他去前台拿《圣经》时，并没有看到，现在会放在什么地方呢？也许现在已经不在这个地方了，也许《藏宝图》残片根本不在这个修道院中，因为文献中并没有记载《藏宝图》残片在这座修道院中，它也有可能在阿尔卑斯山区的其他修道院中。

不过沃伊是不会放弃的，哪怕希望很渺茫，他也要尽全力，他一定要找到传说中的《藏宝图》残片。

　　前面是一个通往地下室的旋转楼梯，修道院为什么会弄这样一个地下室，难道是个藏酒的地窖？

　　他好奇地沿着旋转楼梯往下走，来到一扇石门前。

　　"怎么去了这么长时间，还没有回来，我去看看。"

　　"应该不会出什么事吧，我了解我这位朋友，当他爆吃一顿后，得去厕所好几次才能使肚子舒服，刚才我们在机场大吃一顿，现在他可能还在厕所呢，如果你不怕厕所那股特殊的气味，你可以去看看。"坎迪赶紧替沃伊打掩护。

　　"好了，我就在这里再等一会儿吧。"

　　汉普拨通了警察局的电话，一阵急促的电话声响起。

　　"你好，这里是警察局，请问您找哪位？"

　　"我要找夏普警长。"

　　"好的，您等一会儿，我去通知他。"

　　"一定要快。"

　　几分钟的等待后，汉普与夏普警长接上了电话。

　　"喂，我是夏普，有什么事？"

　　"夏普警长，福尔森遇险了，需要一架飞机将他从危险中拯救出来。"

　　"你能将情况说得更明白一些吗？"

　　"现在时间紧迫，那些残忍的敌人是不会让他活着见到我们的。"

　　"地点在哪里？"

　　"劳伦斯监狱东侧的公路旁边的一个小村庄，在一座大山的旁边。"

　　"好吧，警察局有一架直升运输机，我会亲自驾驶它过去的，你现在赶到警察局，20分钟后起飞。"

　　"好的，警长，看来我又多欠了你一份人情。"

　　"我想等我以后去伦敦时你能免费为我提供食宿，我会很开心的。"

　　"这个愿望一定会实现的。"

　　"把长官官邸的事交给我的卫队长霍尔斯，我们可能得离开一阵子了。"

"看来的确需要这样了。"

福尔森看到电话室里有一件黑色的外套，便把身上脏兮兮的囚服换了下来，走出电话房，朝村庄中心的神庙和金字塔走去。他的心理暗暗想道："在这里不能停留太久了，敌人发现他没有跑远后，肯定还会回到山里和村落里进行地毯式搜查。"他打算到神庙里面，那里是个固守待援的好地方。现在身上没有任何武器，那个随身多年的左轮手枪被警察局的那帮混蛋搜查扣留了。究竟是什么样的利益和诱惑使这帮丧心病狂的家伙能够用重金收买郡里警察局和监狱的人呢？梅里达市的艾比特长官很可能也参与了这个勾当。

福尔森看到神庙和金字塔旁边有一个三层楼的建筑，当他从神庙外面的铁栅栏翻进去时，看到神庙前坐着一小队身穿蓝色军装的士兵，大概有12人。坐在神庙石阶上的一个人长得异常高大，粗壮宽厚的膀子使他看起来像是一位跆拳道教练，胸前佩戴者徽章。这人手里拿着一把捷克式冲锋枪，而其他士兵则端着 M4 机枪，这种枪配备有先进的红外线瞄准系统和激光制导系统，福尔森看到这些士兵装备如此先进便问道："你们是什么人？"

那个佩戴徽章的人说道："我是这队士兵的长官，名字叫史密斯，我们是这片玛雅遗址保护区的驻守士兵。你又是什么人？"

"我是一个游客，来自伦敦，想到梅里达市办事，碰巧路过这个村子，就到这座村庄看看。"

"这片玛雅遗址中包含一座占地近一万平方米的大神庙和几座大型玛雅金字塔。我们是墨西哥军部派驻到这一地区保护文物古迹的，这些年文物盗掘活动很猖獗。"

"你们是受当地政府管辖吗？"

"不，我们受墨西哥中央军部直辖，直接向墨西哥城的凯勒上校负责。那座三层楼的建筑就是我们的考察站。"

"我想到神庙中看看，我对玛雅古文化很感兴趣。"福尔森以一种期待的语气说道。

"目前不行，因为最近几天神庙正在维修，3 天之后才能重新开放。"

福尔森的心里非常焦急，他知道邪恶组织的恶棍们是不会放过自己的，他担心那些恶棍们不久后就会发现他在这座小村落中。正当福尔森与那十几名守卫士兵热烈交谈时，村中一个身穿羊皮大衣的牧民正站在一座大树下用无线电对讲机向玛雅神社的人发送信号。福尔森虽然从监狱中成功逃脱，但是这名侦探已经疲惫不堪。玛雅神社抓住了这一点，认定福尔森无论隐藏在什么地方，最终一定会到监狱周围某个村落中找吃的，因此神社的人在监狱周围各个村庄都留置了探子，一旦哪个人发现了福尔森的踪迹，就向神社高层汇报。神社高层会派大量人员赶到抓捕福尔森。

福尔森没料到危险会那么快到。两架直升机从一座大山的马鞍形的山脊掠过，随后在村庄上空盘旋了几分钟，降在了一片平坦的草地上，降落的位置距离神庙正门约有 300 米。飞机的旋翼叶片仍然在转动，福尔森和那十几名士兵瞪大了眼睛看到两架直升机中走出二十几个全副武装的人。福尔森的心里倒抽了口凉气。

这些人并不是军队士兵，而是一群雇佣兵。

福尔森清清楚楚地看到站在这些人前面的人就是弗兰克，他的猜测并没有错，弗兰克已经投靠了敌人，或者本来就是他们派来的间谍。

弗兰克与身边一个手拿手杖的人说了起来："福尔森就在神庙正门前，这下我们都要立大功了，我看他这次如何逃掉，一定要活捉福尔森，领袖一定会重重奖赏我们的。"

手拿手杖的人并没有表现出弗兰克的那种乐观，他摇摇头说："他旁边有十几名政府士兵，他们都将成为这次抓捕计划的可怕证人。一旦他们把这次抓捕行动通报首都方面，我们将会陷于非常危险的境地，我不得不说这个福尔森非常聪明，他寻找的这个藏身之处非常好。这个神庙空间开阔，适合与我们捉迷藏，更重要的是那是一个固守待援的好地方。"

"他还可以利用那些政府士兵，使我们不能轻举妄动。"另一名拿着手杖的人补充道。

"那我们就把这些政府士兵全部杀掉然后制造假象，把现场伪造得更真实一些，我相信调查部门是查不出的，政府又会相信这是一起恐怖袭击事故，事故的原因将永远得不到合理解释。"弗兰克阴狠地说道。

"你说得有道理，看来我们只能这样办了。"其中一个人附和道。

弗兰克大叫道："抓住福尔森，把神庙前的那些士兵全部杀死，一个不留。"说完后，雇佣兵打出一排子弹，子弹打在了神庙前的石柱上，被击碎的石片四处飞溅。

史密斯队长顿时大惊，感到情况不妙，立即命令道："所有人准备战斗。"说完后，他把一把步枪递给了福尔森，问道："你会用枪吗？"

"没问题。"福尔森说道。

史密斯队长又把一名通讯兵叫了过来，让他立即把这里的情况向上级汇报。

这时只听一个五大三粗的雇佣兵拿着喇叭对着村里的村民喊道："所有村民全部躲到屋里，子弹可是不长眼的。"

福尔森听到屋里有小孩哭的声音，村落里的村民们已经被这些凶狠的入侵者赶回到屋里，一场力量悬殊的战争即将拉开序幕。

福尔森检查了步枪里的子弹，枪膛里有二十多发平头子弹，枪托上还拴着一个红布袋，福尔森打开一看，一个备用弹夹正躺在里面。福尔森和十几名政府士兵躲在神庙外围的围墙后面，把枪架在围墙缺口上。指挥者把手杖一挥，催促他的士兵向神庙进发。二十多名士兵呈扇形闪开，以大树和房屋为掩体，时而匍匐在地上缓缓前进，不断接近神庙正门。

弗兰克透过望远镜观察着这里的情况，狠狠地说："福尔森，你完了，你玩不过我们的。"

福尔森瞄准了一名正猫着腰从大树下行走的雇佣兵，一枪干掉了这名雇佣兵，接着调转枪口，把瞄准器对准了另一个雇佣兵。

十几名政府士兵拿着先进的武器朝不断前进的雇佣兵射击，已经有五六个雇佣兵被干掉了，史密斯队长看到福尔森连续干掉了两人后，以一种略带敬佩的眼神望着福尔森，并朝福尔森竖起了大拇指。就在此时一排机关枪子弹打在了神庙前的石墙上，呼啸的子弹在福尔森头顶上低空飞过，能感觉到它们发出的灼热，像一盏老式日光灯照着光秃秃的头顶。史密斯手下的一名士兵胳膊被敌方子弹打中，殷红的鲜血流了出来。

眼看雇佣兵们距离神庙正门越来越近了。

"大家快撤到神庙里面，把神庙大门关紧，在里面与他们周旋，尽量把伤亡降到最低。"

福尔森跟随士兵们撤到了神庙里，雇佣兵密集的子弹打在神庙石柱和石门上，被击碎的石块四处迸溅，福尔森蹲在神庙窗户后面，端着步枪瞄准。史密斯队长躲在窗户后面瞄准敌人，其余的士兵在石柱后面随时替换两人。福尔森本打算在神庙中与对手周旋，等待夏普开着直升机来救自己，但随着夏普迟迟不到，他感觉逃跑的希望越来越小了。

福尔森和史密斯各干掉了 3 名士兵，但这些士兵身经百战、纪律严明，在不利的情况下也能迅速地振作起来。杀死几名指挥官和同伴虽然延缓了雇佣兵的进攻，但并未能阻止住他们。

"你的死期已经来临了，英国佬。"弗兰克的脸上透露出胜利者的表情。

沃伊看到旋转楼梯的底部是一座石门，石门上有一个大铁环，门檐上雕刻着繁琐的花纹，两片石板各高约两米多，是用坚固的花岗岩做成的，门面上雕刻着耶稣的画像。

在门下摆着一个小牌子，明显是现代人的器物——塑料牌子，有点像公路上的小标志牌，上面写着一句话：禁止入内。

"也许《藏宝图》残片就藏在这里，里面可能是一个密室。"沃伊暗暗想道。

走廊里响起了脚步声，沃伊感到一阵惊慌，他连忙沿着旋转楼梯往回走，躲到了旋转楼梯旁边的一个小屋内，脚步声越来越近了，他感到来的那个人好像已经发现了他在这里，脚步声在门前停了一下，沃伊的心提到了嗓子眼，他仿佛看到房屋的门被打开，一双有力的大手抓住了自己，一个狰狞的面孔正在盯着自己看。

声音又响起来了，不过是远离这间房子了，消失在了旋转楼梯的尽头，沃伊打开了一条门缝，看到空空的走廊无人，强烈的好奇心驱使着他沿着旋转楼梯往下走去，当他走到旋转楼梯最下方时看到石门已经被打开了，刚才那个人走了进去。

一个问题摆在了他的面前：是冒着风险跟着那个人走进去，还是暂时离开这个地方？

最终好奇心战胜了内心的恐惧。

走进石门，沃伊发现里面是一个漫长的甬道，走在这个幽深的甬道处，脚步声清晰地回荡在甬道中，使人不寒而栗，高大威严的石壁，大约 10

米高的拱顶，当他走了几十米后，里面越来越暗，周围是寂静的石墙，沃伊在原地站了几分钟，耳膜轻轻颤动起来，前面好像没路了，怎么回事？

一双可怕的眼睛正在盯着自己。

沃伊心里一惊，走近一看原来是一个石头雕塑，虽然沃伊对基督教文化不太了解，但是他还是能认出来，雕塑刻画的是耶稣的信徒彼得正在向人们布道，宣传上帝的福音，这座精美的雕塑的两只眼睛是由两颗黑晶石打磨成的，雕塑右面是一个更狭窄的甬道，原来通道在这个雕塑所在的位置向右拐去，在漆黑的空间中看上去好像通道已经到了头。

沃伊长长地舒了一口气。

他沿着那个更加狭窄的通道向里走去，通道约有 50 米，通道尽头光线昏暗。沃伊小心翼翼地朝着光线处走去，脚步越来越轻，最后他每走一步都要停几秒钟，然后再继续往前走，局促的脚步声很可能造成难以挽回的结果。

终于走到发出光线的那间屋子门口了，一种希望从心底油然而生，慢慢地传遍全身。

刚才那位仁慈的主教正端详着一块和笔记本体积大小的薄石块，狭小的屋内还放着许多文物书籍以及白色大理石的雕塑，看来这里一定就是修道院储存贵重物品的地方，梦寐以求的《藏宝图》残片就在眼前，自己是不是应该勇敢地冲上去把《藏宝图》残片抢走？

沃伊走到主教的身后，这位年迈的主教听到后面有细碎的脚步声，不禁回头一看，顿时眼前一黑，晕倒在地，就在《藏宝图》残片坠落在地的瞬间，沃伊用他那双灵巧的手接住了这个精美的宝贝，《藏宝图》残片终于拿到了。

他仔细观察着这块残片，青板石上有许多大大小小的曲线和标注，显然是《藏宝图》的一部分，虽然岁月的积淀使石块缺损很多，不再是一个标准的立方体，但上面的印记刻痕却依然能够看清，石块的背面是一个玛雅字母。拿着这个启动地宫宝藏的工具，一种难以抑制的喜悦之情挂在了脸上。

祈祷室里神父感到事情越来越蹊跷，这位教堂的访客声称去厕所，然而 20 分钟过去了，依然没有音讯，难道自己当时的判断失误，这伙人就是冲着某种邪恶的目的而来的？

他打算去走廊寻找这个失踪的人，自从去年以来，教堂已经发生了好几起盗窃案件，不过凶手都没能得逞，他相信在他严密的监视之下，上帝会与自己同在，教堂是个洗涤罪恶、净化灵魂的地方，不能成为一个让那些贪婪的人施展魔爪的乐园。

一架直升机悄悄地接近村落，福尔森和这些雇佣兵正在激战时完全没有注意到天上这个庞然大物。

直升机不断下降，螺旋桨的速度不断减慢，直升机也终于停在了草坪上。在直升机距离福尔森有五十多米处，福尔森透过机舱门看到了汉普的脑袋。福尔森转身与史密斯来了一个亲密的拥抱，他激动地说道："史密斯队长，我很高兴认识你，我们共同经历了一场生死之战，我要走了，救我的人来了。"

史密斯根本不明白这是怎么一回事，福尔森也来不及向他解释了，他必须朝飞机冲过去。如果他想救自己的命，就不能再拖延了。机舱里的汉普看到了正在向敞开的后舱门冲刺的福尔森，向福尔森挥了挥手。

当一名雇佣兵发现福尔森朝一架直升机跑去时，他便大叫起来，引起了别的雇佣兵的注意。

夏普让那架年迈的卡-50型飞机盘旋飞起时，旋冀叶片在地面上掀起了一层尘土。

雇佣兵的大喊声引起了弗兰克的注意，弗兰克大叫道："他们要逃走！快开枪，开枪打死他们！"

士兵们遵照命令行事，一排枪声响起，打在了福尔森的脚下，只有一枪擦过了他的腿部，掉了一小块皮，福尔森感到一丝疼痛，但生存的欲望驱使着他向直升机舱门冲去。

汉普趴在机舱地板上，探出身体，伸出手臂去拉站在两扇舱门之间空地上的福尔森。在下旋气流的冲击下，直升机向后颤动了一下。福尔森伸开双臂，借力跳进了机舱。他躺在机舱地上，大口大口喘着气。

"快打下那架飞机，抓不到活的，也要杀死他们。"弗兰克大声喧嚷着，不过刚才的嚣张气焰顿时消失，此刻底气明显不足。

夏普驾着飞机，做了一个侧翼急转弯使旋翼叶片几乎撞在一片小树丛上。他那双镇定而又略微颤抖的双手有条不紊地操作着各项仪器。子弹仍然像雨点般朝飞机射来，一颗飞弹击碎了驾驶舱旁边的窗户，溅起的玻璃碎片划伤了他的鼻子。夏普拉起操纵杆，直升机的旋翼叶片快速旋转，飞机在强大的空气动力下缓缓爬升。

直升机飞越这片树丛之前又挨了好几枪，之后，它便超出了对手攻击的火力范围，沿树丛的另一侧低空飞行。

飞出敌人射程后不久，夏普便调转航向，让飞机向东海岸飞去，到了这时，他才转身问福尔森："你没事吧？"

汉普正在用纱布给福尔森包扎，福尔森喘着大口的粗气半躺在舱门旁边的机舱中，豆大的汗珠从额头滴下，"你们再晚到1分钟，我的名字就只能出现在墓碑上了。"

"他们肯定不喜欢外国佬。"夏普一边回答，一边打量着福尔森，看他受伤是否严重。他看福尔森没什么大碍，便又集中精力驾驶飞机。"我是牺牲了午餐时间来救你的，我们将去哪儿？"

"也许我们应该把飞机听到机场去喝杯曼特宁咖啡，你知道那咖啡是多么浓香可口，我相信我喝了之后会忘记刚才不幸的遭遇。"福尔森笑道。

"你的妄想症又犯了，大侦探？！"汉普插了一句。

"我想是的，夏普警官，你的意见呢？"

"我们的对手不会放过我们的，我们急需一个可以安全的地方。"

夏普停了停手中的操纵杆，整理了一下嘴巴上的胡茬，接着说道："我来的时候已经和停靠在加勒比海的幽灵号美国军舰舰长约翰逊通过话，他说他会保证我们的安全，那群混蛋如果敢接近舰船一步，那么他们就会沉到水里喂鱼。"

"在神庙中和你一起抵抗雇佣兵的人是谁？"

"是墨西哥国防部门派出的文物驻扎兵，负责保护这一地区的玛雅古文化遗址，幸亏有他们，我的小命早就没了。接下来就让政府兵去收拾这帮家伙吧。"

"《藏宝图》残片你带着了吗？亲爱的汉普。"

"老朋友，按照你的吩咐都带上了，就在机舱后面的保险柜里。"

福尔森长舒了一口气。

修士正要走出祈祷室的大门，坎迪和布兰顿走上前去试图将这个肥胖的人制服，但没想到修士还有些蛮力，双方激烈地打斗了几个回合，打斗声传遍了寂静的修道院，佩罗拿起祈祷室墙角的一节木棍，朝修士头上打去，修士顿时被撂倒。

"我想他也该歇歇了。"佩罗说道。

"愿上帝原谅我们的罪恶。"坎迪说道，在胸口划了一个"十"字。

"干得漂亮，我想我们该去按照计划和沃伊会合了。"

"我想是的，但愿他已经完成了任务。"

沃伊在拿到《藏宝图》残片后，开始搜寻屋内的其他可疑的东西，精美的雕塑和文献典籍摆在屋内，他翻开几本书，里面都是一些介绍宗教仪式的内容。正当他感到眼睛劳累时，一本蓝色封面的书吸引了他，这本书很薄，他随意掀开几页，发现里面都是用数字和字母构成的密码，书的最后两页中的内容不是用密码写成的，那几页记载着交易账单和金额。每一笔交易项目上记载着交易商的名字，出现最多的是马路特、布吕歇尔和格朗得，还有巴塞克4个人的名字，修道院里怎么会有这些交易账单？真是令人难以理解。沃伊将这本账册装进了大衣内侧。他顺着来时的路走了回去，坎迪几个人已经在走廊的岔道口等着他了。

"任务完成了吗？"坎迪问道。

"完成了。"沃伊挥舞着手中的《藏宝图》残片。

"我们赶快离开这里吧，我想那些修士们很快就会发现我们所做的事情。"

第十七章

史都华钢铁公司

一辆黑色的奥迪轿车驶进了一个别墅区，这片坐落于洛杉矶东面郊区的别墅区是一个由数百座独立别墅和高档公寓组成的富人的天堂。

汽车在一座白色的欧式建筑前停了下来，两个人走下车，一个高个的戴着墨镜的人先打了个电话，过不多时，一个中年女佣打开了别墅大门，车驶进大门停在院中，两人沿着庭院小路进到屋里。

这座别墅外面是纯欧式风格，典型的英国古典风格，进入室内，伊丽莎白时代的百叶窗和窗帘，维多利亚后期的装饰架，上面高低错落，摆满了各种古玩，墙上有一幅巨型油画。拿破仑加冕的盛大场面在画上展现了出来，由此可见别墅主人对古典艺术的偏爱。

两人大大咧咧地在沙发上坐下，女佣陪着笑问："巴塞克先生、布吕歇尔先生，上次的中国茶还喝得惯吧？"

那个大高个说："嗯，不错，今天还喝它吧。"女佣用中国紫砂壶沏好了茶，出去了。

过不多时，一个英俊的年轻人捧着一个青花瓷瓶从书房后面走了出来，一见二人，开口笑道："你们两个家伙，又得到什么宝贝来我这儿抛售了？"

"领袖，我们俩在黑市买到了一个中国宋代时期的玉器，我们知道你喜欢收藏这种古董，我们还是老规矩，想让你过目。"

那个高个子男人从包里拿出一个红盒子，打开盒子后一块正方体的玉石展现了出来。这块玉石上下绘有莲花瓣，侧面绘有菩萨浮雕，很是精美。

"亲爱的巴塞克，我的兄弟，你这次可为我们家族立下了大功了，这件玉器你是从何处得到的？"

"是从芝加哥那群阔佬那儿买来的，花了我200多万，那些阔佬通过毒品交易和买卖文物赚了一大笔钱，切尔布那个肥牛在把这件玉器卖给我时，反复阐述这件文物的价值。"

"这件玉器确实是无与伦比的艺术品，在洛杉矶拍卖行至少可以拍卖2000万美元，我说弟弟，你这次赚大了，切尔布那个大老粗从哪里弄来的这件宝贝？"

"听说是从一个文物收藏家那里买的，那些珍贵的文物大多是通过盗墓，走私进入美国的，当然还有不少是在战争中掠夺的，上个月一幅中国山水画在法国拍卖了3000万欧元，听说那幅画是在100多年前英法军队抢劫夏宫时带到法国的。"

"当然也有不少珍贵的文物是盗窃来的，现在的盗窃犯常常使用一些高科技手段，他们要比文物局的那些大佬精明多了，你还记得几十年前巴黎卢浮宫失窃的那几件无价之宝吗？一个叫乔伊诺的扒窃高手把展览馆的壁橱玻璃卸了下来，然后把里面的几个精巧器具拿走，又轻巧地把剩下的几件青铜器摆放得整整齐齐，结果一个月后馆长才发现文物被盗，事实上博物馆里陈列的文物有很多都是仿制品。"布吕歇尔说道。

"博物馆里管理不善，给了我们发财的大机会，上次从维也纳博物馆偷取的几件石雕还在内华达山洞里陈列着呢，也许不久以后还有更加精美的文物会到山洞中与它们做朋友。"那个年轻人冷冷地说道，一双明亮的眼睛射出慑人的寒光。

"福尔森从监狱中跑了，监狱的那些"饭桶"没能看住他，这个狡猾的人没有接受我们派出的人提出的条件，刚才弗兰克打来电话说那些雇佣兵们也没能抓住福尔森，他手中的那份《藏宝图》残片至今下落不明，看来我们最近的计划进展并不顺利。"

"这早在我的预料中，福尔森没那么好对付，现在弗兰克身份已经暴露，我们不能再派他随时掌握福尔森的情况了。因此在我们还能控制的范围内务必将福尔森除掉。巴塞克，最近几件大事都是由你来操持的，而结果却总是那么糟糕，如果不是因为你们俩是我的弟弟，恐怕你们今天的下场就会和柯塔一样，你们明白吗？"

"是的，领袖，我保证以后不会再出现以前的糟糕情况了。"布吕歇尔惊恐地说道。

"我们不会丢失奥莱金家族光荣的传统，不会给家族的祖先脸上抹黑的。"巴塞克说道。

"三道会那里有消息吗？"领袖问道。

"坎迪通过电话告诉我，第6块《藏宝图》已经到手了。"

"好的，让他们把《藏宝图》残片送到伦敦，秘密藏起来。"

"领袖，那份宝藏真的有那么重要吗？为了那份《藏宝图》我们已经杀死了许多知情者和我们的对手，乱子越闹越大，我可不想把祖先积累下来的产业毁在我们手中。"

"据史书上记载，宝藏地宫里有着几千吨黄金，那里是玛雅上古文明精华的聚集地，后来的一些王朝相继往里面储存了大量金银珠宝，里面还有一个纯金打造的宝座，按照现在的市价，光一个重达一吨的宝座就值几亿美元，我粗略估算了一下，宝藏的总价值可达百亿英镑，这么一大笔财富可比我们祖先几代积累下的财富还要多，地宫里的大量文物还具有无价的艺术和史料价值，许多未解之谜的答案也许就隐藏在地宫宝藏中。"

女佣端来咖啡，又拿来一些甜点，放在桌上。

"事实上，这份宝藏早在几百年前就被人盯上了，阿兹克特帝国被征服后，《藏宝图》的传说就被许多贪婪的人所觊觎，但是《藏宝图》残片和方石散落在世界各个角落中，一直没有人能将他们全部收集完毕。直到1896年我们的祖父在秘鲁的安第斯丛林的一座古代皇室墓中挖掘出了大量文物，里面还有阿兹克特帝国的史书，不过史书已经残破不堪了，我们根据这些史书才得知了玛雅宝藏的隐秘历史，关于《藏宝图》的历史真相只有我们组织内部少数考古学家和历史学家知悉，这些我们高薪聘请并完全为我们服务的精英之中竟然出现了叛徒莫格拉，在他离开我们时，我们曾给他50万美金让他守口如瓶，然而这个愚蠢的老头却把《藏宝图》的真相泄露给了福尔森，我真后悔当初没有听你们的建议早点把他杀掉。"

"这个可怜的老头为我们工作了几十年，内华达山洞里的那些文物有不少都是他帮助我们弄到手的，现在他已经见了阎王，而其他十几个为我们工作的科学家还被我们紧紧束缚在我们掌控的范围内，如果再有背叛我们的，我保证他会死得比莫格拉还要惨。"

"几十年来，我们通过各种途径已经搜集了好几份《藏宝图》残片，又掌握了大量关于《藏宝图》的史书文献，我想不久以后我们就能坐在宝座上俯瞰那金灿灿的金子了。"

大名鼎鼎的史都华公司竟然和黑恶势力三道会有某种说不清的联系。

两辆梅赛德斯轿车停在了飞机场的中央，从车里走出来的是三道会的新任头目，这个三道会头目还有一个合法的身份——史都华钢铁公司的董事。

几个戴着眼镜的彪形大汉把他们请到了后面一辆车里，汽车缓缓驶出机场，朝着伦敦市区驶去，最终在一座豪华的大厦前停了下来。

几个人从车里走了出来，沃伊抬头看了看这个陌生的建筑。

一个醒目的招牌挂在大厦上面，这座20层的钢筋混凝土的庞然大物建于十几年前由著名的建筑师弥尔顿亲手设计而成。

沃伊自从进入这个组织以来，第一次知道这个公司居然会和三道会扯上关系，华美的外表内部是吞噬一切的黑暗和恐怖，也许这个组织利用合法公司的外壳做了许多勾当。

这个大厦的主人史都华钢铁公司是由拉马尔于1689年创办的，这个英国钢铁界的大佬占据了英国本土钢铁市场的三分之一，麦安逊是现任公司董事长，控制着公司将近一半的股份，然而这位董事长却长期不在公司里，只有在公司需要进行重大问题的决议时，他才会匆匆出现，这个大佬因为过度的肥胖被他的那些下属私下称为"滑稽的野牛"。

他们步入前厅，只见一块小告示牌上写着：欢迎贝克先生。贝克是沃伊为了潜入三道会所用的化名。

三道会新任会长布鲁对沃伊说道："自从你们从机场下来，我一直没有跟你讲清楚我们的车会带你到哪里，现在我可以告诉你了，这里就是你以后的工作地点了，你在三道会中连续立下功劳，领袖已经批准你成为这座大厦的第 609 个成员了，伦敦西区你的那帮兄弟以后就由布兰顿来带，你今后就担任公司的营销部经理，我们会给优厚的待遇，以后你不用在下面跑腿了。"

"这是什么时候的决议？"沃伊疑惑地问道。

"就在你们乘飞机去完成光荣的任务之前，三道会就已经和我们商量好了，如果你们完成了这个任务，这个职位就会给你留着，而且佩罗、布兰顿、坎迪也将入职该公司，成为你的同事，这是对你们的奖励，对你们拿回《藏宝图》残片的回报。"

坎迪、布兰顿、佩罗分别向沃伊挥手告别，走进电梯。

布鲁同沃伊通过一条明亮的走廊，来到了一楼的会议大厅，一群职员围坐在大会议桌旁，见两人进来，大家立刻静了下来。

比尔起身欢迎沃伊，把他介绍给大家。屋子里大约有二十多人，大多是公司的业务主管和经理。布鲁解释过，那些高管们太忙了，要过些时候在午餐会上再和他见面。沃伊不知所措地站到会议桌的一边，布鲁起身离开。这时比尔请大伙静一静。这位老兄用浑厚低沉而又不失幽默睿智的声音开口发言了。

比尔是这个公司的总经理，也是三道会的成员。他穿件白得耀眼的全棉活领衬衫，系着小巧的黑蝴蝶状领结，这给他增添了一种极富才干和智慧的神采。一位 61 岁的人中俊杰，在他这个年纪混上大公司总经理的位子已经相当不易了。

"先生们，这位是贝克先生。大家久闻其名，今日才有幸见到他本人。他是本公司今年聘入的头号人选，可以说是我们的头号聘请的人才。纽约和巴黎那帮大老爷们也在打他的主意。因此，我们这家在伦敦的小公司要想聘到他，还得好好动动脑筋。"大伙笑着点头称"是"。

"这位贝克先生在我们的对手联合钢铁公司里担任营销部经理，在三年的任职期间内，使联合钢铁公司的钢材占领的市场由不到 20% 上升到了去年的 43%，这个传奇性的销售天才成为许多猎头公司竞相猎取的目标，最终我们公司以高薪把他挖了过来，我想董事会已经研究过关于他的决议了。"

沃伊沉浸在迷茫之中，他不知道自己什么时候成为了联合钢铁公司的销售部经理只好任由这位比尔先生介绍自己，感觉十分滑稽，没想到在潜入了敌人组织内部后又被赋予了另一种假冒背景。看来目前离自己的目标越来越近了。

比尔先生兀自滔滔不绝地说着，沃伊故作镇定，双手插在裤兜里，一一审视着每个人。

简单的介绍会结束后，比尔向沃伊详细介绍了他的工作职责。

"史都华公司有那么多下属子公司，看来它涉足的产业可不少啊。"沃伊试探着问。

比尔没有答话，紧锁眉头，沃伊明显地看到这位刚才还慈眉善目的总经理脸上掠过一丝阴影。

内华达石油公司是美国第五大石油公司，它与美孚石油公司、埃克森石油公司等五大公司并称美国石油业的巨头，这个已有上百年历史的老牌公司总部设在洛杉矶凯森大厦，它在内华达山附近有一个美国西部最大的石油开采基地。布鲁和比尔是这家石油公司的股东，拥有着公司的大量股份，他俩与麦安逊的关系十分密切。

洛杉矶杜克大街 21 号的凯森大厦上，石油公司的职员们正在忙碌着。大厦的第二十层是公司高管们的办公区，一个中央大厅占去了一大片地方，大厅里挤满了高管助理们的办公桌。在大厅周围是一间间高管们的办公室，一个身穿蓝色西服，打着红色领带的人正从楼梯口朝大厅走去，当走到闭路监测仪前，从口袋里抽出一根烟，他在这里等待一个人的到来。

内华达石油公司的保安部经理布兰迪朝闭路检测仪走去。他矮墩墩的身段，肚皮微挺着，胸背结实硬朗，宽厚的双肩上架着他溜圆溜圆的大脑袋，脸上一副难得一笑的神情。他皱巴巴的衬衣的衣领很宽容地敞着，那臃肿的脖颈无拘无束地耷拉下来。他拍了拍正在吸烟的那个人的肩膀。那个男人转过身来和布兰迪握了握手。布兰迪带着他走到了这层楼最里面的一间办公室——董事长办公室。这间办公室与普通的高管办公室的不同之处就在于在他那木头门之外又加了一扇铁门。

沃伊上任 10 天后的星期一上午，比尔站在那扇小铁门前，出神地望着头顶上的摄像机。当办公室的门打开后，他和布兰迪走进办公室里一屁股坐到了皮沙发上。那个肥胖的人使了使眼色，让布兰迪去倒两杯茶。

"比尔，是什么风把你吹到我这儿来了？我们可好长时间没见面了。"

"麦安逊老板，我是来向你汇报工作的，新上任的贝克对公司的印象不错，也挺喜欢史都华，工作也很努力。"

"贝克现在住在哪里？"

"住在公司送给他的那套公寓里，条件相当不错。"

"你们准备如何对待初来驾到的贝克？"

"我们在他的房间里装了窃听器，他打呼噜的声音我们都能听到，他完完全全在我们的掌控之中。"

"我只是想不明白你为什么非要任用他？而且他刚一进公司就升任销售部经理，公司许多职员都对此不满，许多老员工工作了几十年了还没有混上科长呢。"

"比尔，你要知道目前我们的形势并不乐观，军情六处的那帮人始终盯着史都华。肖那克这个一心想做好人的蠢驴以为政府会给他大笔酬劳，把公司的机密文件泄露给情报部门。如果不是肖那克背叛我们，我也不会除掉他。"

"如果不是我们在每个职员家里都安装了窃听器，恐怕我们都将被出卖了。"

"肖那克没有接触到公司的核心机密，否则情报部门的那帮人早就找上门来了。放心吧，他们还没有足够的证据可以定我们的罪。"

"嗯。"

"公司非要用那个乳臭未干的贝克吗？弟兄们可都不服啊。"

"相信我，比尔，眼下正是用人之际，这个贝克确实是一个难得的人才。他帮助我们在伦敦把共进会打得大败，英国我们的地盘基本是他扳回来的，上一次又出色地完成了寻找《藏宝图》残片的任务，这个人很能干。再过一段时间是我们与联合钢铁公司、苏格兰钢铁公司，以及欧洲其他大型钢铁公司竞标伊美三期房地产公司钢材项目的日子。我们的客户要购买上千万的钢材，这可是一笔巨大的标的。你了解我，我可不想把这块肥肉拱手让人。当然，他终究是我们的工具，如果他对我们不利，肖那克就是他的下场。"

"老板，还是你英明。"

"弗兰克这个废物不仅暴露了目标，而且还没能逮住福尔森，我不想再看到他。"

"可是他在福尔森身边潜伏时为我们提供了那么多信息，现在正是用人……"

"你的话太多了，比尔，你知道现在一个活着的弗兰克会对我们构成多大的威胁吗？"

"我懂了，就按您的意思办，这件事会办得很漂亮的。即使他躲到加勒比海上的一座小岛上，也见不到第二天的太阳。"

"好了，比尔，今天下午和我一块去打高尔夫去吧，我看看你的技术是否有长进。"

"这个建议不错，我们就再较量一番。"

福尔森、夏普和汉普来到了幽灵号驱逐舰上，这里将是他们未来两周的住处，当福尔森踏入幽灵号的甲板时，他才长长地吐出了一口气。这里是他们的避难所，在这里他们得到了真正的安全。福尔森自离开布瑞拉镇后经历了太多的险关，几乎是九死一生。约翰逊舰长和罗伯特副舰长热情招待了他们几个。福尔森几个人在舰长舱里洗了一个舒舒服服的热水澡。福尔森在舰船餐厅大口大口吃着约翰逊舰长吩咐厨师做的鸡肉三明治和牛肉汉堡。福尔森已经很长时间没有吃过饱饭了，当他把最后一块面包送入肚子里时，已是一个小时之后。餐桌上摞了大大小小的盘子。罗伯特副舰长从卧室里拿了一件备用衣服给福尔森，福尔森穿上这件蓝色的海军服后变得飒爽英姿，看起来像是一位眉清目秀、身姿挺拔的帅哥。福尔森是那种人们夸为漂亮的男人，但他的内涵品质更使他具有一种特别的魅力。

福尔森到阅读室里看了一会儿书，待夏普和汉普穿戴完毕后，罗伯特带着他们到舰船上参观。福尔森对罗伯特所讲的船舶知识非常感兴趣，他总是问东问西，副舰长总是耐心地作答。夏普和汉普在船舷上拿着望远镜看着远处海面上飞翔的海鸟。福尔森对海军舰船发展史很了解，但是当罗伯特给他讲诉现代海军科技的先进装备时，福尔森还是感到非常惊讶，看来自己确实落伍了，21世纪将是海洋的世纪。

"幽灵号是一艘相当先进的导弹驱逐舰，这可从它的外表清楚看出。它的正式名称是宙斯盾级精确制导系统驱逐舰。按照最初的设计，它是被用来当作掩护商船和执行海上特种任务的，不过也可以用于从事其他的水下活动。这艘舰船的装甲、火炮、排水量在全美驱逐舰排名中排到第4。它所装载的设备的技术含量不亚于小鹰号和企业号航母。"罗伯特得意地说道。

"作为一个侦查案件的侦探，我从未想到船舶业已发展到如此先进的地步。"福尔森感慨地说道。

"海洋科技作为未来的新兴工业学科，终于得到了政府和私营企业的承认。"

"你认识的这方面的专家也不少吧？"福尔森问。

"是的，其中有位富态的迈阿密研究所历史学家，对船舶发展史和海运史研究特别精深。他叫保罗。"

"我能否拜会一下这位历史学家？"

"当然能，他现在应该在迈阿密研究所呢，你随时都能请教他，我这里有他的联系方式，不过这个人的脾气有点古怪。"

福尔森来到这艘船上后，心里还在考虑着《藏宝图》残片的事情，他并没有夏普的闲情去看海景，历史学并不是他的长项，他早已打算求助于一位历史学家了。福尔森站在舰桥上，眼睛盯着远处广阔的海景，他理了理几个月来的思路，打算把调查重点转移到了寻找《藏宝图》残片上。他坚信在寻找《藏宝图》残片之路中一定会与幕后凶手们进行实质性的交锋。

"能问问你找他有什么事？"罗伯特好奇地问道。

"询问《藏宝图》残片的事情吗？"福尔森温和地说道。

罗伯特哈哈大笑起来，"你是说玛雅宝藏吗？《藏宝图》残片是那些荒谬神话中的一部分，这种事怎么能信以为真呢。"

"我认为这不仅仅是传说，而是事实的一部分。"福尔森坚定地说道。

"好吧，对于你说的什么残片的事我不太懂，我想我的好朋友保罗先生会为你做一番精彩的解释。"罗伯特看了看日志后说道，"明天是星期六，驱逐舰上全体船员放假，我想我可以和你乘坐直升机前往迈阿密。"

"多谢，那么我们明天一早就出发，待会儿我得把去迈阿密的事情告诉我的同伴们。"

第二天一早，从幽灵号上起飞的直升机朝迈阿密驶去。

半个小时后，福尔森跟随罗伯特飞到了城市的西郊，这里存着他的车，两人开着车往市区驶去，看得出来罗伯特对这里已经相当熟悉。

正当两人说话间，汽车驶离了海滨大道，沿着小海地大街往南行驶，这里已经接近大沼泽国家公园。福尔森看到道路两侧树木高大葱郁，一些说不出名的飞鸟蹲在大树树枝上。海风掠过大树，大树树冠左右摇晃，成群的飞鸟盘旋而起，在空中形成一个巨大的螺旋，甚是壮观。

保罗的别墅在大沼泽国家公园附近。这栋价值几千万美元的别墅中躺着太多的书籍和文献资料。从几千年前的海洋船舶学文献到近几年刚出版的船舶方面的学术论文，他应有尽有。虽然堆放得凌乱不堪，但他能准确记忆每份文献存放的位置。

这位保罗先生除了是位资深的历史学家及考古学家外，还是厨艺精湛的美食家。他从世界各地收集了各种名贵菜谱，自己亲自下厨，改良创新菜谱，他的那些朋友在吃了他做的美食后都夸奖他是一流的厨师。每当迈阿密哪家大饭店花重金聘请他去当厨师时，都被他委婉拒绝。做饭只能算是他的一项业余爱好而已。除此之外，他还是位机械学的操作天才。他喜欢摆弄各种机械设备，他经常把一台机器拆了又装，装了又拆，就想玩拼图游戏一样，这种机械天赋在很大程度上有助于他研究船舶知识。他知悉船舶的每一个构件，无论是大帆船，还是蒸汽机船，或是现代海军舰船。

罗伯特行驶进了保罗的别墅区，把汽车停在一座背靠水塘的别墅前。他没有提前通知保罗自己要来的事，不过他能确定这位大胖子一定在别墅中。他深知这位保罗的性格，这位历史学家具有哲学家的气质，喜欢呆在自己独特的精神世界里。

罗伯特按响了门铃，今天并没有要约见的客人，正在客厅里休息的保罗有些不太烦地走到门口打开了大门，保罗的眼睛里出现了一个陌生和一个熟悉的身影，他把视线转向罗伯特，兴奋地说道："罗伯特！"保罗的一双蓝眼睛在红润的圆脸上闪烁着光芒。

"保罗，你胖了。"罗伯特激动地说道。

"你瘦了。"保罗拍了拍罗伯特的肩膀。

"我来给你介绍一下，这位是鼎鼎大名的福尔森侦探，他来这里是为了向你请教《山海经藏宝图》的事情的。"

"好吧，你们先进屋再说，我让你们尝尝窖藏 50 年的白兰地。"

几个人走进了屋里，罗伯特和福尔森坐在了客厅的沙发上。屋里装修得非常奢华，但东西摆放得非常凌乱，书籍和文献资料在屋里摆成了一座座小山。罗伯特和福尔森所坐的地方被书籍包围着，福尔森感到自己正沉浸在知识的海洋之中。他随手拿起一本书，书名是《船舶发展史》，罗伯特拿起一本书，书上写着《三角洲号沉没之谜》。

保罗把白兰地和酒杯放到了桌子上，拧开瓶盖，往玻璃杯里倒酒，福尔森开口说道："我是来向你请教，我想知道《山海经藏宝图》的事情。"

"那只是一个荒唐的传说，这种荒唐的事情你居然也信，那是哄小孩的把戏，不能当真。"

福尔森不顾保罗的话，沉吟了一下，接着说道："1697 年阿兹克特帝国的最后一座城池被西班牙人征服后，最后一位国王——"

保罗打断了他的话。

"好了，你不用给我讲历史了，这个传说我知道，直接说你想知道什么？"

"我想知道那 9 个拿着《藏宝图》残片的人的下落，这件事对我非常重要。"福尔森诚恳地说道。

保罗喝了一口白兰地，凝视着眼前这位侦探，他知道眼前的这位侦探就是侦破共进会大案的那个年轻人，他笑道："福尔森先生，我不得不说你是位滑稽的喜剧演员，你问我《藏宝图》残片的事就像是问我夏娃偷吃禁果那天是否下雨一样，你真是太搞笑了。"

"保罗先生，在那个传言中讲到西班牙人攻下最后一座城池后，始终没能找到那 9 块《藏宝图》残片，我做了一个大胆的推断，那 9 个拿着《藏宝图》残片和一位拿着方石的人乘船离开了美洲大陆，到了世界其他什么地方。"福尔森辩解道。

保罗聚精会神地听着福尔森的话，生怕漏掉一个字，他沉思了一下，接着说道："你这个猜测也太牵强附会了，难道他们不能躲到美洲丛林的某个角落里？"

"西班牙人对所有的中美洲城镇村庄以及城市进行了严密封锁，我难以想象在危险恶劣的丛林里他们能生存3个月。"

保罗认为福尔森的话有几分道理，但他不肯轻易向侦探认输，他继续辩解道："也许他们把《藏宝图》残片放到了丛林里的某个地方，然后走出了丛林，他们想等到西班牙人结束搜查后再回到丛林里拿回《藏宝图》残片。"

在两人激烈的争论间，罗伯特正在看一本介绍大航海时代大帆船结构的书籍，这本书的封面大得像张海报，这本精装本书里有许多精美的船舶插图，他正津津有味地研究着船舶。

"如果他们把《藏宝图》残片藏到了丛林里，那么他们如何能回到丛林里找回那些宝贝？难道他们也像现在一样一边按着按钮，一边使用全球定位系统？"

保罗听到福尔森的话后感到非常震惊，他吞吞吐吐地说道："我显然被你说服了，说吧，你想知道什么？"

"我想知道1697年来往于中美洲和世界其他地区的船只，我知道你是这方面的专家。"

保罗的兴趣来了，他隐藏住内心的激动，淡淡地说道："好吧，尽管这是一个幻想故事，和白雪公主灰姑娘之类的故事没什么区别，但是我还是决定满足你那奇特的求知欲。"

两位不同领域的顶级人物端起手中的白兰地默契地碰了一杯。

第十八章

光荣号的遗迹

近些天来，沃伊一直在尽快熟悉公司的业务和人员，现在他已经初步了解了销售部门的业务往来情况。

"贝克，你现在既然是公司的销售部经理，我还是希望你能拿出一部分时间来看看这个招标书。"比尔拿着厚厚的材料看着沃伊。

沃伊没有说话。

"我们的客户叫詹姆斯。他从小在阿肯色长大，如今住在爱丁堡，大约有十几亿英镑的财产，可他一向是一分钱掰作两半用。他父亲临终前交给了他一家大型房地产公司，这个房地产公司拥有着欧洲最庞大的建筑队伍，如今他的生意遍及欧洲各地，最近他又打算开发一座大型卫星城，在伦敦的周围，共建设六百多栋楼房，需要大批量的钢材，现在他像以前一样，发出了招标书，参加竞标的除了我们之外，还有我们的老对手联合钢铁公司、苏格兰钢铁公司。他这人极难对付，你不必直接同他打交道，实际上，除了我和布鲁，公司里谁都没跟他谈过生意，这叠卷宗是我替他经手的上一个标书的部分材料，里面有我们的价格和运输方案等，你看看，然后为公司起草一份新的投标书。"

沃伊接过比尔手中的卷宗，比尔接着说："詹姆斯给了我们大约20天的准备时间，我们已经拖延了一阵子。原是策划部门协助我来做的，因为一些事，现在我把相关材料交给你。有什么问题吗？"

沃伊翻动着文件说："看来时间已经很紧了，我会办好的。"

"知道你会的。这个生意如果能顺利拿下，相信你在公司的位置会更加稳固。下午来参加公司的主管会议，在会议上我们要商讨招标书的事情。"说完，比尔离开了沃伊的办公室。

沃伊从情报部门来到这里是来搞调查的，他时刻都不会忘记自己的使命。他深知自己要对付的是一群什么样的人，面对这群阴险狡猾的对手，自己在他们面前只是个棋子，也许他们在自己所到之处布满了监控，自己的一举一动完全在他们的掌控之中。他现在所能做的就是处处留意，步步小心，否则说不定某天自己也会像肖那克一样被杀掉，甚至会比他更惨。

他打算把死去的前任销售部经理肖那克作为突破口，不过这件事情要秘密进行，最近这段时间与伦敦警察局和军情六处的联系也非常少了，他不记得已经多少次没去与警察局人员接头的那个咖啡馆了，因为他知道他一出门，就有无数双眼睛盯着他，那些盯梢的人相当老练，即便是军情六处的间谍也未必是这些人的对手。

而现在他要做的就是做好手头的工作，取得他们的信任。

福尔森站在幽灵号的图书室内，他那天才般的大脑在仔细思索着对付罪犯的策略。他眉头紧蹙，在屋里踱来踱去，最后停在了一幅世界地图前面，眼睛专注地望着世界地图。

福尔森转过身，把目光从地图上移开，背着手在屋里走来走去，缓缓说道："犯罪势力已经存在很多年，这个组织的势力遍布世界各地。作为犯罪组织领导机构所在地的洛杉矶必然会被他们的头目经营得固若金汤，他们在洛杉矶的势力极大，眼线极多。我们如果把调查重点和矛头直接指向防守严密的洛杉矶，很可能难以有所获。"

夏普摸了摸下巴，感觉福尔森说的有道理，便开口说道："你继续说下去。"

"通过最近的调查，我做了一个大胆的推测，玛雅神社的势力主要集中在以洛杉矶为中心的西南区域，以尤卡坦州为中心的墨西哥区域，以伦敦为中心的西欧区域和以迈阿密为中心的美国东南区域。其中西南区域是犯罪组织的核心区，是神社领导机构所在地，此地犯罪组织势力极大，而其他三个区域犯罪组织的势力相对薄弱，那么西南区域好比是玛雅神社的核心，而其他三个地区则为神社的羽翼，屏障，藩篱。对付这样势力极大的犯罪组织，我们必须稳扎稳打，步步推进，幻想一举击败它是不可能的，我们必须逐渐削弱它的势力，最后再进攻它的核心。"福尔森说道。

汉普听得入迷，他那双眼睛惊异地看着福尔森，慢吞吞地说道："先剪枝叶，再撼树干，策略很好。"

罗伯特眼前一亮，以一种崇敬的眼神看着福尔森，仿佛眼前的侦探变成了拿破仑，他开口说道："那么福尔森先生，我想听听你的具体行动方案。"

福尔森胸有成竹地说道："由于神庙的那次交火，墨西哥当局下了极大决心调查犯罪组织在墨西哥的势力，清除了隐藏在国家机构中的许多蛀虫。玛雅神社在墨西哥快要支撑不下去了，这片区域的犯罪势力已经被我们打得大败，接下来就轮到西欧区的犯罪势力。至于玛雅神社盘踞在美国东南部的势力，政府当局会用他们正义的拳头把邪恶组织打得粉碎。等到这三块势力区域被全部铲除后，以洛杉矶为核心的西南区域就成为了孤立势力，最终会在各方调查力量联合打击下土崩瓦解。"

"各方人员都在忙着调查，那我们留在军舰上干什么？"夏普急着说道。

福尔森的嘴角浮现出诡异的笑容，他笑道："我们留在这里负责吸引墨西哥残余势力和其他地区犯罪势力的注意力，牵制他们的力量，为沃伊和菲利普暗中潜伏和调查提供掩护。只要我们一天不离开美洲，犯罪势力就不得安生，他们必会采取行动，他们只要一动，我们的机会就来了。当然我们还肩负着另一项任务，就是收集《藏宝图》残片，在收集残片的过程中我们会与玛雅神社发生实质性的冲突，那将是正义与邪恶的生死大决战，在这次大决战中我会把玛雅神社的人诱入另一个圈套中，当然这是后话了。不过我们要明白一个道理，再好的计谋也需要我们一刀一枪地拼出来。"

"福尔森先生，你真是用兵潇洒，快意人生啊。"罗伯特赞叹道。

"我这位老朋友一向料事如神。"汉普补充道。

福尔森摸了摸下巴，意味深长地笑道："世界上不存在真正的料事如神，那种掐指一算便能预料战局的神力根本不存在，它只存在于文学作品里。这种料事只能是战略上的计划，而且随时要根据实际情况的变化进行修正。至于战术的使用，则更大程度上依赖于实战的具体情况。因此我这个战略规划未必完善，随着案件侦查的进展，我会不断修正这个战略计划。"

"福尔森先生，我们是不是应该给玛雅神社设置一个诱饵，诱使这个犯罪组织进入我们预先设置的圈套中？"罗伯特说道。

福尔森的两眼放出亮光，像猎人发现了猎物一样，他冷静地说道："我们固然要给玛雅神社设下诱饵，对于像玛雅神社这样庞大的猎物，我们设下的诱饵要足够大，只有这样才能吸引住它。除此之外，我们还要将悬挂诱饵的鱼线抛得足够长，我们这样做能防止上钩的大鱼把过短的鱼线挣断，大鱼越挣扎，体力消耗得越快，最终会因为精疲力竭而被钓鱼的人拖到岸上。"

"我们应该拿什么给这个庞大的犯罪组织作诱饵呢？"汉普说道。

福尔森喝了一口茶后继续说道："这个诱饵不用我们来设置，玛雅宝藏就是最好、最大的诱饵。玛雅神社这个庞大的组织为了得到玛雅宝藏必然会投入极大的人力、财力、物力。玛雅宝藏就像一个巨大的黑洞，它会把玛雅神社投入的大量资源不断吸收进去，最终会把犯罪组织拖得精疲力竭。我们只需要围绕玛雅宝藏周围布置伏兵，待他们精疲力竭之时再四面合围，如此一来，犯罪组织的头目们必会被我们一网打尽。"

他们听完福尔森的分析后轻轻地点了点头。

比尔正在办公室里打电话，他朝电话那头直嚷嚷，时不时静下来听听，指示电话那头干活机灵点。桌子上摆了一摞基金投资账单，挂上电话后，他拿着放大镜在账单的栏目表上仔细照了照，正在此时他听到了敲门声，他赶紧把账单塞到了抽屉里，从椅子上站了起来，朝房门走去。

房门打开后，沃伊轻声走了进去。

"贝克，明天有什么安排？"

"上午 10 点与通达公司的董事长诺姆罗碰面商谈股份收购事宜，中午参加公司的日常会议，晚上还要编写詹姆斯投标卷。"

　　"谁给你安排的任务？"

　　"布鲁安排的。"

　　"全都取消，专心看詹姆斯投标卷，不要听布鲁那个工作变态狂的。"

　　"待会儿和我去会议室参加公司的业务主管大会。"比尔说道。

　　会议室里，鲍威尔和莫安顿以及十几个中层业务主管坐在会议桌周围，每人手中都捧着一份招标书，比尔坐在会议桌顶头的位置，手里拿着招标书斜靠在皮椅上，沃伊坐在人力资源经理胡克身旁，嘴里叼着一根香烟。

　　"下面请总经理把招标书的情况说说。"布鲁说道。

　　"据我了解，总共有 10 家厂商领取了招标书，这些钢铁公司都与詹姆斯的房地产公司有过合作，不过不是每个公司都有机会，有些公司参加这个投标只是象征性地向各个较小的房地产公司展示自己在詹姆斯房地产公司邀请名单之列，这样他们才有机会入围一些较小的房地产开发项目。我们真正的竞争对手只有两家：第一家是联合钢铁公司，他们有着雄厚的实力，是我们的老对手了，已经与詹姆斯公司合作多年。第二家是苏格兰钢铁公司，他们的优势在于价格。"比尔详细地将竞争对手的情况介绍了一遍。"

　　"什么时候提交投标书？"鲍威尔急切地问道。

　　"20 天内必须完成投标书，从今天开始算起 25 天后在詹姆斯房地产公司一楼大厅举行评标仪式。"

　　"他们根据什么进行评标？"策划部门的经理问道。

　　"根据以往经验，詹姆斯公司会组建评标项目小组，对每个厂家的方案进行评估和打分，然后以技术分和价格分相加，产生最终结果。"

　　"项目小组主要有哪些人？"胡克问道。

　　"主要有詹姆斯公司的几位高管和工程师以及詹姆斯的法律顾问，当然他们还请来了几位公证人员。阵容很强大，詹姆斯很重视这次的招标项目。"比尔答道。

　　"詹姆斯投标卷完成多少了？"布鲁开口问道。

　　"我已经把相关资料全部摸清，今晚就开始编写。10 天之内就能完成。

主体部分由我亲自编写，其余部分交给我手下那帮弟兄写。"沃伊答道。

"你可得加把劲啦，詹姆斯的公司的投标项目非常重要，它直接关系到今年我们能否完成预定销售目标。"

"没问题。"

就在此时，秘书走到比尔身边，低声向他说了几句话。说完后，比尔示意让他先出去。

"什么事？"布鲁问道。

"又是詹姆斯。联合钢铁和法国对手都在积极行动，他们邀请詹姆斯公司参观他们的生产线，并向詹姆斯提交了相关说明。下面我来布置下一阶段的工作任务，这次招标项目是今年我们与联合钢铁公司的大决战，我们只要将这次投标项目拿下，就会重创联合钢铁公司，各个部门一定要齐心竭力。"

比尔喝了一口咖啡后，以一种严肃的口吻说道："胡克，你选择得力干将负责与詹姆斯公司的项目小组中的人沟通和协调。鲍威尔，你负责制定下个季度的财务报表，根据投标状况确定资金的分配流向。莫安顿，你负责对资金使用情况进行全程监督，策划部门负责制定下个季度的投资战略。技术监督部门负责核查钢材的质量，销售部门负责编写詹姆斯投标书。好了，散会吧。"

"贝克，你等等。"比尔在沃伊身后叫道。

"什么事？"沃伊警觉地转过身。

比尔顿了顿，用比较平和的语气说，"听说你最近在打听肖那克的事，公司人多嘴杂，记住不要听与自己无关的，不要问不该问的。你很有潜力，上边很看重你。先要懂得如何保护好自己，才有机会干大事。"比尔给了沃伊一个善意的警告，说完，轻轻拍了拍沃伊的胳膊，离开了。

沃伊回到办公室，一屁股坐进长沙发里，解开外衣扣，极力让自己放松下来。看来这帮人对自己的一举一动都了若指掌，以后行事要更小心才行，这帮该死的家伙！不过此刻他一定要把此次投标的事干好，只有这样才能取得公司高层对他的进一步信任，他才能有机会接近公司的核心机密。不过，根据这二十多天的观察，沃伊已经发现公司确实参与了一些见不得人的罪恶勾当。他决定寻找机会以肖那克之死为突破口，将公司的罪证彻底挖出来。

按照公司的规定，晚上8点以后公司所有的职员都必须离开公司，虽然沃伊不知道公司那些高管们是基于什么样的原因制定的这个规定，但他还是老实地遵守这个规定，最近由于自己卖力地干活，他已经取得了高管们的信任，获得了一项额外的批准：可以在公司的办公室里工作到深夜。当然他能获得这个批准是有原因的——他写那些招标书需要参考公司那些繁多的图书和资料。这些天来，他工作异常勤奋，赢得了公司上层的欢心。现在他可以独自待在公司里，充分发挥高级特工的长处，秘密进行调查，他有一种预感，今晚他会有很大的收获。

时钟指向了12点，屋外想起了脚步声，沃伊此刻已经醒了，他听到了那老人头皮鞋发出的脚步声，他知道这是比尔和布鲁的脚步声，因为在现在这个时候，只有他们俩有资格待在公司里。他感到很好奇，此刻两人匆匆忙忙地走出办公室会干什么？作为一名优秀特工的本能驱使着他悄悄地走到办公室门后，轻轻地转开了门把手。

保罗开车来到了市里的科技馆，这里有一件东西对他搜寻帆船资料很重要。位于科技馆海洋船舶展览大厅的计算机机房里有一台超大容量的电脑，这台电脑已经成为他的老朋友了。科技馆的工作人员给这台电脑安装上了航海数据库系统，使之具有很强的数据收集能力。除此之外，这台电脑还安装了动态模拟系统，这个功能在很大程度上帮助了他，他只需要在键盘上输入一道道计算公式和数据，电脑就会根据接受的指令自动绘制出一幅完整的船舶图像，并在一个符合指令的环境内进行高仿真的模拟活动。他利用这一功能还原出了亚桑利亚号大帆船的形状和架构，破解出了考古学上一个未解之谜。

这台电脑里存储了大量关于船舶的史学电子资料，其中包括一些航海旅行日记和绝版手稿，他曾经根据这些绝版的航海史书研究出了萨德姆号沉没的具体地点，绘制出了哥德堡号商船航行的精确路线。而这一次在他眼中又是一次有趣的猜谜游戏，只不过这次谜语更加复杂，更加难以捉摸，但对他来说探索船舶之谜的兴奋度不亚于吸毒的人看到毒品一样，他陶醉于这种看似艰苦而又枯燥的搜寻游戏中。

然而几天的搜索使他更加迷惑，他难以想象，美洲那么多的商船要开往世界各地，在这些商船中要找到载运那些拿着《藏宝图》残片的人简直是大海捞针。

这一天他沉沉地坐在皮沙发里，陷入了沉思。

如果那些拿着《藏宝图》残片的人要想避开西班牙人的搜索，他们必须选择逃往海岸的最近路线，并从西班牙人控制最弱的地方登船，他呆呆地看着中美洲地图上的轮廓，要想逃生，最短的路线就是翻越山岭到达中美洲西海岸，然后从西班牙人刚刚入侵、控制比较薄弱的西北海岸乘船逃走。他的眼睛突然一亮。

现在搜索的范围不断缩小，他毫不犹豫地在搜索栏中输入关键词，屏幕上显示"搜索结果需要 15 秒钟，请耐心等待"。

15 秒钟过去了，电脑屏幕上显示出所有的搜索结果：在 1697 年 7 月 12 日到 10 月 12 日从墨西哥西北海岸出发到达世界各地的船只共有 32 艘，其中 19 艘是英国海军舰船，6 艘是西班牙海军舰船，剩下的是 7 艘商船，商船上载运的是大批的棉花、大豆和玉米。

如果拿着《藏宝图》残片的人想拿着《藏宝图》残片安全地离开美洲，并且不被西班牙人发现，他们最可能乘坐这 7 艘商船离开，保罗用钢笔记下这 7 艘船的名字。

伊丽莎白号，1697 年 7 月 14 号，从墨西哥西北海岸出发，目的地南安普顿

五月花号，1697 年 7 月 21 号，从墨西哥西北海岸出发，目的地安特卫普

哥伦布号，1697 年 8 月 2 号，从墨西哥西北海岸出发，目的地威尼斯

金山伯爵号，1697 年 8 月 17 号，从墨西哥西北海岸出发，目的地巴伦西亚

光荣号，1697 年 8 月 26 号，从墨西哥西北海岸出发，目的地爪哇岛

女神号，1697 年 8 月 29 号，从墨西哥西北海岸出发，目的地亚历山大

瓦德尼号，1697 年 9 月 27 号，从墨西哥西北海岸出发，目的地中国广州

这 7 艘商船中有前往地中海口岸城市威尼斯、巴伦西亚、亚历山大的，西班牙虽然在无敌舰队之战中战败，但是海军实力仍然不容小视，特别是在去往地中海的商船中，必须要经过直布罗陀海峡，西班牙人肯定会严格盘查这些商船，所以那些拿着《藏宝图》残片的人肯定不会乘着这些商船狼入虎口。那么只剩下了 4 艘商船了。前往南安普顿和安特卫普的商船是装载大豆和玉米的，运行路线是绕过麦哲伦海峡然后穿越大西洋到达西欧，他们必须经过西班牙人的势力范围——南美海岸附近。西班牙人对外国商船的货物搜查得非常严格，还时常抢掠船上的货物，因此可以排除他们乘坐这两艘船的可能性，那么这剩下了去往亚洲的两条船。

电脑继续发出"嗡嗡"的声音，而数据出来的速度却比平常快多了。根据电脑显示的结果，瓦德尼号成功抵达广州港，在港口卸下货物后，装载着茶叶、瓷器前往马赛。光荣号却不知所踪，电脑显示这艘船在东南亚的加里曼丹岛附近海域沉没……

沃伊看到布鲁和比尔走到了一楼的大厅的会议室，沃伊悄悄跟了过去，藏在大厅墙角的一个大花瓶后面，在布鲁和比尔进去了 3 分钟后，沃伊走到了会议厅门口，仔细听着里面的动静，可里面并没有发出任何声音，虽然没有得到什么有用的信息，不过至少知道在这间会议厅里一定隐藏着什么秘密。

招标协议书已经全部打印出来了，秘书把几十页的文件装在文件夹中，郑重其事地放到沃伊的办公桌上。沃伊为了写这份招标书，足足查阅了几十本书，协议书中的每一句话、每一项条款他都已经仔细琢磨，直到熟记于心。作为一名特工，他并不擅长文案工作，但这一次的招标书写作经历使他坚信自己有着卓越的文案撰写才能。他拿着文件夹走到比尔的办公室，比尔正在打电话。

这天下午，各大钢铁公司派出的代表齐聚詹姆斯公司一楼大厅，会议室中间椭圆形的会议桌旁边坐着参加招标的公证人员和专家评委，招标项目小组的组长正在介绍招标的规则，沃伊和胡克正焦急地等待着结果，待招标规则宣读完毕后，项目小组的人又开始宣读各个厂家技术分的评分情况和打分的原则。

詹姆斯公司的公关经理拿着话筒说道："欢迎大家参加这次投标活动，无论这次招标结果如何，我们都希望继续与各个厂家建立长期合作关系，在以后的项目中继续合作。现在请各个厂家代表观看大屏幕上技术分评分结果。"

詹姆斯公司招标项目小组的成员将电脑屏幕上的内容切换到投影屏幕上，屏幕上显示出了各个厂家的技术评分和排名，厂家代表屏住呼吸，静静地寻找着自己的位置和排名。工作人员用清晰的声音宣读了各个厂家的排名和技术分数。沃伊看到史都华占据第一的位置，欣喜地抱住了身旁的胡克。但这不是最终结果，下面还得看价格分的情况。

注意力被集中到了厂家的报价包上，它一直被密封着放在会议桌上。项目小组的组长检查了报价包的印章封口，并示意给会议室的每个人，表明这是完整并且没有被动过手脚的。然后拿起一把剪刀从报价包开口处剪开交给身旁的公证员，请他们计算价格分。小组组长喝口咖啡后淡淡地说道："20分钟后宣布总分，大家先休息一会儿。"

说完后，项目小组的成员都走到了一楼大厅里侧的会议室，20分钟后，工作人员算出了总分，价格分与技术分相加的结果出来了。小组组长把各个厂家的总分宣读了出来，史都华公司总分最高，比排名第二的联合钢铁高出两分。史都华招标成功，沃伊终于松了一口气。

近期沃伊为公司高管们先后制定出了下个季度的钢铁营销计划，还编制了斯旺西霍克威公司的股份收购计划，利润分配方案，詹姆斯的招标书也被他出色地制定了出来，他为公司争取了几千万的生意，公司高管们已经相信了他的出色的工作能力。

这天，公司在一楼会议大厅内召开全体部门主管大会。所有的主管都来了，鲍威尔、比尔、布鲁以及大部分高层主管坐在会议桌周围，其余的人则靠墙而坐。麦安逊董事长来迟了些，刚走进会议室，原本在窃窃私语的几个人立刻正襟危坐，等待着他们的老大发言。

麦安逊董事长开口道："按照公司的章程规定，"他抽了抽红鼻子，仿佛是被感动的似的，继续说道，"我宣布，贝克以优异的成绩正式加入史都华公司,任命为销售部经理。"难得露面的麦安逊继续滔滔不绝,总结了前一阶段公司的工作成绩,和下一步的战略计划,整个会议在严肃的气氛中,只能听见麦安逊一个人的声音。

会议结束后,比尔走到沃伊身边,以一种异常亲和的语气说道:"贝克,你最近表现得非常出色,公司为了奖励你,决定赠送给你这张 3000 美元的支票,并放你一星期的假。你可以选择到马恩岛、夏威夷群岛或维尔京群岛任意一地旅游。"

这突如其来的旅游安排先是让沃伊感觉出乎意料,可一转念,想起了福尔森交代他到马恩岛调查的任务,再联想到肖那克的死。看来这次是个千载难逢的机会,他马上接口道:"我还是到马恩岛吧,那里距离伦敦近。"

"好的,待会儿我把度假别墅的钥匙给你,你可以免费住在那儿。"比尔说道。

沃伊假装沉浸在喜悦之中,吻了吻支票。就在此时,秘书们拿来了许多玻璃杯,鲍威尔把每个杯子都斟满酒。大家举起杯子纷纷向贝克敬酒。贝克一口气把杯子里的酒喝干了,脸上出现了晚霞般的红晕。整个会议室被干杯声和笑声湮没,弥漫着快乐的气氛。

光荣号商船怎么会在印度尼西亚附近沉没呢?是什么原因造成的?保罗继续在电脑上搜索,过了一会儿,电脑上显示出结果。

光荣号是荷兰的一艘 570 吨的大船,在海里最快能以每小时 7 海里的速度行驶,它于 1682 年在阿姆斯特丹造船厂完工下水,被安特卫普乔治海运公司购买,这艘商船主要经营美洲和东南亚地区以及西亚地区的货运航线。1697 年 8 月 26 号从墨西哥西北海岸起航后,跨越了整个太平洋,到达东南亚加里曼丹岛西侧海域时遭遇了一场台风袭击后沉没,137 名船员无一生还,至今仍未被打捞出来。

遭遇台风后沉没了,他不太相信,这么一艘坚固无比的大船经历了十几年的风吹雨打,怎么会轻易就沉没了呢?如果是沉没了,那么多商业打捞船为何屡次进入出事海域都没能打捞出来,船上的水手都是经验丰富的一流船员,怎么会无一人生还?保罗感到非常疑惑,他不相信这艘船会轻易沉没。对事物未解之谜的求知欲促使他一定要找到事件的真相。

保罗原本希望能在国家图书馆电子资料库中找到光荣号航行资料的详细记载，但却一无所获。他坐在一间大阅览室里，合上了《阿布多·莱尔斯日记》的影印本。光荣号船长莱尔斯在航行到菲律宾吕宋岛时，把这本描述他历次史诗般航行的日记献给了驻扎在菲律宾的荷兰军队的头目，那个头目把那份航海日记转交给了尼德兰摄政王。这本日记后来失踪了几个世纪，最近才刚刚在阿姆斯特丹档案馆的地下室里被发现，影印本被传送到了世界各地的档案馆。

他把自己宽厚的脊背往椅子上一靠，长长地舒了一口气。这本日记为他提供了不少想要的信息。日记描述了船长在许多次奇异的海上冒险的经过，但日记中关于光荣号最后一次航行即1697年的那次航行记载得并不完善。日记中只记载了光荣号从墨西哥西北海岸出发后到菲律宾停港休息这段时间船上发生的事情，至于从菲律宾再次起航后船上发生的事情并没有记载，因为日记已经交给了荷兰驻扎军的长官。保罗在这份日记中了解到了一个事实：有一个拿着青檀木宝盒的中美洲人曾经登上了光荣号，后来这个人在航行途中被杀死，他所携带的财宝被船员们瓜分。保罗曾试图把这件事当作谋财害命之类的海盗故事来读。但是当他联想到《藏宝图》残片这个名词时，他不得不认真对待这个小故事。他做了一个大胆的推测，《藏宝图》残片在那个青檀木盒子里，光荣号上有一份《藏宝图》残片。

保罗不满足于现有的发现，他认为现有的发现远远不够。即使光荣号上确实有《藏宝图》残片，但是如果找不到光荣号的下落的资料，寻找那份《藏宝图》残片仍是遥不可及的梦想。

除了这份航海日记外，还有一份关于光荣号命运的文献资料，但未被证实。保罗曾经读过一本中国人写的旅行记。他记不清是什么时候读到的了，也不能把那本几十页的原始手稿从堆积如山的文献中翻出来。他打算再到档案馆中去查看那份非常重要的文件。下午指针指向两点时，保罗便走出宾馆大门，叫了一辆出租车到圣约翰档案馆。

这个档案馆是美国最大的船舶史学资料汇集基地，在这个档案馆里有着关于2000万份海洋船舶文献手稿和200多万本海洋学的研究书籍。这里是保罗研究学问的天堂，他把这里当成第二个家。他常常在这里一待就是一天，直到档案管理员把他客客气气地请出去。他记得上次来这里是在三个多月前。

保罗下车后径直朝档案馆的东亚文献研究室走去，他穿过一条用大理石地板装饰的甬道后便来到了一个大厅。他向登记人员出示了身份证和阅读卡后便从工作人员那里领取了一个号牌，然后在登记表上认认真真地填写了他的大名。这里的工作人员都认识这个大胖子历史学家，他们把他当作亲密的朋友，所谓的登记工作只不过是个流程而已。保罗按动了上行电梯的按钮，几秒钟后，电梯铁门自动打开，保罗朝工作人员摆了摆手后便走到电梯密室里。他记得那份手稿是一位中国清朝时期到南洋婆罗洲国（印度尼西亚苏门答腊岛附近）经商的华人写的。他想努力回忆起手稿中的每一个故事情节，但是他的记忆力显然不给他争气。他只记得在那份手稿中有一小段写到那个华人在加里曼丹岛的丛林里行走时发现了许多烂木块和类似木船桅杆的东西，并捡到了许多玉石宝贝。

一条微小的线索能解开一个巨大的谜团，这是保罗工作的座右铭。保罗总结了一套研究历史学和考古学的经典理论，其中最著名的理论就是线索理论。这个理论的内容是：研究者根据一些非常微小的细节，调动各种知识储备，运用逻辑的方法进行分析和判断，进而得出一个可能性最大的结论。这种研究理论在不久前还上了美国大学考古学的教科书。举个例子，保罗曾根据一首二十多字的航海日记推断出了克里特号商船沉没的地点。他所依据的就是小诗中描述的天气变化、海水颜色、海洋动物种类、货物类型。这次寻找光荣号的任务在他的眼里又是一次有趣而刺激的猜谜游戏。他走到第三列书架前，他记得上次就是在这里看到的那份手稿。他仔细翻找着书架上的几十份手稿，最后在两份记载着郑和船队航行记录的厚厚文献的夹缝中找到了那份薄得可怜的手稿。他把那份手稿找了出来，翻开了第一页开始认真看起来。保罗的神经开始兴奋了。

根据手稿中对大帆船特征的描写，他的脑海里浮现出一幅情景：在橘黄色的落日金辉下，一艘荷兰大帆船航行在茫茫大海上。那是一幅17世纪的荷兰油画，他在德国盖尔森基兴的一个市场上发现这幅画，并以其实际价值的十分之一把它买下来。他坚信躺在加里曼丹岛北侧热带雨林中的破烂木船就是失踪的光荣号。他从座椅上站了起来，在阅览室里走来走去。这位华人的英文水平确实了得，他用英语写出了这二十多页的手稿，在那个时代已经是相当不容易了。保罗相信作者描述的是一个真实发生的事件，而不是杜撰出的一个神话。

莱尔斯的航海日记确实记载有一个装载着《藏宝图》残片的木盒，它会不会仍然躺在那艘深埋在一片热带雨林中的大帆船的朽木中呢？一个长达 300 年之久的谜团从时间的阴影中突然闪现，揭示出了一条诱人的线索。

保罗对自己的调查结果十分满意，不过他很清楚，证明这个神话传说的真实性只不过是在这条寻宝道路上迈出的第一步而已，现在并没有值得炫耀的资本。保罗手握莱尔斯的日记和李仁济的这份手稿，他已经能够确定光荣号大帆船因为一种不知名的原因沉睡在了加里曼丹岛西侧的热带雨林中，最大的可能性就是——一场巨大的海啸把它推进去的。

接下来他又到历史档案里东南亚文献研究室里寻找有关 17 世纪袭击东南亚地区沿岸的海啸的文字记录。幸运的是，这些情况都被当时荷兰总督当局详细记录了下来，那些陈旧的史书文献就躺在文献研究室一个无人问津的角落里。他找到了那些史书，根据荷兰殖民当局的记载，一共有 4 次海啸。两次发生在印尼，时间是 1662 年和 1697 年，泰国也遭受过两次海啸的袭击，一次是 1670 年，另一次是 1648，而 1697 年正是光荣号出事的那一年。

官方史书上记载着在 1697 年发生了一次巨大的灾难，剧烈震动之后不久，海上又出现了台风，台风移动到加里曼丹岛附近海域时，整个海面巨浪呼啸，海水以摧枯拉朽之势越过海岸线，迅猛地袭击着岸边的村庄和小镇，海岸上的居民消失在巨浪之中。港口所有建筑在狂涛的洗劫下被无情摧毁。事后，海滩上一片狼藉，到处是残木破板和人畜尸体。海水侵占了许多岛屿上的良田，加里曼丹岛受损也很严重，该岛屿上受损最严重的地区当属岛屿西海岸苏森湾地区。海湾旁边的一个小镇也被吞噬了，溺死者达两千人，村庄中许多年代久远的棺木被大水冲了出来，当时的景象真是荒凉凄惨。保罗根据卫星测绘图找到了苏森湾的位置，它位于岛屿西侧，海湾宽 8 公里。

海啸发生的事实更验证了保罗的猜想。他放下地图后又看了看航海日记。莱尔斯的航海日记中有一段提到当一个拿着青檀木宝盒的人希望登船时，莱尔斯船长坚决要检查盒子里装的是什么东西，但是那个人给了他们几块金币，希望船员不要检查，并把他送到雅加达。虽然这些船员们答应了他的要求，但是好奇心还是驱使他们想要看个究竟，在那个逃亡的人夜间在船上睡着后，他们偷偷潜入他的房间，看到里面是一块只有一公分厚的被打磨成长方体的石头，石头正面是一条条纹路，后面是一个不知名的文字，他们当时不知道这就是著名的玛雅《藏宝图》残片。吸引他们的是木盒里还有几十块金币，贪婪最终促使这些人疯狂起来，船员们把这个人杀掉后扔进了海里，而那个精美的盒子和石块留在了船上。保罗推测，也许是善恶报应，帆船航行到加里曼丹岛西侧海岸时遇到强台风和海啸，帆船被狂风巨浪到岸上的丛林里，船上没有任何人幸存，包括莱尔斯船长。

保罗从这段文字猜测出剩下的 9 个人一定是乘着另一艘商船到达了广州港，那 8 块《藏宝图》残片和方石一定是从中国失散到世界各地的，不过现在他能确定有一份《藏宝图》残片在光荣号上。下一步的计划，也是最错综复杂的一步，是把这场搜寻光荣号的舞台尽可能地缩小。

在前往马恩岛的航空公司波音 747 班机上，沃伊正坐在头等舱中透过机舱玻璃看着天上的云彩，他没有看到后面坐着一个身穿黑色大衣，头戴鸭舌帽的男人，此人一直盯着他看。沃伊拿着一本航空杂志心不在焉地看着，不时喝上几口可乐。可乐是由飞机上的美丽的空姐端来的，她们白色的肌肤，蓝蓝的眼睛，一脸迷人的笑意。沃伊坐在窗边，极力掩饰着这次出国旅行的激动，而令他激动的原因只有他自己清楚。

临行前，他在图书室找到了一本介绍马恩岛的书。马恩岛是英国三个皇家属地之一，它位于英国本土和爱尔兰之间，距离两地都只有 50 公里，这里是欧洲人口密度最低的地区。

马恩岛长 48 公里，宽 46 公里，不过，从空中俯视，它显得小多了，就像是清澈、蔚蓝的海水中镶嵌着的一块精美的绿色翡翠。

飞机落到了一个大机场中，这个大机场位于一座别墅区和高尔夫球场之间。

那个黑人男孩接过沃伊的行李，放进了一辆福特公司 1972 年产的出租车里。沃伊付了他一笔相当可观的小费。

"莱特湾。"沃伊对司机说。"好的，先生。"司机应道。

第十九章

暗中调查

　　沃伊站在二楼的阳台上，手中端着一杯白兰地，望着远处的海面，眼下他还有一项重要的任务，就是调查前任销售部经理肖那克的真正死因。

　　他沿着岛上的中心大街往南走，走出了那个银行林立的中心大街后，便来到了著名的海盗广场。沃伊之所以来这里是因为这里的人非常多，在这里他容易摆脱那几个全天候监视跟踪他的人。

　　当沃伊坐在一个露天咖啡馆外的椅子上休息时，他看到一个戴着鸭舌帽的人买了一根棒棒糖给一个小孩，那个小孩快乐地跑开了。他认出了这个人。这个人已经监视他一上午了，刚才他在一家快餐店里喝燕麦粥时，看到了一辆蓝色的福特轿车停在了店外，开车的司机正是他，沃伊凭着职业的敏感断定此人就是布鲁和比尔派来监视自己的人。这个盯梢的人是什么时候来到这儿并乔装打扮成这副模样的？一个穿着棕色制服的人走到那个带鸭舌帽的人旁边，跟他说了几句话。那个戴鸭舌帽的人指了指后面的仓库。那个穿制服的人便走了过去。

这两个人是一伙的，就在几个小时前的早餐店里，那个人一边喝着豆浆，一边用报纸遮住半边脸，盯着自己，这一转眼工夫又跑到这里来跟踪自己。沃伊从椅子上站了起来，直奔游客街而去。

游客街是海盗广场旁边的一条卖旅游纪念品的大街，这里挤满了游人。沃伊脱掉外套，一头钻进二楼一家附设小酒店的服装店。他知道那两个人正在旁边的纪念品店装作购买水晶石，他们不时往上瞟几眼。沃伊看到了一个与自己身材相仿的维修工人正在用抹布把一个轮胎上的油脂抹掉。他把维修工人叫了过去，在他耳旁咕哝了几句，然后给了他50英镑，那人高兴地点了点头，接过了票子。

过了一会儿，从那家服装店里出来一个人，此人与沃伊的身材相仿，穿得与他一模一样，此人沿着街道快速向前走去，很快消失在拥挤的人群中，那两个跟踪的人快步跟了上去。一分钟后沃伊穿着那个维修工人的衣服从服装店里走了出来。

他警惕地望着大街等出租车。他急忙穿过人行道，坐进了后座。

"马贝多登山旅店。"他说。

"那可不近啊，先生，你得破费不少呢。"

沃伊从座位上扔过去20英镑，"开车吧，要是有人跟上来，立即告诉我。"

司机抓起钱，"好的，先生。"

沃伊塞了一块泡泡糖在嘴中，观望着窗外的风景，此刻他已经摆脱了跟踪，心里一块石头暂时落下。马贝多登山旅店位于马恩岛西部山区的一片丛林里，距离城区约有9公里远，在这段路程中，沃伊可以好好观赏观赏这里独一无二的景色，汽车在驶过一片棚屋区后便离开了喧哗的城里，来到了僻静的乡村，此时海风很大，吹得他耳边呼呼直响。

汽车又行驶了一段距离后便开进了山区里。这片山区还保留着大自然最初赋予它的面貌，一片保存完好的原始森林，这片神圣的绿色世界还没有受到人类工业的干扰。

当地报纸登载，登山指导员是店主博克·马贝多的儿子菲利普·马贝多，他遇难时年仅19岁。他们两人是在攀岩的过程中失足跌落摔死的。那是个神秘的事故。尸体是在80英尺高的悬崖下找到的，尸体已经面目全非，情景惨不忍睹。关于这场事故，没有任何人证物证。至于此事为何发生在山区的一个人所共知的不宜攀登的地区，对此没人作出任何解释。文中提到还有许多问题有待解释。

车子开了20分钟后到了山脚下的一个小镇。那是一个小村落，马贝多登山旅店就坐落在镇南面的公路旁边，在一片茂密树林的下面。

"有没有人跟踪？"沃伊问。

司机摇摇头。

"干得不错，再给你40英镑，能在这儿再等我一会儿吗？"沃伊看了看表。

"没问题，先生。"

登山旅店是近些年来新兴起的一种旅店，那些喜欢极限探险的富人们经常光顾这种旅店。登山旅店里有着齐全的登山装备，那些喜欢攀岩的人只需要支付一小笔费用就可以从店老板那里租来各种设备，这种旅店是那些登山爱好者休息的好地方。除此之外，旅店还提供一项服务，一旦探险者发生什么意外，旅店救助人员可以就近提供药品救助，人员搜索和紧急援助的服务。在这种人迹罕至的地方，这种旅店发挥着非常重要的作用，登山爱好者们亲切地称呼它为"探险者温暖的港湾"，当然，旅店老板每年能获得一笔巨额的利润。

马贝多登山旅店共三层，整个旅店隐蔽在蓝莓藤和野百合编织成的绿色网蔓下面，楼身用颜料涂得雪白，墙壁上贴满了登山海报。一条狭小的通道绕过旅店通往房子正面的一片白岩地，那是一片停车场。停车场里只有五辆摩托车和两辆小轿车，看来今天游客不多。

走进旅店，沃伊向旅店伙计要了一瓶啤酒，几分钟后旅店招待递给他一瓶易酷啤酒。他打开瓶盖后一口气喝了小半瓶，等恢复力气后便开口问道："博克·马贝多先生在哪儿？"沃伊问。

就在这时，一辆越野吉普车停在了旅店门口，一个身穿红格衬衫、戴着一顶蓝色牛仔帽、身材瘦削但结实的矮个儿中年男人从车里走了下来。他大声吆喝着雇员们把车开进停车场。

酒吧招待对马贝多说了点什么，又朝沃伊这边指了指。他看了看沃伊，疑惑地走到这个陌生人的身旁。

"你找我？"他冷冷地问道。

"你是马贝多先生吗？"

"是我。你想干什么？"

"我想和你聊聊。"

他从冰箱里拿出一瓶酒喝了一口："我太忙，没空儿，40分钟后我就要去城里。"

"我是史都华公司的现任销售部经理。"

马贝多眯缝着褐色的小眼睛盯着他，"哦？"沃伊引起了他的兴趣。

"嗯，和你儿子死在一起的那个人是我的朋友，是史都华公司前任销售部经理，我想和你谈谈，要不了多久，几分钟就行。"

马贝多在一只圆凳上坐下，两手支着头："那可不是我爱谈的事儿。"

"我知道。对不起。"

"你想了解什么？"他轻声问道。

"能另找个地方谈吗？"

"当然。到外面走走。"他喊来旅店招待，交待了几句，又从冰箱里拿出了一罐酒，这才出了酒吧。他们在乡间小道上慢慢走着。

"我想谈谈事故的情况。"沃伊说。

"你尽可以提，我可以不回答。"

"你一定会回答的。"沃伊笑眯眯地盯着他看。

"你那么有自信让我开口？"马贝多喝了一口酒，乐呵呵地说道。

"是的，你的儿子在事故中不明不白死亡，你一定也想知道事情的真相吧。"

"你显然说到我心坎里了，我对一个月前的那次事故也是感到迷惑不解，它不像是次事故。"

"不是事故？这句话什么意思？"

"你要知道，我儿子是一个登山高手，虽然他只有19岁，但他从小就生活在这里，对这里的地形地势、一草一木都很熟悉。"

"他们在什么地方出事的？"

"他们在扇叶崖出的事，那里距离这里有一公里的路程，那座崖壁非常陡峭，一面80英尺高的崖壁足以把一个人摔成肉饼，我去过那里，崖顶上的路并不狭窄，那有一条两米宽的石板路，是十几年前修的，那天我儿子和肖那克去那里登山时是在白天，我真是不明白他们是怎么掉到悬崖下的。"

"会不会是遇到什么突发情况了，比如山崩、塌陷。"

"不可能，那里几十年来从来没有发生过，地质构造非常稳固，更关键的是事故发生当天我和警察赶到崖壁下并没有见到石块碎屑。"

"你去过崖顶上吗？"沃伊点燃一根烟，继续说道，"我想事情的真相就隐藏在崖顶上。"

"你说的这点我不是没考虑到，只是要到崖顶，必须得用缆车送上去，自从上次发生事故后，那块地方就从旅游地图的旅行景点一栏中删除了，缆车不再经过那个地方了。如果你想到崖顶的话，就必须攀援而上，那是非常危险的，那面悬崖异常陡峭，几乎90度的壁面足以使许多勇敢的登山者望而却步。"

"可不可以通过其他的路绕到崖顶上？"

"我在这里生活了几十年了，从没有听说有其他的路可以通向那里。那扇悬崖是一个孤立的景点，与其他景点之间并不相通，崖顶附近有一块奇形怪状的大石块，看起来像德雷克，因此那块石块被起名为德雷克石。如果不是因为许多游客想与那块大石头合影的话，景区老板根本不会开放那片崖顶，事实上他这次得支付我几十万块的赔偿费呢。"

"要你谈这种事，真是太难为你了。我希望你不要过度悲伤。"

马贝多喝完酒，把空瓶扔进垃圾箱里。"不要紧，时间能带走哀痛。你对这件事怎么这么感兴趣？"

"他的家属问了我们好多问题。"

"我真替他难过。去年我见过他，他们在这儿度过了一星期，真是好人哪。"

"你的登山旅店生意很好。"沃伊笑道。

"确实与众不同，这是有原因的，你知道马恩岛是富翁大佬经常光顾的地方，他们在岛上有许多公寓别墅，他们乘坐私人飞机来岛上，把钱存到可靠的银行里，然后去玩登山游戏，在登山旅店里度过几个夜晚。对于这些人，我这个老板要价多少，他们都能出得起。"

"有没有这种可能，他们正在探索新的地方突然出事了？"沃伊把话题转了回来。

"可能性是有的，但很小。他们如果是在游玩过程中，突然发现了什么情况，便冒险到陡崖附近寻找什么东西，然后便出事了，这种情况是有的，但你要知道我儿子是这里最出色的登山教练，他如果遇到什么突发情况，会通知登山旅店的人，这是惯例，绝不会悄无声息地去。但事情看上去就这么简单，警方认为正是发生了这种事，当然他们总得说出点看法嘛。那就是他们唯一能做出的解释。"

谈话快结束了，他们在公路旁边停了下来，"我想请你帮帮忙，"马贝多说，"这事在任何人面前只字不能提。我无法证明我所说的全部正确，因此最好不要告诉任何人，我不想惹上祸端。"

"这句话什么意思？为什么叫惹上祸端？"

"事实上我怀疑肖那克和我儿子的死是一起有预谋的暗杀造成的。我不想因为多嘴而惹上黑势力的人。"

沃伊若有所思地点了点头，"我对谁都不会说。我也想请你别向别人提起我们的这次谈话。什么人没准会跟到这儿来，问我来访的情况，你就说我们是谈登山的事。"

"当然。"

"如果我明年来这儿度假的话，肯定还会来找你的。"

"你不和你妻子来吗？"

"我至今仍是单身。"说完，又把话题转移到了肖那克身上，"在他来马恩岛之后，有没有跟你说过什么？"

"事实上这是他第 5 次来这儿了，我看得出，最后一次来时他明显没有以前那么快乐，最后一次他没有带他妻子来，我想他是有什么烦心事，前几次他来的时候我们都是谈些关于登山以及旅游的事，但是最后一次来时，他却跟我们谈了大量关于岛上银行的事，他说他在马恩岛北美商业银行存了 1 万美金。他说这些钱非常机密，没有其他人知道，包括他妻子。他说总有一天有一个人会在这儿向我打听关于他的事，他告诉我让我把一个木盒子给那个人，他说那个人是他的一个好朋友。"

"木盒子里装的什么？"沃伊吃惊地问道。

"肖那克说是银行卡以及一张小纸条，纸条上写着银行卡密码，还有史都华公司的授权书。他是这么说的，我也没打开过。"

"这件事没有其他人知道吗？"

"没有其他人知道。"

"你动了那笔钱了吗？"

"没有，我的旅店一年就能给我带来几十万美元的收入，我怎么会贪图别人那点小钱，况且我还是个基督徒。"

沃伊好像想起了什么，催促马贝多快把那个木盒子拿出来。

比尔走进办公室。

"你好，麦安逊老板。有几件事，史都华最近的生意很顺利，我们先后收购了好几家公司的股份，詹姆斯向我们购买了大量钢材，布鲁等人都很高兴。"

"这些都是贝克的功劳啊，他很能干。"

"是的，贝克是个好员工，是我们把他从穷困中拯救出来，在他加入三道会之前，他已经流落街头 5 年了，他会珍惜公司这么优厚的条件的，他是个优秀的人才，我不会看错人。"

"你们给我看紧点，不能出任何纰漏，大家在一条船上。还有一件事，你派人到巴黎拍卖行把几件中国文物买下来，过一段时间我到伦敦去拿，我听说那几件文物是中国夏宫里面的。"

"这件小事包在我身上，等你到了伦敦，我再请你喝几杯。"

"比尔，你回去和我们的人都说说，特别是布鲁，行事要小心，你最近两个月也尽量少来洛杉矶，有什么事用我们的密码邮件发送，联邦调查局最近查得很严，弄不好要盯上石油公司，我们在联邦调查局的内线说联邦调查局的新任局长破获了一起跨国贩毒大案，盘踞在美国东南部的贩毒势力遭到了毁灭性打击。这位新任局长很厉害，我们可不能被调查部门盯上。"

"这点我会注意的，不过最近联邦调查局新任局长究竟使出什么招数能在那么短的时间内侦破一起贩毒大案，还逮捕了势力雄厚的德克萨斯州贩毒大佬，这倒给我们提供了教训，我们不能大意，一点都不能。"比尔说道。

保罗发现了光荣号残骸的藏身之地，它位于加里曼丹岛茂密的丛林里，也许它已经腐化成一堆烂木，现在他需要做的就是进一步确定残骸的精确地点，他那台巨大的电脑就是他的帮手，他希望利用这个好伙伴获得一次伟大的考古发现，他已经感觉到蔓延到全身细胞兴奋起来了。

地理信息系统能通过地形、地势、海岸变迁、植被覆盖状况的古今对比，推算出商船搁浅最有可能的地点，现在正是这种技术大显身手的时候。

先用地理信息系统测定出这艘在丛林中埋藏了3个世纪的帆船，它的大概位置在岛屿西侧的沿海热带雨林中，另外排除一些沿岸陡峭地带，只剩下沿岸约50公里的海岸线，那艘商船必定是从这50公里的某处海岸线被推入丛林中的。

50公里的海岸线范围实在太大了，搜寻起来非常艰难，因此必须继续排除一些地区，把大帆船可能的藏身范围进一步缩小。

他想到了在迈阿密大学密特朗导师经常用的三维覆盖法，这一办法能有效地判断出地形和地貌的变迁。透过增加或减少旧地图的比例，使其与最新的卫星测绘图一致，然后再把一张张不同时期的地图覆盖在卫星测绘图上，这样，大帆船失踪以来的沿海丛林变化就可以在地图上看得一清二楚了。他发现，在过去的几个世纪里，大片茂密的沿海丛林已被砍伐，并被开垦成了农田，农田沿着海岸绵延不绝，往岛屿内陆纵深达几十公里。

几百年前的加里曼丹岛的植被覆盖地区并不相同，大帆船至今未被发现，那就说明它仍躺在热带雨林深处，因此那些已经被开垦成农田的海岸地区可以排除掉。现在50公里的海岸线已经被缩小到了30公里。

为了减少搜寻上的麻烦，现在他必须进一步减少搜寻范围，必须把搜寻范围确定在10平方公里之内。他又拿着李仁济的那份手稿认真翻阅，试图从文字中找到支离破碎的线索，这位华人居住在加里曼丹岛西北海岸的一座小镇里，名叫古晋，现在位于马来西亚境内，他的目的是想迁移到热带雨林里逃避荷兰人的劫掠和屠杀，等躲过这次灾难后再返回小镇。保罗思索着李仁济的路线。这位华人全家从岛屿西北部沿海的小镇中迁移到岛屿中部距海不远的一个小村庄里。

沿途有条大河，保罗猜想大帆船就在那条大河和佛教寺院之间的某处地方，而且距离两地都不远。他拿着放大镜在放大的卫星地图上仔细搜索，他找到了那条大河，名叫卡普阿斯河，河流附近确实有一座小金矿。地图上显示着三个寺院，这些寺院距离卡普阿斯河都不远，离河流的距离分别为 2 公里、3 公里和 5 公里。他仔细查看着地形图，这三座寺院中确实有一座位于山坡下，其他两座位于开阔的平地上。

保罗做了一个大胆的推测，大帆船藏身之地位于寺院和三角号之间的某个地点，从寺院到三角号之间有两公里。他推断出大帆船埋藏在距离卡普阿斯河南岸两公里的范围内，从卡普阿斯河河口溯流而上搜寻，一定会有所发现。他查看地图后发现卡普阿斯河的河口正是在苏森湾上，从那座寺院到河口的直线距离约有 8 公里，他估算大帆船埋藏的地点距离河口应该在 5 到 10 公里的范围内。他感到自己发现了一块新大陆，他想尽快把这个令人感到兴奋的消息告诉福尔森，证明自己是船舶史学方面无与伦比的权威，他那由于激动而变得苍白的脸上，滚下了几颗小小的泪珠。

"喂，是幽灵号吗？"

过了一会儿，电话那头传来懒洋洋的声音。

"喂，这里是幽灵号接线室，请问您有什么事？"

"福尔森先生在你们船上吗？"

"麻烦你稍等，我去问一下。"

保罗焦急地等待着，时间一点点过去。

"喂，请问你是保罗先生吗？我就是福尔森。"

"本人就是保罗，你托付给我的事我已经解决了。"

"这件事说来话长，我只想说有一块《藏宝图》残片在一艘叫光荣号的荷兰船上，这艘商船现在正在加里曼丹岛的热带雨林的丛林里睡大觉，9 个拿着《藏宝图》残片的人中有一个人上了这艘船，其他的人都乘船去了中国，你现在应该和你的助手找架飞机前往岛上搜寻这艘商船，我想你们会有意外的收获的。"

"商船怎么会在丛林里？没弄错吗？"

"我想致使那艘商船停在岛上的原因是一场巨大的台风和一次海底大地震引起的巨大海啸。"

"怎么会那么巧？"

"我想在几千年中出现这样一次巧合也算正常吧，你们要沿着岛屿西侧的苏森湾卡普阿斯河河口溯流而上搜寻，纵深 5 到 10 公里。我想那艘船就在距离河流南岸两公里的范围内，因此你们的搜寻范围在 10 平方公里范围内。"

"海湾有多宽？"

"大约有 8 公里。"

"你是从哪里得到这些信息的，准确吗？"

"我想在历史学界，只要不是白混的，都知道该如何用电脑找到这些历史上的信息。你就按照我说的做就行了。"

"现在的海湾地形与那时有不同吗？"

"外湾变化很小。"保罗回答道。

保罗凝视着电脑屏幕上的彩色图像。他输入一道道键盘指令，那些荷兰人绘制的旧地图和卫星测绘图分别以不同的颜色在荧幕上显示出来，由于卡普阿斯河的泥沙淤积，内湾向海洋移动了大约 1 公里。

"你的报酬什么时候给你？"

"你的这次委托任务使我完成了一次伟大的发现，那些报酬我不要了，你们找到那艘破船后请我喝一瓶香槟就行了，希望你们的搜索成功。"

"你太慷慨了，我不得不说你是个无与伦比的天才。"

马贝多拿了一个木盒子交给沃伊。他打开盒子，发现里面是一张北美商业银行的银行卡和钥匙，还有一张字条，上面写着一连串数字，应该是银行卡的密码，还有几页文件慵懒地躺在盒子底部。沃伊拿出那几页文件，发现它们是调查公司财务文件的授权书和委托书，调查的对象是史都华公司在马恩岛北美商业银行的账户存款，沃伊好像突然明白了什么，他赶紧把盒子合上，转身准备离开。

"祝你好运，你要替你朋友调查出真相。"

"我会的，我会把你儿子死亡的真相调查出来的。"

开往商业银行的出租车里，沃伊悄无声息地坐在后座上。他形容憔悴，面色苍白，眼睛充血，连胡子也没刮一刮。

司机在银行前停下车子，窗外刺骨的寒风，沃伊此刻已经全无力气，饥肠辘辘。

一个穿着白色商业套装的职员站在服务台前，沃伊走了过去。

　　"先生，请问你需要办什么业务？"

　　"我想查询一个客户的账户，并把账户中的东西取出来。"

　　"你需要把银行卡交给我，并输入你的密码。"

　　"好的。"沃伊把银行卡交给了前台服务员，然后输入密码，过了一会儿，从银行地下室大门里走来一个身穿制服的职员，手里提着一个皮箱子。

　　"先生，这是客户在这儿存放的物品。"

　　"谢谢，"沃伊接过皮箱子，把那个精巧的小箱子放在了地上，然后又向前台服务员咨询新的服务。

　　"请问您还需要办理什么业务？"

　　"我想查询史都华公司在这里的账户存款。"

　　"对不起，先生，客户的账户信息不能随便查询。"

　　"那怎么样才能查询？"

　　"你必须有公司财务部门出具的授权书，或者本地法院出具的搜查证。"

　　"能不能不在确认书上签字，而且银行不把查询的事通知公司。"

　　"按照规定，我们不能这样做。"

　　"我要和你们的老板商量这件事，麻烦你通知他一下。"

　　"好的，您稍等。"

　　前台服务员拨通了电话，并和电话那头咕哝了几句便挂上了电话。

　　"先生，我们银行董事长马上就下楼亲自和你面谈。"

　　"好的，谢谢。"

　　正在说话时，一个中年人从楼上走了下来。

　　这个人穿着烫熨过的黑色西服，头发修剪得很漂亮，悠闲地迈着步子，戴着一副很个性的太阳镜，脚上穿着一双名贵的皮卡尔牌皮鞋。

　　"董事长，您好。"前台的职员向他打招呼。

　　沃伊正要向这位老板询问相关事情，那位老板走了过来。

　　银行老板托马斯·库德尔像老友似的欢迎沃伊，还向沃伊作了自我介绍，并询问关于沃伊的情况，他被领到了二楼那间可以眺望莱特湾的宽大的办公室。两个职员等在那儿。

　　大银行的老板果然是做大生意的，他给沃伊留下的印象不是盛气凌人，而是和蔼可亲，就像多年未见的亲密朋友。

"直说吧，贝克先生，你到底需要些什么？"库德尔问。

"我需要史都华钢铁公司的所有账目摘要。"

"好的。要多长时间的？"

"6个月以来的每一笔账目。"

库德尔朝一个职员打了个响指，她便端来了咖啡和点心，另一个职员忙着做记录。

"当然，贝克先生，我们需要客户的授权书。"库德尔说。

"它们都存在卷宗里。"沃伊说着打开了木盒子，从里面拿出了授权书。

沃伊抽出这几份文件从桌子上递了过去，"全在里面，都是最新的。"他朝这位老板挤挤眼。

一名职员接过卷宗，把所有的文件全都摊在桌子上。两个职员逐一核实了之后，库德尔又亲自审查了一遍。沃伊边喝咖啡边等着。

库德尔笑笑说："看来全都合乎要求。我们马上就查账目记录。还需要什么吗？"

"目前就要这些。"

"我想问问，查完公司的账目后能不能不在确认书上签字，而且不把查账的事通知公司。"

"当然可以，只要授权书上签过名就可以。"

沃伊想起来了，文件上签着鲍威尔和肖那克的名字。

"所有这些我们将在30分钟内准备好。和我们一起吃午饭吧？"

"谢谢你的好意，不过我过会还有点事。我就在这儿等一会儿吧。"

"那我们先去处理你的业务，请在这儿休息片刻。"

"知道了，谢谢。"

银行老板和那两个职员走了出去，留下沃伊一人在屋里。

他看见现在屋里没有别人，便小心翼翼地用钥匙打开那个精致的皮箱。肖那克的皮箱里除了1万美元的存款外，还有一大摞文件。

沃伊翻阅着这些文件，大多是调查出的交易账单和公司票据。他感到自己的大脑正在以闪电般的速度转动着。事实上，他那集中的目光就很能说明问题。那目光使人联想起对弈中的象棋大师，正在认真分析着棋盘上的每一种可能性，看着肖那克留下的这些财会账簿和调查结论书，沃伊感到自己肩头的重担，他必须完成这位不幸死去的人的遗愿。这些文件将助自己一臂之力，同时他也感到自己调查犯罪证据的水平与肖那克相比真是差远了。

这一叠文件最下面的那张遗书吸引了沃伊的注意力。

这页遗愿书的内容如下：

我是军情六处的特工，关于我的真实身份只有军情六处里面少数的人知道。

早在几年前军情六处就怀疑史都华公司的内部势力参与了一起重大的文物盗窃和非法买卖案件，为了调查这个公司的内幕，3年前，乔治上将决定派我潜入到公司内部调查，把调查结果直接向他汇报。

在公司暗中调查时，我向财务总监莫安顿表明了自己的真实身份，让他提供印章和委托书授权书格式范本，并在这些文件上盖了章填写了相关内容，并且承诺不会向任何人透露这件事。就在我对公司的调查取得很大进展时，公司的那些眼线发现了我的身份，他们让我把这些调查结果销毁并与他们合作，承诺给我几百万的美金。如果不与他们合作，我的下场会很惨，当我口头同意了他们的要求，并把我调查结果的一小部分交给了他们，他们表示不再计较过去的行为，但是我知道他们不会轻易相信我，也不会放过我，我感到自己的生命不长了。

几天后我按照公司假期制度到马恩岛游玩时，并没有带上我的妻子，并把我全部的财产都留给了她，我给她讲述了我当时的境况，她让我报警，但我知道这于事无补，警察局中也有太多他们的眼线，因此我并没有选择报警。

在我到达马恩岛后发现了几个跟踪我的人，当时我有一种直觉，我感到他们要下手了，我的生命将葬送在这里。我在岛上与他们周旋了很长时间，暂时摆脱了他们的追踪，最后把你手中的那个木盒子交给了登山店的老板并向他嘱托了相关事宜，你看到的银行里的这些文件都是我在上一次来到马恩岛时留下的，希望对你的调查有所帮助。

肖那克

这是一张催人泪下的遗书，沃伊的眼角湿润了，他现在心里只有一个信念，就是同那伙罪大恶极的恶棍坚决斗争下去，一定要让正义之剑砍下他们的头颅。

第二十章

搜寻光荣号

　　福尔森和夏普在迈阿密机场办理了托运手续，他们将一架先进的金属探测器托运到印度尼西亚的首都雅加达。这架金属探测器是幽灵号舰长约翰逊为他们提供的。验票后，两人登上了前往雅加达的客机。汉普则带着《藏宝图》残片前往迈阿密与保罗见面，他们兵分两路，各自忙碌起来。夏普在飞机上翻看着一本介绍雅加达和加里曼丹岛的旅行图册。飞机在暴风雨中着陆时已是凌晨1点多了。他们刚刚踏出机舱门，就看到了印度尼西亚石油公司总经理派来接机的人。约翰逊舰长曾经跟那位总经理商谈过，要求提供一架飞机。接机人匆匆把他们接到一辆宝马车上，就立刻朝机场的另一侧驶去，车后跟着一辆载着他们的行李和电子设备的小型货车。两辆车一直开到已经准备就绪的飞鹰号螺旋桨飞机前才停下来。他们下了车，福尔森转身向他道了谢。

　　总经理说道："注意安全，这架飞机性能先进，不过你们不能开太快，食品和淡水已经放在了机舱里，有什么情况随时与我联络，祝你们一路顺风。"

两人迅速把探测器放上飞机，夏普坐在驾驶座上做起飞前的准备。福尔森坐在副驾驶座上翻看保罗和幽灵号副舰长罗伯特汇集来的资料，他太兴奋了，大脑里出现几幅画面：高山顶上的诺亚方舟、沙漠中的大轮船、热带雨林中的大帆船。

大航海时代也称地理大发现时代。15世纪初至17世纪末，欧洲人开始了他们大规模的扬帆远航，发现了之前未知的大片陆地和水域。大航海时代以哥伦布首次横渡大西洋航抵美洲大陆为标志，在这个伟大的时代，无数的海洋探险家冒着生命的危险去到世界各个角落探险。

保罗通过传真发来了16、17世纪航行在海上的典型的阿姆斯特丹制造的大帆船的说明和剖面图，并估算了船上可供金属探测器检测的铁的质量。他根据所掌握的船舶历史学知识，认为这艘荷兰船上所载的两门火炮是铜制的，不会使测量钢铁物质磁场强度的仪器产生反应。

福尔森早已在大脑中构思了搜寻方案，在幽灵号上他就已经查阅了大量资料，他们准备把飞机停在保罗划定的核心地带，从核心地带的外围向中心地带逐步推进。他相信这样一来搜寻工作会变得更容易，至少比无目的地在林中乱逛好。

飞机正飞行从雅加达的上空飞过。夜晚的雅加达异常静谧美丽，城市里灯光犹如天上的繁星。他们驶过一片灯光异常密集的地区时，福尔森问道："这里是什么地方？"

夏普漫不经心地答道："那是苏迪曼尔大街，几年前我跟随约翰逊舰长来过雅加达，我去过那条街，那是雅加达最繁华的街道。"

"雅加达有什么好玩的地方？"

"缩影公园，那里面有许多仿制景观，是印尼所有岛屿中风景胜地的浓缩，我去过那儿，还有一处安佐尔梦幻公园，那是一座科学幻想主题公园。"

"想不到你会热衷于旅游。城市中灯光为何一片密集，而另一片非常稀疏？我还看到有的地区根本没有灯光，好像繁华的城市中出现一块块不毛之地。"

"印尼的首都是一个传统与现代、富有与贫穷对比强烈的城市。一眼看去，它犹如一个由钢筋水泥组成的杂乱丛林。如果要是在白天的话，从飞机上俯望下来，你会看到低矮的瓦屋掺杂在林立的高楼大厦之间，宽阔的柏油大道与青石小巷交叉纵横，金碧堂皇的高级酒店与高科技中心经常坐落在嘈杂拥挤的村庄不远处。"

"城市中出现许多穷困的棚户区和贫民乡村，我不得不说雅加达在城市规划方面赶不上伦敦。"福尔森若有所思地说道。

"由于伦敦奥运会的举办，伦敦市政厅在城市规划方面下了大工夫。"夏普说道。

"你第一次开飞机时有什么感受？"福尔森问道。

"开飞机能够培养人的耐性，就像女人养花一样。开飞机时动作一定要柔和，动作不能粗，也不能大，操作杆和油门的量一定要把握得很准，尽量飞得要平稳。"

"学会开飞机对一个人有什么好处？"

"飞行带给我最大的收获是锻练了一个人的决断力。飞机跑道三分之二的地方有一个叫不可回头点的位置，只要你驾驶着飞机在跑道上越过那里，无论什么原因，你的飞机必须要拉上来，你必须有豁出一切的勇气和魄力。如果你稍一犹豫，你绝对是刹不住飞机的，飞机会一直冲出去，结果只能是机毁人亡。飞行锻练的正是这种义无反顾的决断力。这种决断力是作为商界领袖必备的品格。"

10分钟后，飞机飞过城市上空，驶离了爪哇岛。

放眼望去，夜晚的爪哇海显得格外的美丽，天空星光照耀下的大海上出现一座座橘黄色的平台，石油钻井平台上亮着灯，犹如一座座灯塔，平台上矗立着吐着火焰的火炬。几艘亮着灯的大油轮正朝一座巨大的海上钻井平台驶去。福尔森看到远处有几座小山的轮廓，那是几座大小不等的岛屿。海面上的景象仿佛是一幅静谧深邃的美丽油画。

福尔森拿着照相机拍照，夏普告诉他说："爪哇海海底蕴藏的石油非常丰富，这里有大量先进的钻井平台，由于石油钻井平台的建设需要大量的资金和很高的技术要求，大多是印尼石油公司与西方先进的石油公司合作建成的，还有少数钻井平台是中国人援建的，大量技术娴熟的中国石油工人工作在钻井台上，中国人为印尼的石油开采事业做出了巨大贡献。"

"远处的那些小岛是火山岛吗？"

"是的，这片海域有大量火山岛。"夏普喝了一口矿泉水后接着说道，"不过这片海域的蕴藏的石油量远不能与南中国海相比，那里蕴藏的石油量异常丰富。菲律宾、越南、马来西亚和印尼都抢占南中国海上的岛屿，并派出士兵驻守在小岛上，还派出军舰游弋在岛屿周围。他们抢占中国领海和岛屿的主要目的就是为了这些海底的石油。这可是一批巨大的资源，被称为黑金。"

当东方海面上的淡蓝色天空渐渐变成橘黄色，一阵微风吹来，赶走了天空残留的繁星，海面上岛屿山峰的轮廓更加清晰，夏普正驾驶着直升机飞越一座郁郁葱葱的小岛。飞机距离海面不足 1000 米，福尔森可以清楚地看到海面上壮丽的景象。小岛附近的海面上出现了十几座大型钻井平台，天空微亮时看这些平台与在深夜观看的感觉完全不同。这些平台高耸于海面上，像一座座摩天大楼，共同构筑成了一座海上城市，几只大海鸟从这些美丽的古堡平台上掠过。海风和海浪在海面上嬉戏追逐，溅起千万朵白莲般的浪花。

"太美了！"福尔森情不自禁地说道。

"海面的壮观景象令人心醉。"夏普附和道。

"我们总是忙碌于繁重的事业，而忽视了大自然的美丽。"

"你说得很对，我们确实应该放慢生活节奏，用心去感受自然的奥妙。"

很快，飞机飞到了加里曼丹岛西侧海岸附近的海域，浅海里一艘艘渔船正离开海湾向海中驶去，开始一天的捕捞。正在撒网的渔民停下来，仰头望着低空飞行的飞机，挥着手臂，福尔森也向他们挥挥手，飞机的影子掠过渔船队，向海岸飞去，深蓝色海水迅速变成青绿色，海底逐渐升高，最终与沙滩融为一体，细浪打在低缓的海岸和岩石上，划出一道道美丽的波纹。海岸异常平坦，植被茂密海岸沙滩旁边有许多棚板小屋，越过这个海湾后他们就来到了一座狭长的半岛。过了这个半岛后他们将进入一个更大的海湾——苏森湾。海浪就是从苏森湾把大帆船冲到岛上的。那座海湾在两个狭长的半岛间躺着，那片海域盛产热带鱼类，苏森湾海湾边的小镇是全岛的渔业加工基地。

热带雨林植物，是指热带气候终年湿润的常绿森林群落。地球上的热带雨林分布在南北回归线之间。这里是世界上第三大热带雨林分布地，加里曼丹岛的面积有 74 万平方公里，是世界的第三大岛。岛上的热带雨林面积仅次于亚马逊和刚果盆地地区。热带雨林植物是陆地上物种最为丰富的生态系统，种类繁多，且呈现出多层结构。茂密的热带雨林，充满了神秘和危险，但同时也是很多人向往的地方，关于它的传说充满了险恶：毒蛇、鳄鱼、传染病，各种各样的危险，你永远不知道下一分钟会发生什么。这种神秘吸引着无数人前仆后继地探险。

海湾那长长的手臂环成一圈，只在卡普阿斯河的入海口处留下一个缺口，坐在副驾驶位的福尔森用手指指了指右边一个街道密布的小镇，那儿的海湾上有几艘渔船正在作业。

"你带的金属探测器能带我们找到目标吗？"福尔森问道。

"这种金属探测器已经是目前世界上最尖端的技术。它曾经帮助墨西哥城的考古学家们发现一个埋藏兵器的巨大墓道，如果它不能带我们找到船骸的话，那我们寻找帆船的希望就像在大海中寻找漂流瓶一样了。"

飞机在连续飞行了数小时以后，到达了保罗划定的范围附近。

夏普对坐在旁边的福尔森说了句："坐稳了，准备降落。"飞机经过连续的颠簸、碰撞后停在了一片较为低矮的丛林中。

两人刚跳下飞机，一种前所未有的惊恐感同时显现在两个人的脸上。

沃伊在结束了他的 5 日之旅后回到了史都华公司，当他走到比尔的办公室门前正要敲门时，米娜秘书告诉他比尔现在不在公司，有公事出差了，下周才能回来。

在这几天中，沃伊调查出了大量的线索，北美商业银行的财务文件更使他坚信，这个公司的高管参与了犯罪活动。他决定把这件事汇报给他的上司诺克长官，在比尔出差的这段时间，进行一次秘密的搜查行动。

沃伊走在繁华的大街上，中央大道的两旁是现代化的钢筋水泥大楼，他离开公司时已将近晚上 9 点，他打算步行回公寓。街上行人稀少，风已完全停息，街道上沉睡般的宁静，仅有的声音是从附近某个雅座酒吧里传出的"叮咚叮咚"的钢琴声。他习惯了伦敦那无休止的喧闹声，对这种寂静感到很别扭。有一会儿，他觉得自己似乎又回到了童年时幽静的故乡，黑夜笼罩在城市上空，捉摸着它会带来什么危险。

　　他已经注意到了一个人在跟踪他，这个人就在街道的对面，他已经跟踪自己很长时间了，他很清楚那是公司派出的尾巴，现在还不能甩掉他，这样只会加深公司高管对自己的猜忌，现在最重要的是取得公司对他的信任，让那伙整天坐在高级办公室的老爷们相信自己是绝对忠诚于公司的。

　　沃伊拐进了一个僻静的小巷，顺着一条巷子到了一座破败不堪的房子门口，门边的牌子上写着"爵士酒吧"。

　　酒吧只有一个昏暗的房间，里面摆着几张木桌子，地上铺着脏兮兮的木地板，一根剖开的原木当做吧台，光秃秃的墙上挂着粗糙的油画。桌子边坐着一帮只有伦敦西区的酒吧里才能见到的那样蓬头垢面的酒鬼。房间里弥漫着烟草冒出的蓝色烟雾。烟草味、啤酒味、廉价威士忌味混杂在一起，使这里的气味更加难闻。这里的顾客显然来自最贫穷的阶层。

　　"嗨，伙计，来一瓶威士忌和一份三明治。"

　　沃伊找到一个靠窗户的位置坐下，这里是沃伊晚上放松消遣的地方，这个精力充沛的年轻人一天在公司要待上将近 16 个小时，最近公司的繁重任务更使他没有一点空闲去做他喜爱的网球运动。他已经连续十几天晚上泡在这个小巷的酒吧里了。他知道那个跟踪他的人每天会把他的行踪汇报给公司高管，这个酒吧不仅能让沃伊放松一天疲惫的身体，它还有一个更重要的作用，这里是沃伊与他的长官诺克上将接头的地点。诺克上将经常化装成不同身份的下层人，沃伊总是会与他攀谈，或者把重要情报做成小纸条，巧妙地转给诺克上将，而跟踪他的人是不会看出任何端倪的，除此之外，酒吧里各色人等的谈话的内容经常成为沃伊重要的情报来源。

　　就在沃伊坐下时，一个穿着黑色外套、留着整齐的胡须的高个子男人走了进来，向服务员要了一瓶啤酒，然后在屋里找了一个座位坐下，沃伊知道这个人在跟踪自己。这时，一个乞丐拿着一个碗向酒吧中的每一个人行乞，有人拿出硬币丢到了碗里，脸上流露出鄙夷的神色，只有沃伊知道这个乞丐的真实身份。这个乞丐打扮的人就是军情六处的诺克上将。

　　当诺克上将把那个装满硬币的碗放在沃伊前面时，沃伊拿出一枚硬币丢在碗中。这枚硬币就像一个象棋棋子，不过硬币是中空的，在硬币中藏有一份图纸，纸上写着近期的调查结果，他就是通过这种方式把情报送出去的，而诺克需要把行动计划告诉沃伊时，他会以卖报纸找钱的方式把情报部门的行动计划告诉沃伊，也许只有这样他才能迷惑那个 24 小时都在监控他的眼线。诺克知道在军情六处里隐藏着许多对方的内线，因此这次他部署的大搜查任务会绕开情报部门内部的人员执行这次的突击任务。

财务经理鲍威尔通过五楼的铁门，穿过狭小的房间和办公室，走到布鲁的办公室。布鲁正在里面等着。鲍威尔一进屋，布鲁就连忙把门关上，朝椅子指了指。昨夜鲍威尔又喝酒了，脸上泛着黄灰色，眼眶通红。

布鲁起身给鲍威尔倒了一杯茶，递给了鲍威尔。

"你昨天又喝酒了？"布鲁问道。

"嗯，昨天和胡克老兄在酒吧喝的酒，胡克的酒量太大了。"

"说起来很有趣，抽烟能够把一个人抽死，喝酒也能把一个人喝死，鲍威尔，今后你不应该再喝那么多酒了。"

"你说得很对，今后我尽量少喝。"

"具体谈谈吧，什么事？"布鲁问道。

"昨天，我和人力资源经理胡克聊了聊贝克的事。据他判断，贝克这个年轻人只能处理合法文件，别的一概不能让他沾边。"鲍威尔一边喝茶，一边说道。

"他干得还不错。"布鲁问。

"噢，是的，确实不错，他在人力资源管理方面非常出色，他说，连着 6 个星期以来，麦安逊先生每周都要过问公司的人员任用情况，看来他也很紧张。"

"你怎么对他说的？"

"我对他说，一切平安无事，至少目前是这样，局势完全被我们的人控制，史都华每天有大把大把的钞票进账，肖那克留给我们的危险已经消除。"

"我听我们的人说，贝克去了登山店和北美商业银行？"布鲁提醒说。

"应该不会出什么乱子，我们的人一直盯着他呢。"

"未必吧。我们的人曾经跟丢过一次，不过他们后来到过那个登山旅店，向老板问过一些情况。老板只说史都华的现任销售部经理确实到过旅店，他们在一块喝喝酒，只谈到登山和旅游的事。"布鲁从烟盒中抽出一根烟，点上后猛抽了一口，接着说道："不过，我总觉得这事和肖那克有些关联。"

"也许他只是对肖那克的死很感兴趣。"鲍威尔支支吾吾地说道。

"他从来不认识肖那克。"布鲁说，"他为什么对他的死这么感兴趣？"

"不好说，不过他想都别想，谁也找不到任何蛛丝马迹。"

"你认为贝克去银行的事如何解释？是想暗中调查我们？"布鲁表情严肃地问道。

"北美商业银行受隐私法严格保护，他没有授权调查银行的账目，事实上我们也并没有接到银行确认查账的凭单。我想他去银行只是办件私事。"

"但你拿不出具体的证据。"

鲍威尔的头又开始疼了。"不错，布鲁，如果你是指像肖那克干的那种事的证据，我们确实拿不出，因为他在公司里工作多年，对公司的情况很了解，他和情报部门的谈话被我们录了音，但贝克不一样。"

布鲁轻轻揉着太阳穴，"尽管他现在对公司犯罪之事一无所知，但我们不可能对肖那克的事一无所知，只要他待在经理位置上，他早晚会知道的。我在考虑如何把他彻底变成自己人。"

"很少有人会对巨额财富不动心，就像我，对成为什么正义人士一点兴趣都没有，所以就与你们合作了。"

"尽管我想把贝克拉下水，但我一直担心他是情报部门的内线，因此我们不能轻举妄动。"

"你打算怎么办？"

"目前，我们加紧了监视，我已经给在洛杉矶的比尔打了电话，通报了相关情况，我打算再派几个生面孔跟踪贝克。明天我就去洛杉矶，当面向比尔，也许还要向麦安逊先生汇报。比尔说，麦安逊先生在军情六处收买了一个内线，这家伙跟诺克很亲近，又愿意出卖情报，我想请麦安逊帮帮忙。"

"你要向他们汇报贝克的情况？"鲍威尔问。

"我将把我知道的、怀疑的全告诉他们。万一贝克真与情报部门有关的话，我们就玩完了，我们必须彻底调查清楚贝克这个人，有任何可疑之处，都得干脆地除掉他。"

"老弟，你可真是个老狐狸，怪不得能接替比蒂成为三道会的会长。"

"明天我就动身前往洛杉矶，公司的事就交给你和莫安顿了。"

洛杉矶市海岸酒家坐落在罗迪欧大街和日落大街交汇的街角附近，面朝日落大街。这座饭店的地理位置极好，出门沿着罗迪欧大街行走几百米，就能看到圣母玛利亚大教堂，沿着日落大街行走几百米后可以看到迪士尼音乐大厅和派拉蒙影视公司的总部大楼。好莱坞过去的影星们经常光顾这家店，受名人效应影响，这家老店名噪全城。它的菜价昂贵，而且装饰独特。每张餐桌上方的墙上都挂着一个精美的工艺品，这家酒店在提供饭菜的同时也顺便替那些精品店老板做一下工艺品广告，当然他会从那些老板那里得到应有的广告费。天使之城的富翁大佬们常来光顾，店里总是高朋满座，老顾客也只好在人行道上排队等候。在饭店外面经常有一些卖座位号的人，他们可以从中赚一大笔钱。

比尔喜欢这家饭店的环境，每次他来洛杉矶与麦安逊董事长商谈要事时，麦安逊经常请他来这家饭店吃饭，这个饭店里的客户大都是上层社会的人士。比尔喜欢在这个僻静的地方与公司其他的高管一边品酒，一边密谈。

比尔和布鲁先到，下午4点人很少，星期四尤其如此，这个时间用不着等位子。女招待在他座位上摆好了餐具。他们坐在靠近门口的餐桌旁，面朝着大街。比尔向窗外扫了一眼，又低下头开始翻看菜单。他知道史都华公司被军情六处的人盯上了，他担心会出什么事，于是从伦敦飞到洛杉矶，向麦安逊董事长求救。

麦安逊准时到了。他望望比尔，脸上闪过生硬的一笑，他担心联邦调查局的人盯上了内华达石油公司，就像军情六处的人盯上史都华一样。他担心联调查局的人会派出眼线全天候地跟踪调查自己，他不得不小心再小心。

麦安逊温文尔雅，但是身体肥胖，有一个可爱的称号"北美的野牛"。

"你们来的时候没被跟踪吧？"麦安逊急切地问道。

"没有，这点请放心。"比尔说道。

女招待走了过来，布鲁看了看菜单："一份法式牛排和一瓶人头马。"说完后把菜单递给了麦安逊。

麦安逊看了看菜单，心不在焉地说道："一份意大利面。"

比尔摆了摆手，示意自己不要什么，女招待拿着菜单走开。

布鲁用手敲了敲桌子，表情严肃地说道："麦安逊老板，伦敦出事了，史都华被情报部门的人盯上了。"

麦安逊用面巾纸擦了擦嘴巴，"说说看。"

布鲁把声音尽量压低，不安地说道："我们怀疑贝克和情报部门的人有接触，这个贝克很可能在暗中调查史都华，你在军情六处的内线跟诺克很亲近吧，我们想让此人出马，帮我们查查贝克的事。"

"确实如此，那个内线叫高菲，他是诺克的秘书，你们是想让此人调查贝克，如果逮住了贝克的把柄你们想怎么办？"

"斩草除根，决不能让贝克祸害了我们大家。"

"情报部门拼命想渗透进公司，这点我知道，可是你们已经仔细调查了贝克的履历，你们是从什么时候怀疑贝克的？他不是很能干吗？"麦安逊笑道。

"可是我们对他的过去并不真的了解，我一直担心他是名特工。"布鲁说道。

女招待端来了饭菜和饮料，布鲁用刀子切了切牛排，并把鱼子酱撒在了肉块上。刚才布鲁和麦安逊一直在认真交谈着，比尔只是扮演一个听众，静静地躺在椅子上打盹。现在布鲁正在吃牛排，他认为自己发言的时机到了，他把身子往前凑了凑。

"麦安逊董事长，贝克到马恩岛度假时暗中调查了很多地方，虽然我们没有逮到他的把柄，但我们怀疑他在暗中调查肖那克死亡的原因以及公司账目。"比尔说道。

"我说老弟，你多虑了，我们不能仅仅因为怀疑就妄下定论。他可是为我们赚了一大摞票子了。"

"这我不否认，他确实是个人才，但他始终是我们放的风筝，很难把控呀。你在史都华里有大量股份，我想你也不想看到有人搞鬼把史都华搞垮吧？还是谨慎一些好。"

"好吧，你们具体想知道什么？我好安排你们见面。"

"想知道贝克与情报部门的人有没有关系。"

"嗯。史都华很早就被军情六处的人盯上了，但是乔治老头始终没有抓到有用的证据，就是因为高菲的功劳。乔治老头直到死都不会知道他的秘书被史都华收买了。"

"我想这次他要价依然会很高，但我们不能管那么多了，他要多少我们就给多少。"

布鲁把最后一块牛肉送到腹中，继续说："他要价多少？"

"50万美金。"

比尔耸了耸肩膀，说："他可真是狮子大开口啊。"

"他做这事的风险很大。"麦安逊解释道。

"好吧，你什么时候联系他，联系好后通知我们几个，鲍威尔和胡克也在为此事着急。"

"高菲做事非常谨慎，他在情报部门工作15年了，他可不想因为为我们提供情报而毁了大好前途。我只用过他两次，都是在迫不得已的情况下。"

"我相信这次高菲依旧是我们忠实的朋友。"比尔喃喃地说道。

"你说得不错，他早铁了心要与黑势力合作，这对双方都有好处。"

"我相信这笔50万的巨款花得很值，什么时候能与他见面？"比尔问道。

"两个星期后在克里蒂咖啡厅，我的手下科索会与他见面，见他一趟不容易，等他调查出结果后，我会第一时间通知你们几个。"

"麦安逊老板是位伟大的董事长。"布鲁插了一句。

"好了老弟，别拍我马屁了。如果贝克确实与情报部门有勾结，那就除掉他。如果他是无辜的，就让他继续为公司赚钱，你们也不要再找他的事了，事实上我相信他是清白的。"

第二十一章

猎杀史都华

一辆兰博基尼停在了洛杉矶东面的市郊别墅区，三个人走到一座欧式建筑的别墅前，一阵清脆的门铃响起后，佣人打开了大门，他们跟随佣人来到了一间小书房里，在书房里一个面容英俊的年轻人正在书桌前看书。

"哥哥，你今天与比尔和布鲁见面了？"

"是的，我们在海岸酒店见的面。"

"伦敦那边出事了。"

"他们怀疑雇员里面出了情报部门的间谍，我有一种预感，伦敦有麻烦了，即使我们找情报部门内线也不一定有用，他们很可能已经查出了什么端倪。"

"我们在史都华公司里面还有 46% 的股份，这些血汗可不能打水漂啊。"

"如果必要的话，我们完全可以放弃在伦敦的生意，只要不牵连到我们身上就行了。"

"如果伦敦那面真出事了，我们也没必要过于担心，除了布鲁和比尔两人之外，其他的高管还不知道你的真实身份，他们只知道你是一个大腹便便的麦安逊老板。"

"我的身份只有我们家族里的几个人知道。"

"巴塞克、布吕歇尔说说你们那里的情况。"

"领袖，不，我还是叫哥哥更亲切，我们在内华达山的石油开采基地和山洞的军火、毒品和文物都保存得非常完好，我们每天还在大把大把地赚钱。"

"我们在芝加哥的船运公司也没被调查局盯上，一切秩序井然。"

"那么，妹妹，你们调查局没什么动静吧？"

米洛斯微笑着回答道："有我给你们做内线，调查局永远也不会查到你们头上，调查局虽然来了新局长，但是我这个副局长也不是个摆设，有什么动静，我会通知你们的。"

接下来的十几秒钟，屋里一片沉默。

米洛斯喝了一口啤酒，接着说道："只有一件事需要注意，如果伦敦那边真出事了，一定要把布鲁和比尔两人灭口，不能让情报部门查到我们头上。我们的家族不能毁在他们手里。"

坐落在波特兰大街的克里蒂咖啡馆，以它纯正的哥伦比亚咖啡豆、典雅的环境，在伦敦久负盛名。

麦安逊的手下科索是昨天从洛杉矶飞抵伦敦的，他来伦敦有两个目的：第一，代理麦安逊参加史都华公司的股东大会。第二，与军情六处的内线见面会谈。

他坐在咖啡馆靠墙角的一个位置，服务员拿来菜单，他心不在焉地翻了翻。就在此时，一个身穿蓝色西装的中年男人从出租车里走下来。科索透过玻璃窗朝那人挥挥手。那人看见他后朝这边走了过来。

此人名叫高菲，曾是军情六处里乔治上将的秘书，现在是人事科的科长。

几天前麦安逊给他发送封密码邮件，告诉他有要事相商，并约定由科索到伦敦与他会面。

今天科索给他打电话说在克里蒂咖啡馆与他见面，在来咖啡馆的路上，他一直在想麦安逊要找他办什么事。究竟出了什么事了？让一向老谋深算的麦安逊如此兴师动众？高菲不明就里，同时也不敢怠慢，乘坐出租车来到了咖啡馆。

科索看到高菲走进咖啡馆，便起身与他握了握手，接着两人面对面坐了下来，高菲看到在科索的座位旁边有一个黑色手提箱。

"老朋友，我们又有事需要找你帮忙。"科索道。

"什么事？又让我调查人吗？"

"不愧是军情六处的人，这次是公司的现任销售部经理贝克。"

"贝克？我在情报部门从没听说过贝克这个人，我怀疑这不是他的真名。"

"这没关系，我们可以把照片给你，你看看他是不是特工？"说完后，科索把一张贝克的照片递给了高菲。

照片上贝克正在马恩岛莱特湾的海滩上散步。作为乔治的秘书他几乎知道军情六处所有特工的名字和相貌。他就是依靠这种本领挖出了潜伏在史都华的两个特工：一个是修士，他从史都华中查出了大量非法交易账单，最后把这些账单放到了阿尔卑斯山区的一座修道院中。另一位就是被称为军情六处里特工之王的肖那克。关键时刻麦安逊请高菲出马挖出了肖那克，并在马恩岛上设计杀害了他。这位军情六处有史以来最厉害的特工直到死都不知道自己被军情六处里面的兄弟出卖了。他从大脑中快速提取特工们的相貌。

"我不认识这个人，我不记得军情六处里有这个人。"说完后，他把照片还给了科索。

"既然连老兄你都不认识，那他绝对不是军情部门的特工了。"

"不一定，也许他的身份非常隐秘，他只对诺克负责，事实上乔治的几个心腹我从来都不认识。自从肖那克出事后，诺克已经不信任我们这些老员工了。"

"你一定要帮我们渡过难关，我们可是在一条船上的。"

"我试试看吧。不过现在我们还是来谈谈报酬吧。你们打算给我多少钱？"高菲把话引向了正题。

科索点了支烟，"50万美金。"

高菲放下杯子，从后口袋里摸出手帕，擦了擦眼镜上的油脂，"50万？美金？"

"是的。我们上回付了你多少？"

"一半的价钱。"

"明白我的意思吧？这事相当严重，高菲，你能办成吗？"

"能。不过你们是否先给我定金？"

"那当然，"科索把手提箱的弹簧锁打开，把箱盖打开了一道缝儿。高菲随便用眼瞄了一下，"都在这里了？"

"还是老规矩，这里是一半，事成之后再给你另一半。"科索说道。

高菲眼睛里流露出贪婪的眼神，科索喝了一口饮料后急切地问道，"什么时候能把事情办好？"

"给我两个星期，我要好好查一查。"

诺克上将看完沃伊传给他的信息，在办公室里来回踱步。不知道肖那克是如何查出这些信息的，也许这正是他的过人之处。可惜这个军情部门的优秀特工死得太早了，否则他一定能将三道会和史都华彻底铲除。

肖那克已经查出麦安逊这个美国西南部的大商人是奥莱金家族的第六代掌门人，控制着美国几十家公司，其中最大的一家公司当属内华达石油公司。他在欧洲也有许多投资，在史都华公司中也占有大量股份。虽然麦安逊老板在美国商界口碑很好，还设立了一个基金会专门资助贫困家庭，不过肖那克在暗中查到了这个美国西部的家族企业与一些罪恶勾当有联系。他有两个弟弟在属下的公司中任职，一个妹妹在联邦调查局，不过他们的关系并不被外界所知。

诺克隐隐感到这个犯罪组织幕后势力之大，也许史都华公司还被一个更大的犯罪组织控制，但是目前还没有明显的证据证明奥莱金家族牵涉进来。虽然以他现在手中掌握的证据完全可以对史都华公司定罪，但是他仍然感到一丝痛心，这些罪犯在几十年的时间里逍遥法外，为了破获这个重大的犯罪组织，他失去了最优秀的特工肖那克，现在又使沃伊陷入险境，看来收网的时候到了。

诺克上将办公桌的门被敲响了，是麦克唐纳和格雷戈站在门口。诺克上将伸出手，微笑着说："格雷戈里警长，请坐。"

格雷戈里看着眼前这个比自己高出一个肩的情报部门的最高长官，嗫嗫地说道："多谢你抽出时间接待我。我的老朋友麦克唐纳已经把你要我来的目的大致告诉我了，我想听听你的具体行动计划。"

"军情六处曾经与警方合作过，我们的关系始终建立在诚挚的合作关系上，情报部门已经掌握了它的大量证据，就差从公司里搜出实物证据了，这次大搜查将给史都华致命的一击。"

"这是次绝密的搜查行动，我已经等待很久了，玛雅字符奇案即将告破。"格雷戈里兴奋地说道。

诺克看了看手表后直接切入正题，"我希望警察局能派出一些精干的探员做掩护，按照规定，情报部门没有批准不能单独参与任何搜查任务。"

"谈谈具体计划。"格雷戈里点头说道。

"你们警方负责将公司员工们集中起来并调查票据账单。我还从文物局里秘密调来了十几名文物鉴定专家，他们将负责保管搜查出的文物。"

"好的，尽管风险很大，我跟着你干，哪怕不得不为此而提前退休。"格雷戈里笑道。

"好，搜查行动定在下午进行，记住，你要确保参加的人全部是心腹亲信，否则我们将前功尽弃。"

格雷戈里竖起大拇指，"那么今天下午，我们精彩的节目就按计划上演。"

下午1点，格雷戈里带着一对人马驱车赶到史都华所在的大楼前。

格雷戈里通过对讲机说道："开始行动！"

这次行动，警察和诺克上将派来的文物鉴定专家统一由格雷戈里指挥行动，格雷戈里发出行动号令后，他们按照事先制定的方案各自行动起来。这些警察迅速安插在大厦的几个出口，而主要人马则从大厦的正门走了进去。

鲍威尔和莫安顿以及人力资源经理胡克等人阵脚大乱，他们对调查部门发起的这次突击搜查毫无防备，相比之下，那些普通员工们没有表现出丝毫的恐惧和慌张，他们只是感到迷惑不解，被警察礼貌地请到了一楼大厅里。

一组警察负责检查档案、财会文件，查阅每项交易记录。另一支由海关人员和文物鉴定专家组成的队伍，则对大厦里存放的几百件艺术品和古董进行登记和拍照。这项单调的工作花费了很长的时间，最后却未能找出任何与非法获取文物有关的确凿证据。他们感到自己又一次被那些狡猾的歹徒们耍了，但并不甘心就这样无功而返。

格雷戈里眉头紧蹙，"目前情况不太乐观，如果我们这次再一无所获的话，我想整个英国的新闻界和律师界都会扑上来掐住我们的脖子。"

"到目前为止，我们检查过的每一件艺术品都毫无问题，没有发现任何非法获取的文物。"一个分队组长说。

格雷戈里正在焦急地等待消息。几分钟之后，格雷戈里的部下副警长艾华利和费德里走进了办公室。他们的神情严肃，但嘴角上却有一丝掩饰不住的笑意。

"我想我和费德里找到了存放犯罪证据和珍贵文物的地方了。"

"在哪儿？你们是怎么找到的？"

"我们在一楼大厅会议室里发现了一个暗道。"

一丝微弱的希望之光突然从格雷戈里眼前掠过，"你们怎么发现的？"

"是沃伊提示我们找到的。"

艾华利和费德里掩饰不住他们的微笑。艾华利朝费德里点了点头，费德里回答说："沃伊猜测，那条通道一定是通往一个藏有罪证的密室中。"

"暗道隐藏在休息室什么地方？"格雷戈里急切地问道。

"休息室沙发下面有一个按钮，那按钮是一个开关，旋转按钮后靠近沙发的那约几平方米的地板会自动往上弹开，就是一个通往地下室的暗道。"

"多么精巧的机关啊。"格雷戈里深深吸了一口气，"带我瞧瞧去！"

艾华利和费德里把他带进了一楼会议厅。格雷戈里特意看了看地板的样式，不愧是大公司，这些地板砖的奢华远远超过他的想象。

"长官，我去启动暗道机关。"说完，艾华利走到沙发前，旋转沙发旁边的几块地砖像一个盖子一样弹开了，格雷戈里的心脏都在剧烈跳动。

就在这时，沃伊从大厅走了进来，咧嘴笑道："长官，他们都被我们的人制服了，我的这次潜伏任务圆满完成。"

他走上前，和格雷戈里握了握手，很长时间没见，几个人拥抱在了一起。

"这个不起眼的地板砖很可能成为摧毁那个组织并使之永远不能翻身的关键，我们下去看看那些狡猾的恶棍掩藏的惊天罪证。"格雷戈里说道。

"我很想学学这些高智商的罪犯的手段，那么我们就下去参观参观。"沃伊答道。

这个地道大约有 20 米长。这个看似现代化的走道却发出阵阵寒气。沃伊打了个冷战，心里被疑惑和冒险的激情所占据，密室里究竟隐藏着什么？

走到地道尽头是一间巨大的储藏室，地上摆满了非法获取的艺术品和文物。空间之大，物品之多，把他们全都惊得目瞪口呆。

"这些恶棍们偷起文物来比一群食人鱼吃光一头山羊的速度还要快。他们是从哪儿弄来这么多文物的？"艾华利惊讶地说。

"这些文物大多数来自盗墓者，他们用铁锹、锤子、凿子来寻找那些埋在地下的坟墓。实力雄厚的盗墓大佬则使用昂贵先进的现代金属探测器和雷达探测仪，他们在盗墓方面甚至要比考古学家专业得多。"格雷戈里说道。

格雷戈里、沃伊、艾华利、费德里四人走到地下仓库中。

"我的天啊！"格雷戈里嘀咕道，"我们算是碰到好运了。我一下子就认出了 6 件失窃的艺术品。"

"我去上面通知文物鉴定专家过来接收。"沃伊脸上挂着满意的微笑，朝暗道口走去。

沃伊离开后，几个人继续搜查，一个看似普通的书橱引起了他们的注意，书橱是可以活动的，靠在墙边。艾华丽轻轻把书橱推开，后面露出了一个窄长的暗室，里面是一排排古式木柜，从地面一直顶到天花板。柜里全是按字母顺序排列的文件夹，上面登载了自 1929 年以来公司的交易活动记录，不过由于绝大多数是密码文件，暂时还无法破解。储藏室的地上还有几个大铁箱，箱子都上了锁，格雷戈里猜想，这箱子里一定有史都华高管们的大量罪证。

格雷戈里翻看了柜子上的文件，发现里面绝大部分是密码文件。

"沃伊少将从修道院带回来的那些密码文件最初也是来源于这里，难怪我们的人检查了那么多次都没能从他们的账簿中查出任何问题，原来他们真实的交易记录在这里，这帮狡猾的混蛋！"格雷戈里骂道。

"这有几份文件不是密码文件。"艾华利大喊道。

格雷戈里接过他递来的文件，迅速翻阅了头两页。他抬起头来，脸上充满了惊疑，"文件上说纽约大都会博物馆里的太阳神雕塑是假的，那尊价值连城的雕塑已经在艺术品展览时被窃，现在躺在博物馆的那尊雕塑是伪造的。我真是难以想象经常在杂志封面照片和电视上出现的那尊雕塑竟然是假的。"

"这些罪犯们连镇馆之宝都敢偷，他们可真是胆大包天。"费德里说。

格雷戈里说："这些文物中还有不少是中国的古代珍品，这些精美的文物应该是通过走私和非法买卖而来的，当然还有不少是过去战争中掠夺的，这些精美的瓷器和画作加起来应该价值几亿美元。"

"这场搜查大戏演得真好。"艾华利兴奋地说道。

"只可惜没有观众朝我们抛掷鲜花。"格雷戈里回答道。

正在此时，沃伊带着文物鉴定专家朝地下仓库走来，对搜查出的文物登记、封存，等这些工作做完后，这些文物将被运往博物馆。

沃伊身穿军情六处的制服朝诺克走了过来。在过去近半年的时间里，他一直戴着仿真面具。这次任务完成后，一张清秀的脸庞又重现展现出来。诺克上将从口袋里掏出了那颗象征着赫赫战功的勋章，他亲手把这枚勋章佩戴到诺克的胸前。两人热泪盈眶，相视而笑。格雷戈里看到这种情景后也不禁抽了抽鼻子。

"诺克上将，鲍威尔和胡克以及莫安顿那帮人已经被我们控制了，我们已经铲除了隐藏在史都华内部的罪恶势力，只剩下了两个在海外的逃犯。乔治上将的大仇已报。"沃伊说。

"我们要将他们全部抓获，趁机要把三道会彻底铲除，这个庞大的犯罪组织做下了那么多骇人听闻的凶案，他们必须受到法律的惩罚。"诺克上将坚定地说。

"下面就看福尔森他们的表演了。"沃伊说道。

第二十二章

冲向加里曼丹岛

　　面对这几个大块头的红毛猩猩，福尔森想象不出如何把它们驱赶走，他从大衣口袋里拔出手枪，当然是为了吓唬吓唬这些丛林里的家伙。福尔森扣动了扳机，子弹打在了大猩猩脚下的石块上，迸出一丝火星。大猩猩吓得直往后退，福尔森朝地上又开了一枪，大猩猩们尖叫几声后便离开他们，逃进了丛林里。

　　福尔森已经精疲力竭了，他拖着那沉重的腿一步一步向岸边挪动，腿上火烧火燎的疼，突然他的腿陷进了软泥里，他用力把腿从泥淖中拔出来，爬到了岸上，疲惫不堪地倒下了，也许只有此刻的才是真正的休息。他现在得保存体力，他把胳膊放在头下枕着，闭上了眼睛，半点梦都没做。

　　夏普在离他两米远的地方躺着，疲劳也牢牢抓住了夏普，他全身僵硬，麻木，他真想好好睡上一觉，但腹中的饥饿感促使他起身走到雨林中。

　　在夏普眼中，这片热带雨林是一片充满美景和危险的世界。雨林中的植物盘根错节。最靠近太阳的枝条和树叶吸收了太阳的光泽，变得粗壮遒劲，这里大型树木基部常呈板根状。一株高达十多米的大树的树干上，缠绕一条如蟒蛇般圆圆的树根。

他们此行的目的是寻找《藏宝图》残片，然而现在他们能否走出这片雨林成了最大的问题。

当福尔森再度睁开眼睛时，周围一片漆黑，夜色笼罩在树林中，没有看到夏普，他清楚地记得夏普原本就在两米开外躺着。

福尔森感到很奇怪，便站了起来，向四周望去，他看到了茫茫的夜色中出现了一点火光，好奇心激励着他向火光走去。整个世界似乎都被黑暗包围了，连空气看起来都是黑褐色的，一切都笼罩在灰黑色之中，彷佛万物都被涂上了墨汁。

在赤道附近生长的热带雨林，植物长得又高又绿又稠密，为了争夺空间和阳光，植物除了努力往高长之外，还要互相竞争，像寄生植物和藤本植物往往会吸光高大树木的养分和缠死它，而高大树木的树冠遮天蔽日，阻挡阳光射入，因此雨林里的非常昏暗，当夜晚降临时，这种昏暗更加明显。

木材燃烧时发出"噼噼啪啪"的声音，像一曲动人的音乐飘满了这片丛林，福尔森闻到了那淡淡的香味，对，是烤野鸡的味道。现在福尔森已经把这片森林视为自己的私产，如同创世之初出现的一批人那样，认为自己对这片森林拥有特权，接下来的几天里他要在这里度假了。

"嗨，伙计，快过来吃烤肉了，我想你的肚子已经"咕咕"叫了吧。"

福尔森听出了这是夏普的声音，他加快了脚下的步伐，当他到达篝火处时，他看到的是一只架在木棍上的烤鸡和满脸被熏黑的夏普。

"老朋友啊，你从哪儿弄来这么好吃的东西啊？"

"我身上还有一支比利时手枪，一只野鸭成了我们的牺牲品，就在你睡觉时，我走到丛林里去打猎去了。"

两人坐下来开始分享野味了，他们享受这片刻的宁静，在接下来的几天里就没有那么幸运了，厄运和危险会一直缠绕着他们。

"我们现在在岛的什么位置？距离海边有多远？"福尔森一边啃着烤肉，一边问。

"从我随身携带的地图和导航仪来看，我们处于岛屿的西部，雨林的深处，距离最近的海边也有十几公里，保罗划定的搜寻区域离这儿不远。"

"好吧，明天从飞机上带上所有有用的器具，我们要向丛林深处挺进了。"

"这片绿色地狱将会非常危险，我们要随时防范。"

　　第二天一早，夏普便从飞机里拿出来了他们所需要的所有器具：军刀、弹夹，还有几小包饼干、两罐矿泉水、一根绳子、两个杯子，福尔森把这些东西塞进了一个小背包里。他又从机舱尾部找到了那件金属探测器和一台无线电对讲机。在经历了一段很长时间的休息后，两人精神焕发地向丛林深处走去。

　　他们从十几棵巨大的桉树树冠下走过后便来到了雨林深处，这里的生态系统真是罕见。这里终年不见天日，持续湿热的气候使得全年都有花开、有叶落、有果实成熟，这种茂密的树林有种一成不变的美，但却有一种难以形容的阴森可怕。在那繁茂的树冠和藤枝下回潜伏着许多不易察觉的危险，福尔森和夏普感到他们正在海底行走。

　　福尔森从包里拿出了金属探测器，这种滑行金属探测器约有半米长，形状像一颗小型的飞毛腿导弹，探测器固定在一个木板底座上，底座上还有四个轮子，如果是在平地上，福尔森可以轻松地拉着这家伙跑，但是在雨林里，厚厚的腐植物会使移动小车的行动变得异常艰难。

　　"这种探测器能探查多大的范围？"

　　"半径20米之内，如果有金属物的话，指示灯会频繁闪烁。"

　　"可是我们身上也有很多金属物，比如军刀、手枪，难道它的指示灯不会显示吗？"

　　"你这个问题问得很好，这种金属探测器只探测铁质物，我们的手枪和军刀都是黄铜制成的，探测器是不会对它们感兴趣的。好了，刚才我看地图上保罗标注的勘查范围大概有20平方公里，那个小湖就在探查区域的边缘，我想我们现在即将进入丛林腹地了，我们的目标随时会出现在我们面前的。夏普警官，你准备好了吗？"

　　"大侦探，我已经准备好了，这次搜寻会很有趣。"

　　福尔森和夏普穿越了第一片乔木林后，进入了一个更加阴暗的世界，这里的树木高达几十米，脚下都是半米厚的腐植物，周围一片寂静，偶尔传来大猩猩的嚎叫，夏普看到了几只长尾猴在树上盯着他们。

"嗨，你好！"夏普朝那几只小猴打招呼。

"我真是难以想象几百年前的那次超强的台风和海啸，大浪居然能把重达500多吨的大帆船卷入这茂密的丛林腹地，我想浪高至少有30米，我现在更怀疑导致超强海啸的不是那次台风，而是海底地震，我想地震至少有8级。"

"目前有记录的地震中地震级别最高的要数智利的那次地震，高达9.1级。"

"我想大帆船被卷入丛林后，那结实的船体肯定要被这茂密的丛林枝干撕得粉碎，再加上几百年的生物腐蚀，我想我们即使能找到它，看到的也只是零星散布的烂木碎片而已，想看到一条高大完整的船只有在电影上了。"

"所以金属探测器的信号反应将会是不稳定，不连续的，信号也不会强。"

两个人进入了真正的雨林中，这里的雄伟壮美令两人咋舌惊叹。夏普和福尔森仿佛站在暖气房里，汗水就从每一个毛孔里往外直冒。两人身上已经湿透了，树林中还时常滴下雨水捉弄他们。

大自然如同人类社会，自然界中生物也存在着残酷的竞争。这里的植物看似很美，实则暗藏杀机，植物之间也存在着你死我活的非常残酷的斗争。植物学家称之为绞杀。这些与别的植物争生存权的绞杀植物，多为榕属植物。它们的种子通过鸟类或风雨的力量落到其他植物的枝干上，遇上适宜的环境条件，便会生根成长，形成气生根，缠绕在寄主茎干上或一直垂吊下来，扎进土壤里，与被绞杀的植物争夺养料、水分和阳光。当气生根增加到一定程度，就会把那株处于劣势地位的树木包围起来，紧箍不放，直至死亡，只留下死树的空壳。

"我们正在进入野生动物园考察，我想我刚才打扰了一对正在午休的猴子，我刚才拿起石块朝树上扔去，吓着了那两只猴子，它们冲我傻傻地笑呢。"夏普说道。

"你应该替我向它们问个好。"

"哈哈，如果我再碰到的话，我会的。"

"那是什么花？怎么那么大？"福尔森指了指不远处的花朵，疑惑地问道。

"那叫大花草，是世界上最大的花，是加里曼丹岛特有的植物。"夏普回答道。

千奇百怪的藤条，光滑的犹如玻璃管子，粗糙的好比锯子；有的缠成一团；有的从此树攀悬到彼树。福尔森想起了人猿泰山借以攀行的藤条。渴望阳光的巨大爬藤植物顺着大树缠绕而上，树干上覆盖着大片大片的苔藓，这使他想起一部恐怖片中教堂地下室的蜘蛛网。还有的藤蔓缠着无数色彩斑斓的寄生花，远远看去，宛如丛林巨蟒悬游在几棵树之间，令人毛骨悚然。

林中到处都是一片片绿色的海洋，阳光在这里似乎也被染上了青绿的色泽，给人以虚幻的感觉。巨大的兰花花环一圈圈向着天空缠绕上去，仿佛圣诞树上的光束。夏普看到了一棵棕榈树上缠绕着一条10米长的藤蔓。

"这种藤类植物叫什么？"

"如果是绿色的话叫葛藤，但是它是暗褐色的。"

"你说什么？那不会是一条大蟒蛇吧？"

"我想是的。我刚才还想抓住这条藤蔓扮演一下人猿泰山呢。"

"这条蛇在睡觉，它不会有毒的，替我拍拍它的头。"

夏普拔出半米长的军刀，随时防备蟒蛇的袭击，并从它的身边小心翼翼地走过。

"我真是大开眼界了，我保证我们从这里回去后，绝对不用再去伦敦的动物园看动物了。我刚才看到了1米高的鹦鹉和比我脑袋还大的紫罗兰花，还有一只比我手掌还大的蜘蛛趴在树上。"

夏普回答道："这座岛上有着世界上最长的蛇，世界上最大的飞蛾，世界上最小的松鼠，世界上最小的兰花，这里是世界上最重要的生物多样性集中地之一，说不定我们过一会儿还会碰到马来熊和犀牛。"

夏普用军刀劈砍出一条小道，此刻他已经大汗淋漓，就像刚参加完一场激烈的拳击比赛。林中有一种呈灰白色的草，草叶像刀片一样锋利，夏普行走时右手被这株叫不出名的植物划伤了，幸运的是伤口不深也不太疼，不过夏普感到既疼又痒。

在这湿漉漉的环境里，不少植物在外观上区别不是很大，都是青枝绿叶的，但样子却很古怪，福尔森看到一颗大树上挂的果实是圆的，成双成对，嫩叶为绿色，成熟后变成黄色，犹如树上悬挂着一个个烤熟的面包。还有一棵树高达30米，其树的树冠庞大，而树干通直，根茎部隆起。

"这种大树叫面包树，旁边的那棵高达30米的大树叫见血封喉树，它的乳白色的树汁具有极大的毒性。"夏普得意洋洋地介绍道。

"右手边大榕树后面那棵树是什么树？"

"那叫腊肠树，这种树和面包树的果实都可以吃，而且果实很好吃。"

福尔森若有所思地点了点头，用袖子擦了擦额头的汗珠。

"探测器有反应吗？"夏普问道。

"没有反应，我们已经快接近了保罗划定的搜寻范围的核心位置，我想我们要扩大寻找范围，再往前走几百米，如果还没有迹象的话，就掉转方向向东寻找。"

太阳已经升起来很高了，但雨林中仅有的一点光线就跟潜水者在60米深的海底所看到的差不多。微弱的阳光透过浓密的植物照到这里时，光谱中的大部分色彩都已经被滤掉，只剩下掺杂了灰色的绿色和蓝色。在这里寻找一些腐烂碎木是多么艰难，几百年来真菌、植物、昆虫会把船体腐蚀成只剩下光秃秃的龙骨，而且龙骨说不定还掩盖在树丛和树叶之下。

两人都不再说话了，他们深知这次搜寻的艰难，即使找到了那些烂木，他们也未必能找到木盒子中的《藏宝图》残片，他们只是推测《藏宝图》残片可能还在船骸里。福尔森坚信如果一个人一直朝着自己的目标前行，整个世界都会给他让路。

林中异常潮湿，就在福尔森用手擦拭额头上的水珠时，金属探测器的指示灯开始频繁闪烁起来，福尔森内心变得非常激动，刚才的疲惫和失望一扫而空。他想象着在离他不远的地方埋着一堆古老的残骸，其中隐藏着能引导他找到一大批珍宝的线索。但是他并没有因为兴奋而激动得不知所措。

"那堆烂木就在附近了，我们要仔细地寻找，不能错过任何细节。"

"我想我已经发现了那堆烂木的位置了，在一片腐烂的树叶下面露出了一个大炮的炮管，它在那里等待着发现它的人，它已经等了几百年了。"

"是的，我看到了，在它旁边还有一根锚钩和锚杆，我想船头就在这里，那么船长室也在这里，根据保罗提供的资料，《藏宝图》残片被水手们抢走了，那么如此贵重的东西一定会放在船长的仓房里保管了。"

"你的推论很有道理，我们现在着手挖吧。"

夏普拿出那把军刀在腐殖质中拨弄着，这里的腐殖质约有20厘米厚，在热带雨林中散发出一种强烈的刺激性气味，他发现了一双已经发霉的皮鞋、已经锈得不成样子的菜刀、高脚杯和一个烂了几个大洞的大铁锅。他继续往里挖，看到了羊骸骼，这里大概是厨房，夏普心里暗暗想到。他意识到这里的残骸少得可怜，开始担心曾有人来过，并已经把这里洗劫一空。

"看来我们不是最先发现这艘船骸的。"夏普说道。

"丛林里的红毛猩猩对那些腐烂破木块也很感兴趣。"福尔森笑道。

福尔森根据找到的桅杆和龙骨的位置，再联想到保罗传来的轮船剖面图，他已经能想到这艘商船各个舱室和结构零件的具体位置了。夏普那些残骸中找到了几块动物雕像，这些动物雕像看起来像是树林中的精灵。这些动物雕像是福尔森所熟悉的，就是在案发现场出现的那种动物形象——羽蛇龙。

福尔森在夏普几米之外的地方搜寻着，他挪开一条从树上掉下来的腐烂长藤，又发现了几尊雕像，其中有三尊和真人一样大。雕像上长满绿毛毛，雕像的眼睛是蓝色的，在雨林昏暗的光线下活像刚从坟墓中站起来的尸体，福尔森想起了科幻恐怖片里的动物形象——狼人。

他继续往下挖，在一张橙色的破布下发现了两具骸骼，他猜想这是船员的遗骸，那次海啸的威力太大了，船员被狂风巨浪卷得七零八落，他们有的落进了大海被溺死，有的被卷到了岸边的海滩上，还有的倒在了这茂密的雨林中。骸骼旁边还有一堆黏土做的罐子和中国造的瓷碗，这些东西过了几百年之后已经很不结实了。

"夏普，你过来看看，这些雕像是干什么用的？"

"我想船长应该对艺术品很感兴趣。不过它们对我没有任何吸引力。"夏普说道。

"这些艺术品是人类加工与大自然腐蚀两种力量共同作用而形成的杰作，你应该懂得欣赏美的事物。"

"在我看来，他们就是垃圾场里的破烂垃圾。"

福尔森迫不及待地继续往下挖，尽管指甲裂了，手上满是黏泥，但他全然不顾。他发现一批精雕细琢、装饰华丽的玉雕，数量太多了，简直数不清。在船体周围还有许多贝壳和珊瑚，还有一些鱼的骨骼，这充分说明了那次海啸的威力，它把许多海洋生物卷到了陆地上。

夏普捡到了一枚镶嵌着绿松石的戒指，他转过脸来对福尔森说道："我终于知道为什么那么多人喜欢盗墓了，当你千辛万苦挖开墓穴拿到贵重的陪葬品时，你会激动得发抖，那些财宝可是不劳而获的。"

福尔森没有搭理夏普，此刻占据他的脑海的只有《藏宝图》残片。

福尔森停下来，用胳膊抹去脸上的汗水。他想这个富矿肯定会招来成群的蛆虫。他想到墨西哥政府和印度尼西亚政府会使用各种外交手腕争夺这艘破船上的工艺品的所有权，考古学家和历史学家也会加入对光荣号的研究行列，不过有一点可以肯定，这批工艺品不会摆在自己家中，还有一点可以肯定，夏普肯定会带几件贵重的工艺品离开这里，而且还会对部下说这是自己买的纪念品。

夏普来回挥动着砍刀，把一堆残骸上枯死的植物弄开。突然刀刃"当啷"一声砍在一个金属硬物上。他踢开落叶，发现自己砍到船上的一门炮上了。青铜炮筒早已布满厚厚的绿锈，炮口也被几百年沉积下来的腐植质给填死了。曾经不可一世的海上武器变成了破铜烂铁，如果把这堆废铁拿到布瑞拉镇的回收站里卖，说不定能换几百块钱，至少能买几瓶上等的红酒喝。

福尔森已经分不清自己身上、脸上哪儿是汗水，哪儿是森林潮气了。他感到自己正在洗桑拿，一些小虫子在他面前飞来飞去，其中一个样子奇怪的昆虫在他胳膊上咬了一口，他不知道那昆虫有没有毒，他后悔没有把密封防护服带来。落下的藤蔓使他感到很恐惧，他担心那是条粗大的大蟒蛇。刚才他一不小心被一根延伸在地上的藤蔓绊倒了，那些腐殖质沾满了上半身，他看起来就像一个刚从恶臭污浊的绿色泥潭中爬上来的水鬼。

夏普此刻变得非常贪婪，他用军刀在那些破木块中拨弄着，想再寻找出一些宝贝，就在他的身后，一片软软的落叶层上，一条藤蔓竟然动了起来，福尔森看到这一情景后，大叫道："夏普，待在原地千万别动！"夏普听到福尔森的喊叫后转身一看，顿时明白了自己危险的处境：一条5米长的带有暗红色斑点的毒蛇正从他身边两米远的地方爬过，他看到这令人厌恶的家伙后身体发抖，他知道这家伙可怕的威力，这种毒蛇一毫升的毒液可以毒死 5 万只老鼠，在这个暗无天日的雨林中，被它咬上一口，那么只有一种结果——坐在原地等待死神的到来。10 分钟之内得不到血清的解救，毒液就通过血液循环系统攻击心脏。

毒蛇从夏普后面爬走后，夏普赶紧逃离了此地，走到了大船的船尾处。福尔森发现了船舵和舵柄，不过经过几百年的腐蚀，现在已经锈得不成样子了。福尔森料想到这种船舵配件只有在船长室里才有，根据船员航行的惯例，船舵备用配件一般是存放在船长室里的，一个激动人心的想法跃上了他的脑海。

"我们脚下踩的这个地方就是当年的船长室，《藏宝图》残片应该就在这里。"

"那还愣着干什么，赶快找啊，找完我们赶紧离开这里，我可不想再看到那条令人感到呕吐的毒蛇了。"

福尔森跪在地上用手摸索着寻找了 40 分钟，找到了一个破水壶、两个高脚杯和几盏残破的油灯。他顾不得休息，小心翼翼地拨开一堆树叶，他已经看到了一个木盒子显现在眼前，木盒子外面的木板已经腐烂得不成样子，一个说不出名字的虫子还在啃食木块。福尔森用刀把它拨开。当他用刀刃将盒盖撬起来时，几滴汗珠正好滴在了他的眼睛里，他用手擦掉汗珠，睁大眼睛看着盒子里的东西，夏普也凑过身来迎接这历史性的一刻：盒子内壁镶嵌着檀香木，里面的东西看上去是一块青蓝色的长方体石块，看起来保存得非常完好。

"就是它了，夏普，我们成功了，哈哈！"福尔森激动地跳了起来，兴奋地脸都红了。

这个举动惊动了林中几只小鸟，它们"叽叽喳喳"地朝树林深处飞去。

《藏宝图》残片。夏普紧紧地抱住盒子，找到一棵横在地上的树干坐了下来。他盯着《藏宝图》残片，眼睛里涌出了泪水。福尔森看到夏普的样子就像伦敦歌剧院演奏的《葛朗台》中的一幕，那个极端抠门的老头手里紧紧抱着金十字架，并拒绝向教会捐赠。

福尔森也找个干净的地方坐了下来，此刻他已经非常饿了，在这两天的时间里他只吃了两顿饭，而且第二顿只是几块干饼干；身上被虫子叮咬的伤口还在隐隐作痛。他抬起头静静地望着高达几十米的雨林植物。

"老兄，你说我们如何逃离这个恶梦般的森林？"

"我们必须向外界求救，我们唯一与外界联系的设备只剩下这个了。"夏普挥舞着手中的无线电对讲机，说道，"我们与当地政府联络，希望他们能派救援人员搭救我们，这是目前我们唯一的办法。"

"他们如何确定我们的位置？"

"包里还有一枚烟雾弹，烟雾弹冒出的黄色烟雾会让直升机上的救援人员看到我们的实际位置。"

"就让那架飞机暂时留在这里与猩猩作伴吧。"

第二十三章

石达开宝藏

　　史都华公司被搜查的当天,那些罪恶的公司高管都被逮捕起来,这个由三道会控制,在合法外衣下进行了大量犯罪活动的钢铁巨人倒下了,政府对公司的财产进行了清算,收归了国家所有。三道会控制下的那些公司也在一夜之间变成了国家的财产,一切生产活动又在有序地进行,公司的管理层暂时由政府派出的人员代管着,那些罪恶的富豪们一夜之间变成了将要在牢房里度过一生的罪犯。

　　沃伊终于完成了他的使命,然而那个庞大的犯罪集团远远没有被清除干净,还有许多问题需要解决,从大厦暗道中发现的 6 块《藏宝图》残片,它们整整齐齐地被放在一个精致的铁箱子中,里面还有那块神秘的方石和羊皮卷,旁边还有一个震惊世界的文物,中国的传国玉玺。还有一样东西隐藏在这个铁箱子中——密码本。有了这个密码本,警察局就可以破译乔治将军家里发现的和沃伊从修道院中带回的那些密码文件了。除此之外,还有一样东西的发现令考古学家们感到异常兴奋,那份传说中的第 4 份玛雅文化手稿被找到了，它躺在密码本的下面，这份记载《藏宝图》传说的史料在100多年前被罪犯们发掘并隐藏了起来，现在它又回到了人们的视线当中。

军情六处的人破解了这些密码文件。

9块《藏宝图》残片已有6块在这里，还有两块在福尔森的手里，现在必须联系福尔森，尽快找到最后一块残片的下落，这样一来，9块《藏宝图》残片和一块方石都聚齐了。他们可以按照这个完整的《藏宝图》和方石上的密码去寻找宝藏地宫了。想到这里，他感到内心有一种难以抑制的激动，这次寻宝行动他们要尽快行动，必须要在那个犯罪团伙的残余势力之前找到宝藏，现在他还需要几个人的帮助，佩罗、坎迪、布兰顿，但是坎迪和布兰顿已经在这场突袭行动中被逮捕了，他们作为三道会的老牌成员注定逃脱不了法律的惩罚。佩罗作为一位杰出的考古学家由于参与犯罪组织的时间短，罪行较小，而且协助警察对许多文物进行了仔细鉴定封存，因此伦敦警察局决定不对她进行起诉。现在沃伊需要她的帮助。

佩罗接到沃伊的电话时明显感觉出意外，他约她到郊区的博莱记咖啡馆，说有事想请她帮忙，没想到她竟爽快地答应了。

库克大街和施坦因大街交汇在市北郊一带，原先那些两层老楼房全都改建成了酒吧、咖啡馆和礼品商店，还有好几家豪华餐馆。这个街口名叫伯爵广场，是伦敦夜生活的最佳去处。附近一家剧院和一家书城更平添了几许文化意蕴。狭窄的库克大街的两旁，整齐地排列着两行大树。每逢周末，这儿总是挤满了吵吵闹闹的大学生和从公司繁忙工作中解脱出来的白领。不过，平日的夜晚，餐馆里虽也坐满了人，但不拥塞，也很清静。

极具浪漫风情的博莱记餐厅坐落在这儿的一幢白楼内。

沃伊把他的福特轿车停在了门前，走到餐厅服务台前定了间包房，然后找了一个靠窗的座位坐了下来。等待佩罗的到来。

大约过了半小时，一辆出租车停在了大厅外，透过玻璃墙，可以看到是佩罗来了。她推开大门，一眼看见了沃伊，看得出来，佩罗今天是刻意打扮了的。这位29岁杰出的考古学家长着一双迷人的眼睛，长长的睫毛向上翘起，眼神温柔聪慧。她有着职业白领特有的气质，走起路来步履轻盈，身姿优美，举手投足之间没有一丝矫揉造作之意。此时她身穿一件灰色的风衣，里面穿着一件白色的翻领衬衣，手里拎着一个黑色的手提包。

"贝克先生，怎么想起请我吃饭了？你的本事可真大啊，犯罪团伙居然被你整垮了，我今年几百万的鉴定收入也打水漂了，真没想到你居然是军情六处的人。"佩罗笑盈盈地朝沃伊走来。

"你说你喜欢吃中国饭，上次我们一块去寻找《藏宝图》残片，从修道院回来后我还请你吃了蛋炒饭，就在史都华公司附近的一家中餐馆，难道你忘了？"

"你还好意思说，堂堂军情部门的少将就请我吃个蛋炒饭。"佩罗咯咯笑着走到了沃伊面前，一股淡淡的迷迭香香气在四周弥漫开来。

"不管吃什么，那可是代表我的心，我们到后厅去吧，今天正式请你吃点好东西。"沃伊边打趣，弯了一下腰伸手做出请的姿势。

佩罗嫣然一笑，看得出心情很好。自从上次与沃伊几个人到阿尔卑斯山区寻找到《藏宝图》后，佩罗就知道沃伊是一个从不轻易认输、敢做敢当的男人，在她的心底已经萌生出了对他的某种情意。

他们进入了提前预定的包间，这间包间装饰得很精致，一张古朴凝重的红木桌子摆放在包间靠墙的地方，桌子两侧各有一个皮座椅。墙壁上挂着一幅巨大的油画。一个小金鱼缸摆放在屋角的茶几上，几条红色的小金鱼在鱼缸里快活地游来游去。

落座后，她脱下外套挂在衣架上，拢了拢头发，一股迷迭香香水味弥漫开来。她那美丽的脸庞在灯光的映照下略显红晕，她撩了撩眼前的头发，快乐地笑道："贝克先生，今天为什么请我到这么高级的地方吃饭，难道有什么事情有求于我？"

"哈哈，还真让你猜对了。"沃伊故作潇洒地笑了一下，但她听完后脸上明显带出一点失落。

"其实也没什么多大的事情，最主要的是好长时间没有和你这位美女单独见面交流，有点想念啊。好了，先说正题，今天吃什么？"

她脸上泛起了一点红晕，"我才不相信，用这点话就想讨女人的欢心啊，这次我们吃牛排吧。"

沃伊从服务员手里拿过菜单，扫了几眼，点了一份澳洲牛排，然后把菜单递给了佩罗，佩罗点了一份法式牛排。

"还需要喝的吗？"服务员问道。

"两杯红酒，再来两杯芬兰冰冻果汁。"沃伊答道。

"你今后有什么打算？"

"我已经与大学的导师联系好了，还回伦敦考古研究院工作。"

"佩罗，我准备去寻找《藏宝图》残片，我们必须尽快找到那批宝藏，不能让它们落入那些邪恶分子手中，你是考古学的专家，我希望你能帮助我们完成这项任务。"

"难道不能把这件事交给政府办吗？"

"最后一块《藏宝图》残片下落不明，它很可能落在其他国家，政府插手此事并不合适，再者政府里还有不少蛀虫是那些残余势力的内线，天知道那些宝藏中会有多少被这些贪婪的人拿走，我可不想让这些文物再次遭受损失了。它们应该出现在博物馆里。"

"需要我为你们做什么？"

"你精通历史知识，而且参加过那么多次考古行动，我们在寻找最后一块《藏宝图》残片的过程中会需要你很大的帮助。"

"让我再考虑考虑吧。"

"难道你不想参加这次奇异的寻宝活动吗？你如果不参加的话以后会后悔的，有些机会在人的一生中只会出现一次。"

"好吧，我答应你的要求，作为一名考古学工作者，保护那些文物是我的职责。"

布鲁和比尔的精神已经彻底崩溃了，他们太低估了这个初出茅庐的年轻人，这个叫贝克的人让他们苦心经营几十年的产业一夜之间化为乌有，三道会也受到了致命打击。

现在他们面临着更大的危险，他们不能再回到国内，而且英国警方一旦告知国际刑警组织，那么他们在美国也同样会被抓捕，然而他们没料到一场更大的危险还在后面。

麦安逊已经决定对布鲁和比尔两人下手了，伦敦方面出了大事，现在必须把这两个人杀掉，否则他们那不怎么牢固的嘴很可能会把案子引到自己身上。

几天之后，警方发现两具男尸漂浮在海面上，经调查人员的调查确认这两个人正是伦敦警方通缉的布鲁和比尔，法医鉴定两人是溺水而死。

福尔森拿到了光荣号上的《藏宝图》残片后感到非常高兴，令他感到更加激动的是，他的老朋友沃伊已经把伦敦那些罪恶的公司高管搞掉了，并找到了那些《藏宝图》残片和方石，以及那份羊皮卷，现在要确定最后一块《藏宝图》残片的位置，当然这也是一个艰巨的工作。

沃伊已经和他通过电话，后天将和一个考古学家带着那些《藏宝图》残片等有用的资料乘着商务客机来迈阿密，福尔森、汉普和他们的新朋友夏普将在那里与他们会合，在迈阿密他们将和保罗见面，并用现有的信息推断出最后一块《藏宝图》残片的位置。

激动人心的一天终于到了，福尔森三人来到迈阿密机场等待着沃伊两人的到来。

沃伊打电话说 9 点时飞机降落，现在都已经 9 点 10 分了，怎么还没有到？福尔森正感到疑惑，忽然一个熟悉的声音传了过来。

"福尔森！福尔森！"

是沃伊的声音，虽然几个月的疲惫使他的声音变得有些沙哑，但是他那独特的低沉声音永远是那么动听。

福尔森和汉普都看到了沃伊和一个女人朝机场出口走来，福尔森走了过去和他这位久别的朋友拥抱在了一起，福尔森的眼眶里渗出了一滴泪水。

"老朋友，我们得好好叙叙，上次我们在伦敦分别后到现在已经半年了，你为破案立下了巨大功劳，我们也为你的安全担心啊，要知道你的对手可都是一群老奸巨猾的罪犯。"

"我还不想死，他们还杀不死我，哈哈。"

福尔森点燃了一根香烟，然后接着说道："虽然我们半年来的交流仅仅是通过几十封信和电报完成的，但我们在案件调查方面配合得很不错啊。"

"是的，为了防备我们的对手对通讯系统做手脚，我们通过信和电报交流是最安全的。"

"好吧，案情的事我们以后再叙，这位是？"

"这位是伦敦考古研究中心的佩罗博士，与波尔西那个老头研究一个领域。"

"佩罗，这位就是鼎鼎大名的大侦探福尔森，后面那两个是他的好朋友。"

"很荣幸见到你们，早就听说了你们的事迹，只是一直没有机会见面。"

"我只是对侦破案件感兴趣而已，没什么值得炫耀的。"

几个人寒暄了几句，便上了出租车到达约翰酒店，酒店是大胖子保罗早已定下的，福尔森等人走到酒店里，一眼就能看出了正对着大门坐着的保罗，不过他的肥胖还是超出了福尔森的想象力。这位历史学家看起来有点像伦敦街头那些游手好闲的人，这种相貌的人只要见过一面，便会终生难忘。

"保罗，你比杂志封面上的照片还要丰满，看来你可以参加明年迈阿密的大力士比赛了。"

"哈哈，为了给你们留下一个好印象，在你们来之前，我已经减掉了十几斤了。"

"《藏宝图》残片带来没有？"福尔森问道。

"我这儿有6块《藏宝图》残片，你那儿有两块，我们已经手握8块《藏宝图》残片，只剩下最后一块了。"沃伊兴奋地说道。

"好了，大家都坐下吧，你们几个的情况我已经跟保罗说了，我想我们要开始进入正题了。"

沃伊从皮箱里拿出了一张羊皮卷，"这个羊皮卷上面写着9个拿着《藏宝图》残片的人的名字，我们只能根据这些名字来找出最后一份《藏宝图》残片位置的蛛丝马迹。当然，我们可以做出大胆的推测，就是除了那个乘坐光荣号的人之外，其他8个拿着《藏宝图》残片以及方石的人都是乘着另一艘船即瓦德尼号到达中国广州的，也就是说，剩下的8份《藏宝图》残片离开美洲后最先到达中国，目前确定有7份流出了中国，剩下的那一块不知下落，我们下面就要根据中国的相关史书找出相关信息，判断出其去向。"

"在这个羊皮卷上阿兹克特帝国最后一位国王写下了9个拿着《藏宝图》残片的人的姓名，我原本以为这只是个骗人的传说，一个荒谬的神话，现在我相信了它的存在。"保罗惊讶地说道，他的眼睛呆滞地望着羊皮卷。

"保罗先生，羊皮卷上的玛雅文字已经被翻译过来了，写在这张白纸上，我想我们可以开始研究了。"佩罗看着他这位同行，嘴角浮现出得意的笑容。

"好的，我们先从这些人说起吧。"

蒂奥金博　马里奇　奥利芬特　汤普森

加利布丹斯　戈兰穆　霍姆森　梅伯里　佐伊加贺罗

一个小型笔记本摆在了桌子上，保罗打开笔记本的翻盖。

"这个伙计可以帮助我们找到《藏宝图》残片的位置，在这里面储藏着几十万份史书文献，其中关于 1697 年中国的文献也有几千篇，我们可以根据这些文献中的记载找到我们想要的答案。我以我的人格担保，这些文献即使是国家图书馆的数据库里也不一定有。"

"你相信他说的话吗，沃伊？"

"佩罗博士，如果你看看他家里堆积如山的文献，你就明白他现在并不是在吹牛，那些堆积的文献在网络上和文献馆里是找不到的，即使在国家档案馆里也不一定能找到，你在为史都华公司高管们做文物鉴定时他们提供的书籍数量也远远赶不上保罗电脑数据库文献的数量，在这方面，你是略逊一筹的。"

"也许我还得向这位小兄弟学习。"佩罗撇嘴说道。

电脑逐渐启动开了，进入了操作页面，保罗在键盘上输入了这几个人名，电脑在缓冲几秒钟后进入了页面，页面上显示出了所有带有关键字的文献名称，在这浩如烟海的几十个不同文件中查找真如大海捞针，不过保罗早有准备。

"在你们来迈阿密之前，我按照你们传送过来的羊皮卷上的名字，已经搜查了好几天，总算有了结果。在一篇讲述中国商业贸易的文章中提到了瓦德尼号，这片文献是广州十三行负责账目统计的孙正云先生记录了这一事件。在这篇文献中提到了瓦德尼号抵达广州港的事件，海关士兵在搜查船员的过程中碰到了这些人，而这些中美洲人与中国人的体貌特征相似，但是语言一点也不一样，士兵们感到很奇怪，就把这件事告诉了海关的官员，孙正云当时记录下了这一事件。这些拿着《藏宝图》残片的人从船上下去后就不知所踪，当时我搜索出的这些文献与《藏宝图》残片的事并没有多大关系，我一连搜索两天都没有结果，就在我感到绝望的时候文献索引中的最后一篇文章吸引了我。我清楚地记得那篇文章是一个爱好收藏的中国官员写的，这个官员是西洋人，他的名字是史怀恩，一个西洋教士把一个打磨平整的石块送给了史怀恩，并告诉他这是震惊世界的考古发现的，这位大人保存着这个石块，后来史怀恩把这个石块送给了中国南方的两江总督满桂，我猜想这个石块很可能就是《藏宝图》残片，但是文章只写到这里，后来《藏宝图》残片的下落就不得而知了。最后我改变方法，把名字输入搜索栏中，最后终于找到了一些线索，一个叫汤普森的人把《藏宝图》残片连同一些金银珠宝送给了当时的中国湖广总督，后来中国南方爆发起义，建立一个叫太平天国的新政权，武昌被起义军的领袖石达开占领，那块《藏宝图》残片被石达开占有，太平天国一些残留的史书里记载了这件事情，这块《藏宝图》残片一直被石达开带在身边，直到后来他的队伍全军覆没，那块《藏宝图》残片也随之失去了踪迹。这位太平天国军队领袖在临死前把一些财宝埋在了一座山上，留下了一个宝藏之谜，我猜想那份《藏宝图》残片就和那些财宝放在一块了，我们现在的任务就是找到石达开藏宝的地方。"

"你怎么知道石达开一直把他带在身边，难道中途不可能流转到其他地方吗？"福尔森问道。

"当石达开陷入重围时，他曾经写下了遗书，这几页遗书被放在了当地一个居民的家里，后来这份遗书通过各种方式流转到了国外。"

"难道后世就没有人找到石达开埋藏宝藏的地点吗？"

"这句话问得好，后世是有人试图找到宝藏的下落，中国一个叫刘湘的四川军阀派遣几千士兵沿着当年石达开陷入重围的地方寻找过，并根据那首诗的内容找到了埋藏宝藏的那座山，上千个士兵挖开山体，在山洞中只找到了一些残余的兵器和军装。之后，那个藏宝地再没有被动过，宝藏也成为一个谜团。"

"你提到的诗是什么内容？"

"那是石达开写的宝藏地址，面水靠山，宝藏其间。当然还需要深挖才行，但是后来泥石流和山洪的爆发使洞口被封死了，很难再寻找痕迹。"

"无论如何我们也要找到宝藏埋藏地，找到最后一块《藏宝图》残片。"

沃伊坚定地说道。

"收集《藏宝图》残片之旅就像是收集龙珠之旅，现在我们就要找到最后一颗龙珠，我们的愿望即将实现了。"夏普说道。

第二天，他们在海关办理了相关出国手续后，几天后乘坐商务客机离开了迈阿密，前往中国北京，到达北京后，又转机到了成都双流机场。

在飞机上，沃伊和福尔森相互叙说了几个月来的经历和对案件的见解。

他们下了飞机，坐上客车前往机场，这里地处四川盆地内部的低山丘陵区，一路地势陡峭，汽车在蜿蜒曲折的山路里行驶使人感到心惊胆战，道路一侧是绝壁，一侧是深谷，湍急的河水从谷底流过，如果爆发了泥石流或者山洪，那么这里将成为它们的墓地。

"这里的地形真是险峻！"佩罗惊讶地说道。

"我们还需要好几个小时才能到达那里，现在我们的任务就是睡觉，否则到了那里根本没有力气爬山，更不用说寻宝了。"保罗懒洋洋地说道。

最后，道路绕过几座光秃秃的低矮山丘，下坡进入一个开阔的山谷。他们也随之进入了一个崭新的世界。几个人辗转半个地球来到此地，终于在这里看到了景色壮丽的大森林。福尔森现在还无法开始描写这一原始森林的壮观。巨大的松树一丛丛，一簇簇的挤在一起，有的高达一百多英尺，扶摇直上，直达蓝天。树林里到处迷漫着香水般的松树的清香。

"太壮观了！"沃伊对福尔森说。但是，他听了老朋友的话仅仅耸了耸肩膀，对大自然的奇迹表现出一副满不在乎的样子。的确，此刻他正全神贯注于脚下的石子路，聚精会神地注视着地面，似乎是在寻找丢失的宝贝，对美丽的自然景色无动于衷。

汉普告诉福尔森，从树的年轮看，这片树林中最大的松树树龄至少有300年。

"啊，汉普，你对杂七杂八的东西很感兴趣，"福尔森答道，"尽管这些树的确很美，但我们可不是为欣赏它们的艺术价值而来的。"

客车经过了几个小时的颠簸，到了下午终于到达了县城，离目的地更近了。

汽车绕过一条布满松树的山脊，一派壮丽的景色出现在他们眼前，远远地看见一个狭长的河流，河流的边缘树木林立，水面湍急奔流，水边乱石丛生，两侧依旧是陡峻的高山，几处白色的房子点缀在河边，这景色宛如沙漠中的海市蜃楼。

"我们到达目的地了，对面那条河流就是大渡河，客车将停靠在公路下面的停车场中。"司机喊道。

他们这才从睡梦中醒来，知道已经到达目的地，他们心中难以抑制住兴奋，福尔森跳下车，然后大声对后面几个人喊道："来吧，朋友们，一场伟大的探险游戏又开始了。"

"老朋友，你说接应我们的人怎么没出现？"沃伊问道。

"我想他过一会儿就会到，我们先在这儿欣赏欣赏的景色吧。"福尔森说。

"你跟那个人是什么关系？你怎么会认识这里的人？"

"一个过去的朋友，他在中国做生意，他喜爱中国的四川省，这个美丽的天府之国，他就在这机场旁边做餐饮生意，一个精明而又可爱的年轻人，你们很快就会喜欢上他的。"

正当两人说话间，一个中年人走了过来，穿着一件深蓝色的外套，手里拎着一个黑色的公文包，他凸颧骨，高鼻梁，一双敏锐的眼睛扫视这个人。

"米隆，我们很久没见面了，你还好吧？"福尔森迎上前去，拍了拍他的肩膀。

"哈哈，福尔森，这次你总算有求到我的时候了，宾馆我都给你们安排好了，你们要探险的工具我也给你们准备齐全了，不过我们要先饱餐一顿才行。"

"那好吧，我们现在就出发吧。"

福尔森朝后面的沃伊咧嘴笑道："怎么样，我的人缘还可以吧？"

他们进了一家小门面的旅馆，这家旅馆共五层楼高，旅馆外面有一个很大的花园，花园旁边的停车场中停着许多旅游大巴。米隆走到服务台订了房间，在填登记簿时，从楼上下来两个人，共同拎着一个大包急匆匆地往外走，在楼梯转弯处刮了一下保罗手里的背包，撞得那两个人身子一歪，差点跌倒。

福尔森和沃伊几个人在后面窃笑，看来体重也是一种优势。

几个人分配了房间，除了佩罗外，剩下的人每两人睡一间，福尔森拿钥匙开门，他们进屋后先将包裹放在床下，各用热水洗了脸和脚后，尽快休息了。

虽然现在已经是晚上9点了，一天的颠簸已经使他们精疲力竭，但是想起了明天的探险计划，全都没有睡意，几个人躺在了床上聊天。

第二天一早，所有都早早起来，准备向传说中的宝藏埋藏地进军。每个人仔细检查着背包里所有必备物品，探照灯、刀具、钳子、手枪、备用弹夹、急救药品、地图等，手枪是米隆在当地搞到的，对于进入这种未知地带的人来说，手枪绝对是最好的防身武器。一个由考古学家、历史学家、侦探、特工、商人、警官、医生组成的探险队坐上了一辆面包车，向目的地驶去，这是一次既刺激又危险的冒险活动。

汽车沿着山路行驶，陡峻的山路足以让人心惊胆寒，米隆谨慎地驾驶着汽车，车子猛地一震，他下意识地抓紧把手，额头布满豆大的冷汗。

"怎么回事，米隆？"福尔森问道。

"好像是爆胎了，妈的，真不是时候。"

他刚要开车门的时候，突然听到了一阵"嘶嘶"的声音，声音从右后车胎处传来。米隆迅速地检查了一下，发现后车胎被割破了。

他转过身，保罗正咧嘴对他笑。

"车子怎么了？"他笑着问道。

米隆说："车胎破了。"

"有备用轮胎吗？"

"有，在后车厢里。"

保罗走到后车厢处打开车盖取出备用轮胎，然后蹲在地上开始展示他的机械天赋，不一会儿一个崭新的轮胎换了上去，米隆松了一口气。

头几百米他开得很慢，生怕他换的备胎再不争气。当慢慢有了信心时，他就开始加速，朝着高升店开去，离目的地只有1公里的路程了，远处出现了几片耕地和一些低矮的房子。

汽车在一座餐馆前面停了下来，米隆下车后到餐馆里面去打听高升店的具体位置，福尔森和汉普正在仔细看着地图，核对他们所走的路线和此刻的方位，过一会儿米隆回来了。

"朋友们，可以下车了，我们右侧这座大山就是高升店，就是传说中的藏宝地。"

几个人从车里走了下来，米隆把车停到了附近的一个收费停车场。福尔森望着这座上千米的高山，郁郁葱葱的植被覆盖表面，陡峭的崖壁使人望而却步，从下往上看，根本没有小路通到山上。

"洞口在哪儿？"汉普疑惑地问道。

"我想就在这附近，那些士兵们打开了宝藏洞口，洞口后来被泥石流带下来的堆积物所覆盖，山洞里有一些残余的兵器，现在我们要用金属感应器对地表进行探查。"佩罗果然是专业的考古学家，已经开始指挥周围的这些人了。

福尔森和沃伊拿出金属感应器对地表进行探查，这个金属感应器是上次在加里曼丹岛帮助福尔森找到《藏宝图》残片的大功臣，福尔森提议大家分成3组，四处探查，半小时后到这个大树下集合，于是每组开始行动起来。

福尔森和沃伊沿着大树左侧方向走到一片茂密的草丛中，两个人不知走了多远，金属探测器没有任何反应，穿过这片草丛是一个松树林，这时金属探测器上的指示灯不断闪烁，两人顿时紧张了起来，两人在树林里仔细搜寻，最后在一个松树下面发现了一个小铁锹，铁锹表面已经生锈，但是铁具表面刻有着精美的花纹还能依稀看见，福尔森仔细看着这个铁锹上面的花纹，好像是几个汉字，沃伊用白布将铁锈轻轻擦去，此刻能模糊地看见这几个汉字了。福尔森难以抑制心中的激动，这件铁器应该是挖宝藏时从山洞里拿出来的残破铁器，这就意味着山洞就在这附近，两人拿着金属探测器继续搜索着。不到10分钟的时间，又发现了一些散落的铁器，当两人正在欣赏这把将近1米长的鬼头大刀时，一只兔子从草丛里蹦了出来然后迅速跑开，两人走到那只兔子蹦出来的地方，浓密的树丛遮掩住了那个地方，两人拨开树丛，一堵残破的石墙出现在眼前，福尔森感到心在剧烈地跳动。

"这个低矮的石墙是干什么用的？"沃伊惊讶地问道。

"老朋友，我想我们找到山洞的入口了！"福尔森的嘴角浮现出幸福的微笑。

"太棒了，没想到刚才那个小生灵帮了我们的忙。我想我们该回去通知我们的同伴了。"

"我们确实该回去了，但愿他们都没有迷路。"

两人沿着来时的路走回那个大树下，令他们感到吃惊的是另外几个人都已经站在大树下了，其中大胖子保罗已经躺在树下呼呼地睡着了。

"你们有什么发现吗？"佩罗问道。

"我们发现了山洞的入口所在地。"

福尔森的话让那些因为搜索没有进展而感到困倦的人眼前一亮，保罗突然从睡梦中醒来，大喊道："洞口在哪儿？你们怎么找到的？"

"我们这就去揭开石达开藏宝地之谜吧，游戏开始了。"福尔森骄傲地笑着说道。

沃伊走向前去，拨开布条旁边的那片灌木丛，一个低矮的石墙再次露了出来。

"好吧，伙计们，在石墙内侧使劲地挖吧，你们带的宝贝铁锹有用处了。"

这个矮墙呈现出环形，一侧地势明显比另一侧高出两米多，墙体内侧大约有20多平方米。

里面都是些碎石和泥土，大家都在努力地干活，保罗由于太胖的缘故并没有参加这项活动，而是在围墙外放风，观察周围的动静。

半小时后，已经挖了将近5米深，仍然不见有洞口的样子，福尔森感到倒像是在挖井，他们几个人在四周都是石墙的天井中，夏普和沃伊感到下面的土越来越硬，像是有一块坚硬的岩石在他们脚下，当佩罗铲除脚下的一大块泥土时，才出现一线希望。

他们所站的这个地方是个向下倾斜的洞口处，墙壁有一块地方与其他地方不同，而四周都是坚硬的石砖墙，泥土和碎石堆积在这里，就像是在干净平整的墙壁上用黄泥糊了一大块一样。

佩罗手中的铁锹陡然滑落，"找到了山洞入口了，这里就是！"他大叫道。

福尔森抑制不住心中的激动，心跳逐步加快，那宝藏的影子正在视线尽头忽隐忽现……

沃伊、夏普和汉普三人拿着铁铲往那块墙壁上铲去，碎石块和泥土被铲到竖直的井底中，大约往里面挖了 3 米后，汉普的铁锹碰到了一个砖砌的土墙，汉普走上前去用尽全身的力气朝土墙撞去，墙倒了，一个黑漆漆的洞口展现在他们的面前。

　　地狱的大门已然敞开，恶魔之花吐露出最后的芬芳。

　　是的，他们终于看到了，那个无数次到梦中造访的影子，站在井口的保罗得知已经找到洞口的消息后，直接从 4 米多高的井口直接跳了下去，他们齐刷刷地站在洞口前。

　　"就是这里了！"福尔森大喊道。

　　他们走进阴暗的隧道，空气里能闻到淡淡的霉味，每走一步都要费尽全力，宛若迎面有堵玻璃墙壁，是未知的恐惧阻挡了他们大步向前，他们从包里拿出手电筒。米隆走在最前面，光束照着前面的路，洞口越来越宽，已经能容下几个人并排走了，福尔森和沃伊各自都握紧手里的枪，汉普检查了弹夹内的子弹，一拉手枪保险杠，"咔嚓"一声把子弹推上膛，手握一个探照灯走在前面，沃伊说道："这座山洞隐藏得真好啊，东方的墓道设计果然神奇。"

　　他们走了 100 多米后走到一扇石门前，石门上挂着铁锁，锈迹斑斑。福尔森和沃伊分别拔出手枪，命令所有人退后 3 米，他们俩站在石门前面连开了几枪，铁锁的锁环被打断，保罗走上前去试图将石门推开。

　　福尔森看到保罗一人难以将石门推开，便招呼剩下的几个人一起上去推，沉重的石门缓缓推开，他们小心翼翼地走了进去，一股发霉的臭味扑面而来，像是墓道中散发出的气味。就在此时被推开的石门自动重重地关上了，福尔森感到情况大大不妙。

　　眼前一片黑暗。

　　一个惨白的骷髅头赫然出现在光柱里，骷髅头大张着两排牙齿，两个黑洞洞的窟窿眼睛直瞪着夏普。夏普被这近在咫尺的景象吓了一跳，不禁失声惊叫，向后连退几步。大家都照到了大量死人骨架，众人连忙后退到石洞的中央。几把手电筒的照射下，众人看清了屋里的可怕景象，这间不到 40 平方米的狭小空间里横七竖八地躺着十几具骨架，在尸骨旁边还有许多铁锤、凿子和铁锹。

佩罗本来就是一个考古学家，所以对这些骨头有一种特殊的感情，她清楚地记得自己曾经一个人在诺曼人的墓道里和几十架骨骼睡了一夜，她端着手电筒走近这些骨架，蹲下来仔细观察，就在她的手刚伸出一半时，一个洪亮的声音传了过来："尸骨旁边有许多鞋子和衣物头盔，他们应该是石达开士兵，可是怎么会死在这里？"听到福尔森发问，保罗便说道："我想他们是修墓道的士兵，墓道修成后为了防止墓道秘密的泄露而被石达开灭口的，我猜测他们都是在这里饿死的。"

就在保罗刚结束他那大论时，另一个声音响起，"墙角里有一锭银元宝，哈哈，今天运气真好！"佩罗听到后心里大惊，大喊道，"不要碰那元宝！"这个尖利的声音传进了沃伊的大脑，使他浑身打了一个冷战。这么长的时间已经使大家的精神一直处于紧张的状态，佩罗的喝声使沃伊赶紧把银元宝放回原来的那个卡槽内，但是已经晚了。只见屋里的地板上闪出一个长约3米宽约5米的大坑，原先覆盖在大坑上的地砖向下不断下沉，所有人顿时惊慌失措。

福尔森大喊道："大家紧贴墙壁，不要靠近大坑，我们中了机关。"沃伊看到几个人脸上出现的愤怒和不满的表情，他像一个做错了事的孩子，低下了头，然而情况变得更加糟糕，四周的四壁迅速向大厅中间靠拢，把他们朝大坑挤压。

他们拼命抓着墙壁，想抓住一个凸起的什么东西，可这墙壁全是用大块青石砌成，平滑异常，根本就没半点可能性。保罗从背包里掏出一把伸缩尖锤，"咣咣"地朝墙上凿去，想凿出个窟窿好用尖锤挂着，可这石壁十分坚固，一凿之下只有几个白印，连石屑都没掉一块。

墙壁不断向中间靠拢，伴随着几声惨叫，他们全都栽进了无底洞中。那些骨架也稀里哗啦地掉了下去。

接下来等待他们的，将是更大的危险。

第二十四章

心理承受的极限

几声落水声响起，在这寂静黑暗的空间里落水声显得那么阴森可怕，水花四溅，他们全都掉进了水里，像石头一样往下沉。水的温度很低，水里的东西清晰可见。沃伊忽然发现手电的光柱照到一个黑影，好像是个人，连忙游过去仔细一看，却是一副骨架，吓得他连忙往后退。

沃伊心理有一种不祥的预感。

突然他感到小腿上一阵剧痛，好像有人在腿上咬了他一口，他大叫一声。保罗大喊道："有东西在咬我的小腿！"

沃伊迅速伸手去抓，再看手中居然多了一只鱼。这种鱼身体左右侧扁，前后呈卵圆形，尾鳍略呈叉形，体色变化大，鱼的背侧呈蓝灰色至灰黑色，腹部具有银灰色的光泽，嘴里生着两排锯齿状的尖牙，看上去非常凶恶。

"这是什么鱼？怎么长相那么恐怖？"沃伊问道。

"我想我们碰到了水里的恐怖之鱼了。你看过《亚马逊惊魂》那部电影后就知道我们的处境了。"福尔森说道。

"是好事还是坏事？我们是不是碰到食人鱼了？"

"那部电影里船上所有的人都被食人鱼吃得只剩下骨架了，不过一两条小食人鱼对我们构不成什么威胁。如果是成群的食人鱼的话，我想今天我们都走不掉了，成群的食人鱼遇到猎物时会变得非常胆大凶狠，它们咬住猎物后紧咬住不放，以身体的扭动将肉撕裂下来，每条鱼一口可咬下16公分的肉，不到10分钟就能把一头成年肥壮的山羊吃得只剩下一副骨架。不过我们似乎还比较幸运，我想我们今天倒可以吃烤鱼了。"

他们不再理会那两条恶魔之鱼，向前继续走，佩罗用手电筒照到了一个黑影，大家近前一看，原来是一座青石雕像，刻的是一个人端坐于方石之上。这个大厅非常大，大厅里全是水，除了这尊雕像外，再也看不到别的东西。

"我们现在在哪里？这尊雕塑是谁？"夏普问道。

"我想他是这里的守护神，来救我们脱离险境的。"米隆说道。

"但愿不是机关暗器，大家不要去碰。"佩罗说道。

这时，一群黑影游了过来，那黑影好似一团乌云，在这群墨绿色的鱼群中间，还有一些大鱼摆动着身子穿行在周围小鱼之间，宛如一块招风的帆布。

福尔森大惊，喊道："不好，是食人鱼群。"

夏普说："大侦探，我们现在该怎么办？"

佩罗看了看旁边的雕塑，大喊道："大家快爬到雕塑上，雕塑上大概能容下我们。"

"佩罗博士，看来把你带上是个明智的抉择。"

众人手脚并用并相互托举着爬上了雕像底座上，那片黑影转眼间就游到了雕像附近，他们用手电一照，上百条黑鱼聚集在一起，好似一条巨大的飘带，在雕像周围游来游去，寻找食物。幸好鱼上不了岸，不然他们几个今天都会喂了鱼，不过食人鱼为什么会出现在这里呢？

汉普说："不管怎么说，现在总算脱离了危险，终于可以喘口气了。"

但是危险的事情往往并不按人们美好的想象去发展。

夏普见脱离了危险，看了看雕塑，便问道身边的保罗："这是谁的雕塑？是石达开的吗？"

保罗用探照灯对着石台，见上面刻了一行字。"我敢拿我那辆路虎车打赌，这是石达开的雕塑。"

"不错，这就是翼王石达开的雕塑，史书上记载石达开有龙凤之姿，日月之表，现在看着他的雕塑都这么酷。"佩罗痴痴地说。

他们小心翼翼地蹲在石台上，生怕脚下一滑掉下水。

沃伊仔细观察着这尊雕塑，这塑像和真人差不多大小，石达开身穿铠甲，外罩披风，右手持剑宝剑坐石台之上，很是威严。整个塑像都是青石雕成，却只有这剑柄是用汉白玉制成，上面雕龙刻凤，十分精美。保罗的胳膊一不小心触碰到了剑柄，剑柄末端的一个铁环被保罗的胳膊碰断，掉到了水里。

就在这时，汉普感到水位似乎在不断上涨，刚才水线距离底座还有大概十几厘米，现在只剩下几厘米了，那群鱼距离他们的脚更近了，已经能够看清食人鱼那铁饼状的体型和能把铁钩咬断的锋利的牙齿了。

很快，水淹没了他们的脚部。只听"啊"的一声惨叫，食人鱼张开了大嘴咬住了米隆的脚，顿时水里腾起一团红雾。这些鱼咬住米隆的脚后拼命地来回扭动身体，将他脚上的肉硬扯下来一块。

水位不断上升，再这样下去，他们都得完蛋。佩罗怀疑保罗刚才碰到的那个铁环很可能是机关。

他们都受了伤，其中米隆和保罗的体型由于过于肥胖，因此成为鱼群的首要攻击目标，所以受伤最重，一想到这里有着可怕的食人鱼，福尔森和沃伊都想起亚马逊森林中那些可怕的传说，这使沃伊懂得了什么叫真正的可怕，人类一旦抛弃了先进的工具后面对自然界是多么脆弱。

就在此时，福尔森突然眼睛一亮，大喊道："快把驱蚊水拿出来，在水里撒上一圈，随后我们朝东侧游去。"几个人听到福尔森的建议后赶紧从包里掏了出来，在石像周围的水里撒了一圈，驱蚊水在水中扩散开来，这些鱼似乎很反感这种味道，开始向外游去，保罗和米隆看到鱼群暂时离开后，赶紧用手抓了抓腿上的伤口，保罗伤得最重，腿上大大小小的十几个伤口，疼痒难忍。

"大家朝东侧游过去。"佩罗以命令的口吻说道。

大家奋力划水，朝东侧游去，驱蚊水扩散开后，在水里暂时形成一道隔离带，食人鱼躲在大厅西侧，不敢接近隔离带。福尔森等人来到东侧的尽头，看到一道白色的石壁挡在面前，石壁上有一扇闸门，闸门上有一把铁锁。

"大家往后退几米，我和沃伊将铁锁打断，我们打开闸门后到闸门那一侧，再把闸门关上，食人鱼就过不来了。"

佩罗、保罗他们往后退了几米，福尔森和沃伊拔出手枪，打断了锁环，两人奋力推开闸门，他们游到了闸门另一侧。福尔森和沃伊又将闸门关上，佩罗看到闸门和旁边的石壁上个有一个铁环，便从背包里拿出一根粗绳子和一把剪刀。她从绳子上剪下一截绳子，用绳子依次穿过石壁和闸门上的铁环，并将绳子系紧，这样一来闸门被牢牢固定在石壁上，很难再打开，食人鱼也无法接近他们了。

此刻危险暂时解除，几个人大口喘着气，福尔森开始观察着这个闸门这一侧的情况，他发现他们正处于一座幽深的石灰洞中，洞壁十分光滑，简直就像打磨的一般。佩罗借助探照灯看到山洞的积水往东侧流动，便果断说道："大家朝东侧继续游，一定能找到山洞的出口。他们朝山洞东侧游。夏普想："此时如果抱着一根圆木该多好啊，起码不会像现在这样累得胳膊和腿发麻。"当他要穿越水洞的转弯处时，沃伊轻快地向前游去，扶了他一把，然后看了看后面的人跟没跟上来。

"大家别停下，继续向前游，我想洞口就在前面不远处。"福尔森大喊道。估计这里的水深约有两米，这条地下暗河看起来像是一个阴冷的地下深水湖。他相信这条地下暗河会通向河的主干，也许能找到主墓室所在地，他想起了几年前和沃伊潜入梅尔山积水潭的危险情形，他坚信潜水和洞穴探险都是世界上最危险的几种运动，探险者面对的是地狱般的黑暗和令人发疯的寂静，由于清楚地知道自己正身处岩石深处，湍急的水流和潮湿的空气将使探险者感到无比压抑，更重要的是，在这复杂的地下世界中，还将面临着迷失方向的危险，所有的这一切会使人惊慌失措，结果就会导致许多训练有素，并配备先进设备的冒险家因此而送了命，但这种毛骨悚然的魅力正是千百年来吸引无数勇士前赴后继去探险的原因。

沃伊估计水面距离洞顶大约有 3 米，空间比较开阔，刚才他们似乎是从一个烟筒里掉下来的，这里远不如世界上最著名的几个大洞穴的环境险恶。

汉普和米隆落在游泳者队伍的最后面，他们吃力地划水，米隆的探照灯照见了一个宽敞的通道。

他们游了几十米后，发现自己又处于石灰岩地带，洞顶有一层灰色的覆盖物，这个乳白色的覆盖层把光线全部吸收了进去，一种持续不断的雷鸣巨响愈发震耳，在通道的四处回荡。透过微弱的探照灯，几个人发现通道里弥漫着如蒸汽般从水中升起的水雾。在这地下永恒黑暗的世界中，看到此情景，听到这种声音令人感到前所未有的恐惧。

前面的水流变得湍急起来，奔腾的流水冲撞在洞壁和岩石块上，激起了阵阵水花，刚才听到的声音就是这里发出的，福尔森猜测一定是有某种巨大的压力把这股水从地下蓄水层里挤进了暗河中，他知道真正的危险才刚刚开始。

"大家注意点，前面是急流，大家尽量靠着洞壁，并以最快的速度游过去。"佩罗以专业考古学家的口吻对周围的人说道。

他们就这样靠着洞壁排队依次游过那最危险的一段，一穿过这一段急流险滩，福尔森就看到岩壁向两侧扩展，洞顶不断升高，眼前出现了一个巨大的石室，石柱是钟乳石的一种，它可以摆脱地心引力，沿着各种古怪的方向生长。岩洞内壁还耸立着由矿床所构成的 1 米高，造型优雅的蘑菇状的石雕和带有羽毛状装饰的精美石花，典型的喀什特地貌。

沃伊不禁想："在这地球内部神奇的黑暗世界中，不知有多少壮观的地下世界正等待人们去发现和开发，那里的景象远超出人们的想象。"

看到喀什特地貌的溶蚀景观时，福尔森的脑海里出现了一个奇怪的概念，也许有一些早已灭绝的种族在这里生活过，并创作了这些石雕。

夏普露出他那圆圆的脑袋，乐观地说道："我知道了那部经典的洞穴电影在哪儿拍的了。"

"你是说《洞墓鬼影》吗？那部电影我看了之后吓得几天没睡好觉。你还别说，这里的景象还真像电影里的情景。"汉普答道。

"左前方 30 米处有个可以上岸的地方，我们终于有个可以落脚的地方了。"福尔森振奋地说道。

福尔森轻松地游到浅水里，率先爬到了岸上，坐在了地上，摘掉了探照灯和护目镜。这块可以休憩的地方约有20平方米,岩石上非常平坦光滑,像是有人有意打磨成的,透过微弱的探照灯,福尔森分明看到一艘气垫船在几米远处的水面摇曳。这艘充气船藏在凸出的一块大岩石后面,气垫船的气囊看似还有气。气垫船是从哪里来的?难道气垫船以前的主人出了什么事故?很可能他们已经永远长眠于这里了。

就在他对着那艘气垫船发愣时,其他几个人也陆陆续续爬上了岸,经过一番折腾,几个人已经精疲力竭,这块凸出水面的石头正是他们补充体力的中转站,他们不知道距离洞口还有多远,因为到目前为止还没有看到洞口的亮光。

沃伊猜想,这条地下暗河可能通向山谷的河流之中,如果是这样的话,他断定出口距离这里应该不远。当他听说有一艘气垫船在他们附近时,他心里的激动程度不亚于买彩票中了大奖。

"这艘气垫船还很好哩,如果我们稍加改装,它就能带着我们轻松掠过汹涌湍急的水域了。"米隆快乐地说道。

"用水平引擎和旋翼桨叶来制造气垫船真不愧是天才之举,这一定是出于一位机械大师之手。"保罗说道。

沃伊再次下到水中,游到了气垫船旁边,用他那强壮有力的手把气垫船往岸上拉,当他即将把船推到岸旁时,突然大叫道:"福尔森,我看到了岩壁上有一个山洞,洞口那边的水不断往这里涌来,我想去那边看看。"说完后,就奋力逆水向洞口游去。

福尔森大喊道:"快回来,那里太危险了。"但是当他们用手电筒往洞壁上照时,发现沃伊已经游过了洞。福尔森心里清楚这样孤身潜入那个神秘洞穴的危险性,在这个迷宫式的地下水中世界里,即使一个人带着齐全的潜水装备也不一定能走出洞口,何况沃伊孤身跑到恶魔之口中,他顶着探照灯,纵身跃入水中,朝着洞口游去,临走之前嘱托保罗他们在岩石上待好,等他们回来。

保罗从背包里拿出一包夹心面包塞在嘴里咀嚼着,佩罗则蜷缩在岩壁角落里,两眼发呆望着幽深的水面。夏普和汉普正忙着检查气垫船上的零件是否齐全。

米隆从背包的防水密封箱里摸出了自己那把破旧的老式四五口径的驳

壳枪。他知道沃伊和福尔森现在处境非常凶险，他决定去找他们，万一他们有什么不测，自己可以从旁策应，他清楚地记得在密封箱的底部有一套潜水服，拉开潜水服的拉链，把潜水服穿好。

米隆从光滑的岩石块上下到了水中，几分钟后，他已经游到了洞口处。

沃伊已经穿过了洞穴的漩涡激流，刚才的漩涡差点把自己卷进泥潭底部，幸亏他抓住了水里的一块突出的岩石，此刻他已经通过了最危险的考验，变得有条不紊，镇定自若，在过去十多年的严格训练中，这个军情部门的高级特工已经养成了一种准确判断生存机会的能力。

感觉到后面有人跟着他，他回头一看，发现福尔森在他后面，他向福尔森挥了挥手。这里的水域环境比外面暗河里的还要复杂，几亿年前沉积的石灰岩表面覆盖着矿物质，构成奇形怪状的图案，他感到自己来到了外来星球。

米隆已经游到了距离福尔森不到 5 米的地方，他想先观察一下这里的地形，一旦两人出现什么情况，他就随时扮演一个助手的角色。越来越强的水压挤压着他的耳膜，为了平衡压力，他在面罩里用鼻子呼着气。他打开头上的探照灯，发出的光在一片黑暗中显得极为微弱。

前面出现一道亮光，沃伊终于游出了茫茫黑暗，进入一片清澈透明的宽阔水域中，他看到了前面的洞顶上有一个大裂缝，阳光透过裂缝射了进来，透过阳光他看到了自己正处于一个深水潭的边缘，在深水潭前面是一面石灰岩洞壁，水路似乎在这里结束了，沃伊缓缓地蹬水前行，小心翼翼地与水潭边缘保持 1 米的距离，当他游到水潭的另一侧时，他看到了水路并没有完结，只是在石灰岩洞壁处打了一个弯，他的身体来了一个 90 度转弯后，继续向前游去。

福尔森在后面几米远的地方跟着他。米隆在潜水时极其专注地避开淤泥，因为淤泥可能会升腾成一片障眼的泥雾，几秒钟之内就会使能见度降为零，而且这种淤泥一旦被搅浑，可能会在水中漂浮几个小时，然后才慢慢沉入水底。他从上面的浅水层潜入水面下 3 米深的深水层之后，水流变得更加冰凉刺骨，他不由自主地打了冷战，游得更慢了。

前面几米远的地方是一大片岩石平台，水越来越浅，在平台附近完结，现在沃伊的手已经能触碰到了水底的岩面。他从水里站了起来，走到了光滑的地面上，他估计自己已经从穿越那个洞穴到现在游了大约四五百米，当他打着手电筒往岩壁上看时，他的眼睛顿时呆住了，他看到了可怕的情景，一具具骷髅躺在冰冷的地面上，他估计地上约有20具骷髅，他顿时感到一股冷气顺着自己的脊背直升到脖子。更使他惊奇的是，离他10米远的地方，一头巨大的鳄鱼正在啃食另一具尸体，那具尸体头部血肉模糊，腰部以下已经不见了，血水把尸体周围印成了红色。一条被咬断的胳膊似乎还在呻吟。沃伊本不想打扰这头饿得发疯的鳄鱼，但是当他把手电筒照在鳄鱼那锋利的牙齿上时，他就意识到了自己已难逃一场生死之战。

就在这时，福尔森和米隆也从水中走到了岸上，当福尔森看到那头巨大的鳄鱼时，这头鳄鱼块头非常大，这个长达两米武装到牙齿的家伙张开了血盆大口逼近他们，恨不得把他们一口吞掉。看来它已经饥饿难耐了。

鳄鱼是古生物学中的活化石，它能从史前时代混到现在，全靠它对环境超强的适应能力，因此面对他们手中的利器，它开始思量如何战胜他们，作为史前生物，它身体搭配的非常协调，强壮坚硬的背部外壳可以抵消突发的危险，坚硬的骨骼和锋利的牙齿，完全可以与钢质材料相比，简直是完美。这是一头泰国鳄，不过泰国鳄怎么跑到长江上游来了？

鳄鱼的锯齿撕碎了尸体的一条腿，正咀嚼着几块肉团，它似乎察觉到了不远处还有几个活人，在这个恐怖的屠宰场中，这个食肉恶魔把进攻方向对准了新的目标。他们虽然有枪，但他们都知道那十几发子弹并不能对这个几米长的巨鳄造成多大的伤害，除非子弹击中它的腹部，那是它致命的地方。

鳄鱼在做进攻前的最后准备，它想试探一下眼前的这几个人是否能轻易给他们致命的一击。所有的大型肉食动物在捕猎时都是这样的，他们往往潜伏在猎物附近很长时间，等待对手露出破绽后快速进攻给予致命的一击。

福尔森和沃伊几乎同时拔出手枪，并把枪口对准了鳄鱼。沃伊腾出一只手从腰部拔出了一把军刀，但用它来对付那头鳄鱼似乎并不能起多大作用，因为鳄鱼进攻的速度太快了，如果在第一轮战斗中不能将它毙命，那么他们将必死无疑。他们摆成三角阵形，每人距离两米左右，鳄鱼爬到了距离他们5米远的地方，米隆瞄准鳄鱼的下颚开了一枪，子弹打入鳄鱼体内，鳄鱼移动了半步，鳄鱼闷哼一声，向米隆迅速爬来，米隆迅速躲开鳄鱼的第一次攻击，福尔森对准鳄鱼的腿部开了两枪，鳄鱼的后腿流出了血，沃伊分明看到鳄鱼眼里出现了泪水，但这个时候同情敌人就是对自己残忍。鳄鱼转身后，迅速向福尔森爬来，福尔森来了一个漂亮的侧身翻，鳄鱼那强有力的巨颚撞到了岩壁上。

沃伊把米隆和福尔森叫到身旁，小声说了几句话，然后再次摆成刚才的阵形。鳄鱼对他们的举动无动于衷，它自信自己将是最终的胜利者。它向福尔森迅速爬去，这次福尔森并没有躲开，鳄鱼的巨颚撞到了他的胸口，他的喉头一甜，吐出了一口血。他用强有力的双手死死扳住鳄鱼的上下颚，米隆上来往鳄鱼的嘴里连开数枪，沃伊看准时机在鳄鱼的腹部暴露出来时，把锋利的军刀刺进了鳄鱼的腹部，鳄鱼扭动了几下，闷哼一声，不再动弹。

"让这个恶魔好好歇歇吧，气垫船上的那几个科考队员肯定是遭到了它的袭击而遇害的，这个畜生。"米隆愤怒地说道。

"我们走吧，这里不宜久留，我们回去找他们几个，但愿他们没出什么事。"福尔森气喘吁吁地说道。

他们向遇难者的尸体鞠了一躬后，便沿着来时的水路游了出去。

"去了这么半天有什么发现？"汉普对着刚上来的人说道。

"发现了一头吃人的鳄鱼，就是它袭击了气垫船上的科考队员，不过现在我们已经使它永久长眠在这阴暗的地下了。"米隆说道。

"这里为什么会出现食人鱼和泰国鳄呢？真是奇怪。"福尔森若有所思地说道。

"我想是有人故意在这里饲养食人鱼和泰国鳄，否则根本不可能在这地下世界中存活下去，现在物种入侵现象很严重，我想那些死者就是受到了鳄鱼的攻击而死的。"佩罗说道。

"好了，不管怎么样，我想我们该准备再次启程了。不要让刚才那个小插曲影响到我们。"沃伊说道。

"可以开船了吗？"米隆问道。

"一切准备就绪，马上可以启动。"夏普爽快地回答道。

他们依次上了船，福尔森蹲伏在船尾的引擎旋翼桨叶前面，接上启动器，引擎便"噗噗"地响了起来。沃伊在船头打开一盏探照灯。气垫船缓缓驶离大岩石台面，向前漂去。船在水面上滑行，水面的颜色由深蓝逐渐变成了深绿色。在中国西南地区出现这样一个幽深的地下岩洞，确是一个奇观。

福尔森向前望去，期待的光明一直没有出现，河水在前方一分为二，分别流进了两个通道。

"我们遇上了岔道，大自然再跟我们捉迷藏。"福尔森大喊道。

"能看到哪条是主干道吗？"佩罗问道。

"左边看上去比较宽。"

"好，就走左边。"

这里的水流速缓慢，河道变得越来越窄，福尔森发现水越来越浅，已经能看到水底的钙化物质了，再往前行驶几十米我们就能到岸了，"这里的地势要比暗河中高出许多。"

几分钟后，小船停在了岸边一块凸起的岩石旁边，福尔森和夏普趟过小泥潭，两脚触到了松动的石块。他感到手腕处一阵剧痛，使他不由得咧嘴呻吟了一声，刚才他用双手扳开鳄鱼的上下颚时的疼痛在几十分钟后显现了出来。

他们纷纷下了船，在他们面前的是一扇上了锁的铁门，大门外有一个石头雕像，佩罗和保罗认得这是太平天国的将领石达开，当年石达开被围困，这间石厅应该是在匆忙之中完成的。除此之外，佩罗和保罗一致判定这里不可能埋藏大量的财宝，一些遗留的兵器和少许银两倒有可能，只可怜了这个太平天国中最具才能的军事家，太平军中唯一一位能与曾国藩、左宗棠相抗衡的天才不久以后就被凌迟处死了。

福尔森走到铁门前，拔出手枪一枪打断了铁锁锁环后，推开铁门，眼前出现了一个昏暗宽敞的大厅。

福尔森说："大家小心往前走，不要随便触碰这里的东西。"

几个人小心挪动着脚下的步子，他们深知东方古墓中机关暗器的厉害，他们害怕一不小心踩到了什么暗器，就会出现严重的后果。福尔森的眼睛扫到了大厅石壁上的壁画，在那块画壁上一共有6幅肖像。福尔森猜测那些画中的人物应该都是太平天国的高级将领以及他们的子女，虽然自己从来没有见过他们的照片……

他们不知不觉地走到了大厅的另一侧，但是始终没能看到期望中的出口，不禁烦躁起来。

"怎么回事，难道我判断错了？"佩罗自言自语地说道。

福尔森又看了看墙壁上的画，嘴角浮笑容，走到几个人身边说道："大家静一静，我宣布一件事情，我想我已经找到出口了，你们来看这6幅肖像画有什么不对劲的地方吗？"

周围的人很快安静下来。福尔森缓缓说道："这6幅肖像画中第3幅与其他几幅有很大的差别，你们谁能看得出来？"

"我想中间这幅画上的人面貌非常古怪，这应该是一个启动机关。"佩罗说道。

"我同意博士的观点，不过我们必须找到正确的启动机关，否则等待我们的将是无比危险的暗器。"福尔森道。

福尔森走近肖像，然后按动了中间那幅石壁画的鼻子。顿时，石壁向两侧退去，闪出了一个通道。几个已经疲惫不堪的身体在这时似乎充满了力量。

他们不再犹豫，果断地向通道走去，这是他们现在唯一的选择。

这个通道并不长，走了十几米后就到了一间宽敞的大厅，他们用手电筒一照发现大厅里陈列着5个大棺材，每个棺材上都上着铁锁，沃伊走上前去用手枪将一个棺材上的铁环打断，用力将木棺打开，出现在眼前的情景令他大吃一惊。

"快来看，这里面就是宝藏，我们找到了！"

棺材里面堆满了金银元宝，还有许多首饰散落在棺材中，福尔森又打开其他的棺材，也都是些金银元宝，不过有两个棺材中还有许多打造精良的宝剑和大刀，还有几十本书放在棺材的一角，福尔森仔细搜寻着，它一定在这里。

"《藏宝图》残片找到了，哈哈，它在这里！"

满手冰凉而坚硬的石块，无数人努力寻找无数年的石块，福尔森突然感到了手中的重量。

经过了长时间的跋涉，体力和精神都极度消耗。大家终于放松下来，在原地休息。然而福尔森却没闲着，他仔细观察着这间密室，又走到棺材旁用手奋力推了一下棺材，保罗等人坐在地上惊讶地看着大侦探这奇怪的举动。

随着棺材的缓缓移动，密室的房顶出现了一个天窗，天窗应该能容下一个人通过，福尔森的好奇心总能带来意外的收获。他们包里的几条绳子很快就能让他们重新见到温暖的阳光和湛蓝的天空了。

一辆路虎越野车停在了一座欧式别墅前，从车上走下了5个人。

一个装饰豪华的书房里，一个英俊的年轻人正在悠闲地看着书，5个人走了进来。年轻人背后墙上挂的是一幅油画，画的是玛雅末日之神在世界终结年审判有罪之人，这些有罪之人多是殖民者，他们入侵美洲并洗劫神庙，罪恶之人受到末日之神的惩罚，最终被烈火焚烧致死。

"领袖，伦敦方面出事了，不过我们的人已经让布鲁和比尔永远开不了口了，这点倒不必担心了，不过我们也损失了十几亿。"

"巴塞尔，我们的家族屹立几百年不倒，这次事件对我们来说不算什么，现在我们的当务之急是得到福尔森手中的那块《藏宝图》残片，据我们的情报人员说，福尔森已经到中国去寻找《藏宝图》残片了，如果他们找到最后一块《藏宝图》残片的话，他手里就握有全部的《藏宝图》残片以及方石，他们就会抢在我们前头找到宝藏所在地。"

"哥哥，那我们现在该怎么办？"布吕歇尔问道。

"我已经想到了一个万全之策，他们一定会进入我们设下的陷阱之中，那些宝藏一定是属于我们的。让我们给这些可恶的英国佬送葬吧。"

玛雅神社的长老赫尔力开口了："领袖，我还是担心联邦调查局的那帮人，他们绝没有那么好骗，我想他们会和英国情报部门的人联系，暗中调查我们的。"

"妹妹，你们调查局最近在忙什么？"

"我们最近在调查一起重大的间谍案，调查人员都已经忙得不可开交了，哪有心思去调查其他事情，所以你们不用担心，只是内华达山洞里的文物和交易的票据文件一定要放好了，不能重演史都华的悲剧，我想调查部门的人绝不会在没有任何有力证据的情况下去调查美国西南部最大的石油公司的，否则他们一定会再次遭到舆论的抨击。"

"听见没有，赫尔力长老，你多虑了。"

"也许吧，不过还是谨慎为好。我会让阿布贾罗看好山洞，没有人会发现那里。"

就在这几位玛雅神社的头目密谈时，美国联邦调查局的菲利普侦探正坐在对街与白色欧式别墅平行的一间公寓中，透过一副安装在三脚架上的高倍双筒望远镜观察着情况，公寓里侦查设备一应俱全。身为一个在联邦调查局工作了十几年的老侦探，此刻他看上去更像是一位艺术家，这种表面上的印象是他为了监查和跟踪工作而特意化的装。已经身经百战的菲利普在暗中击败玛雅神社在美国东南部的犯罪势力后，又把进攻矛头直接转向洛杉矶。

在就读研究所的期间，菲利普曾到尤卡坦州的奇琴伊察古城遗址做过一次实地考察。自那之后，他便迷上了精美独特的玛雅艺术。那个古城被认为是玛雅托尔特克时代最重要的城市，现存数百座古代建筑物，是尤卡坦州上最大的玛雅文化遗址，有"羽蛇神的故乡"之称。1988年联合国教科文组织将其作为文化遗产，列入《世界遗产名录》。在那个庞大的古建筑群中，菲利普看到了撼人心魄的石柱石墙和精美的浮雕装饰以及雄伟的天文观象台。

一个月前在洛杉矶东郊麦安逊的别墅工作的清洁女工在打扫卫生时意外发现了一件玛雅神庙的祭祀器物，她把这件事告诉了当地警方。当地警方让专家对这件器物做了鉴定后确认这件祭祀器具就是几个月前洛杉矶博物馆中失窃的那件。

联邦调查局的新任局长得知了这件事后接管了这个文物盗窃案，他们把调查目标对准了麦安逊家里的别墅，原因很简单，文物就是在麦安逊家的门前花园中发现的。调查局新任局长派出了老练的菲利普侦探秘密对别墅进行24小时监视，菲利普只对他一人负责。

尽管内华达石油公司的老板麦安逊在公众眼中是个和蔼的慈善家，公司在他的经营之下不断壮大，在职工眼中他是个杰出的企业家，但是调查局的人却始终怀疑这个肥胖的企业家与两年前的一起谋杀案和几月前的炼油厂爆炸案有关，但是苦于没有掌握任何有力的证据。现在，他们决定以这些祭祀器具为突破口，深入调查幕后的真相。

这天时钟指针已过了下午 3 点，午后的影子已经开始渐渐让位给黄昏。外面夜色渐浓，压迫着别墅区街道两旁桔黄色的路灯。菲利普侦探在职业生涯中第一次感到这么疲倦，为了监视这个狡猾的企业家，他已经很长时间没睡个好觉了。

菲利普的眼睛正透过高倍望远镜观察着对面别墅小屋的情况，渴望看到异常情况的出现，他确信自己一定能有所获。

然而，6 天的严密观察并没有获得任何有关麦安逊涉及犯罪的线索。

这位石油公司老板的生活非常有规律，上午 8 点左右出门前往杜克大街的内华达石油公司总部大厦上班，中午到第 17 大街的一家肯德基店吃快餐，下午继续去到公司里指挥他那庞大的商业帝国，晚上 6 点以后回到别墅，菲利普曾经监视到一些出入他别墅的人，不过据调查，那些人都是内华达公司的股东和部门经理。菲利普对近一周的监视很失望，然而伟大的功绩往往在意料之外出现。今晚的监视倒是颇有收获，他先是看到了他的上司调查局的副局长米洛斯到这栋别墅中，跟随一起来的还有几个穿着西装革履的男人，他已经照相机对那几个人连续拍照。

联邦调查局的新任局长决定对麦安逊下手了，但是为了迷惑这位精明的老板，在调查他的罪行之前，他巧妙部下了一个迷魂阵，他决定先对一起跨国间谍案下手以转移这位大老板的注意力，这个绝密的计划只有他的心腹菲利普一人知道。

军情六处的诺克上将和伦敦警察局的格雷戈里警长在办公室里正在商谈联合破获的史都华公司高管案，根据洛杉矶警察局刚刚提供的消息，他们要通缉的布鲁和比尔已经死了，死因是溺水身亡，死亡时间是在前天，但伦敦的调查人员确信这两个人是被暗杀而死。

"我们在搜出的文件中找到了这位史都华公司高管非法转移财产和偷税的证据，并且查出了他们是三道会的成员，但是关于麦安逊的情况就比较蹊跷，我们没有调查出他的任何犯罪证据，在查出的那些单据上我们看到的都是一笔笔合法的交易和财产。"诺克说道。

"鲍威尔和莫安顿以及胡克等人非常顽固，这些人拒绝交代关于麦安逊的任何信息，我们拿这几个人真是没有办法，我们只有依靠自己的调查来获得麦安逊的情况，警察局的人在调查中发现这位大老板在美国还有很多生意，内华达石油公司就是他的财产，我们在调查他的档案后发现了他的许多个人情况，这位肥胖的大老板是加州大学伯克利分校的高材生，他在美国十几个城市有生意，在史都华公司投资了二十几亿，成为最大的股东。不过在这么罪恶的公司高管中会有这么一个守法的董事长倒是令人不可思议。"格雷戈里说道。

　　"也许我们应该求助美国朋友帮忙调查一下他在美国的生意。"

　　"我想是的，我准备和国际刑警组织联系。"

　　"那些巨额的文物该怎么处理？"

　　"我想我们应该把它们归还到它们的真正故乡，这件事情就就交给海关文物局处理了。"

第二十五章

"侏罗纪"之旅

福尔森看了看密室的高度，然后奋力向上一跳，他依靠那遒劲有力的手紧紧扒住天窗板，身体不断往上抬升，沃伊跑了过去帮了福尔森一把，最终福尔森探出头来，看了看上面的情况。"我们得救了！"福尔森兴奋地说道。

"我想你应该打一支镇定剂，我们的大侦探。"保罗笑道。

天花板上是他们进来时那条路的地面，福尔森还能清楚地看到几米远外的士兵，走过这条路后就能到达他们挖的天井，福尔森用力按住天花板率先跳了出来，沃伊把绳子抛了上去，福尔森准确地接住绳子，向下面大喊道："伙计们，抓住绳子，我把你们拉上来。"

几分钟后所有人都回到了地上，原来那个密室就在山洞的下面，然而他们来的时候却没有感觉到，佩罗不得不佩服东方墓室机关设计的精巧奇妙。他们在水里待了两个多小时后，那弯弯曲曲的水道又把他们带回了原地，盗墓者无论如何也想不到宝藏就在通道入口的下面，那些盗墓者会把时间浪费在无穷的水道中，最终会永远也走不出去。

"也许我们离开这里后应该把这里的情况通知中国文物部门，这些宝藏不应该再流落到那些可恶的盗墓者手里了。"沃伊说道。

"我想是的，不过我们现在的任务就是先从这几米高的井底上去。"福尔森说道。

最后一块《藏宝图》残片已经找到，整个寻宝活动跨过了最关键的一步。

他们回到了机场，与米隆之后乘飞机回到了迈阿密，在那里，另外8块《藏宝图》残片还存放在迈阿密历史研究所的保险柜里，现在正是把这9块《藏宝图》残片拼接在一起的时候了，伟大的玛雅宝藏就在眼前。

这也许是保罗最幸福的一天了，当福特车停在研究所门前时，这个大胖子第一个冲了进去，他想象着《藏宝图》残片拼接在一起后将显示的是哪里，他想象着这个本世纪最伟大的考古发现，想象着伟大的神秘的玛雅宝藏。

福尔森等人陆续下车时，保罗已经跑到了二楼，拿出那把钥匙打开了办公室的大门，福尔森等人走上二楼，听到了保罗发出一阵惊呼。

"这就是伟大的玛雅宝藏的藏宝地，我找到了地宫所在地！"

福尔森五人已经走到了办公室里，看到大胖子保罗正瘫软地坐在地上。

9块《藏宝图》残片根据后面的数字排列位置拼接成了一个完整的《藏宝图》，图纸上显示出的曲曲折折的线条终于完美地组合在了一起，《藏宝图》上那栩栩如生的地图轮廓形象显示了出来。几个人都目不转睛地看着面前这个完整的玛雅《藏宝图》。

本世纪最伟大的考古发现。

时间仿佛被重叠、被拉长又被缩短，仿佛在这地方没有定向。福尔森不知道究竟过了多久。

10秒钟？10分钟？10天？

福尔森像铜像一样站立着，一动也不动，他的身体里似乎有一股喜悦的暖流，这股暖流流过全身。他的心中无比激动，这种激动以前从没有过。

保罗的视线紧紧跟着图上的线条移动，脸上兴奋的表情逐渐消失。

"这幅图上标注的是哪里？我怎么看不出来。"夏普首先打破了沉寂。

"我看这像是一个岛屿的地形轮廓图，图上的那个黑点就是宝藏地宫的所在地，根据图上的轮廓和山脉走势和地形能判断出这座岛屿的具体位置。"福尔森说道。

"也许这台电脑上的地理信息系统能帮我们一个大忙，全世界所有的地形图都在上面存储着，它会把活儿干得很漂亮！"保罗一边说一边打开他那台超大容量的电脑。

"也许我们应该把这幅地图用照相机拍摄下来，传送到电脑里面。"

佩罗拿出一部索尼照相机，将《藏宝图》上面显示的地形轮廓完完整整地拍摄了下来，然后用数据线和电脑相连接，此时保罗正在打开地理信息系统，在这个数据库中存储了几千万张不同的卫星地图，还有古代的地形变迁图，只要把图像传送到这个数据库中，数据库输出系统的显示栏中会显示所有与这幅图地形地势轮廓相匹配的地方。保罗把《藏宝图》的照片传送到数据库中，电脑显示出15分钟后搜索结果将会出现。

保罗大口喘着气，心里像有一块巨石压着。

15分钟过去了，保罗两只眼睛盯着显示屏，大喊："找到了！电脑显示有两个相似度最高的岛屿，一个是哥斯达黎加西南部的可可斯岛，一个是南太平洋的圣克鲁斯岛。"

所有人都凑到电脑旁，汉普指着电脑屏幕，"有一条线索大家应该看到，在地宫入口处有一条小河流过。"

福尔森的脑海里出现一句话："一条神圣的河流流过一个伟大的地方，这个地方蕴含着震惊世人的秘密。"此刻，他似乎明白了那条流传已久的线索的含义。

他们商议后决定让保罗和佩罗留在研究所为福尔森等人寻宝提供实时的信息，而福尔森四人则带着9块《藏宝图》残片和照片以及方石乘坐幽灵号上的直升机前往哥斯达黎加西南部海岸。

"夏普，我看你还得跟你那位船长朋友谈谈，咱们又要让他帮忙了。"

"10分钟后一切事情都能办完。"夏普说着便走到隔壁的接线室。

果然像他所说的，10分钟后便满脸笑容地回来了。

"我的老朋友已经决定把黑鹰直升机借给我们了，他在得知我们的海上寻宝计划后，准备和他那位在西海岸一个叫雅克的朋友联系，让雅克替我们安排。"

"具体事情我们可以和雅克联系，他是个很好的人。"

一架从幽灵号上起飞的黑鹰直升机降落在了迈阿密机场，福尔森四人乘坐飞机前往哥斯达黎加。经过长期的飞行后，黑鹰直升机停在了哥斯达黎加西部沿海的一个私人机场。

福尔森、沃伊、夏普、汉普从飞机上下来后，看到了一个机场服务生，他把四个人领到了一辆宾利汽车前，并把钥匙交给了福尔森，福尔森走进驾驶座，沃伊则坐在了副驾驶座上，汉普和夏普坐在后面，汽车启动后，缓缓驶出了机场。

"我们位于中美洲地峡，这块狭窄的地方连接着北美洲和南美洲。"夏普说道。

"这里距离太平洋和大西洋的加勒比海都不远。"沃伊补充道。

福尔森往右打方向盘，汽车朝太平洋沿岸驶去，10分钟后汽车开到了海岸旁。眼前出现了一座废弃的人工码头。福尔森一边看着眼前这座废弃的码头，一边抽着大雪茄，懒洋洋地吐出几个烟圈。

沃伊觉得很奇怪，人们竟在这般毫无遮掩的海岸线上建起了一座人工码头。他认为更合适的地点应该是往北几公里的海角隐蔽处。这个港口的荒凉景象用任何灰暗意义的词语形容都不过分。海滩上泥泞不堪，杂乱荒芜的繁茂枝叶覆盖了海岸线附近的大片地区。海岸线附近没有任何可以阻挡海洋风暴的半岛或小山之类的遮蔽物，也没有任何大型人工建筑。海浪拍打在海岸上，周围显得无比寂静。

正当福尔森把汽车停在岸边时，一架深蓝色的直升机悄悄地接近了这一区域，福尔森他们没注意到直升机上有人拿着望远镜正注视着他们。

"我实在想不明白在这里建一座人工码头有何意义。"福尔森微笑着说道。

沃伊眨眨眼睛，好奇地透过侧窗看着那艘旧轮渡，"我要不是进了时间隧道，就是进入了远古的洪荒时代。这是哪种情况呢？"

"两种都不是。你此刻是在哥斯达黎加的蓬塔雷纳斯港，你所看见的是你未来两周的住处。"夏普说道。

"哦，我的上帝，"沃伊吃惊地嘟嚷道，"一艘汽船，还装着活动横梁主机和侧边桨轮，这么搞笑。"

"我必须承认，它确实有点憨豆先生话剧的风格。"福尔森说道。

轮渡上一个人听到了他们的谈话，朝他们挥了挥手，然后从轮渡甲板顺着一条结实的木板走了下来。

福尔森四人跳下了车。

"你们好，我叫雅克，约翰逊船长向我介绍了你们的传奇故事。"

"哪里哪里，"福尔森的吹嘘本事又凸显出来了，他抽了口烟，接着说道，"我们只是在对付罪犯方面略为精通而已，在伦敦做点侦探小生意。"

雅克和他们纷纷握了握手，问候道："旅途愉快吗？"

"除了他的打呼噜声之外，一切都好极了。"福尔森说。

沃伊愤愤地看着他，"我从不打呼。"

他往上看着天空，"你那呼噜声真是太折磨人了，当时我真想用臂肘捣你几下。"

"你跟约翰逊舰长是怎么认识的？"福尔森问道。

"这句话说来话长，我们曾是迈阿密大学一个班的同学，我们俩的关系非常好。"

"你们学得是什么专业？"沃伊问道。

"我们学的是海洋船舶工程。"

"可真有趣啊，你们两人一个进入了军队工作，一个成为了私营企业家，走上了不同的发展道路。"福尔森快乐地说道。

"我可赶不上约翰逊舰长啊，他已经混成了海军部门的高官了。"

"我们应该好好研究这艘轮船，这船看起来很奇特。"福尔森说道。

"你们觉得这艘轮渡怎么样？它可是上个世纪 70 年代的产物，在现在的轮渡当中，它算是名副其实的长辈了。"

沃伊摘下太阳眼镜，打量着这艘古老的轮船，脸上流露出恐惧的表情。

"这艘轮渡能把汽车之类的交通工具运往哪里？我一路前来没见什么汽车开到这里啊。"

"它把汽车运往几十公里外的海鸟岛，那座小岛是帕克拉市的集装箱集散地，在过去，这艘轮渡承担重要的运输任务，但是现在在距离这里 3 公里的一座海湾小镇上建起了一个更大的轮渡港口，那里有着十几艘轮渡，于是这里的生意就被那帮人抢了。"

"你们过得是一种有趣的生活。"夏普说道。

"你说得很对,我喜欢在轮船上生活。"

"你这艘轮渡是从何处买的?"福尔森又抿了口咽,漫不经心地说道。

"这艘轮渡叫密西西比号,它是洛杉矶莱托造船厂于1974年制造,我花了几十万美元买下的,但现在看它这破旧的样子,都可以进博物馆了。"

"它现在看上去哪里都去不了,"汉普说,"除非你们把它的龙骨从淤泥里挖出来。"

"半夜时,它就会像木塞一样浮起来了,"雅克安慰他说,"这片海湾里的潮水能涨到15米。"

"听起来真是难以置信,我以为这艘破轮船漂起来的情景只能在电脑特技上见到了。"福尔森说道。

"如果它半夜时漂浮不起来呢?"汉普问道。

"不,不会的。除非阿基米德是个老千。"

"伙计,约翰逊舰长把我们搜寻《藏宝图》残片的事都向你说了吧?"夏普大大咧咧地问道。

"是的,我把你们所需要的直升机都准备好了,我把直升机藏在了甲板舱里。这架夜莺直升机工作起来非常卖力,要比幽灵号上的黑鹰直升机性能先进多了。"

"这船上就你一个人?"沃伊问道。

"原本十几个职员,我是老板,但是这里的生意越来越差了,我不准备干了,职员被遣散了,现在只剩下两个驾驶员。等你们完成搜索宝藏的任务后,我就把这轮船卖掉。说到宝藏我倒想问问,你们能不能分我点?"

"你很缺钱吗?我听约翰逊舰长说,你可是个千万富翁哩。"

"给你们开个玩笑而已,好了,伙计们,我们上船吧。"

福尔森那玩世不恭的表情顿时变得严肃起来,他以命令的口吻对夏普说道:"你去轮渡上给约翰逊舰长打个电话就说我们安全抵达了轮渡。"

"福尔森,我们是不是该给保罗打个电话?他那渊博的知识会给我们搜寻岛屿工作提供很大帮助,省去不少时间。"

"你说得很对,我们争取在两天之内把这个区域搜索完毕,如果没找到宝藏地宫的话就飞到南太平洋去寻找。"夏普说道。

"不过我认为在这片茫茫大海上搜寻岛屿是一项非常艰苦的工作。我们很可能一无所获。"沃伊以一种悲哀的语气说道。

"不管你们这些悲观论者怎么想，我可要去洗个澡，喝几杯酒，睡个好觉，起床后再去工作。"福尔森快乐地笑道。

"对不起，"汉普插进来说，"我能问几个问题吗？"其他人停下来看着他。福尔森鞠了个躬。"请发言，医生。"

"我饿坏了，"汉普庄严地宣布，"什么时候开饭？"

"对不起，马上开饭，不过你先暂时让你那饥饿的肚子不要再叫了。"雅克笑道。

"对不起有什么用，又不能当鸡腿啃。"汉普回答道。

"轮渡上有几个卫生间？"夏普插了一句。

"3个卫生间，你问这个干吗？"

"这样一来我们就不用排队上厕所了。"夏普懒洋洋地说道。

福尔森把宾利车开到了轮渡甲板上，雅克船长用一顿丰盛的饭菜招待了他们。

哥斯达黎加尼科亚湾海滩上的阳光格外灿烂，从明亮的浅蓝色天空里洒向大地。海滩附近的天空碧空如洗，万里无云。这里是拍摄《侏罗纪公园》的地方，在这片神奇的土地上有着异常丰富的生物物种，海滩上枝繁叶茂的热带丛林面朝远处那雾蒙蒙的太平洋汹涌巨浪。夏季时，当热带风暴到来时常会刮起大风。在海滩的这一段，高大的棕榈树下长着盘根错节的红杉树，使任何人都无法穿过树丛进入内陆，这里的鸟类总量是美国和加拿大的3倍。

轮船驶出防波港后朝大海深处开进，柴油机水泵在齐声轰鸣，每两分钟两千加仑的海水通过侧舷回到海里。半小时后，福尔森看到前面出现一块狭长的陆地，陆地上有大量的红杉树，雅克告诉福尔森这里就是布兰科角。这里的景色真是太美了。红杉树挺着腰板站在海岸边，阳光从密密的红杉叶中挤了下来，就像泡泡一般形成奇妙的彩色光晕，这块狭长的陆地像一个奇幻的童话王国。这似乎是只有在旅游杂志才能见到的美景，却让福尔森撞见了，他拿着照相机拍下了这一美景。自从侦查案件以来，他已经去过了很多国家，他知道这里距离巴拿马运河不远了，如果可能的话，他倒想再去巴拿马运河看看。

福尔森打算和沃伊乘坐夜莺直升机前往附近的海域搜寻目标岛屿。夏普和汉普则守护着轮渡，9块《藏宝图》残片和方石以及羊皮卷都整整齐齐地摆放在轮渡存储室的保险柜里。他们俩舒舒服服地待在轮渡上享清福，等待着福尔森和沃伊的好消息。

直升机做了飞行前最后一次检查，并加满了油，沃伊蹲在船舱里看着一本旅行手册。一个小时之后，沃伊才从船舱里走了出来，来到轮渡敞开式前甲板上的临时飞机起落台上。当他一坐进飞机并系好安全带，福尔森就驾着绿松石色的夜莺直升机飞离轮渡，沿着与海岸线平行的航线飞去。汉普站在甲板上，注视着直升机朝远离海岸的地方飞去，孤岛上的寂寞感袭上心头，直觉告诉他，轮船上将有大事发生。

就在福尔森启动海上寻宝的行动时，根据玛雅神社的探子提供的消息，玛雅神社的领袖和他的爪牙们正乘坐直升机飞往密西西比号轮渡上空。

天空晴朗，阵阵微风把漫长的海浪轻轻推向海岸。雅克、夏普等人都在轮渡的餐厅吃饭，他们还不知道两架直升机正悄悄接近轮船上空。当直升机飞到轮船上空时，飞机的肚子里突然吐出一个小小的东西，几秒钟后，一个降落伞打开了，从船的上空飘过，降落伞上的那个人最后掉在右舷几十米外的海里。

飞机已经到达小岛上空，现在能清楚地看到小岛了，这座岛屿方圆24平方公里，岛屿上覆盖着茂密的植被，一条弯弯曲曲的小河从山谷中穿过。

福尔森看到这座岛屿的地形和面积后，脑海里想起了一部电影：哈蒙德博士手下的大批科学家利用凝结在琥珀中的史前蚊子体内的恐龙血液提取出恐龙的遗传基因，将已绝迹6500万年的史前庞然大物复生，使整个努布拉岛成为恐龙的乐园。

"沃伊，你看这个岛屿的地形是不是和《侏罗纪公园》里的努布拉岛相似？"福尔森问道。

"你是说许多恐龙复活的那个岛屿吗？那可是个恐怖的地方啊！"

"也许导演就在这座岛屿取的景，我真想到这个岛屿上寻求电影里的刺激。"

"我想徒步穿越全岛，仔细勘察这里的地形。你要知道在这个拍摄恐龙电影的地方再发现宝藏的话是多么令人感到兴奋！"福尔森兴奋地说。

沃伊怀疑地问："你怎么这么肯定宝藏就在这儿？"

福尔森脸上掠过一丝古怪的神情，"我相信我的第一感觉，我从不错过使用第一感觉的机会。"

"也许你不应该去当侦探，倒应该去当名导演。"

沃伊夺回望远镜，观察着小岛，"看，山顶上好像有一座雕塑。"

"别管那个，"福尔森说，一边抹掉额头上渗出的汗，"那玩意儿一点意义都没有。我们的眼睛要紧盯着地形、地质、地势。"

不过福尔森可不是傻瓜。他暗自琢磨，玛雅人会不会就是用一座雕塑来标明通向宝藏的道路呢？可是《藏宝图》上只是用一个很大的黑点标注了宝藏地宫所在地，并没有其他什么明显的标识，即使找到了岛屿，也得花费一阵功夫去寻找地宫的入口。想找到那个隐藏了几千年的宝藏秘密可真不容易啊，玛雅人是杰出的过关游戏设计专家。如果寻找《藏宝图》残片是搜集龙珠之旅，那么寻找地宫所在地就像是在做地理选择题，只不过做这些选择题是在室外，而不是室内。

福尔森靠回座位上，一言不发。

"准备降落，停在那片海滩上，"福尔森说，"从那里爬到峰顶好像比较容易，至少从空中看起来是这样。"

沃伊点点头，"降落吧。"

福尔森在海滩附近的水面上来回飞了两圈，确定那里没有什么足以划破飞机机腹的暗礁或水下岩石。飞机下降到低空气流中，最后降落到平坦的白色海滩上。

福尔森关掉引擎，旋翼叶片越转越慢，最后停了下来。这时，两个渔夫从一间用漂流木搭成的小屋里走出来，呆呆地盯着飞机看。舱门打开了，福尔森走了下来，踏在白色沙滩上，后面跟着沃伊，关上了舱门。为求安全起见，沃伊慷慨地付钱给渔夫，请他们看守飞机。随后，他们出发了，顺着被树丛湮没几乎看不见的小道向岛的顶部爬去。

刚开始时，小道很容易走，但越靠近山顶，坡度就越陡。道路两侧生长着许多落叶雨林，树林中有淡淡地薄雾。炽热的阳光使福尔森不断眨着眼睛，他摘下太阳镜，用手臂抹去额上的汗水，他那双皮鞋在树丛间踩得"嘎吱嘎吱"直响，在寂静的丛林中奏出了美妙的声音。这位大侦探正忍受着疲劳和炎热的带给自己的折磨。他麻木地看看湿透的衬衫，累得连骂人的力气都没有。

福尔森停住了脚步。他大口大口地喘着气，汗如雨下。沃伊抓住他的手，一直把他拖上平坦的山顶。

"放开我，我不想欠你一个人情，我自己有两条健壮的腿，能走到山顶。"

"别硬挺了，你虽然在办案方面远胜于我，但你的体质却远不如我。"

到了山顶，福尔森气喘吁吁，两腿发软，现在距离那个小雕像只剩下不足 10 米了。沃伊则坐在草丛上，从口袋里掏出两块口香糖一块塞进了嘴，然后把另一块递给了福尔森，福尔森皱了一下眉头，说道："你知道我喜欢重口味的，你身上有没有雪茄烟？"

"好吧，口袋里就一根烟了，给你吧，就当做今天的午餐。"沃伊递给福尔森一根烟，然后用火机点燃了烟头。昆虫在身旁嗡嗡地鸣叫，福尔森嘴里吐出一团白雾。

沃伊看了看手表，"你今天看表看了不止 50 次了吧？"

"是啊，我们的任务很重啊，你别忘了，我们的对手在跟我们抢时间。"

福尔森的体力逐渐恢复了，他跟跄着走到大岩石前，那岩石被粗糙地刻成一种动物的形状。他跌跌撞撞地绕着石像走了一圈，用略抖的手抚摸着粗糙不平的岩石表面，眼睛里射出冰冷的光芒。

"一头小恐龙，"他喘着粗气说，"这是一头傻乎乎的小恐龙。"

"你说对了，"沃伊说，"这是头迅猛龙，《侏罗纪公园》的拍摄团队在拍摄完那部经典电影后请雕塑家在这块石头上刻出了恐龙雕塑作为纪念。"

"这座岛屿是不是已经建成了恐龙公园？"福尔森问。

"是的，哥斯达黎加政府投资兴建的，我在《旅行手册》中得知的。"

"老朋友，我们再到那边看看去。"

他们沿着小路朝小岛腹地走去，福尔森看到几座优雅的白色房屋矗立在丛林中。沃伊看到一片茂密的雨林上方伸出一截树干，上面光秃秃的没有叶子。当福尔森看到树干上还有一对眼睛时，便意识到这并不是什么树干，而是一个庞然大物弯曲的脖子。几十只海鸟从树林里飞了起来，相互追逐上升，在天空形成了一个巨大的螺旋。

"我的天啊，这是一头食草恐龙。"沃伊大喊道。

福尔森感觉来到了一座史前的热带雨林世界，眼前的这座巨大的食草恐龙雕塑像是一个超大号的长颈鹿，神情呆滞却又讨人喜欢。电影里把恐龙制作得又大又难看，而这只长脖子恐龙看起来非常优雅，并不像电影里描述的呆板迟钝的样子。雕塑的眼睛睁警惕地往四周看，喉咙里似乎发出鸣叫声。

"如果当地政府开发这座岛屿的话，这里一定会成为一座旅游天堂的。"福尔森说道。

"应该建成一座主题公园。"沃伊说道。

看到恐龙雕塑的壮观景象，福尔森身上的倦意好像一下子消失了，他继续朝前走着，一下跃过一条两米多宽的小溪，走到一处堆积的岩石处。沃伊紧跟着走了过来，福尔森从那些堆积的石头中拿出一块土质碎屑物放在鼻子旁边闻了闻，然后看了看周围的地形。过一会儿后，他把碎屑物丢到了地上，缓缓地站起身，无奈地摇了摇头，以一种略带悲哀的语气说道："老朋友，我们走吧，这座小岛不是我们要找的。"

他俩用最快的速度回到了飞机上，准备返回。

"老兄，我想我看到了一架直升机刚飞离这里，我不知道那架飞机上的人可不可以做我们的朋友。"福尔森说道。

"也许我们应该邀请他们来分享一罐辣椒酱和几块可口的三明治。"沃伊懒洋洋地说道。

"这一带应该不会有很多直升机出现。"

"它们可能是哥斯达黎加的海军巡逻飞机。"

"海军巡逻直升机通常是和海军舰艇一起出现的，我不记得我看见了海军舰艇。"

"那么他们也是来寻找宝藏的？跟我们的目的一样？"

"你是说他们是那些想发财的恶棍？可是他们是依据什么判断出宝藏可能在这个岛上？"

"不好！我想我们上了他们的当了。"沃伊大叫道。

"什么情况，你是说他们劫持了我们的轮船？"

"《藏宝图》残片还在船上，妈的，这些杂种绑架了我们的朋友。"福尔森骂道。

"估计他们已经在船上等着我们吃晚餐了，看来我们得赶快回去招待招待他们。"

第二十六章

海上交锋

从空中看密西西比号那忽隐忽现的轮廓渐渐逼近，福尔森已经能辨认出甲板上的那辆宾利车，车旁边还停放着一架直升机，他最担心的事情终于得到了证实，那伙恶棍确实在船上。

海面十分平静，没有起伏的波浪。福尔森把直升机的飞行速度放慢，倾斜着机身绕过大轮船打了个弯，朝船尾甲板的停机坪驶去。

两人互相递了个眼色，准备分头行动。福尔森留在船上负责和敌人周旋，沃伊则去通知海岸警备队。直升机在甲板上做了短暂停留，很快，涡轮机和旋翼叶片的转动声逐渐变小，最后消失在一片异样的寂静之中。

福尔森跑到机舱后面，打开柜子，放在柜子里的 4 把贝雷塔手枪暴露在空气中，每一把手枪都装满了 15 发平头空心弹。他将 1 把手枪装在大衣内侧的武器带上，左右手里各拿 1 把手枪，剩下的 1 把留在柜子里以防万一。

几颗子弹从福尔森的身边飞过，打在了船舷上，福尔森心里大惊，顺势一个跟头翻到了甲板右侧，他知道刚才那个开枪的人并不想杀死自己，否则的话他现在已经是一具尸体了。他知道对手在跟他玩猫捉老鼠的游戏。

福尔森穿过舱房通道后来到了驾驶舱。驾驶舱里空无一人，地上有几滴血迹，他用手摸了摸茶杯杯壁，茶杯里的水还是热的，福尔森判断这间驾驶舱是刚才关押伙伴们的地方。福尔森走到驾驶舱墙角的一张木桌子旁边，桌子上放着一张纸条，纸条上写着：游戏才刚刚开始。

福尔森刚要转身离开，突然木柜发出一声异样的声音。他从大衣里掏出枪朝木柜里连射两枪，子弹穿过柜门，里面传来了一声惨叫。福尔森拉开柜门发现里面有一个身穿红衣服的蒙面杀手，他的左右胳膊各中一枪，手里的枪滑落在地上，福尔森上去一下掐住杀手的脖子，问道："快说，我的朋友们被关押在什么地方了？你们在船上有多少杀手？"

那人战战兢兢地说道："他们被关押在二层第二号舱房，我们在船上有十几个杀手，三道会的副会长伯瓦利也在船上。"

待那人说完，福尔森上前一拳把那人打昏，冷冷地说道："你先好好休息吧。"

福尔森沿着驾驶舱的旋转楼梯上到二层，他明白回到轮渡上营救朋友是一次非常危险的行动，但为了与敌人拖延时间，他必须与对手继续周旋，为海岸警备队赢取时间。

走到二号船舱前，一脚踢开舱门冲了进去。屋里漆黑一片，福尔森走到卫生间旁边将房间的灯打开。这时一个熟悉的面孔出现在福尔森的面前，夏普坐在窗帘旁边，手脚被绳子捆住，嘴巴被胶带粘住，脸上还有好几个伤口，此刻他正瞪着福尔森，嘴里说不出话来。

福尔森走到夏普旁边，蹲下身子把夏普脚上的绳子解开，就在此时，一把手枪紧紧顶在福尔森的脑袋上，这时，从窗帘后面走出一个人。

那人说道："把枪全部扔到地上，否则立刻送你上西天。"

福尔森慢慢举起手来，将手枪扔到了地上，夏普看到这情景急得干瞪眼，他胳膊上的绳子还没有解开，此时他什么也帮不上。

福尔森冷冷地说道："你是谁？"

那人笑眯眯地说道："一个要杀你的人，你可真是了不起，孤身一人回来救你的朋友，不过你这是痴心妄想，今天你要彻底完了。"

"你现在还不想杀我，我说得不错吧？"

那人说道："真不愧是福尔森，果然聪明，你说得没错，我们想得到柯南道尔的那份手稿，只要你把它交给我，我可以放你一条生路。"

福尔森说道："柯南道尔的那份手稿确实在我这儿，不过如果我不把手稿给你，我就一定会成为尸体吗？"

"是的，我看不出你还有逃生的希望。"

福尔森问道："你是什么人？"

"我就是玛雅神社在西欧区的负责人巴布尔。你想好了没有？手稿在哪儿？快说，我的忍耐是有限度的。"

"别紧张，手稿就在我身上，我现在就拿给你。"福尔森说完，一只手做出从大衣内侧掏东西的动作，并悄悄向巴布尔靠近了几步。

就在福尔森假意拿出来的一刻，"你看，是不是这个？"福尔森出其不意地给了巴布尔一拳，巴布尔顿时眼冒金星，晕了过去。福尔森用捆夏普的绳子把巴布尔捆了起来。

两人走出舱房，福尔森递给夏普一把手枪，自己左右手则各拿一把手枪。一盒牛肉罐头出现在走廊拐角处，两人感觉事有蹊跷，福尔森把罐头盒子捡起来一看，上面写着一行字：要想救你的朋友，就去甲板。

夏普说道："我们现在该怎么办？"

福尔森拍了拍夏普的肩膀，说道："我去甲板与他们聊聊，你就待在舱房，千万不要轻举妄动，过一会儿沃伊就会带人来，你在这儿接应他们。"

"可是你孤身一人与那些凶残的罪犯们拼命，我担心你会——"

夏普还没有说完话，福尔森便捂住了他的嘴巴，镇定地说道："你不用为我担心，他们还不想杀死我，他们想好好跟我玩玩，我就陪他们玩下去。"

"你想怎么办？"夏普问道。

福尔森一笑，"要是没把这帮败类一网打尽的话，我就把侦探事务所的那辆阿尔法轿车送给你。"

"我喜欢你这个赌注。"夏普也笑了笑。

"好吧，我们分头行动。"

福尔森登了甲板，十几个荷枪实弹，身穿红色武装服的蒙面杀手已经全副武装等在那儿了。三道会副会长伯瓦利正坐在椅子上喝咖啡。

福尔森看到伯瓦利身后几米远的地方，雅克以及他雇的那两名船员跪在地上，他们脸上的伤痕和血迹表示他们曾遭到殴打。汉普也身受重伤，被人从走道里半拖了出来，衬衫上留着大块血迹，当他看到福尔森时，发出绝望的呻吟。

雅克挣扎着抬起头，缓缓地说道："我试图通知你，但——"

伯瓦利冷冷一笑，手下的打手狠狠地扇了雅克一个耳光，另一只手重重地落在他的肚子上，雅克顿时倒在地上，口吐鲜血。

福尔森怒不可遏，他在心里发誓，一定要让眼前站着的这个家伙付出代价。

"别激动，福尔森，坐下来，让我们好好聊聊。"伯瓦利阴险地笑道。

福尔森镇定地朝伯瓦利走去，伯瓦利朝身旁两名杀手使了使眼色，身旁那两人走到福尔森身边，把福尔森身上的武装带解了下来。福尔森气定神闲地走到伯瓦利对面的椅子上坐了下来。伯瓦利喝了一口咖啡，眼睛紧盯着面前的这位侦探。

"你叫伯瓦利？"福尔森问道。

"如假包换。"

"见到我，你不应该这么害羞吧？"

"怎么讲？"

"用了这么大半天的时间和我玩捉迷藏。"

"呵呵，我们需要时间来准备表演。"伯瓦利端起咖啡喝了一口。"不过说实话，我还是很佩服你的本事。那位贝克先生呢？怎么能对你们见死不救呢？"

"我不认识什么贝克。"福尔森假装不知。

"他到底在哪儿？"

"看来你很不喜欢这位贝克先生呀。"福尔森冷笑。

"福尔森先生，你还是别跟我装傻了。"伯瓦利警告他。

"他饿了，所以我让他在帕克拉郊区的一家海鲜餐馆外下了飞机。"福尔森用余光扫视轮船甲板，许多枪正瞄准着他。他面对着凶残的对手，镇定地坐在椅子上，脸上毫无慌张的表情。他已经想好了如何赢得这场胜利。

伯瓦利冷冷地说，"也许你还没意识到自己的危险处境吧。你已经玩完了，我很高兴在有生之年能打败你这个著名的侦探，姜还是老的辣，年轻人，你终究是斗不过我们的。"

这时，伯瓦利的一个手下上了甲板，走到伯瓦利身前报告："我们又抓到一个他的同伙。"伯瓦利伸手示意让他带过来，被抓的正是夏普警官。

"你能不能把我的朋友们放了，他们只是局外人，你们要找的是我。"福尔森暗暗担心。

"这个我得考虑考虑，你要知道现在我们的人控制着整条船。你没资格跟我提条件。"伯瓦利凶狠地说道。

"你想做笔交易吗？"福尔森说。

伯瓦利得意地笑道："说说看。"

"我手里有一样你最想得到的东西，如果我有不测，这件东西将会被送到情报部门手里。"福尔森坚定地说。

"你说的是柯南道尔手稿？"伯瓦利吃惊地说道。

"伯瓦利先生，看来你还不是太傻。"福尔森讥讽道。

"你凭什么让我相信手稿在你手里？"伯瓦利问道。

"我没有时间跟你们胡扯，它是我手中最后一张牌。"

"你想怎么样？"伯瓦利问道。

"放了我的朋友，让他们离开这里，你们可以把我押为人质，我会带你们找到手稿。如果我骗了你们，那我肯定会被杀死，这个交易还算公平吧？"

"好吧，我答应你，我可以让他们现在就离开这里。"

伯瓦利摆了摆手，几个彪形大汉用步枪抵着汉普他们的头走了过来，让他们在伯瓦利身后的甲板上站成一排。

"你先让他们坐汽艇离开。"

"好吧，把他们押到汽艇上去。"伯瓦利命令道。

雅克驾驶着汽艇朝远处驶去。看到小艇已经越走越远，伯瓦利把视线转移到了福尔森身上。

"福尔森先生，现在该轮到你做点什么了吧？"伯瓦利说道。

福尔森面无表情地看着伯瓦利，镇定地说道：“你知道吗？死神已经离你越来越近了。”

“哦？那要看看谁会看到明天的太阳。”伯瓦利不屑地回答。他拍了拍手，“柯塔，来跟这个愚蠢而又自负的英国侦探打声招呼。我想你们应该好好聊聊。”

玛雅神社的头号杀手柯塔从船舱走道里走了出来，福尔森知道他迟早会与这位头号杀手见面。

“你终究还是斗不过我们，知道我是谁吗？”柯塔恶狠狠地说。

“久违了，断臂柯塔。”

“你确实精明。”

“莫泊斯就是被你杀害的？”

“你说得很对，不过我倒想听听你的理由。”

“那要感谢莫泊斯死前留下的录音机。莫格拉长老也是被你杀死的？”

“不错。”

“好了，福尔森先生，这里没有审判团，识趣的话还是快说出手稿在什么地方。”伯瓦利中断了两人的对话。

福尔森看了看手表，说道：“手稿在英国，我们明天乘飞机回英国取回来。”

“你别想耍什么花招，老老实实地跟我们合作是你唯一的选择。”柯塔恶狠狠地说道，“你知道我为什么成为了这场游戏的胜利者，而你成为了失败者吗？”

福尔森不以为然地说，“想听听你的高见。”

“你跟军情六处的肖那克一样，都是自以为是的家伙。组织曾经苦心劝说他与我们合作，但是他太顽固，让人厌烦到了极点，他的死只能怨他自己。我们不希望你成为第二个肖那克，只要你愿意与我们合作，我们会给你一笔丰厚的财富。”

“我终于明白像你这种恶棍是如何炼成的了，干你们这一行就像吃兴奋剂一样，上了瘾就很难戒掉。”转而，福尔森突然喊道，“快放下枪！”

“你说什么？”

柯塔一时没弄明白福尔森的意思，在这种情况下说出这样的话实在太不合时宜了。福尔森背后的杀手用冲锋枪对准他的后背，面前柯塔和另一名杀手也举着手枪对准福尔森，听到这句话，都有些茫然无措，眼神四处乱瞄。

话音未落，一支弹簧刀朝柯塔飞来，柯塔本能地伸出右臂挡过，刀刃深深嵌入他的右臂。柯塔手中的枪悄然滑落，福尔森一个飞身腾跃扑倒在地，捡起了地上的手枪，举枪还击，他的枪法精准，3 枪之内干掉了在他身后不远处的 3 个杀手，然后扑到甲板一个大箱子后面。

柯塔趴在地上，强忍着疼痛让身旁的杀手将弹簧刀从右臂上拔出来，大喊："该死的！"

福尔森一边举枪射击，一边朝夜莺直升机快速跑去，他纵身一跃，腾空跳到了机舱中。福尔森拉起操纵杆，直升机的旋翼叶片快速旋转，飞机驶离了甲板。

柯塔带领手下瞄准直升机射击。夜莺直升机还没有飞出百米，旋翼叶片被子弹击穿打断，机身不受控制，旋转着落入海里，海面溅起巨大的浪花。

柯塔摇了摇手，狠狠地说道："就让他在海里喂鱼吧。"说完，收起枪回到伯瓦利身边。

刚刚落入海中，福尔森迅速在机舱后座摸索，找到了一个氧气瓶和一把贝雷塔手枪，他戴上氧气罩，打开机舱门，爬了出去。很快，他意识到直升机已经快接近海底了，十几只水母和章鱼穿梭在珊瑚中。福尔森心里暗想："一架直升机被一头鲨鱼撕咬成一堆废铁，这应该会成为一次历史事件了吧。"

就在距离自己 10 米处有个庞然大物，像是一艘船骸。福尔森有些疑惑，游到近处，眼前的景象令他大吃一惊。

一艘大帆船正静静地躺在海底，船身保存得非常完整。船头到船尾有 20 多米长，3 根桅杆笔直地耸立在海底，看起来像是定海神针。船体上覆盖着海藻和海带，一大群旗鱼从船舱窗户游了出来。

船身旁的一个大木箱吸引了他的注意，他奋力拨开身边的鱼群，朝木箱子游去。借助探照灯的灯光，他看到木箱子有 3 米长，两米宽，箱子上覆盖着绿色的海藻。箱子没有上锁，他用力扳开箱盖，在探照灯的照射下，一幕壮观的景象展现在眼前。箱子里堆满了大大小小的金币和金条，在这些金币和金条上面还散落着几十串宝石项链。在箱子的一角还躺着一个精致的铁盒子。

他把铁盒子从箱子中取出，他没有马上打开，担心这个密封的铁盒子里会有重要的东西，准备带回岸上。

正当他向海面上浮的时候，一个身穿黑色潜水服的人正朝自己游过来。那个黑衣潜水人向他招了招手，示意他向自己这边游。

他是来救自己的沃伊。

当两人的脑袋露出水面时，哥斯达黎加海岸警备队的巡逻艇向他们驶过来。

"伙计们，我还没有死！"福尔森大叫道。

福尔森看到了夏普、汉普、雅克等人也在巡逻艇上。他们激动地抱住福尔森。

福尔森料到沃伊带着海岸警备队即将赶来，便让雅克等人开着汽艇离开轮渡，雅克开着汽艇在半路上与海岸警备队的快艇相遇，汉普把事情的原委告诉了沃伊，沃伊便带着他们来到了巡逻艇上。

待心情稍微平静，福尔森打开那个从海底捡来的小盒子，一本厚厚的笔记本躺在盒子中。他仔细翻阅着这些笔记，眼睛不由得越睁越大。

这本笔记本实际上是本船长日记，从这本笔记本中，福尔森了解到那艘沉船的名字叫"亚瑟号"。他知道几百年来无数的科学家试图调查这艘船的下落，但是这艘船的下落成为了一个未解之谜。他没想到自己无意之间竟然解开了一个无数人都想解开的未解之谜。

奇迹总在人们的意料之外出现。

亚瑟号是一艘横行太平洋的著名海盗船，航行在太平洋上的商船非常惧怕这艘海盗船。海盗们曾经打劫过无数商船，然而这些海盗在劫掠荷兰商船约瑟芬号上的大批金银后，不知所踪。专家们提出各种假说猜测这艘著名海盗船的下落。福尔森没想到那艘著名的海盗船竟然躺在距离哥斯达黎加西海岸不远的海底，福尔森相信不久后哥斯达黎加政府就会船舶打捞公司出海打捞这艘帆船。

但是从这本日记中，福尔森并没有弄清亚瑟号沉没和海盗们失踪的原因。他准备把这一光荣的调查任务交给举世无双的船舶学天才保罗先生，他相信不久后保罗就会把这一谜团解开的。

就在这时，柯塔看到海面上几艘巡逻艇向轮渡靠近，几架直升机朝轮渡飞来，柯塔心里一惊，他感到脚下的凉气传到了头上，大叫道："我们上当了，妈的！"

"船上的人听着，赶快放下武器投降，你们已经被包围了。"

巡逻艇距离轮渡只有不到百米了，船上的柯塔和伯瓦利命令手下的士兵朝小汽艇开枪，就在这时几枚烟雾弹和催泪弹扔到了船上，船上那些雇佣兵的攻势大为减弱。沃伊端着一把狙击步枪一枪洞穿了柯塔的脑袋，这个曾经不可一世的杀手倒在了甲板上。

伯瓦利这个胆小如鼠的人看到柯塔倒在距离自己不到1米的地方，吓得瘫软在地，几颗子弹飞来，几名雇佣兵倒下，伯瓦利下令让雇佣兵们向守备部队投降，并把枪全部扔在了地上，然后抱头蹲在甲板上。

海岸守备队的人已经登上了甲板，直升机上扔下一个绳索，几个训练有素的士兵从飞机上滑下来，沃伊和福尔森等人跟随着警备人员走到了甲板上，一队警备人员拿着自动步枪看守着蹲在甲板上的雇佣兵们。

伯瓦利被警备人员带到了一间船舱内，福尔森和沃伊走到伯瓦利身边。

伯瓦利脸上出现了一团乌云，他浑身颤抖，青筋暴露，就在10分钟前，他还在甲板上威风凛凛，现在俨然一个滑稽的小丑。

"现在该我们教训教训这个怯懦的三道会副会长了。"福尔森愤怒地说道。

"福尔森，守备队将对船上进行全面搜查，20分钟后他们要将这些罪犯押送走。"

"放心吧，老朋友，20分钟内，我就会让这个恶棍乖乖地说出我们想知道的。"

伯瓦利身材并不高，但他身上每块肌肉都能从里到外地迸发出力量，布鲁亲眼见过一个身材两倍于他的壮汉被他摔得爬不起来。但此时瘫倒在地的伯瓦利像死鸡一样，沃伊拿出那把9毫米口径柯尔特手枪对准伯瓦利的后脑勺，站在伯瓦利旁边。

"伯瓦利先生可是个模范俘虏，他会乖乖地听我们训诫的。"沃伊说。

"他还会给我们讲故事，而且会很有趣。"福尔森说。

他大踏步走到伯瓦利跟前，粗暴地把他从地上揪了起来。伯瓦利那双眼睛里流露出恐惧的眼神，他情不自禁地放了一个屁。

福尔森笑道："伯瓦利先生，你是一个常跟死亡打交道的人，没想到你也会害怕？"

伯瓦利垂头丧气地拉长了脸，他低声说道："福尔森先生，你饶了我吧。"

伯瓦利从没想到自己会有今天，以前都是他带着人残害无辜，当他站在那些无辜的人的面前时，他是那么的趾高气昂，目空一切。他曾经带着三道会的人打败了许多想与三道会争地盘的犯罪团伙。三道会刀锋所指，柏林青年团、金山长老会、罗马血社、里昂野人帮等一系列的犯罪团伙的头目们都要跪下来亲吻伯瓦利的衣襟，他本打算在哥斯达黎加给福尔森找块墓地，但没想到这个福尔森竟然轻松地击败了自己。在他眼里，福尔森是个可怕的恶魔。

"好吧，现在我就给你一次机会。"福尔森说，"告诉我们想知道的。如果你说的话里有半句谎话，我保证你很快就会进入天堂，并与伟大的先知以及柯塔一起吃可口的蛋炒饭。"

从伯瓦利的脸色看，他最后的反抗意识已经被彻底粉碎了。

"玛雅神社的情报人员通知了领袖你们到中国拿到了最后一片《藏宝图》残片的事。我们侦查到了你们的情况，看到你离开了轮渡，我们便乘虚而入，袭击了你们的轮渡。在袭击得手后，我们找到了全部《藏宝图》残片，领袖根据完整的《藏宝图》信息，借助地理信息系统，查出了几个相似的岛屿，然后他和我便乘直升机前往搜寻，不料在搜寻途中遇到了你们，我说的都是实话。"

伯瓦利说话时，福尔森一直站在那里沉思。听到这里，他声音严厉地打断他的话说，"你在撒谎！"

此时的伯瓦利没有丝毫斗志。

沃伊愤怒地说道："肮脏的伯瓦利先生是一个混吃混喝的料儿，让我把他的脑袋拧下来。"

"不，不，我讲的都是实话。我发誓，我向万能的上帝发誓，如果我说的有半句谎话，魔鬼撒旦一定会把我投入万劫不复的熊熊火炉中。"伯瓦利脱口而出地说。当福尔森向他逼近时，他吓得直往后退缩。

福尔森突然向伯瓦利扑去，又用手捏住了他的喉咙，把嘴凑到伯瓦利的左耳边说，"那你们领袖到哪儿去了？"

"他和布兰迪以及科索乘坐飞机去搜寻宝藏去了。"伯瓦利坚持说。他那张丑陋的脸吓得呆若木鸡，"他们故意让我在此地与你们周旋，他们要在你们之前拿走宝藏。"

福尔森站在伯瓦利后面三步开外的地方，像个无形的宗教法庭大法官。他说，"听我说，伯瓦利，听好了，我现在问你几个有关你们领袖的简单问题，你必须如实回答。听清楚没有？"

"听清楚了，先生。您问吧，先生。"伯瓦利用颤抖的声音说道。

福尔森接着提出的问题简直出乎沃伊的意料，然而，事后证明，这些问题对他们弄清领袖的身份却是至关重要的。

"好吧，伯瓦利，"福尔森说，"第一个问题，你们领袖涉足商界吗？"

那可怜的家伙茫然而绝望地看看福尔森，"很抱歉，可我不懂……"

福尔森不耐烦地解释，"玛雅神社的领袖财力来源是什么？"

"啊，我明白您的意思了，事实上他一直很有钱，我们都不知道他从哪儿弄来的巨额财富，也许是家族继承而来的，毕竟玛雅神社的历任领袖都是家族继承而来的。"

福尔森似乎很满意。他在伯瓦利身后踱来踱去，接着又提出第二个问题："你们领袖是三道会的幕后指挥？"

伯瓦利答道："三道会的上级是玛雅神社，他确实是我们的最高头目。"

"你见没见过史都华公司的麦安逊？"

"没见过，不过我听布鲁说起过他，他是史都华公司的控股股东，一个大胖子。"

"你是说他是个大胖子？"

"就是他，那个大胖子，外号是北美的野牛。"

"很好，"福尔森说，"你表现得不错。"

伯瓦利瞟了一眼沃伊。沃伊笑了笑，然后慢慢把刀架在他的脖子上，恶狠狠地做了个刀割脖子的动作，可怜的伯瓦利吓得浑身直打哆嗦，"您叫我干什么我就干什么，先生。"

"我知道你会的，"福尔森安慰地说，"你们领袖经常在神社里吗？"

"经常，我和布鲁就见过他很多次。我们每开始计划做一件大事之前，领袖总会派人通知三道会，因此有重大事情时他都是亲自到场。"

"布鲁先生对你说没说过他和麦安逊的关系？"

伯瓦利摇摇头，"我猜他们往来较多，因为他们都是史都华公司的高层管理者。"

"很好。现在我问你，麦安逊经常去神社吗？"

伯瓦利踌躇一会儿，以考虑这一突如其来的问题，显然这接二连三的问题让他应接不暇。最后他说，"啊，先生，麦安逊不是神社的成员，他没去过，布鲁没见过他。"

"明白了，"福尔森说。他在伯瓦利身后踱着步子,这使得他更加害怕了。"现在我要再问你一个问题。这个问题可能要比前几个问题略微复杂一点。所以，你要认真考虑，伯瓦利，非常认真地考虑。准备好了没有？"

"我尽量吧，先生。"

"好，你们三道会为什么要听命于玛雅神社？"

这个问题使沃伊摸不着头脑，但伯瓦利似乎很清楚福尔森问的是什么。

"这个问题说来话长，玛雅神社的创始人在建立组织之初就在伦敦地区设立了分组织，也就是后来的三道会，因此后来三道会的会长一直听命于玛雅神社的领袖，我们的财力物质都是由神社提供的，当然我们三道会也控制着不少公司，每年也有好几亿的进账。"

"的确如此，"福尔森说，"你知道神社总部在什么地方吗？"

听到这一问题，伯瓦利脸上露出十分惊讶的表情，"在内华达山区的一个山洞里，具体位置我说不上来，我就去过一次，有什么大事情一般都是三道会的会长亲自去。"

"嗯。还有一件事，你知道奥莱金家族吗？"

"奥莱金家族？"伯瓦利用一种怯生生的声音重复道，似乎是说出了一个可怕的名字。"我……"

福尔森顿时恢复了原先那无法遏制的愤怒状态，"不要对我辩解你是如何如何清白，我对那不感兴趣。我知道你对这个家族的内幕非常了解，我也知道你的共犯是谁，你想都不要想对我撒谎。不然的话，老天作证，今天夜里我要把你的骨头留在这里喂鲨鱼。"

伯瓦利吓得脸色煞白，他用一种沉闷而单调的声音给他们讲述了这个家族的历史："奥莱金家族是一个在美国西南部很有势力的家族，这个家族发迹于海上掠夺和文物盗窃以及毒品贸易。在1802年这个家族的掌门人建立了玛雅神社，这个神社有着严密的组织结构，组织的最高头目称为领袖，这是一个庞大的犯罪组织。两百年来，许多未破获的大案就是这个组织做下的，1812年在伦敦成立了分组织，称为三道会。现在的神社领袖是个不到30岁的年轻人，奥莱金家族第六代掌门人。"

"你对奥莱金家族的历史为什么如此了解？"福尔森问。

"只有神社内部少数核心成员才知道这个家族的历史。"伯瓦利说，似乎答案很明显。

"你们现任的领袖叫什么？"福尔森严厉地问道。

"我不知道。"

福尔森似乎突然失去了耐心，"难道你的耳朵有毛病吗，伯瓦利先生？"他高声喝道。伯瓦利几乎被吓瘫，"这位先生会帮你治疗的。"

"这把刀就是很好的手术工具，"沃伊附和说。他走到伯瓦利身边，把刀刃架在他的左耳朵上。"它可以把恶棍的耳朵整整齐齐地割下来。福尔森先生，这个纪念品可以送给伯瓦利吗？"

"不，等一等，等一等，"伯瓦利用可怜的声音喊道，"领袖对我们来说很神秘，神社的成员一直把他当作神一样崇拜，没有人知道他的真实姓名。"

"接着讲。"福尔森说，"现在奥莱金家族的其他成员的名字你知道吗？"

"不知道。"

"你有没有听布鲁说过史都华公司的麦安逊？"

"史都华公司的控股股东麦安逊是内华达石油公司的老板，布鲁和比尔与他的交情不错，他们经常在洛杉矶郊外一起打高尔夫、钓鱼，当然麦安逊经常不在史都华。"

"你们领袖对你们不信任吗？"

沃伊觉得在福尔森今天所提的诸多奇怪问题中，这一个问题最为奇怪。沃伊原以为关于《藏宝图》的搜集，福尔森会详细盘问伯瓦利。然而，福尔森似乎将注意力集中到了整个案件中最不重要的方面，其中原因实在叫沃伊无法捉摸。

然而，伯瓦利对这一问题却并未感到吃惊，这表明他已经逐渐习惯了福尔森奇特的提问方式。于是，他毫不迟疑地回答说："事实上，领袖对我们并不信任，我们只知道他是一个英俊的年轻人，而且武功很高，对其他的情况一无所知。他也从来没有告诉过我们，我们经常看到的是他那张冷漠而严厉的面孔。布鲁和比尔对这个神秘的家族所知道的也是非常少的。"

"领袖有没有告诉你们布鲁和比尔是怎么死的？"

"他们都是三道会的成员，领袖告诉我们两人是在海中钓鱼时溺水而死的。"

"还有最后一个问题，莫泊斯身旁的马车夫穆尔比安是什么时候被你们收买的？"

"从领袖发现莫泊斯对组织发生动摇时，就派柯塔暗中与穆尔比安联络，收买了那个马车夫，穆尔比安确实是个很贪财的人，在对主人的忠诚方面，他赶不上另一个马车夫丹东。"

福尔森专心地听伯瓦利回答，然后竟然把他从坐着的椅子上搀起来，这使沃伊颇为吃惊。他知道三道会副会长伯瓦利保住了命。

"起来，伯瓦利，仁慈的上帝宽恕你的罪过了，所以你可以走了。不过，你的枪暂时得由我们保管。我要是你，近期内我会配合警察老老实实接受审查，并在监狱中好好改造，而且不会把我们今天谈的话告诉警察们。"

伯瓦利简直不相信自己的耳朵，福尔森居然放过自己了。他激动地说道："我会按照你说的做的。"说完，被带上了甲板。

福尔森和沃伊走出船舱，福尔森嘴里叼着一根烟，眼睛呆滞地看着海面。

"福尔森先生，整条船都被检查了，除了甲板上这些蹲在地上的人之外，没有发现其他罪犯，守备队的人已经把整条船翻遍了。"汉普跑过来说道。

"我们的《藏宝图》残片和方石以及羊皮卷都被抢走了吗？"

"我想是的，他们在劫持轮渡时就已经拿走了。"

"我想我已经知道玛雅神社领袖的身份了，我要给伦敦的诺克上将发一封电报，把这件事情的真相告诉他，不久以后这个罪恶的家族就要被彻底铲除了。"福尔森坚定地说道。

"玛雅神社的头目是谁？"沃伊疑惑地问道。

"他是个杰出的表演家，和你一样，他擅长扮演各种角色，甚至连声音都难以辨认出来，玛雅神社的领袖就是内华达石油公司的老板麦安逊。"

"你不会搞错吧，麦安逊可是个肥胖丑陋的人，玛雅神社的领袖可是一个英俊的年轻人。"沃伊反驳道。

"他会不会通过化装成不同形象，在不同地方扮演不同角色，他和你一样有着高超的潜伏本领，就像变色龙一样？"汉普插了一句。

"我说过他是个伪装大师，这个人通过高超的化装，使他的手下都认不出他，他入股史都华公司就是为了更好地控制三道会，布鲁和比尔所见到的麦安逊就是玛雅神社的领袖，除了这两个人以外，史都华中的其他高管对麦安逊的真实身份并不知悉，这也是布鲁和比尔被灭口的原因。我想这个领袖早就为自己留好了后路，他这样扮演不同身份，即使史都华公司出事了，也不会把石油公司和在美国各地的产业牵连进去，更不会使奥莱金家族卷入调查中，因为即使是他的部下也不知道玛雅神社还控制着石油公司。"

"我们应该把这些情况告诉诺克上将，让他联系联邦调查局的官员，趁着神社的头目都在忙于在国外寻宝的机会对石油公司和神社总部开展突击搜查，将他们彻底铲除。"

"我们确实应该这样做，不过现在还有更重要的事情要做。"

"什么事？"汉普问道。

"搜寻宝藏，别忘了玛雅神社的领袖还在忙着寻宝呢。"

船上的海岸警备队清理了甲板上的尸体后押着那些罪犯离开了轮船，汉普在船上看到逐渐远去的警备队战士，夏普在厨房里大口吃着三明治，汉普正在拿着地图仔细看。轮船上的气氛又活跃了起来，新的希望注入到了这项本已接近失败边缘的寻宝计划中。福尔森和沃伊不可动摇的自信心和过人的本领深深感染着船上其他人。转眼之间，他们全都相信，宝藏地宫的大门距离他们不远了。

危险解除了，福尔森悠然地走到船舱里，从柜子里拿出储备的衣物。

福尔森换上深灰色的裤子、黑色皮大衣和运动鞋。他走到一间舱房内拉开床下的一个小抽屉，检查了一下一个皮枪套里的东西。备用弹盒不见了，他早就料到那些恶棍会拿走，但有把手电筒还在。此外，在抽屉的一个角落里，他还发现了一个小塑胶瓶，装的是巧克力豆和口香糖。他摇摇瓶子，里面发出"咕隆咕隆"的声音，他立刻笑了起来。福尔森拿着小瓶子走出舱房来到厨房，他从厨房的壁橱里取出一份火腿三明治和一瓶葡萄酒。

等他喝完葡萄酒后感到体力恢复了，随即拿出那个小瓶子。他旋开瓶盖，把8颗四五口径的子弹倒在手里。狡猾的罪犯离万无一失还差一点。福尔森装了7颗子弹在弹匣里，还有一颗则装进了枪膛。

福尔森内心的探案热情再次被调动起来了，现在他已经解开了领袖的身份之谜，心中却产生一种怪异的感觉。这种感觉恐怕让人难以理解，艰难的调查过程总是案件水落石出的必修课。

第二十七章

最后的赢家

第二天一早，福尔森便来到了甲板上。

夏普从厨房里走了出来，也上了甲板，汉普和沃伊碰巧也在此刻走了出来。

"伙计们，我们该干活了，最后的战斗开始了。"福尔森大叫道。

"老朋友，有一件事需要告诉你，昨天晚上大胖子保罗打来电话说让我们直接到科隆群岛上寻找宝藏。"

"我想玛雅神社的领袖已经在科隆群岛上吃早餐呢，即使大胖子不给我们打电话，我们也必须去，时间已经不允许我们做出其他选择了。"

两架直升机停在科隆岛西侧的乔明兹机场，十几个身穿蓝色军装的雇佣兵站在机场停机坪旁边的仓库旁边，7个穿着西装，佩戴领带的人在用望远镜观察着远方的山峰，一只可爱的信天翁从望远镜的镜头掠过。过去，迷信的水手将信天翁视为不幸葬身大海的同伴的亡灵再现因此深信杀死一只信天翁必会招来横祸。塞缪尔·泰勒·柯勒律治的著名诗篇《古代水手的诗韵》正是叙述了在一只信天翁被枪杀后灾难是如何降临到一艘船上的。然而，即便如此，许多19世纪的水手仍热衷于捕食这种鸟类来丰富一下漫漫航途中单调乏味的饮食，并将它们的脚折入烟袋中，将翅膀的骨头放进烟管里。

"这里就是科隆群岛中第二大岛屿圣克鲁斯岛，对面就是群岛最高峰阿苏尔山，群岛中最大的岛屿是伊莎贝拉岛，当年达尔文观察那座岛屿后，获得灵感，写出了进化论。"索拉斯热情地介绍道。

"真美，布兰迪，你看到海滩岩礁上那只可爱的小企鹅向我们打招呼了吗？在赤道地区见到这毛茸茸的企鹅真是令人惊叹，也许它们是从南极游过来的。"

"对面的几座岛屿都是火山岛，在十几年前还在喷发，科隆群岛受秘鲁寒流影响，这里是世界上最大的自然博物馆，在这个群岛上，生活着700多种地面动物，80多种鸟类和许多昆虫，其中以巨龟和大蜥蜴闻名世界。海狮、海豹、企鹅等寒带动物，也常在这里的海边出现，许多珍稀的动物在地球其他地方是看不到的。"

"这个美丽的岛屿上还蕴藏着巨大的宝藏，它也许就在我们脚下的某个地方，这个美丽的岛屿将会因为宝藏而更加出名。"

"好了，索拉斯，你打算从这些宝藏中拿走多少？你开个价吧。"领袖打断了索拉斯的话，不耐烦地说道。

"不能低于10%，别忘了你们现在是在我的地盘上。"

"5%可是5亿多英镑，这些财富够你退休后快活地过完下半辈子了，你的子孙后代也会在最豪华的餐厅里吃着西餐，坐在最好的游艇上观看海上的海鸥。"

"你能确定宝藏就在这个岛屿上吗？"

"《藏宝图》上显示的岛屿地形图与这座岛屿的地形图相似度达到93%，这里怪石嶙峋，被称为魔鬼之岛，是玛雅人信仰的禁地。我确信玛雅人一定会把宝藏藏在这座岛上。"

领袖说："索拉斯，我们低估了你对名誉的贪婪和想做一个学术界巨星的狂热，对不对？"

索拉斯不为他们的蔑视所动。他说："11%定比一场空好，先生们。"

领袖看了看他的两个弟弟。巴塞尔和布吕歇尔几乎不为人察觉地点了点头。布兰迪则紧紧握着拳头，手上的青筋暴突——他转过身去，从他的表情可以看出，此时他正想把索拉斯撕成碎片。

"我想我们可以避免冲突进一步升级，我们可以理性地解决这个问题，"领袖说，"在我们满足你进一步的要求之前，我要你保证绝对能够带我们找到宝藏，而且把它们带出岛屿。"

"我已经对你们做出了承诺，就一定做到。"索拉斯缓慢而清晰地说，"我们坐在一条船上，如果我欺骗了你们，大家都要完蛋。"

他充满信心的保证只换来了一阵沉默。领袖走到索拉斯面前，"5%，只能以这个数成交。"

"8%。要不就什么都没有。"索拉斯坚决地说。

"你想要书面保证吗？"

"能站得住脚的东西。"

"可能不行。"

"那么我们只好相互信守口头承诺了，我想问问你们干盗墓这行有多少年了？"索拉斯气愤地说道。

"有几十年了。你问这个干什么？"

"你们都可以变成化石了，好了，你们打算从哪里开始挖掘宝藏？"

"科索，《藏宝图》显示的地宫所在地在什么地方？"领袖以命令的口气问道。

"在西侧海岸的一座高山的下面，我对比了《藏宝图》和精确的卫星岛屿地图的比例尺后，可以确定，地宫入口距离这座山的右侧山脊大约 30 米处，那里是一处低矮的丛林覆盖的地方，入口处海拔大约在海平面上 67 米，在入口处有一个小溪流过。"

"干得非常好，科索，我们不能在寻找地宫入口处浪费太多时间。"

"好吧，老朋友，你的 8% 的要求我答应了，不过你在研究所的铁家伙得借我们用用，尤其是那辆大型起重机，另外在出现意外情况时，你手下的士兵得保证我们能够安全地离开。"

"你的要求我完全能够达到，你们可以开始搜索了。"

"那么，我们开始向伟大的宝藏埋藏地进发吧。"领袖下令道。

从机场到达西海岸那座 300 米高的山大约有 6 公里远，领袖和他手下的那些人沿着崎岖不平的道路艰难地前行着，后面是索拉斯和考察站的士兵。

索拉斯是科隆群岛达尔文科考站的站长，是厄瓜多尔政府派驻到科隆群岛的政府官员，他除了是一名政府官僚外，还是一名知识渊博的生物学家，岛上的驻守士兵亲切地称他为博士，在这座神奇的岛上他的任务就是保护岛上珍稀的生物和特有的生态环境不被破坏，并且对岛上环境进行实时监测，维护这个世界上最大的珍稀生物公园，年近 60 的索拉斯再过 5 年就要退休，他不满足他那微薄的退休金，他要为子孙后代们留下巨额的财富，他相信自己一定能把挖掘宝藏这件事瞒住，政府不会有人知道这件事的，如果让海洋局里的人知道这件事，他一辈子的英明可就全毁了。

"前面一个大乌龟，还有一个大蜥蜴，快看！"布兰迪喊道。

"我从来没见过这么大的海龟和蜥蜴，真是活见鬼了！"巴塞尔说道。

"不要感到惊奇，这里的生物是世界上独一无二的，过一会儿你们还会见到独特的植物和鸟类，它们栖息在西海岸的丛林和海滩附近。"索拉斯说道。

临近中午的时候，他们到达西海岸，一副壮观的景象呈现在他们面前。

科隆群岛附近海水的清澈和透明度胜过山涧溪流。海水中虽然悬浮着的矿物质和有机物质，但这并不影响海水的透明度。海岸除一两处低缓的沙滩之外，其他地方都陡立着，纵身一跃便可以跳到一个人深的水中。几只可爱的企鹅和信天翁蹲在海岸边眺望远处。

"左侧的那座山就是你们要找的宝藏地宫所在地，看那些腺果藤树、醉鱼树和番石榴，这几种植被是岛上特有的植物，海狮和海狗正在盯着我们看呢。"索拉斯兴奋地说道。

"够了，索拉斯博士，我们来这里是来开挖宝藏的，不是来这里听你那生动的描述的，你不应该站在那里充当导游的角色。我们该干活了。"领袖严厉地说道。

全球定位系统把宝藏的地宫入口所在地锁定在了一片树丛里的土堆上，旁边还有一条小溪流过，唯一能看到的生物就是旁边一只瞪着大眼睛看他们表演的雀科鸣鸟。

"这里应该就是宝藏地宫的所在地，想到古代玛雅人的地图绘制技术如此高超，我就明白他们如何将大批沉重的宝藏从美洲大陆运到这里了，也许他们的科技比我们还要先进。"

一小队士兵建起了一个指挥所，并在小山周围两里的范围内设置了封锁线，不允许任何人出入。山峰的峰顶变成了一个集结地，所有的运输工作都经由空中进行。一架大型灰黑色的军用直升机升入晴空，骤降之后又迅速地拉起，飞回了庄园大本营。十几分钟后，那架直升机在盘旋几圈之后降落到地面上。一队身着沙漠战斗服的士兵跳出飞机，打开了飞机后部的货舱门，开始向下卸一部小吊车、成卷的缆绳和一部大绞车。

那些被领袖收买的政府官员在 24 小时之内就办好了所有必需的执照和许可证。

挖掘工作正式开始了，挖掘机开始发出巨大的响声，大堆大堆的泥土被推出山体……

福尔森发出的那份重要的电报在不久后就被军情六处的诺克上将接到，军情六处和伦敦警察局根据福尔森和沃伊提供的重要信息，对史都华公司的财产进行了重新审核，并重点对三道会成员进行了深入调查，一举铲除了三道会在伦敦的总部，并在三道会总部中搜查出了三道会成员名单和许多份重要机密文件，并从保险柜里搜出了密码本，至此，那些加密的组织内部文件内容终于被破译出来，诺克上将决定不把搜查三道会的事公之于众，在这次搜查中三道会的成员被一网打尽，这个长期盘踞在伦敦地下的毒瘤被彻底铲除，诺克上将和伦敦警察局对这次联合调查行动非常满意。

一切都在秘密展开着，一张无形的大网正在向玛雅神社逼近。

军情六处那些密码高手们根据密码本破译出了全部机密资料，并且确定三道会与一个叫玛雅神社的犯罪组织有着很大联系，密码文件上提到了内华达神庙山洞和大批文物的内容，军情六处通过国际刑警组织把这些重要信息连同麦安逊老板的真实身份，以及奥莱金家族鲜为人知的历史资料告诉了美国联邦调查局，这个庞大的跨国犯罪组织的末日即将到来。

联邦调查局的新任局长已经盯上了内华达石油集团，已经暗中跟踪快两个月了，这次的暗中调查非常谨慎，所有的调查人员全是自己带来的心腹亲信，局里的其他官员都不知道这次绝密的调查任务，在连续两个月的调查中，新任局长已经得知了神庙山洞的地址，并掌握了石油公司几个月前爆炸案的一些犯罪证据，这个古老家族的资料也已经被这位高明的新任局长摸清，英国情报部门提供的相关信息使他对这个麦安逊老板的身份更加明晰，半个月中查出的线索与英国方面提供的资料相互印证，玛雅神社、内华达石油公司、麦安逊老板这些陌生的词语终于在他的大脑中形成了一个完美的结合。

关系已经理清了，他感觉最后收网的时候到了。

参加大搜查任务的不再是联邦调查局的那些人，对付这样的庞大的跨国犯罪组织，新任局长大胆任用了自己的亲信带领洛杉矶警察局的那些训练有素的警察向犯罪组织的各个据点发起了进攻，菲利普带领一队人马首先冲入了位于洛杉矶东区的别墅区的那栋白色的欧式别墅里，新任局长带领着弟兄们进入了内华达总部的大厦，洛杉矶警察局派出的另一队人马找到了位于内华达的神庙山洞，并对山洞进行了突击式的搜查。

搜查的结果令人大吃一惊，在别墅中搜出了几件丢失的名贵文物，这些文物价值高达上亿美元，并查出了大量文件账册交易单据，还有奥莱金家族的族谱、机密文件和密码本。搜查人员根据密码本破译了机密文件后发现在过去的近两百年中这个神秘的家族犯下了至少50起罪行，并煽动策划了一系列重大的历史事件，包括那位震惊世界的法国皇帝拿破仑之死。在内华达山洞中发现了几十箱的军火，还有十几箱毒品，在整个大搜查中共有200多人被逮捕，联邦调查局的新任局长听到这个振奋人心的消息后对菲利普沉沉地说道："我们根据那些交易账单和财务文件把这个石油公司的所有下属企业都要搜查一遍，我不知道会在这次搜查中得罪多少官员和富商，不过我决心要把这些蛀虫们从这片自由的土地上清扫出去，哪怕是冒上生命的危险。下面我们就要揪出调查局中的叛徒了，并且通知国际刑警组织全力通缉海外的残余势力。"

"局长，跟着你干真痛快，那个罪恶组织被我们打得大败。"

新任局长微微一笑，"司法部门的那些官员们一旦知道我们为他们找来了大概够他们干10年的法律工作，不知他们脸上会是什么表情呢？我真想变成一只小老鼠，躲在墙角等着看一看接下来的好戏。"

"你还不了解那些检察官吗？"菲利普说，"他们一旦了解到这些罪恶的勾当有许多富商、政客、体育界和娱乐界的名人参与，他们一定会兴奋过度。"

"玛雅神社的头目们目前都不在国内，除非经过繁琐的法律程序，否则我们无法逮捕并拘留他们。"局长问道。

"这些我完全明白。那我们该怎么办？绝不能让恶棍们逍遥法外。"

"听我说，玛雅神社的财产已经被我们全部冻结，他们的势力已被我们彻底打败，只剩下几个漂泊海外的头目们，他们已经掀不起什么大浪了。那些头目们不用我们操心，还有另外一股调查力量将给他们致命的一击。"

"你是说福尔森和他的朋友们？"

"是的，福尔森会那聪明的脑袋里的各种策略会把玛雅神社的头目们引入绝境，这些人玩完了。英国军情六处、美国联邦调查局和福尔森的民间侦查势力三方联合最终打败庞大的罪恶组织，游戏即将结束。"

"局长，联邦调查局将在您的手里开创一个全新的历史。福尔森也会在大案侦破后名扬天下，成为一名享誉世界的侦探。"

"记住我为祖国所做的一切，这是我人生的巅峰时刻。"新任局长激动地说道。

这位新局长把眼睛转向菲利普，两人会心地笑了。

福尔森四人乘坐幽灵号上那架直升机从轮渡上出发，前往科隆群岛，他们将要与对手进行最后一次交锋，这是一次成王败寇的较量。

夏普驾驶着飞机在海面上空快速飞行，水平旋翼叶片快速转动着，像一个高速旋转的飞镖。

"保罗先生把赌注压在了科隆群岛的圣克鲁斯岛上，你说他会不会是个骗子？"夏普悠闲地说道。

"你知道的，他不仅仅是一位举世无双的船舶学家，而且是一位非常优秀的地理学家和历史学家，他已经对那座岛做了透彻的研究，我想他对我们说的话是清晰而准确地阐释了自己的想法，而不是信口雌黄。"汉普说道。

"福尔森，你对此怎么看？"夏普问道。

"这座岛屿距离南美海岸很近，又是玛雅人信仰的禁地，玛雅人相信太阳神会帮助他们完整地保存宝藏。如果我是一名历史学家的话，我也会把赌注押在这座岛上。"福尔森说道。

"保罗可真是一个怪人，他对船舶的知识魂牵梦绕。"夏普说道。

"如果没有这位怪人的话，哪怕是再过一千年，我们也找不到玛雅宝藏的影子。"沃伊笑道。

"再过一会儿，一个隐藏了几千年的历史真相就要被揭开了。"福尔森激动地说道。

直升机在下午5点多抵达科隆群岛的机场，夜幕笼罩着一切，福尔森四人从飞机上走了下来，海浪拍打海岸的声音使夜晚显得那么美好，远处传来几声鸟叫的声音。

"真是奇怪，这里怎么没有人？"汉普首先问道。

"我确信那个领袖就在这座岛上，把你们的枪都拿出来，我想我们该准备战斗了。"福尔森边说着，手已经从大衣内侧掏出了那把9毫米口径的柯尔特左轮手枪。

就在这时，一颗子弹飞来，洞穿了福尔森的左臂，柯尔特手枪从手中滑落。

这时，几十名身穿军装的士兵从四面跑了出来，手里握着自动步枪，把福尔森四人围了起来。

"你是？"福尔森气愤地问道。

"我是岛上的政府官员，你可以叫我索拉斯博士，因为我也是一个生物学家。"

"你的名字很搞笑。"

"为什么？"

"因为你的名字听起来像是搞诈骗的。"

"你是个幽默大师吗？"

"我明白了。"

"你明白什么了？"

"你们被领袖那帮人收买了。"

"你很精明。"

"不，先生，我今天表现得很愚钝，我早该想到你会被收买的。"

索拉斯眼睛闪过一丝惊讶，镇定后又笑嘻嘻地对福尔森说道："福尔森先生，我早就听说过你的大名，没想到今天我们会在这里见面。你手臂上的伤口没什么事吧？"

"子弹虽然穿透力很强，但是杀伤力并不大，现在伤口的血已经止住了，不过你今天招呼客人的方式我可不太喜欢。"

"今天确实是迫不得已，你知道你拿出你那可怕的手枪……"

"够了，索拉斯博士，你说说吧，想让我们干什么？"

"其实我早知道一定会来，特地在这里等你，你知道领袖和他手下的那些人在这里正开采宝藏，只要你们不干涉他们，等到那些人走后，我会把你们安全地送出这个岛屿，放心吧，我们是不会伤害大侦探和他的助手的。"

"这是你和领袖提前制定好的计划？"

"可以这么说，如果你们在离开这座岛后不把发生在这里的情况说出去的话，我们还会把宝藏中的 1% 分给你，那可是 1 亿多英镑。"

"你很狡猾，也很卑鄙。"福尔森愤愤地说道。

"你要知道卑鄙是我最拿手的。"索拉斯笑眯眯地说道。

"福尔森，让我给他一拳。"夏普挥舞着拳头，愤怒地插了一句。

福尔森摆了摆手，冷静地说道："你认为我们会答应你的要求吗？"

"我想你们会的，没有人会和钱过不去，而且你们现在没有其他的选择。"

"如果我们不答应你的要求会是什么后果？"

"那么你们永远也离不开这里了。"

"我死后，你如何向英国方面交代，我在来的时候已经和伦敦官方的人打过招呼，我想你不会不惜冒着两国外交的冲突的风险把我们杀了吧？"

"报纸上会报道你们在返回的途中出了事故，我们会把现场伪造得让调查人员查不出来的，这点你们不用担心，哈哈。"

福尔森转过头，向沃伊问道："你说我们现在应该答应索拉斯博士的要求吗？"

沃伊沉着地说道："我现在还不想死，我不能穿着破破烂烂的衣服去见死神，那样的话就太失礼了。"说完后，沃伊指了指大衣上破的一个洞。

"那好吧，我们答应了你们的要求，不过你们要说话算话。"福尔森说道。

"你总是在危险的时候想出好的办法，好吧，我答应你们，不过现在你们应该卸掉武器，然后你们的人身自由将被限制两天。"

"兄弟们，听索拉斯博士的话，把枪扔到地上，然后他还要管我们两天饭。"

士兵们押着福尔森等人，福尔森转身问索拉斯："亲爱的博士，你能告诉我领袖那帮人在干什么吗？"

"福尔森先生，我不得不说你这个问题问得很愚蠢，那帮人肯定在挖掘那诱人的宝藏，不过现在这些事情不是你们应该关心的，你们现在就乖乖地待两天就可以了，我那些士兵会好好地陪伴你们的。"

赫尔力、巴塞克、布吕谢尔、科索、布兰迪围绕在一个英俊的年轻人旁边，看着几十个士兵和各种机械繁忙地工作着，山下已经挖出了一个十几米深的山洞了，他们的挖掘方案是把从地宫侧面打出一个通往地宫的通道，找到宝藏后标注宝藏的具体位置，然后在山顶打下一条垂直的通道，通过直升机和绞车把沉重的宝藏运出地宫。

但是一个可怕的消息会让这些罪犯的美梦彻底破灭，但是目前这些人还不知道。这里几乎与外界隔绝，除了在地面控制中心和科学考察站的那个台电报机和无线广播以外，他们没有任何与外界通讯的设施。

就在刚才的收音机中，索拉斯听到了国际刑警组织发出的通缉消息，还有史都华公司垮台，联邦调查局副局长米洛斯被逮捕的新闻……

此刻在他脑海里只有一个念头：玛雅神社这下子全完了，自己不能为了那笔巨额的财富而与法律作对。

索拉斯走到了关押福尔森等人的房间，透过窗户他可以看到福尔森仍然在悠闲地抽着烟，而他那几个伙伴正在拿着香槟酒干杯，看来他们对自己的生死并不担心，他们是有备而来，而是应该早就知道了收音机里的消息了。

他走到了福尔森身边，"福尔森先生，难道你不为自己的生死担心吗？"索拉斯问道。

"我想你已经知道那个可怕的消息了吧，索拉斯博士，现在收手还不晚。"

"也许现在我应该听取你的意见，我们现在应该联手对付那伙罪犯。"

黑夜降临，岛上一片宁静祥和，索拉斯和福尔森制定了一个缜密的计划，这个计划将使玛雅神社的头目们陷入绝境。

玛雅神社的那些忠诚的追随者经过半天的挖掘，已经把山洞挖了十几米深，现在他们已经精疲力竭了，他们打算回到基地里休息，顺便享受一次丰盛的晚餐。

一切按照计划进行。

回到基地，索拉斯假意献殷勤，邀请玛雅神社的这些罪犯们坐下休息。

"你们的挖掘进展如何？是不是已经触碰到黄灿灿的金子了？"

"已经挖了十几米深了，预计明天上午就能打通地宫，我们的金属探测仪已经探测除了里面的金属含量，挖掘方向没有发生偏差。"巴塞尔神气地说道。

"这些宝藏你们打算运往何处？"索拉斯问道。

"运往澳大利亚的塔斯马尼亚岛，在那里我们有一个文物的秘密销售场所和仓库。"

"难道你们没有听说内华达石油公司被查封了吗？"

"你说什么？"领袖惊讶地问道。

"你们已经失败了。"

"这绝不可能，我们在联邦调查局里有内线，如果我们被查封的话，她会告诉我的。"

"你是说你妹妹吗？她已经被逮捕了，你们所有的产业都被查封了。"

此时，这位神社领袖展示了他作为庞大犯罪组织最高头目的气度，在手下的人惊慌失措，阵脚开始大乱之际，他依然表现出超乎常人的镇定。他摆了摆手，沉着地说道："你先别轻举妄动，先让他把话讲完。"

"科索，你听听这生动的广播吧，你会明白我说的话都是真的。"索拉斯说道。

收音机中放出了索拉斯听过的那段广播，玛雅神社领袖手下的这帮人听到这段广播时，脸上肌肉抽搐，一瞬间他们觉得从天堂坠入了地狱，赫尔力长老叹道："哎，我们被联邦调查局的那帮老狐狸骗了，奥莱金家族的事业毁在了我的手中。"

"领袖先生，你是个识时务的人，其实我非常敬佩你们，奥莱金家族在过去的200年间做下了几十起大案，但是始终安然无恙地度过了那么长时间，警察局和情报部门的特工门都没能查出玛雅神社的真相，但是你们这次碰到了非常厉害的对手，所以你们败给他们理所当然。"

在巨大的危机到来时，玛雅神社的领袖依然镇定自若，他气定神闲地坐在椅子上。索拉斯不知道这个神社头目是故意装出这副模样，还是早已料到这一结果，他的心里暗暗生出敬意："在如此危机面前，竟能如此镇定，这绝不是一个简单的人物。"

这个已知末日将至的领袖缓缓开口："让他们出来吧。"

这时，一个男人走了进来，一丝略带嘲讽的笑容浮现在脸上。

瞬间一个在暗杀中曾看到的名字蓦地掠过领袖的脑海，并与眼前这个的形象交织在一起，他看着继续向自己逼近的男子，难以置信地吐出了那个本应是死人的名字。

"福尔森。"

"说得没错，除了胳膊上有一个枪眼外，我身上其他零部件都齐全，你肯定想知道我为什么没有被监禁或者被暗杀。"

"不，我不相信你是福尔森。"布吕歇尔惊讶地说道。

"索拉斯，这是怎么回事？！"领袖问道。

"对不起，领袖，我已经投靠福尔森这边，你的手下都已经被我们控制，你的末日到了。"

巴塞克悲愤地说道："玛雅神社一步走错全盘皆输，一时大意之下被索拉斯这个老狐狸出卖了。"

索拉斯说道："你们不服也得服，你们已经玩完了。"

福尔森笑道："巴塞克，你说的这句话很荒唐。正义战胜邪恶，你们的失败是注定的。"

领袖叹了口气，说道："史都华和三道会被清查，玛雅神社距离灭亡的期限也不远了。福尔森，你现在想要怎么样？你们想要知道整个案件的真相吧？"

"你说得对，我还有几个关键的问题要问你，案件该到真相大白的时候了。"

"什么问题？在这最后时刻，你们应该知道整个案件的真相了，我想我可以满足你们的要求。"

"领袖先生，虽然你即将见到上帝了，但是我不得不说你是一条不折不扣的好汉，只是你的才能没能用上正路。"

领袖哈哈大笑，笑得阴毒而坚定，说道："美中不足的是我们以后不能再相互切磋了，我到了天堂后会寂寞的。"

福尔森那双深邃明亮的眼睛紧紧盯着神社的头目们，嘴角露出神秘的微笑，他在考虑着如何提问。最后，他终于开口问道："你们是如何知道福尔摩斯研究会的学者得到了那份柯南道尔手稿？柯南道尔手稿中究竟隐藏着什么秘密？"

"英国皇家研究会的一位文献学家是玛雅神社的成员，他虽然不是福尔摩斯研究会的成员，但他与福尔摩斯研究会的会长是好朋友。研究会的会长告知了他发现柯南道尔新手稿的事情，请求他对手稿的部分内容进行鉴定。我们得知这一情况后大为震惊，手稿中列举了奥莱金家族和三道会的大量罪证。我明白这份手稿的存在将对玛雅神社构成巨大的威胁。它不仅能毁了我们收集《藏宝图》残片的计划，还能毁掉整个玛雅神社。于是我派出杀手将福尔摩斯研究会的学者们全部暗杀。"

"爱丁堡和伦敦的凶杀案都是你们操纵的？"

"是的，福尔摩斯研究会的成员分散在伦敦和爱丁堡，所有我们的杀手在两地同时动手，将这些学者们全部杀死。"

"手稿被谁藏起来了？"

"那份手稿一直由福尔摩斯研究会的会长保管，我的手下柯塔在大教堂里杀了他，他直到临死前都没有说出手稿的下落。"

"爱丁堡和伦敦发生的一系列凶杀案的死者全都是福尔摩斯研究协会的人？"

"有一部分是，我命令手下在杀害那些学者时，当然死者还有不少是与手稿无关的平民。我们为了掩盖死者的身份，将尸体焚烧，为了使案件变得错综复杂，故意在现场放置玛雅字符纸条，将警方的调查方向引入歧途。"

福尔森听完后，轻轻地点了点头，他依然踱来踱去，谦和地笑道："到威尔士山区刺杀我的人是你派去的，如果我不是从火车上跳下去的话，那些杀手一定会把我送到天堂旅游的。"

"是的，我为防止你查案本打算杀掉你，当刺杀失败后，我决定不再阻止你查案，我打算跟你玩到底，让你这个侦探输得心服口服。"

"休安和莫泊斯是什么时候加入玛雅神社的？"

"休安是个种植园主，莫泊斯过去是个木材商人。他们在商业经营中曾出现过巨大危机，如果不是玛雅神社提供资金帮助他们渡过难关，那么他们早已流落街头了。他们对玛雅神社怀有感激之情。但这两个人生性向善，对玛雅神社犯罪之事非常反感，并没有为玛雅神社做多少事。"

"我终于知道休安和莫泊斯为何会对玛雅神社还有一定的眷恋之情，原来玛雅神社曾是他们的救命恩人。那你为什么又要杀了他们？"

"他们知道得太多了，我必须在他们还没有背叛前将他们除掉。"

"那个神像雕塑，就是那个白胡子老人与玛雅神社有什么联系？"

"那个白胡子老人是玛雅神社的创始人，我的祖先，神社在每一个地区的头目都拥有一个雕塑，它是神社内部权杖。"

"你们从什么时候开始收集《藏宝图》残片的？"福尔森接着问道。

"1896 年我的祖先在安第斯山脉一个皇族墓室中发现了阿兹克特帝国的残存史书，我们从中得知了玛雅宝藏的隐秘历史。神社的领袖决心收集齐全部的《藏宝图》残片。直到海德公园案爆发时，我们已经在世界范围内找到了 5 块《藏宝图》残片。虽然我们这里有着许多优秀的科学家，但是我们始终没有找到几份流落于民间的最关键的书籍记载，剩下的几份《藏宝图》残片一直没有找到，不过它们却被你们发现了，福尔森，我不得不佩服你的才能。"

"玛雅神社成立的初衷是什么吗？"

"玛雅神社的第一代掌门人，也就是我的祖先当初打着反对西班牙对中美洲残酷的殖民掠夺的口号成立了这个组织，当时吸引了许多饱受殖民掠夺之苦的土著居民和不满西班牙人剥削的进步人士，在第二代掌门人的领导下，这个组织已经成为了一个罪犯组织，在世界范围内实施了一系列的重大犯罪，暗中策划了一些重大政治事件，拿破仑的死、克里米亚战争中俄军布防信息也是玛雅神社的人出卖给英军的，200年的时间里玛雅神社做下了无数大事，但是祖先留下的家业还是败在了我的手中。"

"领袖先生，现在你没必要再掩饰你的真实姓名了吧？"

"我是玛雅神社的第六代掌门人，哈里斯·奥莱金。"正当他说话时，一个可怕的阴谋正在酝酿……

门外突然传出一声惨叫。

就在众人感到疑惑之时，哈里斯从大衣里迅速拔出手枪，索拉斯旁边的一个卫兵瞬间被击倒，接着索拉斯也应声倒下，福尔森躲闪不及左臂中了一枪。这个身手敏捷的玛雅神社最高头目在几秒钟内击倒了大厅里的几个守卫，玛雅神社的部下见势奋力冲出了大门，门口留下了两具守卫的尸体。

福尔森用手捂住胳膊上的伤口，左臂的衣袖附近立刻被鲜血染红了，他迅速用右手按压住左臂伤口止血。

福尔森看到旁边死去的索拉斯博士，内心莫名其妙地涌出一股怜悯之情，眼前倒在地上的这个岛上的政府官员在还没有反应过来的情况下脑门出现了一个血洞，鲜血流在地板上，就在他的旁边还有几个死去的卫兵的尸体。

玛雅神社的头目们逃出去后，准备向部下发出命令，企图控制岛上的局势，他们舍不下巨额的宝藏财富。

然而，几发子弹结束了这几个贪婪的罪犯罪恶的一生，几个黑影正端着狙击枪，枪口的子弹精准地穿进了罪犯的致命部位，包括哈里斯在内的玛雅神社的最后几个成员倒在了枪口下。

鲜血不断地从领袖的颈动脉中喷射出来，他摇晃了一阵，终于倒在血泊中了，结束了他短暂而又罪恶的一生。

那几个黑影从旁边仓库顶上爬了下来，这是福尔森早已设下的埋伏。

黑影走到了昏暗的灯光下，他们是夏普和汉普。

汉普拨通了岛上军营的电话，几名军医将在几分钟后赶到这里。

"老朋友，我们把这帮罪恶的团伙消灭了，我们成功了。"沃伊激动地说道。

"赞美上帝！我们的任务完成了。"福尔森痛苦的脸上挤出了一丝笑容。

血液从伤口不断渗出，福尔森感到灵魂正在脱离躯体，眼前出现了幻觉，他感到自己仿佛置身于一个冰窟里，身体在不断地颤抖。

"福尔森，你要坚持住。"汉普大声喊道。

"我本来满怀希望，认为自己能第一个拍摄到玛雅宝藏，可现在我只好把这个光荣的任务交给你们了。"福尔森低声说道。

正在这时后面响起了脚步声，军营的医生匆忙地赶来了。

一名医生赶来了，仅仅看了福尔森一眼，他就感到了情况的严重性，然后跪在他身旁，探探看他是不是还有呼吸。

"情况很严重，我怀疑子弹上涂抹了毒药。"医生对福尔森的左臂做了简单包扎后，让两名士兵用担架把福尔森送到军营立刻进行手术。

临走之前，福尔森吩咐汉普让他们尽快找到宝藏。

在那十几个玛雅神社的雇佣兵的带领下，汉普他们来到了挖掘宝藏的现场。

那条小河流淌的地方是宝藏的入口处，那里将隐藏着震惊世界的秘密，寻宝游戏进入了最后的一关。

挖掘机还在现场停放着，十几名投降的雇佣兵和从军营抽调来的士兵又开始进行繁重艰苦的挖掘工作，一条通向宝藏地宫的隧道越来越深。

10 米……5 米……1 米

隧道尽头出现了一个石门，那是宝藏地宫的大门。

他们走到隧道尽头，一扇青蓝色石门挡在他们面前，石门用厚厚的石板筑成，约有 10 米高，8 米宽。石门上有 9 个石制旋转按钮，每个按钮下面有一个玛雅数字，从 1 到 9。这里是地宫大门的启动机关。

一种前世今生的感觉在沃伊的心中出现……

他觉得心脏在胸膛里跳得更猛烈了，"地宫大门密码！"他情不自禁地说了出来。

他不由自主地从口袋里掏出那个历经沧桑的方石，这个无数冒险者梦寐以求的东西。

他看了看方石上的密码，9 个玛雅数字……

夏普按照第一行数字的顺序依次转动了大门上的 9 个数字对应的旋转按钮。

他们感到心脏几乎也将要爆炸……

沉睡几千年的地宫大门开启了，无边的黑暗出现在他们面前。

他们打开手电筒，走进了地宫，沃伊走在最前面，汉普和夏普紧随其后，不断用手电筒向周围探照着，四周都是阴冷潮湿的石壁。

一股潮湿的空气从他身上掠过，就像巨人蒸汽般的呼吸一样。他用指尖摸摸石壁，指头变得湿漉漉的。在好奇心的驱使下他用手电筒照向前面的黑暗，看到一双闪闪发亮的眼睛正盯着自己。顿时，恐惧感像一只冰冷的手，攥住了他的脖子，他感到呼吸变得急促起来。

一个两米高的恐怖的石像怒视着通道入口处。这个石像上镶有绿松石，牙齿是用白色石英做成的，眼睛则是一对红宝石，看起来仿佛是来自地狱的恶魔。

汉普和夏普随着探照灯的光芒向前看到了这座骇人的雕像，令人同时发出了一声惊呼。

"这足以让你保持清醒，这里是地狱恶魔的居所。"汉普说。

夏普拂去红宝石眼睛边上的尘土，"也许这曾经是一座精美漂亮的雕像，但现在却萎缩衰老得像是一颗秃岩，它的样子使我想到了撒旦。"

"它会把那些企图盗墓的人吓得屁滚尿流。"沃伊将手电筒的亮度调到最大，此时雕像周围 3 米内的地方都沐浴在明亮的灯光里。

他举起灯来观察雕像。"为什么要有一尊吓人的雕像？"汉普问道。

夏普拍了拍怪兽的头。"它守护着巨大的财富王国，它是地宫宝藏的守护神。"

"玛雅人的个子很高，这座雕塑应该就是按照玛雅人的身高建成的。"沃伊说道。

他们沿着通道继续前进。从下面涌上来的潮气使他们全身的毛孔都在冒汗。

沃伊抬头看了看洞顶，随着他们进入山洞深处，洞顶距离地面越来越高，此时已达 15 米。他们看到前面十几米远的洞壁下有一堆闪闪发光的东西，他们拿着手电筒小心翼翼地走到那些发光物的旁边，看到的情景令他们大吃一惊。6颗头骨堆积在洞壁下，在漆黑的山洞中发出绿色的光。

"这些是什么？"汉普战战兢兢地问道。

"这些是玛雅人制造的水晶头骨，关于水晶头骨的制造工艺成为了世界上的一个未解之谜。这些头骨是用石英制造的，要想造出这些发光的头骨，制造者必须精通高深的光学、解剖学和化学的知识。制造这些头骨对于现代人来说都是一件很难的事，而处于石器时代的玛雅人是如何制造的？"

"也许这些头骨是外星人制造的，玛雅人本就是外星人的后裔。"夏普插了一句。

"这些头骨是干什么用的？"汉普问道。

"是古代玛雅人治疗患者时用来催眠病人的，如果你盯着头骨看，你也会昏昏欲睡。不过关于水晶头骨还有一个传说。"沃伊答道。

"什么传说？"汉普又问道。

"传说古时候有13颗水晶头骨，是外星人制造的。头骨里隐藏了有关人类起源和死亡的资料，能帮助人类解开宇宙生命之谜。根据传说，人们必须在2012年12月21日之前找到全部头骨。那一天是已经循环了5126年的玛雅历法的终结。除非13颗水晶头骨聚集在一起并按正确的位置摆放，否则地球将飞离轴心。只有那样做，水晶头骨的超自然力量才能挽救地球。"

"好了，我们继续往前走吧，我可不想与这些骷髅待在一起了。"夏普说道。

几个人小心翼翼地向前走了几百米后，夏普的手电筒照到了地上的一堆石盘上，他指着地上一大片散落的石盘，说道："这些是什么东西？"

沃伊蹲下身子，从石盘堆里捡起了一片石盘放在手中仔细观看着，这种石盘半径约有10公分，盘面上许多大大小小的凹槽和纹路，盘内侧镶嵌着金属，看起来像是白银。沃伊把手中的石盘放下，又从石盘堆里拿起了几片，发现不同的石盘上的纹路和凹槽位置都不同。"这种石盘在两起涉及外星人的事件中出现过，一起是罗斯维尔事件，另一起是通古斯大爆炸。科考人员在事发现场找到过类似的石盘，他们推测这种石盘是外星人用来记载信息的，能通过一种我们尚不知道的方式把石盘上记载的信息读取出来，就像影碟机能读取光盘一样。"

沃伊将一片石盘塞到大衣口袋里，继续朝前走着。

刺骨的寒冷和呼吸时感到的疼痛都使沃伊支撑不住了。夏普和汉普则浑身颤栗，恶心得要命。山洞越来越宽，洞顶距离地面的距离已经达到 20 米，阴冷的空气像一个发疯的妖怪，吹得他们浑身哆嗦。

洞穴前又有一道石门挡在了他们前面，不过石门要比第一道要小。

石门上仍旧有 9 个旋转按钮，每个按钮下对应一个玛雅数字。

"你说如果我们不按照方石上的数字排列顺序随便旋转按钮，会有什么结果？"夏普问道。

"那我们就永远埋葬在这地宫之中，再也出不去了。"汉普说道。

沃伊拿出方石，仔细看了第二行数字的排列顺序后，走到石门前，汉普和夏普拿着电灯照亮了石门上的旋转按钮，沃伊抖动的手依次旋转了所有的按钮。

石门没有任何反应，他们等待着命运的审判。

几秒钟之后，巨大的石门轰然打开，这是第二座石门，还有最后一座石门……

"该死！"夏普大口地喘着气，"有什么东西扑到我的脸上了。"

"我也一样，"汉普显然觉得很恶心，"我想我刚才被蝙蝠的呕吐物给浇了一头。"

"你该高兴才对，那不是吸血蝙蝠。"沃伊开玩笑地说。

他们又顺着隧道往下走了 10 分钟，汉普突然停住脚步，举起一只手来。"听！"他命令地说，"我听见了一种声音。"

过了几分钟，夏普说："听起来像是流水声。"

"是条流淌着的小溪或是暗河。"沃伊轻轻地说。

他们再走近些，流水声更大了，在封闭的空间里回响着。空气变得凉爽多了，闻起来十分清新，不再那么令人窒息。他们往前奔去，在每一个转弯处都迫不及待地希望这是最后一个。突然，一团黑乎乎的东西挡在他们面前。

汉普发出惊恐的尖叫，回声传遍整个洞穴，又被山洞里的巨大岩石给放大了，愈发地令人毛骨悚然，这声音像是从地狱中发出。汉普的脑海里浮现出了各种电影里恐怖片的镜头，浓浓的霉味扑面而来。

汉普的叫声使夏普和沃伊的心猛地一跳，他俩咬住舌头才没有叫出声来。沃伊以一种略带嘲讽的口吻说道："别做一个愚蠢的小懦夫。"

夏普拿着手电筒像支架一样僵立着，他的每个细胞里都充斥着恐惧，过了半天才开口说道："这是什么？"

6只眼睛一动不动地盯着眼前的这个怪物，沃伊的心脏跳动极快。

这个怪物身形有两米多高，两颗巨大的獠牙伸到嘴巴外面，一对尖尖的耳朵长在脑袋两侧，眼睛瞪得溜圆，一只粗壮的胳膊高高地举过肩膀，手握一根狼牙石头棒，原来是一尊雕像。面对着这幅恐怖的景象，沃伊意识到了什么……

它是玛雅宝藏的第二个守护神。

恐怖的雕塑后面几米远的地方是一扇石门，这是最后一道石门。石门的表面上嵌着许多错综复杂的金属曲线，沃伊隐约觉得它们蕴涵着藤蔓枝叶的优美。

玛雅宝藏在诺大的地宫中等待着……

沃伊内心突然激动起来，他感到自己的心在狂跳，他按照方石上第三行数字的排列顺序打开了最后一座石门。

沃伊感到灵魂逐渐脱离了肉体，当他进入最后一个长长的隧道时，他感到脖子上的毛发因为期待而直竖起来。

汉普和夏普也因为激动而加快了脚下的步伐。

沃伊使尽最后的力气，从通道上冲进了一个巨大的空间，然后停了下来。他慢慢抬起双眼，有点不相信地看着竖立在他面前并闪烁着光芒的建筑物。他们来到了像是一座大教堂的地方，洞顶距离地面已有三十多米，这里空旷得令人难以置信，沃伊看到这个巨大的空间中隐隐约约出现了微弱的光芒。

那就是玛雅的宝藏，在黑暗中闪着微弱的光。

汉普和夏普也赶了过来。

汉普感觉这里像是《圣经》中的天堂，对于西方笃信上帝的人们来说，天堂是至高无上的境界。

玛雅宝藏将注定成为一个传奇，这个时代很可能会被命名为玛雅时代，不久以后这座宝藏将会被全世界的人所熟知，每个探险家都会为之疯狂。

他们被慑服了，只能一动也不动地站着，目不转睛地盯着这宏伟的发现。灯光照射下，眼前出现了梦境中都难以出现的场景。

一条用黄金打造的巨大羽蛇龙盘成一个高达15米的巨大螺旋，羽蛇龙的两翼伸展开来，似乎要腾空飞起。一个长10米，高5米，用黄金铸造的巨大物体映入眼帘，这个物体看起来像是一条鱼，里面似乎坐着一个人，这个人头上戴着一个镶满宝石的头盔，看起来像是一个飞行员，他的手里似乎紧握着操纵杆状的机器，沃伊猜想这是玛雅人的飞行器。一个用黄金制成的巨大人物雕塑躺在羽蛇龙下侧，沃伊观察这座长约10米的金雕塑，这雕塑的鼻子直达前额，宛如长楔，雕塑的眼睛则用两颗巨大的宝石打磨而成。

除了那三个最明显的金制物体外，在这座辉煌的金山上还堆积着无数做工精美、价值昂贵的金盘子和金制祭祀器具，金盘子上镶嵌着大量璀璨夺目的宝石和钻石。在这座撼人心魄的小山上还散落着无数金子做的植物、水莲、珊瑚与和美洲豹的纯金雕像，以及数不清的镶着大块翠玉制成的女人和太阳神雕塑。

这是世界上最伟大的宝藏。

他们呆呆地站在原地，他们浑身颤抖，震惊万分。他们仍然不敢相信眼前这幕震惊世人的景象究竟是真实的，还是一场梦。

他们确信眼前的景象不是虚像后，他们绕过这堆金宝藏，来到了金山的后面，在这堆十几米高的金宝藏后面还有一座用黄金和宝石做的玛雅古城模型。模型中有金字塔、塔楼、城墙、神庙，全部用金子和宝石制成的。沃伊用手抚摸着那已经闪耀了几千年金色光辉的金字塔模型。

沃伊和夏普看到在这座城市模型的围墙里铺满了金币。这种富丽堂皇的美景使众人觉得自己仿佛置身于《一千零一夜》的神话世界中。

"我们这是在抢银行，这里就是金库。"夏普擦了擦额头上的汗水说道，显然是被这天堂般的景象吓出了汗。

"收集《藏宝图》残片就像是收集龙珠之旅，我们得到了这个巨大的宝藏，我们胜利了。"汉普激动地说道，声音颤抖，脸色苍白。

"这不是特技镜头，我想把这里的宝藏全部带走。"夏普慢慢地说道。

"你几天没照镜子了？！"汉普看了看夏普后气愤地说道。

这还不是全部。沃伊拿着探照灯继续朝前走去，夏普和汉普则跟了过来，夏普的额头渗满汗水，灯光照到石壁上有一个 2 米宽、3 米高的通道。他们穿过这条通道来到了第二个大厅，沃伊拿着手电筒往前面的路上照了照，他发现前面有一个大坑，这座坑约有 10 米深，在探照灯灯光的照射下，坑内辉煌的景象展现在眼前。这个长 100 多米、宽 50 多米的大坑内展示着一座远古时期的城市模型，城市建在一座巨大的长满树木的大山里，城市里灯火通明，千家万火。沃伊不知道这城市模型中的照明系统是根据什么原理制造出来的。令沃伊感到吃惊的是城市中的建筑样式是他从来没有见过的，大坑内升起了无数个明亮的小圆盘，看起来像是萤火虫。这里太美了，就像安徒生童话中王子和公主居住的地方。

沃伊心里暗暗想道："这座人类历史上最伟大的宝藏地宫，将注定成为本世纪最伟大的旅游景区，不久后就会有成千上万的人来到这里参观。"

夏普被这金碧辉煌的美景所吸引，他觉得自己正在神话世界中漫游，一切都是那么新鲜，这是千百年来宝藏追寻者所要寻找的东西，宝藏秘密的真相在沉睡几千年后终于被发现了，自己已经成为了人类苦苦追寻数百年而未得的真相的主人。

他又用探照灯照了照大坑边缘，试图找到绕过大坑的路，结果发现大坑周围站满了雕像，沃伊数了数，大概有几十个雕像，全部都是用黄金铸造。沃伊猜测这些雕像是根据玛雅地区几十位国王的样貌铸造而成的。

"即使在最大胆的梦想中，"夏普轻柔地说，"我也没幻想过这么多的收藏品。他们比上帝还要有钱！"

然而这些并不是沃伊要寻找的。

沃伊拿着手电筒从雕像旁边走了过去，灯光的照射下，前面的石壁又显现出了一个通道。此刻沃伊内心的恐惧已经消除了，对史前文明的崇拜之情激励着他沿着通道向前跑去，他内心激动得一直在发抖。

玛雅文明，一个意外间旅行到地球上的外星种群创造的辉煌文明！

一个失落的外星文明！

他来到了另一间大厅，这里堆放着几十个棺木，他用手电筒照着周围的墙壁，四周出现了许多精美的壁画，就像置身于莫高窟之中。

这间大厅里面里面放着像桌子、椅子似的"家具"。沃伊用手触摸着这些"家具"，令他感到奇怪的是这些制成这些物品的材料很特殊，不像是钢铁、石头，也不像是塑料和木材，沃伊怀疑地球上不存在这种材料。

沃伊猜想大洪水之前的玛雅史前文明并不亚于人类现代的文明，甚至要比人类文明高出很多，那一定是一个伟大的时代。

史前文明的成果，在人类存在之前地球上已经出现过高度发达的文明。

这里记载了玛雅史前文明的所有文明成果，那是一个大洪水毁灭前的辉煌时代，一个超越现代人想象的时代……

圣克鲁历史研究所位于迈阿密市东城区一个占地 5 英亩的庄园里，在圣克鲁公会教堂的背后。圣克鲁历史研究所声名赫赫，它是联邦历史学的重要研究中心。这座研究所曾经研究出了杰斐逊国家宝藏的所在地，被誉为"联邦历史的笔记库"。

沃伊把福特车停在教堂与研究所之间的停车场里，佩罗那辆暗红色的标致车就在前面。飞机提早了一个小时抵达。他想见她，就在研究所里，他要给她一个意外的惊喜。

他在这暮秋的微风中慢慢地走向正门。

门厅里静悄悄的，空无一人。他的右侧是保罗的办公室。他在门厅里等了一会儿，但未见一个人影。走到第三间办公室的门口，他看到了佩罗美丽的面庞。她正在专心地看着书。他倏地把头伸进门里，笑了笑。她愣住了，然后"咯咯"地笑出了声。

"你到这里干什么啊？"她问。他一把拉住她，把她按到墙上。她不安地上下扫视着门厅。

"我想你。"他说，紧紧地抱住她。他吻她的脖子，闻着香水的芬芳。就在这时，他想起了临别时的约定。

"什么时候到的？"她一边整理头发，一边看着门厅问。

"大约一个小时前。你真美。"

她的眼睛湿润了。那是一双无比真诚的眼睛，"宝藏找到了吗？"

"找到了，一切都结束了。现在就是想你，你不在身边，我对什么都失去了兴趣。"

两个幸福的人走在迈阿密的阳光海滩公园里，此时，两颗心靠得很近。

关键的时刻到来了，他虽然想说一句早已蕴藏在心中的那句话，但张开嘴之后发现还是只能轻声哼哼，他看到她的眼神在鼓励他。

体内有一股暖流在不断地翻滚，一种让人昏昏欲睡的温暖把刚才那些尴尬和恐惧赶到了九霄云外，他突然感觉无论如何也要说出那句话。

最后，他总算是开了口。

"我爱你佩罗，嫁给我好吗？"此刻沃伊眼睛真诚地望着她。

佩罗的脸顿时变成了鲜艳的粉红色，就像情人节的鲜花，她没有说话，只是轻轻地点了点头，眼角渗出了几滴泪。在这一瞬间，沃伊和佩罗身旁所有的风景、所有的人似乎都消失了，只剩下两个身影完美地定格在公园里。

尾　声

　　福尔森从睡梦中醒来，枕头边还放着那张汉普发给他的电报和最新版的《泰晤士报》，报纸上记载着海德公园案的最新案情。

　　他半躺在靠枕上，看到一束微弱的光从百叶窗的缝隙里射进来，照在他的脸上，"是早晨还是晚上？"他自言自语道。

　　他听到助手安布雷正在隔壁摆弄那些实验仪器，试管和烧瓶碰撞发出的清脆声音演奏出了实验室里美妙的乐章。他想起来了，还有一个可以增强生物免疫力的血清试验没有做完。

　　他后悔自己真不应该在睡觉前打安眠针，这种安眠针使他在过去的20个小时内一直沉浸在梦中。

　　大案已破，今天注定是轻松愉悦的一天，他要到海德公园观看一年一次的演讲辩论大赛。

　　半个多小时后，火车停在了都铎路，福尔森下了车，叫了辆出租车。

　　"海德公园。"福尔森说道。

汽车沿着都铎大街朝前飞快驶去，两侧的建筑向后退去，福尔森整理一下思路，观看完比赛后他将与伦敦警察局的格雷戈里和沃伊到酒吧里好好喝上几杯。

出租车在海德公园外停了下来。福尔森付了钱后便穿过大门进入了海德公园。

这次辩论大会的奖品异常丰厚，获胜者将得到一枚银十字勋章和 3000英镑。

现在是 9 点半，比赛 10 点正式开始，福尔森想利用余下的时间欣赏欣赏海德公园的景色，大案已经侦破，他终于可以放松一下疲惫的身心了。他从商店里租来了一架望远镜，站在公园一角的高处，透过望远镜继续向周围看去，泰晤士河缓缓流过威斯敏斯特大教堂，养护着这座神奇而又伟大的教堂。头顶的日光越来越强……金光照耀在大教堂彩色玻璃嵌饰的尖顶上……他专注地望着大教堂和泰晤士河，人类的智慧接受着大自然的启迪。他突然想起了莫格拉长老说过的一句话：一条神圣的河流流过一个伟大的地方，这个地方蕴含着震惊世人的秘密。

他想起了海德公园的案发地——威斯敏斯特教堂。那是一座伟大的教堂。当他的脑海里出现大教堂的概念时，前所未有的激动就像胆汁一样瞬间涌到他的喉头。此刻他的头脑异常清醒，大教堂里的某些情况似乎还没有被充分掌握。他的大脑中出现了一些概念，发现秘密的激情推动着他向那座神圣而伟大的教堂走去。

他穿过一条林荫道后，走进这座教堂，沿着教堂的一侧向前走，走到一幅油画前。墙上挂的这幅油画名叫《末日审判》，神圣天使与狰狞恶魔的图腾互相交错，栩栩如生，充满魔力。这幅油画是由绘画大师米开朗基罗绘制的，其主题是伟大的神灵基督耶稣在世界末日时审判众生。届时，善者将升天堂，恶者则下地狱。在世俗的世界中，善与恶的交战主题将贯穿人的一生，唯有遵循上帝的教诲，才能升入天堂。

突然，一个奇怪的问题闪现在福尔森的大脑中：那位学者为什么开车来到海德公园，而且要进这座教堂里来？

他仔细观察着面前的壁画，眼睛不可思议地越睁越大，仿佛不相信自己的眼睛，他全身的热血沸腾起来，他想起了梦中莫泊斯死时那个房间里也有一幅油画。

几个词语在福尔森的脑海中形成了一个完美的结合：

末日审判——惩罚——罪恶——邪恶组织——罪证——手稿——暗盒。

难道案件真相的玄机隐藏在案发现场的这幅著名的油画之中？

莫格拉长老的话又在耳边响起："总有一天你会明白的。"

"那份柯南道尔手稿就在这里！"他自言自语地说道。虽然福尔森的语气十分沉着、冷静，但可能是因为他刚才一直咬着下唇，所以脸颊部分的肌肉在微微抽动。

福尔森温柔地抚摸着这幅画，手却在不停地颤抖。他用他那双苍白发抖的手摘下那幅油画，眼前出现了一个暗盒。没有比这更好的隐藏手稿的地方了，他开始有点佩服那个死去的学者了。

他终于明白那个学者为何要到这个地方来了。

他那双略微颤抖的手打开了铁盒，铁盒上面有一封信，他把信拿了出来，看了看信的内容。这封信是福尔摩斯研究会的会长科内尔爵士写的，描述了这份手稿的来历。信的下面是一份 300 页的手稿。从这封信中他得知了整个案件的真相：

2010 年 7 月 8 日是著名的侦探小说家柯南道尔勋爵逝世 80 周年的日子，许多热爱福尔摩斯侦探故事的人会前往爱丁堡柯南道尔爵士故居瞻仰这位伟大的侦探小说家。为了迎接这一重大纪念日，协会的成员决定将这座古老的房子整修一番。

受雇于伦敦一家装修公司的电器专家丹佛尔被派到柯南道尔故居工作。他的任务之一是在这位小说家的书房里安装新的照明线路。书房是柯南道尔一向最喜欢的房间。就在丹佛尔试图通过宽大的嵌入式书橱后面的墙壁拉扯电线时，他发现墙壁中藏有一个铁盒，他把这件事告诉了福尔摩斯研究协会的人。

结果发现，金属盒里所装的东西超出所有人的想象：铁盒里装的是一部题为《福尔摩斯与盗墓恶魔》的手稿，而手稿的作者不是别人，正是柯南道尔爵士。

在这部手稿中，提供给人们的并不是一个引人入胜的福尔摩斯破案故事，而是揭露了一个神秘家族的犯罪事实。柯南道尔爵士在手稿的开头讲到这份手稿所涉及的事件是真实存在的。

1898年，伦敦警察局的赛奇警长破获了一起重大盗墓案，盗墓大佬雷切尔落网。赛奇警长并不满足于现有的调查成果。他经过8个多月的秘密调查后发现这起盗墓案牵涉的幕后内容远远超出他的想象，其中提到的玛雅宝藏、玛雅神社、《山海经藏宝图》、三道会与一个叫奥莱金家族息息相关，而这个雷切尔正是奥莱金家族的成员。他将秘密调查的成果列成了一个清单，这份清单上列出了企业界巨头奥莱金家族的大量犯罪证据和犯罪事实以及他们搜集《藏宝图》的计划。他准备将这一调查结果公之于众，结果招来罪恶组织的暗杀。临死前他将调查结果交给了好朋友柯南道尔爵士。柯南道尔爵士出于同样的顾虑，将赛奇警长的调查结果编成了这本名为《福尔摩斯与盗墓恶魔》的小说，并将这份手稿封存在了墙壁的铁盒中。他决定把这个秘密继续隐藏下去，把这个问题留给后人解决。

考虑到文件的敏感性，福尔摩斯研究会的成员秘密商讨后，决定组成一个由历史学家、文学家、考古学家、文物鉴定专家的专家团对这份手稿进行真伪鉴定，该学会决定暂时不公开这项发现。

然而他们没有意识到罪恶的手已经盯上了他们，一个惊天的阴谋自此拉开了序幕。

福尔森看完信后收起铁盒，他的嘴角露出难以捉摸的微笑。

3个月后，两年一次的世界级的考古研讨会在伦敦召开。会议的一项主题为：探访神秘的玛雅史前文明。会场聚集了上千人，除了考古领域的精英学者外，很多是专程从国外赶来的考古狂热爱好者，他们都是因这位大侦探富有传奇性的寻宝历程慕名而来。

正当福尔森向人们展示那块记载着玛雅预言的著名石碑时，石碑上清晰地记载着世界末日的预言：2012年12月21日，黑夜降临之后，黎明的曙光将不再到来。